미친도시

미친 도시

초판 1쇄 발행 2023년 2월 10일

지은이 윤성진
펴낸이 장길수
펴낸곳 지식과감성#
출판등록 제2012-000081호

교정 이주연
디자인 김찬휘
편집 김찬휘
검수 김지원, 이현
마케팅 정연우

주소 서울시 금천구 벚꽃로298 대륭포스트타워6차 1212호
전화 070-4651-3730~4
팩스 070-4325-7006
이메일 ksbookup@naver.com
홈페이지 www.knsbookup.com

ISBN 979-11-392-0915-0(03810)
값 14,000원

- 이 책의 판권은 지은이에게 있습니다.
- 이 책 내용의 전부 또는 일부를 재사용하려면 반드시 지은이의 서면 동의를 받아야 합니다.
- 잘못된 책은 구입하신 곳에서 바꾸어 드립니다.

지식과감성#
홈페이지 바로가기

미친 도시

윤성진 지음

무능한 자의 인생은 어둠이요
노력하는 자의 인생은 꿈이요
용기 있는 자의 인생은 게임이다.

1.

　1990년대 초 범죄와의 전쟁이 끝을 맺고 있었지만 전국적으로 조직 폭력배들은 더 많이 늘어났다. 그리고 폭발적으로 전국은 조폭 패션이 인기를 구가하고 있었다. 중고등학생들의 교복이 자율화되면서 통 넓은 마 바지를 입었고 체크무늬 바지를 입었으며 화려한 문양을 한 와이셔츠를 중고등학생들이 입고 다녔다. 머리도 깍두기 머리라고 해서 인상이 훤하게 드러나 보이는 조폭들이 하는 머리 스타일이 인기를 끌었다. 조폭들이 잘 신고 다니는 악어가 그려져 있는 신발이 선풍적인 인기를 끌었으며 삐삐를 벨트 앞에 꽂고 다니면서 자신이 진짜로 조폭이 된 것처럼 행동했으며 소문에서 들은 조폭 영웅담이 학생들에게 퍼져서 조폭 생활을 동경하기 시작했다. 선배들을 보면 90도로 인사하는 것이 무슨 종교 의식처럼 치러지던 그런 시대였다. 솔담배 다음 신제품으로 88담배가 나왔는데 색다른 담배여서 그런지 흡연가들은 전부 88담배를 피웠다.

　경제적으로 중진국에서 조금 나아진 중진국의 선두 대열로 넘어가던 시대로 사회가 갑자기 풍족해지기 시작했다. 대통령도 국민들이 선출하면서 책임감을 전제로 자유를 누리기도 전에 자신들의 권리만 우선적으로 박박 우겨 대던 시대가 된 것이다. 환락의 시대로 돈만 주면 젊은 처녀를 하룻밤 아무렇지 않게 살 수 있는 시대가 되었다. 남녀 공학이 유행이 되면서 학생들이 공부보다는 외모를 더 신경 쓰는 시대가 되었고 공부를 중요시하던 시대에서 무조건 한 가지만 잘하면 되는 시대가 되었다.

청소년들도 아무렇지 않게 여자 친구와 과감한 애정 행각을 길거리에서 행하던 시대였다. 재벌의 천국이 되면서 무조건 돈만 잘 벌면 아무리 큰 과오를 저질러도 돈으로 죄도 피할 수 있었고 돈으로 죄도 만들 수 있는 시절이었다. 재벌과 조폭이 결탁하면서 재벌이 해결하지 못하는 것은 폭력으로 조폭들이 돈을 받고 자신들이 해결해 주었다. 이권 개입이 시작되면서 기업형 조폭들이 대한민국에 자리를 잡고 있었다. 더 많은 폭력 조직원들이 필요하면서 10대를 갓 넘긴 자신의 잘못을 판단하기에 어린 학생들이 앞날을 봐준다는 사탕발림의 말에 속아 길거리에서 시퍼런 칼날이 춤을 추던 시대였다.

2.

교도소의 담장은 높다. 어떤 때는 담장이 햇빛도 가린다. 아무리 날씨가 좋아 햇빛을 받고 있어도 감방 안은 추웠다. 그곳에서도 돈 있는 사람만이 대접받는 그런 곳이었다. 감방은 돈만 있으면 여자만 살 수 없을 뿐 세상의 그 어떤 것도 살 수 있던 대한민국의 또 다른 세상이었다. 지금부터 그 시대를 흔적 없이 살았던 두 사내의 이야기를 시작해 보려 한다. 자신들의 처지를 벗어나려 발악적으로 살았던 치열한 그들의 삶을 이제부터 펼쳐 보도록 하겠다.

한 사내가 자신의 소지품을 챙기며 수원 교소도의 담 밖으로 벗어나려 하고 있었다. 짧은 머리에 강렬한 인상이 주위의 분위기를 압도했다.

한상도. 그가 자신이 수형했던 철문이 열리면서 감방 문을 나오자 한 사내가 발악하듯 소리를 지르고 있었다.

"형님 출감하신다. 모두들 경건한 마음으로 형님에게 예를 올려라."

"형님, 만수무강하십시오. 다시는 이런 곳에서 뵙지 않겠습니다. 항상 건승하십시오."

상도가 감방 호실을 지날 때마다 계속해서 메아리치면서 릴레이로 이어졌다. 교도관이 막아 보려 했지만 사내들은 발악하듯이 허공 속으로 시원하게 질러 대고 있었다. 하지만 정작 본인은 아무런 표정 없이 주위를 지나쳐 갔다.

"그동안 감사했습니다. 남아 있는 동생들 잘 부탁드립니다."

낮게 깔린 담당한 상도의 어조가 이어졌다.

"잘 가시게. 그리고 다시는 이런 곳엔 절대 들어오지 말고."

수원 교도소 정문을 지키는 교도관이 열쇠로 문을 열자 육중한 철문이 힘겹게 열리고 있었다.

3.

적막한 도시는 꿈을 앗아 간다. 처음엔 이 세상을 사는 모두가 최고의 희망으로 벅찬 꿈을 안고 살아가지만 계속 쪼여 오는 도시의 비정함 속에서 모든 것을 서서히 아주 조금씩 빼앗기고 결국엔 작은 가로 등 불에 몸을 기대고는 바보들처럼 그렇게 살아가고 있는 것이다.

4월의 끝을 달리고 있던 어느 날 그는 그곳으로부터 벗어날 수 있었다. 짧은 머리와 손에 담겨진 작은 가방과 그리고 아주 낡아 버린 자신이 입고 있는 그 옷들과 함께. 한상도. 불우한 어린 시절을 겪으면서 정에 뒤떨어진 기형처럼 살아온 그였다. 육중한 수원 교소도의 철문이 열리면서 길게 이어졌던 족쇄의 끈을 지금 막 벗어던지고 있었다.

교도소 담 사이로 생소하고 낯선 몸짓으로 걷고 있던 상도에게 언제부턴가 검은색의 시원스럽고 잔잔하게 생긴 자동차가 따라붙기 시작했다.

상도 앞에 그 차는 자연스럽게 정지하고 있다. 재빠르게 뒷좌석 문이 열리면서 백구십이 훨씬 넘는 사내가 상도에게 다가와 허리가 땅에 닿을 정도로 정중한 예의를 표하고 있다. 그 사내의 몸은 아직도 들지 못하고 있었고 아주 힘들게 입에서 실낱같은 목소리가 어렵게 흘러나오고 있었다.

"상도 형님, 그동안 수고 많으셨습니다. 저 백곰입니다. 회장님께서 무척 보고 싶어 하십니다. 그리고 우선 이거라도."

아직도 고개를 들지 못하는 백곰의 두 손에는 두부가 조심스럽게 들려져 있었고 상도는 한 손으로 두부를 받아 크게 한번 입속으로 밀어 넣었다.

"형님, 출감을 진심으로 축하드립니다. 다시 한번 고생 많으셨습니다. 어서 차에 오르시지요."

"형님, 진심으로 출감을 축하드립니다!"

백곰을 따르던 사내들은 지를 수 있는 가장 큰 목소리를 허공으로 뻗어 내고 있었고 조금은 재촉하며 긴장한 백곰이 말을 이어 갔다. 그러나 상모는 그의 밑은 인중에도 있는 듯이 나머지 두부 조각을 백곰에게 건네주고는 처음과 같은 길로 또다시 걷고 있었다.

"여기까지 찾아와 줘서 고맙게 생각한다. 백곰 정말 반갑고 고맙게 생각하마."

백곰 옆에 서 있던 3명의 사내들도 짧은 시간 갑작스러운 상도의 행동에 무척 긴장하면서 조심스럽게 상도 뒤를 따르고 있었다.

"큰형님 건강히 잘 계시지?"

상도가 사내들을 번갈아 쳐다보며 자신의 생각을 비쳤다.

"큰형님께는 내가 조만간 찾아뵙겠다고 전해라. 그리고 오늘은 너희들 먼저 올라가고."

사내들은 일시에 숨을 죽였고 그들의 목적과는 더욱더 멀어지고 있었다.

"상도 형님. 지금 회장님께서 아침부터 기다리고 계십니다. 갑자기 중요한 약속이 생기시는 바람에 나오지 못한 겁니다. 그리고 형님께서 이런 격식을 싫어하셔서 저만 나오게 된 것입니다. 그러지 마시고 차에 오르시지요."

백곰이 양손을 자신의 앞쪽으로 감싸며 애원하고 있었다. 상도가 사내들을 번갈아 쳐다봤다. 무언의 위협. 아니 신중을 기하며 가해지는 그의 경고였다. 백곰은 그대로 느낄 수 있었다. 지금은 때가 아니라는 것을.

"그… 럼 형님 말대로 회장님께 전하겠습니다. 회장님께선 무척 서운해하실 겁니다. 그것만 좀 알아주셨으면 합니다. 그럼 이만 저희는 물러가겠습니다."

"안녕히 계십시오. 형님."

나머지 사내들의 발악적인 인사에 주위에 있던 사람들의 인상이 구겨지고 있었다. 3명의 사내들은 상도를 향해 몸을 꺾일 듯이 굽히고는 차에 오르기 시작했다. 두 대의 차는 동시에 흰 연기를 짧게 내밀고는 상도의 시야에서 벗어나기 시작했다. 맑게 피어오르고 있던 봄 하늘을 길게 한번 쳐다본 상도는 반쯤 피워 버린 담배에 불을 붙였다. 시원스럽게 연기를 내뿜은 상도는 다시 걸음을 옮기기 시작했다.

'또 나오게 됐군. 다시 밟게 됐어. 얼마나 그리웠던 땅이냐? 2년 6개월간의 삶. 두 번의 겨울을 보내고. 또다시 봄이군.'

자조 섞인 상도의 생각이 자신의 가슴속을 때리고 있었다. 자신의 인생에서 무슨 큰 변화가 일어나고 있다는 것을 스스로 암시하고 있었다.

4.

높은 도수의 안경을 끼고 교수의 강의를 진지한 자세로 적어 가고 있는 그, 김동주. 그는 수재다. 아니 노력형의 천재다. 알아야 하는 것은 시간이 얼마가 소비된다 하더라도 꼭 알아야 되는 그. 이런 동주도 오늘만은 그럴 수 없었다.

계속해서 왼쪽 손목에 자리 잡고 있는 대만제 싸구려 손목시계를 5분 간격으로 빠르게 지켜보고 있었다.

"제군들 오늘 강의는 이것으로 마치겠네."

짧은 교수의 마지막 목소리를 뒤로하고 동주는 급하게 자신의 책들을 한곳으로 모았다. 정신을 차릴 수 없을 정도로 강의실을 빠져나와 긴장 캠퍼스를 가로질러 뛰어가고 있었다. 그곳의 여유도 그곳의 지체도 허락하지 않고 있었다. 점심시간과 맞물린 버스 승강장에는 새 학기를 아는지 학생들로 무척 붐비고 있었다. 모여 있는 학생들의 몸을 비집고 버스를 타려는 순간 자신을 이끄는 따뜻한 손길을 느낄 수 있었다. 동주는 거의 무의식적으로 고개를 돌려 그를 바라봤다. 상도가 눈앞에 있었다. 두 사람은 서로 느낄 수 있는 눈빛으로 빛나고 있었다.

"야 인마. 한상도! 크큭."

주위가 놀랄 만큼 큰 동주의 목소리로 인해 버스를 기다리던 학생들의 시선이 두 사람에게 모이고 있었다. 동주의 몸이 상도의 품으로 그대로 빨려 들어가고 있었다. 서로 부둥켜안고 하나가 되어 마냥 웃기만 했다.

지나치던 사람들이 이상한 눈으로 바라보았지만 두 사람에겐 아무런 상관이 없었다. 지금 이 순간이 그만큼 반갑고 기쁘기만 했다. 그들은 아직도 웃기만 하고 있을 뿐이었다. 끝이 없을 정도로 아주 모든 것을 초월하며 기쁘게 두 사내는 감격해하고 있었다.

5.

상도와 동주는 잠깐씩 바람에 나부끼고 있는 버드나무 아래 의자에 몸이 고정되어 있었다. 동주의 얼굴은 아직도 미소를 꺾지 못하고 상도의 손을 쥐고 있었다. 상도 역시 조금도 싫지 않은 표정으로 반갑게 동주를 바라봤.

"상도야, 정말 미안해. 너의 출감일 알고서 그 앞에 먼저 가 있으려고 했는데 졸업반이다 보니 시간 내기가 여간 힘들어야지. 지금 막 갈려고 했는데 버스 탔으면 만나지도 못 할 뻔했네. 내 맘 좀 이해해 줘라."

"그럼 그것도 모르고 내가 이곳에 왔겠니. 아무튼 정말 많이 보고 싶었다. 반갑다 동주야."

상도도 쑥스러운지 자신의 코를 어루만졌다.

"상도야, 힘들었지? 어디 가서 밥이나 먹자. 두부도 아직 못 먹었을 텐데. 아니 그러지 말고 우리 집으로 먼저 가자. 어머니께 인사 먼저 드리고. 사실 어머니가 무척 보고 싶어 하신다. 오늘 아침부터 너 빨리 데리고 오라고 성화셔. 어서 가자."

동주는 자신의 가방을 챙기며 급하게 자리에서 일어났다. 그러나 상도는 시선을 집중시킨 채 아직도 자리를 채우고 있었다.

"어서 준비해 빨리. 어서 가자 우리, 응?"

동주는 자신의 운동화를 가볍게 땅에서 차며 상도를 바라보았다. 그러나 동주의 행동을 수정이라도 하듯이 상도는 자리를 아직도 잡고 있었다.

상도는 새로운 담배를 꺼내 몇 모금 빠르게 피우며 연기를 주위에 내뿜고 있었다. 침묵의 시간이 이어지고 있었다. 담뱃재를 털어 내며 상도의 무거웠던 입술이 열리고 있었다.

"난 너를, 넌 나를, 우린 어려서부터 같이 자라 왔다. 너도 알다시피 난 정말 미친 듯이 객기 부리고 발악하며 살아왔고. 하지만 내 평생 옆에서 동주 넌 날 보았고 날 이해해 주며 날 믿어 주었다. 내 일생 유일한 내편이 너란 것도 알고. 나 또한 네가 힘들어진다는 것은 내가 결코 용납할 수 없고."

"너도 미친가지야. 내 인생에서 가장 유일한 친구야 아마도 상도 너다."

"6개월 전에 네가 면회 와서 했던 얘기가 아직까지 귀에 생생하다."

"뭘 그걸 생각해. 그냥 잘해 보자고 한 건데. 그게 정말 그렇게 대단했니."

동주가 어두운 분위기를 벗어나려고 애써 쓴웃음을 지었다.

"그동안 네가 읽어 보라는 책도 진짜로 진심으로 읽어도 보았고. 책 속에 길이 있다는 네 말 조금은 이해 가더라. 세상엔 나만 불쌍하고 나만 패배자가 아니더라고. 그래서 내 스스로 다짐했다. 너와의 약속을 한번 지켜보기로. 그런 다음 당당한 모습으로 어머니 찾아뵙고 싶다."

동주는 조금 이해가 가지 않는다는 표정을 지으며 숨을 몰아쉬고 있었다.

"너 알지. 내가 얼마나 더럽고 내 인생을 허비하면서 살아왔는지. 너와 난 서울 사람들 모두 더러워하는 빈민촌 산동네에서 살았다. 기름 공장에 다니시던 우리 어머닌 새벽까지 야근하시다 뺑소니 차량에 치어서 돌아가시고. 술로만 살았던 아버진 간암으로 한 방에 가셨고. 하긴 아버지에 대한 원망으로 이렇게 되었는지도 모르지. 그때 누군가 날 혼냈고 바른길로 인도했다면 이렇게 되지 않았을 수도…. 그런데 막상 스스로 생각해 보니, 세상이 죽도록 싫어서 내 분노를 어딘가 표출하다 보니 깡패가 되었다고 내 스스로를 정당화시키며 살아온 거였어."

"아냐 상도야. 넌 어쩔 수 없던 거였어. 그리고 진심은 그게 아니잖아. 그건 나도 알고, 우리 어머니도 알고 계신다고."

"인생을 살면서 내편이 있는 것이 얼마나 큰 행복인지 넌 모를 거다. 그게 너였다. 난 악질인데 동주 네 앞에선 그게 되지 않았다. 넌 나의 모든 것을 감쌌다. 하루하루 뒷골목을 전전하던 나를 학교로 돌아오게 하려고 말리기도 했고 때로는 다 끝내 버리겠다고 했지만 넌 그렇게 하질 못했어."

상도는 자신이 결심했던 생각을 담담한 어조로 이어 갔다.

"넌 누구보다 날 믿어 주고 따라 주었는데 그때가 후회된다. 네 말을 그때 왜 듣지 않았는지."

"지금부터 잘하면 돼. 그리고 그렇게 생각하는 것 자체가 변하고 있는 거라 생각한다. 내가 도와줄게 같이 잘 이겨 내 보자."

"하지만 이대로는 싫다."

상도가 결심이 섰는지 긴 숨을 단번에 몰아쉬었다.

"그동안 많이 생각했다. 이대로는 내가 싫다. 나도 이젠 평범한 삶을 살고 싶어졌다. 일상생활 속에서 기쁨을 느끼고 땀의 소중함을 알고 싶어졌다고. 내 다짐을 지키기 위해서 널 잠시 보러 온 거고."

"그래도 이건 너무 갑작스럽지 않냐?"

"분명히 넌 그랬다. 외줄 타는 듯한 내 생활 정리 좀 하고 제발 정신 좀 차리고 살라고. 그리고 사실 말은 안했지만 동주 너희 어머님이 아직 정신 줄 놓고 있는 날 좋아하지 않으신다는 것도 난 알 수 있다."

"그렇지 않아 상도야. 너의 진심 잘 알고 계신다. 널 어렸을 때부터 지켜보았다면 당연히…."

"내가 변하기 위해서 잠시 널 찾아온 거다. 난 지금 즉시 대전으로 내려갈 거야. 아파트 공사가 한창인 그곳에서 일하기로 했다. 몇 달이 걸릴지는 모르지만 돌아올 땐 당당히 돌아올게. 내가 진정으로 노력해서 번 돈으로 어머니 선물도 사드리고 너 용돈도 주고 싶고."

상도는 마지막 한 모금의 담배를 깊게 들이마셨다. 그리고 쓰레기통에 들어간 담배꽁초는 아직도 마지막 발악을 하며 잔 연기를 내고 있었다.

동주가 상도를 바라보고 있었다. 그러나 이미 상도의 의지를 꺾을 수 없다는 것을 잘 알고 있었다.

"그래도 꼭 이렇게 헤어져야 되겠냐? 반년 만에 만나서."

몸을 세우며 동주를 쳐다보고 있는 상도. 그의 목 정도밖에 되지 않는 단신의 동주였다.

"야, 상도야. 그럼 터미널까지만 같이 가서 밥이라도 먹고 헤어지도록 하자."

"됐어. 인상 쓸 필요도 시간 낼 필요도 없어. 좋은 일로 가는 거야. 동주야 웃어. 나 혼자 알아서 가고 싶다. 그걸 이해해 줄 거라고 믿고 있고. 넌 지금 아주 중요한 시기잖아. 공부할 시간도 없을 테니까 평상시 하던 대로 열심히 공부하고, 난 열심히 일하러 가고. 그러면 돼. 나 간다."

동주도 마지못해 상도를 바라보며 미소를 지었다. 그리고 그의 눈에서 상도가 조금씩 작아졌다. 하지만 동주는 상도가 완전히 사라질 때까지 그곳을 떠나지 못하고 있었다. 알 수 없는 불안감이 밀려오는 것을 그 자신 스스로도 어쩌지 못하는 것이었다.

6.

호텔 블루 나이트클럽. 백곰은 지하에 있는 클럽 안으로 내려가기 시작했다. 클럽 안쪽으로 보이는 수많은 테이블을 뒤로한 채 급히 중앙 쪽으로 자리를 지나가고 있었다. 그러나 그의 몸을 막는 날카로운 눈을 가진 비수가 백곰을 불러 세웠다.

"백곰 형님. 회장님께서 한참 동안 기다리고 계십니다. 상도 데리러 간 백곰 형님 아직도 도착 안 했냐고 하시면서요. 그런데 왜 혼자 오십니까?"

백곰은 잠시 머뭇거리며 큰 체구의 얼굴이 구겨지고 있었다.

"실패했어. 어디 눈 크게 뜨고 있는데 감히 말할 엄두가 나야지. 그건 그렇고 회장님은 어디 계시냐?"

"VIP 특설 룸에 계십니다."

"알았다. 일 봐라."

"예."

몸을 돌려 비수는 다른 쪽으로 향하고 백곰은 회장이 있는 룸으로 짧은 여유도 없이 움직이기 시작했다.

-똑 똑 똑-

짧은 노크 소리가 방 안으로 울려 퍼졌다.

"들어와."

듣기만 해도 뭇사람들과 구별이 되는 목소리다. 40대 중반에 체구는 아주 단신이지만 탄탄한 몸매를 가졌으며 흰색 양복을 입고 흰머리가 옷과 잘 어울리는 중년 사내.

김양명. 기동파 현직 보스. 3년 전 서울 시내를 장악했던 기질과 뚝심이 누구보다도 화려한 경력을 가지고 있는 조직 생활의 거물이었다.

언제나 흰색 양복만을 입는다고 해서 백가라고 더 잘 알려진 사내였다.

"왜 혼자만 왔지?"

단번에 양명은 백곰이 일을 잘 수행하지 못하고 있음을 다 아는 듯했다.

"죄송합니다."

백곰은 역시 몸을 심하게 굽히고 얼굴을 들지 못하고 있었다.
양명은 흰색의 상아 파이프를 가만히 입에 가져갔다. 그와 동시에 자동적으로 백곰의 몸에서 라이터가 빠져나오고 있었다. 두 손은 모아졌으나 떨리는 손으로 불을 붙여 주고 있었다.
"곰아 네가 상도 없을 동안 내 왼팔 노릇을 잘했다고 생각하느냐?"
불만이 있을 때마다 양명이 말하는 그의 특유의 물음이었다.
"저…… 그것이."
혀를 떨 뿐 아무 말도 백곰은 하지 못했다.
"너도 알다시피 나와 상도는 몇 년 전 질서 없이 난립했던 서울 조직을 한 방에 공포로 몰아넣은 적이 있었다. 물론 너도 있었고. 하지만 중요한 전투는 모두 그놈이 완벽하게 처리했지."
"저도 잘 알고 있습니다."
"그런데 상도는 사태를 수습하기 위해서 모든 걸 뒤집어썼어. 바로 그게 상도 그 동생만이 할 수 있는 행동이었다. 항상 내가 바라던 그 몇 배를 보여 줬던 게 바로 그 동생이다."
양명은 힘을 주며 말을 이어 나갔다.
"상도가 나오는 날, 난 그 동생에게 모든 걸 이뤄 주겠다고 했다. 그런데 그럴 기회를 네놈이 막았단 말이다. 그리고 지금 족보도 없는 군소 조직들의 난립으로 인해서 하루하루가 전쟁을 하고 있는 지금. 상도가 내겐 절실하게 필요하고."
백곰의 이마에는 식은땀이 흘러내리고 있었다. 이마부터 시작된 한 줄기의 두꺼운 땀방울이 등허리를 지나고 있었다.
"죄송합니다. 회장님. 워낙에 말이 없는 분이라 회장님의 지시를 제대로 전해 보지도 못하고 왔습니다. 그렇지만 곧 회장님을 찾아뵌다고 해서."

백곰은 양명의 눈치를 빠르게 훑고 지나갔다.

"넌 상도를 몰라. 그 말은 기약도 없고 언제가 될지 모른다는 얘기다. 백곰 넌 멀었어. 아직도 한참 다듬어야 한다. 그리고 핵심이 없어."

낙인을 찍듯 양명의 잔인한 맺음이었다. 그 순간 눈 주위에 몰려 있는 백곰의 한 뼘 정도 되는 얼굴의 칼날 자국이 조용히 일어났다가 가라앉는다. 그리고 날카로운 송곳니가 조명 빛을 받아 더욱더 선명하게 드러나 보이고 있었다.

7.

한 치의 오차도 허용치 않는 손놀림으로 여러 가지 야채를 다듬고 있는 주름살이 깊게 패인 여인의 이마 뒤로 스물 살 안팎의 타원형 얼굴에 긴 머리가 잘 어울리는 소녀가 보였다. 소녀의 피부는 너무 희고 약해 보여서 한눈에도 몸이 불편하다는 것을 알 수 있었다.

"영숙아, 이 애미가 할 테니 넌 들어가 있어. 어서."

하지만 영숙은 계속 자리를 지키며 그녀가 들고 있던 파의 껍질을 계속해서 벗기고 있었다.

"괜찮아요. 방에만 있으면 답답해서 그래. 저도 운동 좀 하고 그래야 된다잖아요."

"에고, 미친녀 빨리 안 들어가! 이러다가 오라비라도 오면 또 혼내려고 그려."

"아이참. 엄마도, 오빠 오늘 상도 오빠랑 온다고 했으니 조금 늦을 거예요."

"그려도 됐으니 어여 들어가."

정 여사의 성화에 못 이겨 영숙은 방으로 향해야만 했다. 연탄불에 시금치가 끓고 있는 동안 정 여사는 다른 음식을 준비하느라 더더욱 바쁘게 부엌과 마당 사이를 오가고 있었다.

"어머니, 저 왔어요."

서울 시가지가 한눈에 내려다보이는 그 허름한 판잣집 대문에 동주는 책이 가득 차 있는 가방을 들고 방금 전 집 안쪽으로 들어오고 있는 중이었다.

혼자 집에 도착한 동주의 모습이 정 여사의 눈에 그대로 들어왔다.

"우째 너 혼자만 온다냐? 상도 놈은?"

말없이 가방을 놓은 그를 정 여사가 바라보고 있었다.

"우째, 상도 놈 또 잘못된 겨? 분명히 같이 온다고 이 애미가 들었는디."

정 여사의 급한 성격이 그대로 묻어 나왔다.

"잘못은요. 어머니, 상도가 취직됐는데 일손이 바쁜 곳이라 저만 보고 급하게 대전으로 내려갔어요. 어머니껜 정말로 죄송하다고 전해 달라 하면서요. 몇 달 있다가 정식으로 찾아뵙는다고 하네요."

"별 미친놈, 감옥소에서 금방 나온 놈이 어디 취직자리가 그렇게 쉽게 잡을 수 있는 겨."

정 여사는 가지고 있던 주방용 칼을 바닥에 내려놓았다.

"에고, 그놈은 평생 그 지랄하다가 죽을 겨. 별 미친놈."

"어머닌. 상도 그런 아이 아니라는 건 어머니가 더 잘 아시잖아요."

"이놈아. 걱정돼서 그러는 거 아녀. 그건 그렇고 영숙이 이년은 오라비가 왔는디 들여다볼 생각도 안하고 뭐하는 겨?"

"놔두세요. 자고 있나 보지요. 아무튼 어머니 숙이 수술이 잘돼서 얼마나 다행이예요."

동주는 자신의 다리를 주무르며 자리에서 일어나고 있었다. 정 여사는 동주의 말에 드러나 있는 수많은 주름살이 한곳으로 밀집되며 입속에서 짧은 한숨이 이어지고 있었다. 하지만 조금도 지체 없이 저녁 장사할 음식 준비를 멈출 수 없는 그녀였다. 서울 시가는 화려한 옷으로 갈아입기 위해 태양이 꺼지는 것을 기다리고 있는 듯 보였다.

8.

가진 자와 못 가진 자의 차이를 아는가? 가진 자는 가졌기 때문에 모든 것을 가질 수 있다는 자신 있는 사람들이고 못 가진 자는 못 가졌기 때문에 가질 수 있는 것조차 포기하고 있는 사람들이다.

"한 기사, 막걸리 한 사발 들고 하지."

윤 씨 아저씨의 털털한 목소리가 들렸다.

"아닙니다. 어서 드십시오. 전 하던 일 마저 끝내고 먹겠습니다."

상도 손에는 공구가 아직 들려져 있었다.

"그래도 같이 먹을 때 한잔하지 않고."

"신경 쓰지 마시고 편안히 드세요."

"아무튼 참 잘해. 내가 공사판 생활 오래해 봤지만 가네같이 이른 공경 잘하고 예의 바른 친구는 처음이라니까."

상도의 작업복에 땀이 스며들고 있었지만 업무에만 열중할 뿐이었다.

일본 말로 야방(공사판에서 먹고 자며 일을 하는 것)일을 상도는 하고 있었다. 포클레인과 트럭 소리가 끊이지 않는 아파트 단지의 공사현장 뼈대 속에서 27세라는 젊은 생애를 보내고 있었다. 다시 태어나고 싶은 마음속에서 동주와의 약속을 위해 아니 자기 자신과의 약속을 실천하기 위해 최선을 다하고 있었다. 그는 분명 현재 느끼고 있었다. 땀의 의미를…….

하루가 가며 그렇게 시끌벅적했던 공사장에 적막이 찾아왔다. 하루를 마감하는 시간. 피곤함을 달랠 수 있는 저녁이 그에게 다시 찾아온 것이다.

상도는 저녁 식사를 마치고 숙소로 돌아왔다. 숙소라고 할 수도 없이 보잘것없는 지하 주차장에 컨테이너 박스로 임시로 건물을 만들었고 그곳에서 생활하고 있었다. 하지만 그에게 있어서는 세상의 어떤 곳보다도 편안하고 아늑한 자신만의 공간이었다.

"한 기사, 자네도 같이 시내 나갈 텐가?"

고향이 전라도인 김 기사는 저녁 시간의 무료함을 달래기 위해서 거의 매일 대전 시내로 외출을 하고 있었다.

"저까지 나가면 이곳은 누가 남나요. 전 TV나 보고 있을 테니 신경 쓰지 마시고 재미있게 놀다 오세요."

상도는 땀방울로 얼룩이 져 있는 작업복을 벗으며 말을 이었다.

"오늘 숙다방 미스 민이 친구 데리고 온다며 꼭 한 기사 데리고 나오라 하던데 아쉬운 걸. 그리고 말이야 바른말이지 하루쯤 잠깐 안 지킨다고 뭐가 달라지겠어. 그러지 말고 같이 나가지 그래."

김 기사는 갈라진 지도처럼 변해 버린 깨진 거울에 자신의 얼굴을 비추며 상도를 바라보고 있었다.

"잘 다녀오세요. 정말로 괜찮으니 신경 쓰지 마시고요."

"허허, 그래도 미안해서 매일 혼자만 남아 있는데. 아무튼 올 때 맛있는 거 사다 줌세."

"예, 그럼 감사하죠."

상도는 김 기사의 말을 가볍게 받아 넘겼다. 머리가 반쯤 벗겨진 30대 중반의 김 기사는 양손으로 자신의 머리를 조심스럽게 어루만지며 어두운 통로를 빠져나가고 있었다. 김 기사가 사라지고 난 후 적막감이 남아 있는 이 아파트 공사 현장을 무작정 걷고 싶다는 충동이 상도에게 갑자기 찾아오고 있었다. 상도의 그림자가 먼저 앞에 서고 그의 몸이 뒤를 따랐으며 아직 설치가 덜 된 가로등 하나가 그를 비쳤다.

불빛을 그리워하는 작은 하루살이들이 쉴 새 없이 그곳을 점령하듯 부딪히고 또 차지하고 떨어지고 그에게도 분명 자리를 위해 날파리의 목숨처럼 자신을 던졌던 그런 때가 분명히 있었다.

몇 해 전, 지금보다 더 시끄럽던 주먹 전쟁에 상도는 선두 주자로 뛰어들었던 것이다. 순순히 응하면 형제로, 거부하면 피로써 상대하던….

그해 겨울이었다. 기동파의 마지막 격전 영등포 접수. 그것을 상도는 단신의 힘으로 해냈던 것이다.

"형님, 이번에 저 혼자 가겠습니다."

단호한 상도의 말을 양명은 막을 수가 없었다.

"너 잘못되면 한 방에 갈 수도 있다."

양명은 상도의 성격을 잘 아는지라 그 말 이외에는 다른 말을 할 수가 없었다.

"형님, 어차피 우리 식구 반이 벌써 떨어져 나간 상태입니다. 이대로 가다간 우리까지 모두 위험합니다. 먼저 선수를 쳐야겠습니다. 며칠 생각한 끝에 오늘 제가 직접 간다고 연락해 놨습니다. 만약 말입니다. 뜻대로 안될 경우 제가 부탁한 것 꼭 제 친구에게 전해 주셨으면 합니다. 그리고 걱정 마십시오. 전 살아서 돌아옵니다. 억울해서요."

그 말이 전부였다. 정중히 양명에게 예의를 갖춘 상도는 자리에서 일어났다. 한번 시작하면 끝을 보는 상도의 성격을 양명은 감당해 낼 수가 없었다고 해야 옳을 것이다.

영등포 일대 유흥 주점 관리를 두고 기동파와 시월파의 신경전이 계속되고 있었다. 한쪽이 점령하면 다른 한쪽이 다시 복수를 하며 자리를 넓혀 가는 그런 형국이 몇 달간 계속되었다. 이런 싸움이 지속되면서 조직원들의 피해만 극에 달하고 있었다. 양쪽 조직은 밀리면 진다는 생각에 자존심 싸움으로까지 번지면서 그때는 어느 누구도 멈추자는 말을 하지 못하고 있었다. 많은 조직원들의 희생 때문이라도 휴전협정을 맺지 못하는 형국으로 번져 갔다. 그것을 상도는 정리하려 했던 것이다. 시월파 주류 창고에는 초저녁부터 그들의 조직원들이 삼엄한 경비를 서며 상도를 기다리고 있었다.

"상도가 왔다고 전해."

상도의 짧은 말에 기가 질리며 한 사내가 급히 뛰어 들어갔고, 그는 마지막 모험에 옷을 단단히 동여맸다.

"들어오시랍니다."

조금의 거침도 없이 경쾌한 상도의 발걸음 앞에 시월파 두목 석태의 모습이 보였고, 그의 옆으로 시월파의 대원들이 눈에 잔뜩 힘이 들어간 상태로 그를 응시하고 있었다. 언제라도 피를 보겠다는 주위의 분위기가 무겁게 내려앉았다. 석태와 마주 앉은 상도는 다리를 꼬며 조금의 위축도 없이 시월파의 보스인 석태를 바로 쳐다보고 있었다. 폭풍 전야의 모습처럼 어둡고 힘든 분위기를 깨며 석태가 입을 열었다.

"서로 먹고 먹히는 게 이 바닥 생리인 줄 잘 알겠는데, 혼자 올 줄은 몰랐는데. 어린 녀석이 겁대가리를 상실하셨군."

석태는 조롱하며 말을 이었고 상도는 말대답 없이 자리에서 석태만 바라보고 있었다.

"너도 알겠지만 우리 시월파도 백가에게 많은 걸 양보했어. 더 이상 우리도 참고 있을 순 없는 거고. 이봐 조용히 돌아가. 우리 조직이 기동파 행동 대장인 너를 혼자 쳤다고 하면 무슨 개망신이겠어. 양명과 같이 오라고. 그래야 협상을 할 수 있는 거고."

"내 말은 아직 끝나지 않았습니다."

석태는 탁자 위에 있는 냉수를 한꺼번에 입속으로 털어 넣었다.

"뭘 원하는 건데?"

"시월파 전부를 원합니다."

상도의 말에 시월파 조직원 전부는 금방이라도 터질 듯이 꿈틀대었고 전보다 더 날카롭게 그를 겨누고 있었다.

"잠깐 조용히 해."

톤 높은 석태의 말에 어수선하던 주위가 정리되고 있었다.

"그래 한번 자네 생각이 어떤지나 들어 보지."

"서울 주먹 세계의 주인은 바로 한 명 양명 형님입니다. 그 다음은 나고. 이제껏 서로 명분 없는 싸움만 했습니다. 매일매일 조직원들의 신경전만 더욱더 날카롭게 되었고 소득 없는 싸움은 이제 끝내자는 겁니다."

"나도 끝내고 싶어. 그런데 어떤 방법이 있다고 보는 거지."

"그 이유는 간단합니다. 양대 파 주먹이 깨끗하게 붙어서 지는 쪽이 영등포를 포기하고 물러나는 겁니다. 그래서 기동파에서 내가 온 거지요. 깨끗이 겨루고 이제 명분 없는 피는 그만 봅시다."

석태는 양손을 티 나지 않게 펴고 있었다. 자신의 감정을 냉철하게 조절하는… 이 바닥에서 오랜 세월의 경륜을 말해 주는 듯이 보였다.

"어린 자식이 겁을 잃어버렸군. 좋다. 우리가 지면 깨끗하게 물러나지."

석태도 더 이상은 끌려갈 수 없다고 생각했다. 상도와의 대면에서 그는 여러 가지를 잃고 있었다.

"물러나는 것이 아닙니다. 지는 쪽이 앞으로도 영등포를 넘어올 생각은 절대 할 수 없다는 겁니다."

"저런 쳐 죽일 놈. 좋다. 도끼 준비해."

석태의 말에 창고 중앙이 비어지고 그 주위로 시월파 조직원들이 자리를 채웠다. 그리고 날렵한 몸이라는 것을 한눈에 알 수 있는 군복 바지의 도끼가 두 팔로 자세를 갖추며 상도 앞에 섰다. 생과 사의 갈림길. 뭉쳐 있던 한쪽 자리 사이가 벌어졌다. 그 안을 비집고 상도가 들어가고 있었다. 금방이라도 상도에게 달려들 듯이 보이지만, 그는 결코 주눅 들거나 위축되지 않았다. 말없는 눈빛 싸움이 시작되고 조심스럽게 양복이 땅으로 흘러내리며 상도의 넥타이가 풀어헤쳐졌다. 상도와 도끼의 양 어깨에 두 조직의 사활이 걸려 있었다. 도끼의 빠른 발이 상도의 주위를 돌기 시작했다.

고인의 대결. 서로의 급소만을 노리는 살인 결투. 그것을 두 사람은 너무 잘 알고 있었다. 이 대결이 끝난 후에도 몸이 제대로 움직여 준다면 다시 살아 볼 가치가 있다는 것을. 바람을 가르며 도끼의 발이 상도의 안면을 향해 춤을 추며 날아왔다. 날카롭고 위협적인 고도의 기술

로써 주위를 지켜보고 있던 사람들 모두 숨을 죽인 채 두 사람의 움직임만을 주시하고 있었다.

'빈틈이 없다.' 상도가 짧게 생각했다. 몇 번의 공격이 오간 상태였지만 두 사람 모두 숨을 가쁘게 몰아쉬고 있었다. 그리고 짧은 몇 초 사이 상도가 방심을 보이자 도끼는 그것을 그대로 이용하여 들어오고 있었다. 아차 하는 순간 도끼의 손이 상도의 셔츠를 찢으며 그의 가슴에 사정없이 들어왔다.

-윽… 허억-

상도는 중심을 잃었다. 두 번, 세 번. 매서운 도끼의 손과 발이 흉기로 변하는 사이 상도는 힘을 쓰지 못했다. 순간 마지막이라는 생각이 그의 머리를 스쳐 지나가고 있었다. 그때였다. 어디서부턴지 알 수 없는 격한 감정이 상도의 머리에서 뚫고 일어나기 시작했다. 빠르게 들어오는 도끼의 팔을 약간 비킨 채 상도의 주먹이 그의 명치끝을 뜨겁게 가격했다.

-퍽…… 으윽…-

빛 하나 차이로 이루어진 상도의 공격에 도끼는 벌써 몇 미터 떨어져 자리에 그대로 누워 있는 상태였고, 시월파 조직원들은 그 두 사람을 번갈아 지켜볼 뿐 아무 말도 하지 못하고 있었다. 그러나 시월파 조직원들은 사태의 심각성을 인식했는지 상도에게 다가오고 있었다. 하지만 상도는 그들의 행동엔 관심이 없는 듯 도끼가 누워 있는 곳으로 다가가 손을 내밀었다.

"실로 굉장한 싸움 실력입니다. 지금껏 가장 힘든 상대였고."

아직도 고통스러운 표정을 지으며 도끼도 상도에게 손을 내밀었다.

"으… 큭… 흑. 정말로… 당신의 배짱에… 밀린 것 같소. 다음에 기회가… 온다면 꼭 갚는 날이 올 거라고…….”

그들은 사내로서 뜨거운 악수를 나눴다. 그리고 도끼를 상도가 앉아 세우고 석태를 바라보았다. 석태는 상도를 바라보고 있지만 눈의 초점은 이미 떠나 있었다. 그때였다. 상도의 등을 향해 시퍼런 칼을 세운 사내가 들어오고 있던 것이. 상도는 몸을 가까스로 피하고 사내의 손을 잡아 그의 목에 사정없이 시퍼런 날을 그어 댔다. 새빨간 피가 하얀 상도의 셔츠에 사정없이 적셔지고 있었다. 순식간에 창고는 아수라장이 되어 갔다.

"저놈을 죽여!"

떠나갈 듯한 석태의 소리에 시월파 조직원이 한곳으로 모여 상도를 향해 흉기를 세우며 밀고 들어왔다. 상도는 공중으로 몸을 날리며 오륙 미터 떨어진 석태의 가슴에 한 치의 오차도 없이 그의 강한 오른쪽 주먹으로 강타했다.

-윽…… 컥…-

석태는 온몸이 뒤틀리기 시작하더니 바닥으로 그대로 곤두박질쳤다.

"더러운 자식. 그래도 두목이라 믿었는데….”

상도의 눈에는 핏빛의 살기가 흔들렸다. 하나둘 그에게 맞물렸던 사내들이 쓰러져 갔다. 하지만 수가 많은 것은 강하고 튼튼했다.

나머지 잔류 인력들이 상도에게 쪼여 오고 사면초가인 상도는 더 이상 몸을 움직일 수 없었다. 하지만 그때 창고 정문이 열리면서 기동파의 식구들이 괴성을 지르며 들어왔다. 그 뒤에 여유로운 모습으로 양명이 맨 마지막으로 등장했다. 그것으로 서울 주먹 전쟁은 끝이 났다. 더욱 강해진 기동파로. 그리고 상도는 죄를 심판받아야 하는 교도소로…….

9.

 공사장 생활 3개월째. 많은 시간이 흘러갔음을 상도도 느끼고 있었다.

 그리고 동주가 무척 보고 싶다는 생각이 드는 마음을 정리하며 안전모를 세우고 공사 현장으로 무거운 발걸음을 옮겼다.

 "한 기사. 오늘은 자재 수량 좀 파악해 주고 건물 공사 중 위험한 부분 손 좀 봐 주라고."

 오늘 상도가 부여받은 임무였다. 자재 검사는 언제나 손 기사가 하는 것이었는데 오늘 그가 결근을 했으므로 상도에게 그 일이 넘어온 것이었다. 자재부에 나와 있는 수량과 들어온 수량이 일치하는가를 확인하는 작업이었다.

 평상시 하던 일보다 아주 편한 작업에 상도는 빠르게 일을 진행시켜 가고 있었다. 오전 작업을 거의 마칠 시간에 그는 약간의 착오가 있음을 감지했다. XL관이라는 플라스틱관이 있는데 아파트 바닥에 깔리는 난방관으로 그것을 공사에 사용하고 있다. 그런데 그것이 자재부에 기재되어 있는 길이보다 7~8m가 아니, 그보다 훨씬 더 모자랐다. 그러니 그것으로 난방을 하면 관의 길이가 짧으므로 당연이 공간이 많이 남게 되고 난방이 안 좋아진다는 것이다. 물론 그 XL관은 바닥 시멘트 속에 묻혀서 공사가 끝나게 되면 다시 시멘트를 벗겨 내지 않는 이상 제대로 공사를 했는지 아무도 알 수가 없었다. 동관과 다른 철재 배관들도 기재되어 있는 수량보다 한참 적었다. 그것을 상도가 발견하게 된 것이었다.

 상도는 누군가의 의두적인 눈길임을 느낄 수 있었다. 그걸 알았을 때

점심시간이 되어 그는 공사장 식당으로 자리를 옮겼다.

한참 시끄러운 식사 시간. 이곳저곳에서 인부들의 목소리가 들려왔다. 무더운 여름의 뜨거움을 조금이라도 식히고 싶은 사람들의 몸놀림이 보였다. 상도는 자신의 앞에서 얼음물에 밥을 말아 먹고 있는 윤 씨 아저씨에게 자신의 궁금증을 던지고 있었다.

"아저씨 XL관은 누가 담당합니까?"

"그건 왜?"

윤 씨는 대수롭지 않은 듯이 식사에 더 열을 올려 젓가락으로 오이무침을 입속에 넣으며 상도에게 시선을 돌렸다.

"아니 그냥 좀 알아보려고요. 불량품이 조금 있는 것 같아서요."

"으응. 그건 B조 최 반장 소관일 걸 아마."

'최 반장이라.'

알아들을 수 없을 정도로 혼자 중얼거리고 상도는 빠른 속도로 식사를 마쳤다. 상도는 식판을 반납하는 동시에 사무실 건물이 들어차 있는 공사장 정문 쪽으로 방향을 잡고 이동하고 있었다.

조립식 건물로 지어진 간이 사무실 자리에는 안전제일이라는 글자가 크게 써져 있었고 그 계단 위로 여러 군데 출입구가 보였다. 복도를 지나 세 번째에 B조 사무실이 보였다. 상도는 계단을 다시 밟고 올라와 B조 사무실 문 앞에 도착했다.

-똑… 똑-

노크 소리를 내며 상도는 문을 밀치고 들어갔다. 사무실 안 4명의 사내들이 상도에게 신경도 쓰지 않은 채 고스톱에 열중하는 모습이 보였고 자욱한 담배 연기가 상도의 시야를 가렸다.

"무슨 일로 오셨습니까?"

사무적인 말투를 보이며 상도에게 한 사내가 그를 맞이하고 있었다.

"최 반장님 좀 뵈러 왔습니다."

그 말과 동시에 머릿기름을 발라 심하게 치켜올린 사내가 상도를 바라보았다.

"무슨 일로 나를 찾아왔지?"

사내는 소리를 내고 있었지만 눈은 계속해서 화투판 쪽으로 향하고 있는 그였다.

"전 C조에서 일을 하는 한상도라는 사람입니다. 오늘 재고 파악을 하다 보니 반장님이 담당하시는 XL관 수량에 이상이 있는 것 같아서요."

화투판이 잠시 멈추어지고 사내들은 상도의 말이 무엇을 의미하는지를 알고 있는 듯했다.

"손 기사 오늘 안 나왔나?"

그 중 약간 말라 보이는 사내가 상도에게 위협적인 소리를 굵게 내밀었다.

"예, 그래서 제가 일을 대신 맡아서 했습니다."

"알았어. 돌아가 일 보게."

최 반장은 다시 화투 패를 모으며 귀찮다는 듯이 상도의 말을 잘라 버렸다.

"예?"

상도의 말꼬리가 올라갔고 조금 머뭇거렸지만 자리를 계속 지키고 있었다.

"내 말 무슨 뜻인지 몰라? 돌아가라고."

최 반장의 입꼬리가 올라가면서 처음보다 더 분위기가 무겁게 흘러가고 있었다.

29

"전 XL관 수량이 안 맞아 왔습니다. XL 담당이 최 반장님이라고 해서 온 거고요. 오늘 작업 끝날 때까지 맞게 채워 놓으십시오. 만약 맞지 않으면 현장 소장님께 직접 찾아가 보고드리겠습니다."

"뭐? 저 자식이."

최 반장을 포함한 3명의 사내들이 자리에서 벌떡 일어났다. 하지만 상도는 자신의 뜻을 전달한 후 뒤도 돌아보지 않은 채 그곳을 벗어났다. 더럽게 내뱉은 욕설들이 허공으로 퍼져 흘러가고 있었다.

오후 작업이 시작되고 몇 시간이 흐른 뒤 엘리베이터 설치 공간 앞에서 상도는 추락 주의라는 푯말을 설치하고 있었다. 한참 작업을 하고 있는 즈음 윤 씨 아저씨가 상도를 불러 세우고 있었다.

"한 군. 자넬 최 반장이 찾아왔어. 무슨 일 때문에 그래. 아무튼 저쪽 간이식당 옆에 있으니 좀 가 보게."

피할 이유가 상도에게 없었으므로 윤 씨가 말하던 그곳으로 상도가 다가가자 담배를 물었던 최 반장이 급하게 담뱃불을 끄며 구둣발로 땅을 향해 비비기 시작했다.

"피차 긴말은 않겠네. 이거 받지."

최 반장은 빨리 끝내고 싶은지 손에선 흰 봉투가 흘러나왔다.

"이거 왜 이러십니까. 전 분명히 말씀드렸습니다. 오늘 저녁까지입니다."

한 치도 물러섬이 없는 상도의 단호한 요구였다.

"뭐 이런 자식이 다 있어. 나도 별로 먹지 않았어. 이 사람 저 사람 나누다 보면 몇 장 안 남아. 그리고 그것을 쪼개서 다시 자네와 나누고. 그러지 말고 좋은 게 좋은 거 아니겠어. 이거 넣어 두게 어서."

처음엔 강경한 말투에서 다시 부드러운 어조로 최 반장의 목소리가 바뀌어져 갔다. 상도가 알 수 없는 미소를 지으며 봉투를 한 손으로 가져갔다.

　최 반장도 타협이 끝난 것에 대해 만족스런 표정을 지으며 얼굴엔 기름기 가득한 미소를 보이고 있었다. 그러나 느닷없이 봉투를 구긴 상도가 그것을 최 반장의 얼굴에 세차게 집어던졌다.

　"내 말 잘 들어. 분명히 오늘 저녁까지 다 맞춰 놔. 아니면 넌 죽어."

　상도는 최 반장의 멱살을 잡으며 이글거리는 눈으로 그를 위협했다. 켁켁거리며 고통스러워하던 최 반장을 땅바닥에 세차게 밀어 넣은 상도 얼굴은 전보다 더 무표정으로 변해 있었다.

　"건방진 자식. 후회할 짓을 하고 있군. 참어른도 못 알아보는 버르장머리 없는 놈. 정 그렇다면 나도 생각이 있다고."

　최 반장은 숨을 몰아쉬면서 악담을 퍼붓고 있었다. 그는 몸을 돌아 빠른 걸음으로 상도의 시야에서 멀어지고 있었다.

10.

　사람이 살다 보면 분명히 여러 가지 문제에 부딪치게 되어 있다. 그 문제에 대해서 어떻게든 풀어 가야 하는 것이 인생인데 그 문제를 직접 해결했을 때는 더욱더 자신의 인생에 애착을 가지게 될 것이고 그 문제를 풀어 가지 못하면 결국 낙오자가 되는 것이다. 하지만 처음부터 모든 어려움을 헤쳐 나가는 사람은 과연 몇이나 될까? 우리가 성공했다고 말하는 사람들은 분명 몇 번의 실패의 쓴잔이 있은 후 기쁨을 맛본 것이다. 하지만 이 세상 사람들 중 값진 패배를 아는 사람은 과연 몇 명이나 될까? 실패를 성공의 길이라고 자신 있게 말할 수 있는 사람은 몇 명이나 될까? 분명 극소수의 사람들일 것이다. 그렇지만 그런 경험을 밑바탕으로 어려움을 이겨 낸 사람은 분명히 있는 것 또한 인생인 것이다. 그러나 그런 사람들은 우리가 살아가는 동안 만나지 못하고 살다 갈 것이다. 진정한 패배를 아는 자는 자기가 그랬다고, 내가 이런 경험이 있었노라고 말할 사람은 아마 한 명도 없을 것이다. 그저 묵묵히 자신의 위치에서 매사 감사할 줄 알면서 자신의 본분을 충실히 이행하며 조용히 자신의 삶에 만족하며 사는 사람일 것이다. 소리 없이 강한 자는 결코 자신을 드러내지 않는다.

"오늘 하루도 대단히 수고 많으셨습니다."

스피커에 부드러운 여자의 음성이 흘러나오며 작업을 끝마치는 음악이 공사 현장 전 주변으로 퍼져 나갔다.

"수고 하셨습니다. 아저씨."

"그래 자네도 수고 했어. 내일 봄세."

윤 씨는 짐을 챙기며 퇴근을 서두르고 있었다. 그때를 맞추어 공사장 일꾼들도 하루를 마감하고 하나둘 아파트 단지를 벗어나고 있었다.

상도도 허기진 배를 채우기 위해 대충 사용했던 장비들을 정리하고 공사장 식당으로 자리를 옮겼으며 저녁 식사가 끝나면 그도 숙소로 되돌아와 빨리 휴식을 취하고 싶었다. 시끌벅적했던 점심과는 달리 판자로 대충 맞춰진 식탁이 있는 그 식당엔 몇몇 사람들만이 저녁을 먹고 있는 중이었고 자리도 절반 이상 비워져 있었다. 오늘 공사가 끝난 것으로 보이는 어느 팀은 삼겹살을 안주 삼아 회식을 하고 있는 모습이 그간의 고생을 위로하는 듯이 보였다.

상도는 평상시와 달리 식사를 하는 둥 마는 둥 도무지 입맛을 느끼지 못하고 있었고, 땀으로 얼룩진 작업복을 벗어던지고 시원한 물로 빨리 샤워를 하고 싶다는 생각뿐이었다. 일을 하면서 습관처럼 샤워를 했고 그것을 해야만 살아 있다는 것을 느낄 수 있었다. 작업의 잔재들이 어지럽게 널려 있는 공사장 가장자리를 지나서 숙소에 도달할 무렵, 상도는 자신을 기다리고 있는 그들을 느낄 수 있었다. 텅 빈 아파트 단지 내에 그를 기다리고 있는 불청객들을 발견한 것이다. 상도와 수십 미터 거리를 두고 털이 얼굴의 반 이상을 덮고 있는 사내가 상도를 발견하고 조롱하는 눈빛을 보이고 있었으며 그 옆으로도 2명의 사내가 그를 기다리고 있었다. 상도가 그들 주위에 다가섰을 때 사내들은 자리에서 고개와 발을 돌리며 몸을 풀고 있었다.

"네가 한 기사라는 놈팽이지?"

모든 걸 알고 있다는 듯이 털보는 상도에게 대뜸 말을 쏘아 붓고 있었다.

기분 나쁘게 침을 한꺼번에 뱉고는 상도를 향에 묘한 인상을 던지고 있는 털보였다.

"네가 이 노가다판 생리를 얼마나 아는지는 몰라도 그렇게 까불다간 죽지. 암…. 다치고 싶지 않으면 조용히 시키는 일만 혀. 알겠냐?"

듣기 싫은 허스키한 음석이 여러 갈래로 갈라지며 상도의 귀를 때렸다.

나머지 두 사내들은 팔 크기의 쇠 파이프를 손바닥으로 치며 털보와 마찬가지로 상도를 노려보고 있었다.

"최 반장이 가라고 하대?"

상도는 이런 상황을 예상했었는지 조금도 위축되지 않고 그들 앞에 당당히 자리를 잡고 있었다. 사내들은 그들이 생각했던 것과 거리가 멀어지고 있는 것이 당황스러웠는지 그것을 숨기기 위해 번갈아 쳐다보며 웃기 시작했다. 그리고 어느 순간 웃음소리가 끊어지고 얼굴에 여드름이 많은 사내가 상도를 노려봤다.

"병신 같은 놈. 조용히 말할 때 '형님 죄송합니다'라고 하면 용서해 줄 테니까 어여 빌고 꺼져."

여드름은 시간을 끌고 싶지 않았다.

"최 반장이 말한 경고가 이거였군. 나쁜 ××머리 새끼들. 너희들도 같이 나눠 먹었나 보지."

"아니 저 새끼가 뒈질려고."

눈과 입을 크게 찡그리며 털보는 상도 앞으로 접근했고 나머지 사내들도 털보 뒤를 따랐다.

"너희들이 자초한 일이니 날 원망하지 마라."

상도의 경고도 이미 흘러갔다. 상도의 몸이 허공을 갈랐다. 주먹과 발로써 털보를 제압했고 나머지 사내들 또한 모두 땅에 머리를 박고 갖은 인상을 쓰고 있었다. 상도는 약간의 틈도 주지 않았다. 엎어져 있는 사내들을 발로 짓이기며 그 고통을 배로 주고 있었다.

"개×××들. 더럽게 먹은 돈 털어 내기가 죽기보다 싫다든. 공사판까지 밀려들어 와서 삥 칠 생각했으면 그 전에 더 크게 해 처먹지 그랬냐. 오늘 니들 죽었다고 복창해야 할 거야. 너희들이 생각한 대로 흘러가지 않는다는 것을 오늘 무조건 배우게 된 것에 감사해라."

상도는 핏대를 세우고 있었다. 고통에 겨워하던 사내들을 일으켜 세웠다.

사내들은 살기 위해서 무조건 상도의 말을 들어야 했다.

"잘… 못… 했습니다. 저희는 그저… 돈 받고 시키는 대로, 한 번만 용서해 주십시오."

털보는 상도의 눈치를 살피며 겨우 말을 이었고 아직도 고통으로 힘겨워했다.

"털보 이 새끼 같이 해 처먹고 자기만 빠지려고 들어. 너 찌그러져 있어."

상도가 무서운 주먹을 강타하자 털보는 바로 뒤로 넘어지면서 숨을 몰아쉬고 있었다. 나머지 사내들은 겁을 먹고 몸을 떨며 이 시간만 지나기를 바라고 있었다.

"지금부터 내가 하는 말 똑바로 대답한다."

"최 반장 그 자식 집이 어디냐?"

"대전시 용운동에 산다고 들었습니다."

상도의 말이 끝나기도 전에 컴퓨터에 입력된 것처럼 재빠르게 여드름의 입에서 바로 튀어나왔다.

"거짓으로 말하면 모두 죽어. 사실이지?"

"예 맞습니다. 지금 이 상황에서 저희가 어떻게 거짓으로 말할 수 있겠습니까."

여드름의 목소리는 흐느끼는 소녀처럼 목소리에 힘이 없었다.

"좋아, 한번 용서해 주지. 하지만 더 이상 이 공사판에서 밥 먹을 생각은 지금부터 접어라. 그리고 셋 셀 동안 내 눈에서 사라진다. 실시, 하나, 둘."

상도의 말이 끝나기가 무섭게 그들은 있는 힘을 다해 주위에서 멀어져 가고 있었다. 너무 심하게 움직였는지 털보는 몇 번이고 넘어지면서 다시 일어나 도망가기 시작했다.

11.

대전에서 몇 달 동안 생활했던 상도였지만 처음으로 대전 시내를 지나가고 있었다. 서울의 번화가를 연상시키듯이 많은 사람들의 분주한 모습이 상도의 눈에 지나쳐 가고 있었다. 대전역을 거쳐 상도를 태운 택시는 도시 외곽 한 장소에 정차하고 있었다. 기사는 백미러를 통해 상도에게 안내했고 처음 와 보는 장소에 그는 내리며 주위를 살피기 시작했다. 여러 단위의 건물이 보였지만 상도는 아직도 갈피를 잡지 못했다. 처음 초행길인 상도는 방향을 잡지 못하고 한참을 그 자리 맴돌고 있었다. 시간적 여유가 거리감 없이 지나간 후 횡단보도 옆 한 구멍가게를 발견한 상도는 그곳으로 몸을 틀었다. 가게 주인으로 보이는 중년 부인은 TV에 정신을 빼앗겨서 그런지 상도에게 전혀 신경을 쓰지 않고 있었다.

"말씀 좀 묻겠습니다."

상도는 캔 음료수를 집어 들어 그녀의 시선을 자신에게 오도록 했다.

"여기가 용운동이라고 하던데요. 그럼 357번지가 어디쯤 될까요?"

"거기유 응… 이 길로 쭉 올라가서 보면 목욕탕이 있을 건디, 그곳에서 물어보시쥬."

상도는 조금의 지체도 허락하지 않은 채 그녀가 안내해 준 곳으로 이동했다. 그리고 몇 번을 헤매다 힘들게 최 반장의 집을 발견하게 되었다.

'더럽게도 많이 해 먹은 모양이군.'

집은 삼층으로 지어진 현대식 양옥으로 정교함과 깨끗함이 한눈에 들어왔다. 초인종을 누르자 신호음 소리와 함께 최 반장의 아내인 듯한 여인의 음성이 흘러나오고 있었다.

"안녕하세요. 저는 최 반장님을 모시고 있는 사람인데요. 내일 작업 때문에 상의드릴 것이 있어서 찾아왔는데 안에 계신가요."

"오늘 늦는다고 하던데요. 내일 현장에서 보세요. 지금 딱히 연락할 방법이 없네요."

사무적인 여자의 목소리가 철컥하고 소리를 먹으며 사라져 갔다. 상도는 최 반장의 집 마지막 외진 담에 몸을 기대고 폭발직전의 화약처럼 타들어 가고 있었다.

'기다려 주지. 더러운 상판 좀 구경해 보자고.'

끓어오르는 다짐의 말을 이으며 상도는 자리를 지키고 있었다. 그렇게 하는 것만이 자기 스스로를 이기는 길이라고 믿고 싶었다.

밤 11시가 넘은 시간. 시간이 지날수록 솟구쳐 오르는 감정을 다스리기엔 상도는 그것을 포용할 수 없을 정도로 예민해져 가고 있었다. 반쯤 목을 꺾은 채로 시선을 집중하며 숨을 크게 몰아쉬고 어렵게 자신을 달래고 있었다.

이젠 지나치던 사람들의 모습도 찾기 힘들어져 가고 있었고 그렇게 또 다른 세계로 빠져들고 있을 때, 빨간 라이트가 정지 신호를 보내면서 택시 한 대가 다가섰고 비틀거리는 한 사내가 차 도어를 열고 나오는 것이 상도의 눈에 들어온 것이다. 순간 최 반장임을 직감으로 느낄 수 있었다. 철문 옆 기둥에 붙은 초인종 쪽으로 다가서는 최 반장을 상도가 재빠르게 가로챘다.

"개×새. 나 알아볼 수 있겠어? 지금쯤 쓰러져 헤매고 있는 줄 알고 있었겠지.”
 상도는 속삭이며 최 반장 얼굴에 그의 얼굴을 자연스럽게 접근시켰다.
 눈에서 피를 뿜을 것 같은 상도의 살인 눈빛을 최 반장은 느낄 수 있었다.
 최 반장은 입을 모으며 고개를 부르르 떨었다. 그리고 지탱하던 양다리에 힘이 한꺼번에 빠져나가고 있었다.
 “잘못했네…. 날 좀 살… 려 주게.”
 “조용히 따라와.”
 최 반장의 멱살이 갈기갈기 찢기고 있었다. 악취가 코를 들쑤시고 있는 쓰레기 더미 속에 두 사람이 와 있었다. 더운 날씨 탓으로 인하여 냄새는 머리까지 파고들고 있었다. 최 반장의 옷은 쓰레기 더미에 묻혀 있고 그의 몸은 팬티만 입혀진 채로 상도 앞에 서 있었다. 상도는 손에 있는 막대기로 최 반장의 몸을 툭툭 치며 냉소를 보이기 시작했다. 최 반장은 일생의 최악의 날을 맞이하고 있는 중이였다.
 “더러운 돼지 새끼. 그래, 그렇게 삥 처먹고 싶었단 말이지. 쓰레기만도 못한 인간이기 때문에 이곳으로 온 거야. 지금부터 정신 훈련을 받아야지. 남는 게 시간이거든. 크크큭.”
 상도의 왼손에 있던 막대기가 탕 소리와 함께 땅으로 나가떨어지고 두 사람의 간격이 바로 붙여졌다.
 “너 같은 족속들 때문에 나 같은 전과자는 살기가 무척 힘들어져. 너 같은 쌩양아치들이 죄는 다 짓는데 맨날 나 같은 사람들만 뺑이를 치게 되더군. 넌 지금부터 아주 특별한 경험을 하게 될 거야. 내가 심판해 주지.”
 최 반장은 진심으로 참회하고 있었지만 이미 그러기에는 상도의 참을성이 도를 넘고 난 후였다.

"잘못… 했네. 내일 즉시 수량을 채워… 놓겠네. 제발 한 번만 살려주게나…. 으악악…… 으윽…. 아."

남자의 비명 소리는 메아리처럼 사방으로 흩어져 나갔다. 하지만 최반장을 지켜 줄 사람은 아무도 없었다. 한상도를 막을 수 있는 사람은 어디에도 존재하지 않았다.

-꼬리가 길면 잡힌다.(한국 속담)-

-혼자 다 처먹으면 골로 간다.(현재 유행어)-

12.

거의 20년간 똑같은 주변, 똑같은 길을 매일 반복했다. 하루에도 수십 번씩. 동주의 집으로 가기 위해서는 닳고 닳은 수백 개의 돌계단에 이어 이어진 이 길을 언제나 지나가야 했다. 세계는 최첨단이니 초정보 시대라고 하며 떠들어 대고 있지만 이곳은 예전과 다를 것이 조금도 없었다.

변한 것이 있다면 가족 수에 비해 한 개뿐이던 공중 수도에서 매일 전쟁을 치르던 몇 해 전보다는 수도가 각 세대별로 공급되었다는 것뿐이었다.

공부에 지친 몸으로 동주는 하루도 거르지 않고 어머니의 장사를 도왔다.

힘들고 어려워도 두 남매를 위해 이른 새벽부터 고생하시는 어머니를 위해서 언제나 잠을 설쳐 가며 살고 있는 동주. 그리고 한상도의 둘도 없는 친구였다. 요즘 정신없이 돌아가는 그의 생활 속에서 여유란 풀잎으로 바위를 깨는 것보다 어려웠다. 주간엔 도서관에서의 생활 그리고 야간에 가족의 생계를 위한 투쟁이 계속되었다. 하지만 그는 날아갈 수 있는 꿈을 꾸며 생활하는 건장한 청년이었다. 이 시대를 사는 어떤 이보다도 그의 생각은 온전했다. 오늘 계획했던 일을 오전에 다 이루고 동주는 오랜만에 편안한 마음으로 집에서 포장마차 장사 준비에 여념이 없는 어머니를 위해 급히 걸음을 재촉하고 있었다. 동주 하나만 믿고 있는 어머니. 몸이 불편한 동생 영숙. 그리고 자신보다 더 아껴 주는 친구인 상도. 이 세 사람들의 모든 희망이 바로 동주 한 사람이었다. 한 사람의 어깨, 동주에게서 날마다 새롭게 3인의 꿈이 둥지를 틀고 있는 것이다. 밑 발판이 빠져 땅과 맞물려 버린 대문을 밀치고 동주가 들어섰다. 시간이 있으면 꼭 고치겠다고 마음먹은 것이 벌써 몇 달 전이었지만 여간 뜻대로 시간이 나질 않았다.

   동주의 집은 넘어지면 안방과 닿을 만큼 작은 공간의 집이었지만, 그곳은 다른 곳보다 포근하고 아늑했다. 저녁 장사를 위해 어머닌 시장에 갔을 거라고 예상한 동주는 아무 생각 없이 마루에 가방을 내려놓으려 한 순간, 문제의 노란 봉투를 발견했다. 그리고 동주는 얼굴이 심하게 뒤틀리며 마루에 휘청거리며 쓰러졌다. 법원 직인이 선명하게 찍혀 있는 최고장. 김동주 귀하라고 선명하게 써져 있는 문구를 보게 된 것이었다. 그것은 바로 빚 독촉을 하며 법원에서 날아온 최고장이었다. 내용은 간단했다. 동주 식구 3명이 살고 있는 유일한 재산이자 허름한 집을 담보로 어머니가 은행으로부터 집 담보 대출 800만 원을 융자받은 것이었다. 그러나 원금과 이자 상환이 연체되었고 법원으로부터 기일 안에 융자금을 변제하지 않으면 강제 집행한다는 동주 식구들이 길거리로 나앉을 수 있는 무서운 통보서였던 것이다.

동주의 손은 아직도 떨고 있었다. 열세 평 남짓한 세 모자의 유일한 보금자리인 집을 담보로 어머닌 어쩔 수 없이 영숙의 수술비를 마련했던 것이었다. 동주는 자신의 무능함을 탓하며 공부한다는 핑계로 집안에 아무 보탬도 되지 못한 것이 너무 부끄럽고 서러웠다. 그리고 그동안 혼자 모든 것을 감당하셨던 어머니를 생각하니 몸에 힘이 풀리며 아무것도 할 수가 없었다.

'아냐. 이건. 결코……'

동주의 손에 담겨져 있던 최고장이 비수가 되어 그의 가슴에 무섭게 박히고 있었다. 안에서 인기척을 느꼈는지 방문이 열리면서 영숙이 얼굴을 내밀었다.

"오빠, 언제 왔어. 밥 먹어야지."

동주는 갑자기 일어나 문을 밀치며 뛰어나가고 있었다. 그냥 집에서 무조건 벗어나고만 싶을 뿐이었다.

"오빠 어디 가. 왜 그래?"

동주의 모습은 어디에서도 찾을 수 없이 영숙의 눈에서 멀어져 가고 있었다.

13.

　아무도 없는 한강 고수부지에는 어둠이 밀려오고 아직도 방향을 잡지 못해 강물만 기를 쓰고 바라보고 있는 청년 김동주. 동주는 독한 소주를 안주도 없이 연신 입에 갖다 대고 있었다. 이미 비워져 임무를 마감한 병들도 그의 발아래 여러 병이 나뒹굴고 있었다. 손에 있던 소주도 다 마셨는지 동주는 발악하며 강 한가운데를 향해 병을 세차게 던졌다. 여러 개의 물살이 일었지만 빈 병은 힘없이 가라앉고 있었다. 동주는 어떠한 방법도 어떠한 해결책도 생각할 수 없었던 그였기에 모든 힘겨움을 여기서 끝내고 싶어 하며 아니, 그냥 이대로 시간이 멈춰졌으면 했다.
　'컥… 난… 아무것도…. 난… 보잘 것 없는 몸뚱아리에 지나지 않아. 아무것도 모르고 공부만 하고 있었으니…….'
　알아들을 수도 없는 수많은 얘기들을 아무 이유 없이 혼자 내뱉고 있는 동주였다.
　'난… 이제… 어떻게 살아야만 하지. 어떤 식으로……. 컥…. 길바닥에 나앉을… 우리 식구들을 보고만 있어야 하냐고. 난 아무것도 할 수 없는데 지금은 아무것도 아닌데 어떻게 할 수가 없다고.'
　동주는 목청이 찢기듯 악을 써 댔다. 한두 사람이 동주를 보고 있었지만 고수부지에서는 늘상 술에 절은 모습이 익숙했으므로 신경조차 쓰지 않고 지나쳐 갔다.
　'좆같은 세상. 이건. 아냐. 열심히 하루하루… 나를 위해 살아가시는 어머니를 슬프게 할 순 없는데…. 어떡해. 어떡해. 어떡해…. 으으흑.

흐흐흑. 엉엉.'

동주는 땅을 밀어 버리고 싶었다. 그래서 구멍을 내고 그 속에 묻혀서 영원히 숨고만 싶었다. 먼저 돌아가신 아버지를 원망하며 또 한탄만 하는 자신을 비웃으며 지금도 걱정을 하고 있을 어머니를 생각하며, 몸이 불편한 영숙이를 생각하며 어디에서 열심히 살아가고 있을 상도를 생각하며.

그날 이후 동주는 완전히 바뀌고 있었다. 삶을 마감한 사람처럼 아무것도 하지 않고 그냥 방에 누워 천장만을 바라보고 있을 뿐 모든 의욕을 상실한 채 산송장이 되고 있었다. 그러나 정 여사는 묵묵히 자신의 일만 할뿐 어떠한 내색도 하지 않았다. 씩씩거리면서도 장사 준비에 짧은 시간도 버리지 않았으며, 영숙만이 두 사람 사이를 오가며 힘들게 눈치만 보고 있었다.

"저놈이 미쳐도 단단히 미쳤지. 동주야. 뭣 땜시 이 애미 힘들게 하는 겨?"

정 여사는 국자로 큰솥을 쳐 가며 동주 방을 쳐다본 채 분노를 표출하고 있었다.

"엄마도 참, 오빠 생각할 게 있다고 그러잖아요."

영숙은 어머니를 바라보며 손을 저으며 어떻게든 위기를 해결하고 싶어 했다.

"넌 조용히 혀 이년아. 이놈아 난 어디 꾸중물에 손 넣고 싶어서 살고 있는 줄 알어. 다 네놈 잘되는 거 볼려고 이 고생을 참고 있는 겨. 이놈아, 뭐가 걱정이라고 이런 다냐? 이 애미 속다 죽는 꼴 보고 싶은 거여. 어여 속 시원히 말하지 못 하건냐?"

정 여사노 목받쳐 오르는 감정을 막지 못하고 있었다. 하지만 동주는 아무 말도 하지 않았다. 전과 같은 자세로 눈만 감고 있을 뿐.

"쌍놈의 새끼. 좋다. 이 애미도 생각이 있어. 이놈아 내도 다 필요 없는 겨."

정 여사는 결정을 내렸는지 연탄집게를 손으로 가져갔다. 주위를 둘러보며 보란 듯이 힘껏 휘둘렀다. 찬물이 주위에 펼쳐지듯이 냉기가 흘렀다.

-와창… 와장차…… 쿵… 찌익-

수십 개의 접시와 그릇. 그리고 수많은 유리컵이 마당에 내려앉고 여기저기서 귀가 찢어질 듯한 굉음이 주위를 둘러싸고 있었다.

"네놈이 이 애미 생각을 하는 놈이면 그러지는 못하는 겨. 암, 못하고말고. 나도 이젠 지쳐 불었다."

정 여사는 자리에 털썩 주저앉으며 남아 있는 다른 식기들도 차례로 팽개쳤다. 이와 동시에 영숙의 몸이 정 여사에게로 포개지고 동주도 문지방을 넘어 그녀에게로 달려들었다. 세 모자는 지금 한 몸이 된 것이다.

"어머니. 제가 잘못했어요. 흐흐응. 그래요 조금만, 아주 조금만 고생하자고요. 어머니……. 흐흐흑."

"오빠…… 흐흐응."

"그려 이놈아, 조금만 참으면 되는 겨. 넌 잘할 수 있다고. 왜 이리 애미 속을 썩이는 겨. 그동안 잘해 왔잖여. 조금만 참고 견디자고."

세 모자는 부둥켜안고 소리 내어 울기 시작했다. 동주는 막힌 절벽을 뚫어 보자고 다짐을 했다. 어떻게든 가족이 힘을 모아 이 모진 난관을 벗어 버리자고 다짐했다.

14.

 상도는 서울행 기차에 몸을 실었다. 몇 달 동안 많은 변화가 그에게 일어났고 동주가 무척이나 보고 싶은 것이 상도의 지금 바람이었다. 당당한 모습으로 동주 앞에 설 수 있다는 자신감에 벌써부터 마음이 설렜다.
 기차는 멀리 보이는 한 점을 향해 내달리기 시작했다. 집들과 나무들의 풍경이 상도의 뒤로 물러나고 있었다. 담을 수 없는 풍경과 맞물려 살아왔던 자신의 과거가 그림처럼 같이 따라가다가 뒤로 빠지고 있었다.
 희망의 삶. 사는 것이 꿈으로 꽉 찼던 때. 상도와 동주도 분명 그런 때가 있었다. 주소도 없는 집들이 절반 이상인 빈민가 산동네를 대한민국에서 가장 찬란하고 살기 좋은 마을로 만들자고 다짐하던 때가 있었다.
 "상도야, 우리 남들이 뭐라고 해도 이곳을 떠나지 말자. 그리고 너와 내가 세상에서 가장 돈 많은 사람이 되는 거야."
 "그런 다음 뭐하려고?"
 갑작스러운 동주의 엉뚱한 대답에 까까머리 상도는 잡고 있던 수학책을 덮었다.
 "그래서 이 동네를 다 때려 부수고 못하는 사람들만 살 수 있는 가장 살기 좋은 곳으로 만드는 거야. 약하고 힘없고 열심히 사는 사람들만 모여서 가장 행복하게 살 수 있는 동네로 만드는 거지."
 "그래 바로 그거야, 우린 이곳에서 어렸을 적부터 힘들게 살아왔으니까 언젠간 우리가 살았던 이곳이 가장 좋은 곳이 될 수 있도록 돈을 왕창 버는 건 어때. 그리고 회장은 네가 하고 난 사장할게."

상도도 동주의 기발한 생각에 손뼉을 치며 좋아했다.

"바보 같은 소리, 이곳은 모두가 똑같아. 위아래가 없고 평등한 곳이 되어야 해. 그래야 모두 행복할 수 있다고."

동주는 장난스럽게 상도를 쥐어박으며 틀리다는 행동을 취했다.

"그래그래. 내가 졌다. 아무튼 내 맘은 영원할 테니 너나 변하지나 말아라."

"그건 내가 할 소리야."

"하하하."

상도도 중학교 때까지는 동주와 앞과 뒤를 다투며 꿈 많은 소년이었던 때가 있었다. 하지만 중학교 3학년 겨울. 어머니의 갑작스러운 죽음, 아버지의 몰락, 이어진 누나의 가출 속에서 그를 온전한 사람으로 만들어 주질 못했다. 하루를 살면서도 세상을 부정의 눈으로 보게 됐으며 동주와 붙어 있던 꿈의 길이가 갈수록 벌어지며 완전히 어긋나기 시작했다.

그러나 동주의 설득과 우정, 정 여사의 도움으로 고등학교를 어렵게 입학하게 되지만 그를 교실에 묶어 두기에는 이미 세상이 흔들려 그를 떨어뜨리고 있었다. 그날도 수업 시간에 빠져나와 학교 앞 공터를 지날 때였다.

여러 명이 둘러싸여 무수한 판자 더미에 몸이 내 팽개쳐진 한 학생을 발견했다.

"야 인마, 일어나. 넌 선배에 대한 예의가 불손해. 어디 잘난 입 좀 놀려 보시지."

피해 학생은 이미 얼굴이 찢기고 티셔츠 단추가 모두 풀어헤쳐져 아무런 반항도 하지 못하고 있었다. 그리고 여러 명의 학생이 그 광경을 지켜보며 즐기고 있었다. 고1 혈기 왕성한 상도의 눈에 그 모습이 들어오게 되고 그는 가방을 던지고 주위를 밀치며 들어갔다.

"이거 너무한 거 아닙니까. 아무리 잘못을 했어도 한 명을 놓고 이렇게 한다는 건 예의가 아니죠."

강목의 조각들이 바닥에서 떨고 있는 학교 옆 공터가 푸닥거리 장소라는 얘기는 들어 보았지만 상도가 목격하게 된 것은 처음이었다.

"뭐야 넌 또? 명찰을 보니 신입생 같은데 아가, 어서 가라. 여긴 어린애 놀 데가 아니다. 빨리 안 갈래."

4명 중 신장이 제일 큰 선배가 상도를 째려보며 위협적인 어투로 누르려고 했다. 그러나 상도는 그들의 지시를 무시하며 쓰러져 있던 학생을 일으켜 세우려 했다.

"이 새끼, 이제 보니 같은 패거리 같은데. 어린 새끼가 싸가지 없이."

그 중 대가리로 보이는 학생이 쓰고 있던 모자를 한쪽으로 치우며 다른 학생들에게 불청객에 대한 위협을 지시하고 있었다. 패거리들은 방향을 바꿔 상도 주위를 포위하며 몰려들었다.

"이러지 마십시오. 같이 공부하는 처지에 사이좋게 잘 지내면 될 일 가지고 왜 이러십니까?"

"뭐야, 너 지금 겁대가리 상실했지?"

패거리들은 이미 쓰러져 있는 학생에게 관심이 없었다. 바로 상도에게 공격할 수 있는 자세를 만들었다. 상도는 어쩔 수 없이 자신의 셔츠 단추를 풀었다. 이미 좋게 흘러가는 것은 불가능하단 것을 양쪽이 알고 있었다.

"긴방긴 새끼. 얘들아, 아가 몸이 뻐근하다신다."

대가리의 경고이자 지시였다. 나머지 패거리들이 살기를 내 뿜으며 상도 곁으로 바로 공격을 취해 왔다. 상도는 자신의 잠바를 벗어 패거리에게 던지며 잠시 시간을 만들었다.

"좆도 학교 다니기도 싫은데 잘 됐네. 박 터지게 한번 해 보자고."

상도는 조금도 물러남 없이 그들 맞은편에 섰으며 조금의 빈틈도 보이지 않았다. 상도는 천성으로 타고난 싸움꾼이었다. 어렸을 적 폭력적인 아버지의 매질을 피하기 위해서 자연스럽게 몸에 밴 습관이 싸움으로 나타났다.

그리고 어디가 급소인지 한 방에 사람을 잡을 수 있는 방법에 대해서 너무나 자연스럽게 몸에 배어 있었다. 천성적으로 타고난 운동 신경이 뛰어난 싸움 실력으로 변해 있었다. 상도는 지칠 줄 모르는 투사였다. 자신 있게 패거리들이 상도에게 달려들었으나 이미 3명이 바닥에서 나뒹굴고 있었다.

그들을 지시하던 대가리만 서 있을 뿐. 대가리는 지금 일어난 광경이 믿기지 않는 듯 자신의 눈을 의심해 봤지만, 그게 바로 현실이었다. 상도는 옷의 먼지를 털며 대가리에게 다가섰다.

"내가 누군지… 알어… 우리 아버지가 바로 육성회장이야. 너 학교… 잘 다니고 싶으면 그냥 가… 어서."

대가리는 말을 더듬으며 공포가 가득했다. 주저앉아 양팔을 허공을 향해 흔들며 몸을 부스스 떨고 있었다. 대가리에게 그런 공포를 준 사람은 처음이었다. 상도는 조금의 동정도 없이 그에게 다가섰다.

"잘 됐군. 너 같이 집안 빽 믿고 알랑거리는 새끼들 낯짝 좀 보고 싶었거든."

"오지마… 제발… 잘못했어."

"처음부터 잘 했어야지. 날 원망하지 마라. 네가 자초한 일이니까."
-퍽… 퍽… 으아악!-

대가리도 다른 학생들과 마찬가지로 바닥에 몸이 떨어졌다. 당당하던 그 모습은 어디에도 없었으며 지금은 살기 위해 애원하는 세상에서 가장 약한 사람이었다. 강한 사람에게 한없이 약한 인간의 모습이었다.

상도는 피해자인 학생의 몸을 털어 주며 그를 일으켜 세웠다. 그가 어렵게 상도의 손을 잡고 자리에서 일어나고 있었다.

"고마워… 도와줘서. 하지만 나 때문에 어떡하지. 가만히 있을 놈들이 아닌데. 괜히 나 때문에…."

"고마워할 것 없어. 그리고 지금부턴 네 일이나 걱정해. 그리고 처맞고 다닐 거면 학교 깨끗이 때려치워. 한번 당하기 시작하면 평생 비굴하게 사는 거야."

상도는 다시 한번 몸을 털며 가방을 챙겼다. 가방 속에는 김치를 보관 중인 유리병이 터져 냄새와 국물이 전부 퍼져 있었다. 상도는 가방 전체를 신경질적으로 던져 버리고는 맨몸으로 현장을 지나쳐 갔다.

'하긴 이제 책가방도 필요 없지. 무슨 공부야. 내겐 사치일 뿐인 거라고.'

세상을 원망하며 상도의 분노가 극에 치닫고 청소년기를 살고 있었다.

15.

아침마다 상도를 이끌고 있는 동주 때문에 어쩔 수 없이 학교에 가야만 했다. 상도가 학교에 가지 않으면 자신도 안 갈 거라며 한눈을 팔지 못하게 그를 제어하는 사람이 동주였다. 진정한 의미에서 상도를 걱정하며 항상 그에게 순수한 우정으로 다가섰다. 세상의 모든 분노를 가슴에 담고 있는 상도였지만 동주 앞에서는 그렇게 되질 않았다. 가방도 없이 학교에 출석하는 사람이 바로 상도였다. 상도가 자신의 반에서 자리에 앉은 것을 확인하고 그의 반으로 돌아가는 일을 확인하는 것이 동주였다. 상도는 담임이 오기만을 기다렸다. 아침 조회가 끝나야 교실을 빠져 나올 수 있기 때문이었다. 하지만 교실로 들어온 담임의 인상은 평상시 그의 모습이 아니었다.

무거운 인상이 교실에 그대로 내려와 앉았다.

"한상도. 지금 즉시 교무실로 와."

상도는 담임의 대답에서 모든 걸 예상했다.

"야 인마. 네가 깡패여 건달이여. 네가 뭔데 공부 열심히 하는 학생들 돈을 뺏어. 그리고 돈이 없다고 하니까 혼자 5명을 때려 눕혀. 이 자식 완전히 인간 말종이구만."

도마 위에 올라 있는 생선처럼 여러 갈래로 몸뚱이가 떨어져 나가 자신들의 입맛에 맞게 다 만들어지고 있었다.

"선생님, 전…."

"됐어. 아무 말 하지 마. 이 종이에 어제 있었던 일 하나도 남김없이 모조리 써. 조금이라도 숨기면 죽을 줄 알아. 복도에서 무릎 꿇고 써."

  담임은 신경질적으로 상도의 발아래 백지와 펜을 던졌다. 상도는 자리에서 움직이지 않았다.

  "선생님, 전 억울합니다."

  "아니 이 자식이, 다 알고 있다고. 다 알고 있는데 무슨 변명이야. 빨리 나가서 경위서 빨리 적으라고."

  "못 쓰겠습니다. 잘못한 게 없는데 내가 왜 써야 합니까?"

  상도가 눈을 붉히며 담임의 지시를 정면에서 반박했다.

  "이런 개자식이."

  몸의 일부분처럼 느껴지던 지휘봉이 상도에게 날아와 수도 없이 파고들었다. 상도의 얘기를 들어 줄 사람은 아무도 없었다. 상도에게 폭행 당한 학생들은 모두 병원에 입원해 있다고 했으며 교장 선생님은 학생의 신분으로 폭력배 흉내를 냈다고 판단해 퇴학시키도록 조치한 것이었다.

  그러나 상도는 더 이상 변명을 하거나 구제를 바라는 모습을 보이지 않았다. 웃기는 세상이다. 그런 일이 일어난 후에는 꼭 가정 교육과 생활 환경 등으로 결부시켰다. 상도는 흐린 하늘을 바라보며 웃기만 했다. 모든 것이 부질없다는 것을 누구보다 잘 알고 있었다. 진실은 어둠 속에 포위되고 더 더러운 악이 되어 박혀 있었다.

  키가 작은 학생이 교장실 문을 열었다. 아주 가냘프고 착하게 생긴 학생이 그 속으로 들어서고 있었다. 학생들의 접근조차 허용치 않고 있는 그곳을 떳떳하게 들어가고 있었다.

  "아니. 이게 웬일인가. 동주 군."

동주는 그 당시 전국에서 상위 1%안에 드는 학생이었으니, 학교에서는 영웅 대접을 받고 있었다.

"저… 교장 선생님께 드릴 말씀이 있어서요."

"오 그래. 이거 영광이군."

교장은 보던 책과 돋보기안경을 한쪽으로 치우며 접대용 소파 쪽으로 걸어 나왔다. 무릎에 손을 올려놓고 동주를 바라봤다.

"그래 할 말이란 게 뭔가?"

교장은 금으로 도금된 치아를 들어 보이며 최대한 향긋한 소리를 내려고 했다.

"저 한상도 학생 문제 때문에…."

동주는 자신의 방문 목적을 교장에게 요구하고 있었다.

"교장 선생님께서 뭔가 잘못 알고 계세요."

"그 말이 뭔가?"

"제가 아는 상도는 먼저 시비를 걸거나 그런 행동을 할 학생이 결코 아닙니다. 교장 선생님 한 번만 다시 조사를 해 주세요."

동주는 내려오는 눈물까지 참아 가며 상도의 무죄를 설득하려 하였다. 그러나 교장의 눈빛은 처음부터 동주의 말에 귀 기울이지 않았다.

"이미 다 끝난 일이네. 상도인가 하는 불량배한테 당한 학생들이 하나같이 갑자기 위협당해서 그랬다는데 어떻게 하겠어. 선생들 사이에서도 그 학생 품행이 아주 형편없었다고 했네. 다친 학생들 모두 모범적인 학생들이고. 특히 찬우 학생 아버진 우리 학교 육성회 회장으로 학교 발전에 깊은 애정과 지원을 하는 분이시네. 동주 군 자네야 말로 잘못 알고 있는 거 아닌가?"

교장은 동주의 방문을 알고 준비하고 있었던 것처럼 작은 막힘도 없었다.

"좋습니다. 교장 선생님과 선생님들의 무책임한 행동에 저 또한 자퇴하도록 하겠습니다. 이런 학교에선 더더욱 배울 가치가 없다고 생각합니다."

동주는 교장의 얼굴이 벌레처럼 꿈틀거린다고 생각했다.

"동주 군! 동주 군!"

등 뒤에서 동주를 잡아 보려는 교장의 목소리가 이어졌지만 벌레의 손을 잡아 줄 동주가 아니었다.

상도와 동주는 힘들던 기억이 있을 때마다 동네 맨 꼭대기의 공터에 오르곤 했다. 공터에는 다 낡아 버린 낙석 주의 푯말이 한 모서리 부분에 위태롭게 매달려 있었다. 서울 시가가 보이는 이곳에 서면 마음이 편안해지곤 했다.

"우리 이제부터 뭐하고 사냐?"

동주는 무표정한 얼굴의 상도를 바라보았다.

"너 지금 뭐라고 했어?"

상도는 대수롭지 않게 넘기려 했지만 실없는 소리를 할 만큼 동주는 여유 있질 않았다.

"나도 자퇴했다. 너 없는 학교 나 혼자 어떻게 다니겠냐. 상도 네가 아무 잘못도 없이 학교에서 쫓겨났는데. 내가 가만히 있으면 안 되는 거지. 그래서 속 시원히 나도 자퇴하기로 한 거고."

"안 돼 그건. 넌 계속 다녀야 해. 왜 날 결부시켜. 이러지 말자 동주야."

"그런 얘기 그만 두자. 골치 아프잖아."

농수는 무슨 일이 있어도 포기 안 하겠다는 자신의 행동에 대해서 확신을 갖고 있었다.

16.

　차고까지 포함하여 잘 지워진 집 하며 넓은 정원의 울타리는 상도를 더욱더 초라하게 만들었다. 지금까지 상도가 꿈속에서만 보았던 그런 대저택이었다. 기다림 속에서 상도는 자신의 생각을 정리하고 있었다. 참을성만큼은 누구보다 뛰어난 상도였다. 그렇게 몇 시간을 보내다가 그가 원했던 인간을 보게 된 것이다. 양아치 패거리들의 대가리 찬우. 요양과 치료를 잘해서 그런지 멀쩡한 상태가 되어 있었다.
　"야 찬우. 안녕하신가."
　녀석은 상도를 보자 흠칫 놀라며 자리에서 얼음이 되었다.
　"나 조용히 학교 그만둘 생각을 했었는데 잘못하다간 내 친구까지 망치게 생겨서 말이야. 그래서 이대로는 안 되겠다고 생각했지. 네 새끼가 다시 희생양 좀 돼 줘야겠다."
　"아… 냐 그게. 난 결코 너한테 피해 주려고 한 게 아닌데. 정말이야. 한 번만 믿어 줘."
　상도에게 애원하며 위기를 넘기려 했다.
　"늦었어. 이거 미안하게 됐는데. 병원에서 퇴원한 지 얼마 되지 않아 다시 또 가게 생겼네."
　상도는 잔인함의 극치를 보여 줬다. 힘없이 밟힐 수밖에 없었던 한을 아니, 멸시받고 당해야만 했던 빈민가 소년의 한이 계속 쏟아져 나왔다.

　상도에겐 시간이 없었다. 1분 1초가 그에게는 생명선처럼 소중했다. 밤 12시가 넘은 시간. 상도가 동주의 집으로 달려가 그를 불러냈다.

소년원으로 가야 할 자신의 처지를 그는 알고 있었다.

"동주야 잘 들어. 나 소년원으로 가게 될 거야. 너와 나를 우습게 보던 자식을 다시 박살 내고 오는 중이다. 너, 나하고 약속해야 돼. 내가 지금 당한 거 하나도 잊지 말고. 넌 분명히 힘 있고 능력 있는 사람이 되어서 오늘 내가 당했던 거 꼭 복수해 줘야 해. 알겠지? 알았냐구."

상도가 발악을 하며 동주를 쳐다보았다. 그날은 비가 왔다. 아주 덮어 버릴 정도로 큰 양의 빗물이 세상을 가득 채우고 있었다. 동주에게는 그날이 분명 가장 크게 울었고 가장 길게 울었던 날이었다.

"내 말 알겠냐고, 동주야."

동주는 대답 대신 고개를 크게 끄덕였다. 그것이 상도의 첫 번째 큰집 생활의 시작이었다. 동주는 자신의 학문을 쌓을 수 있는 학교로, 상도는 더러운 세상을 등질 수 있는 소년원으로…….

고등학교 1학년, 두 사람 나이의 합이 34살 때…….

17.

'동주 녀석, 어머니 포장마차에 있겠지.'

상도는 달리던 기차가 정지하는 그 시간에 서울에 도착했다. 동주의 집으로 찾아가느니 정 여사의 포장마차로 가는 것이 동주를 만날 수 있는 방법이라고 생각했고 자연스럽게 어머님께 인사를 드릴 수 있었다.

시산반 나면 어머님의 포장마차를 돕는 동주를 알고 있었고 그녀에게 인사를 드려 피해 갈 수 없는 꾸지람을 빨리 맞아야 한다고 생각했던 것이다.
 아파트 단지에 일렬로 들어차 있는 가로등에 불이 켜지고 초저녁 시간에 정 여사의 포장마차에 상도는 도착했다.
 '아. 이거 걱정인데, 어머님에겐 어떻게 변명을 해야 되나?'
 정 여사의 성격을 잘 알고 있는 상도였기에 거리를 두고 주위에서 몇 번을 망설였다. 하지만 세상에서 가장 자신을 위해 주는 사람들이었다. 부모님만큼 소중하고 자신보다 중요한 동주네 식구였다.
 "어머님, 저 왔습니다."
 한 좌석 손님들이 차지하고 있어서 정 여사는 안주를 만들고 있었다.
 "아니 이놈아, 이게 또 무슨 조화여. 오간단 말도 없이 구렁이 담 넘듯 나타난 겨."
 정 여산 포장마차 입구에 서 있던 상도와 마주 보고 있었다.
 "안녕히 계셨어요. 죄송합니다. 어머니."
 상도는 떳떳지 못한 자신이 무엇보다 싫었다.
 "그려. 잘 왔어. 어디 있다가 이제 나타난 겨. 아니 밥은 먹은 겨? 국수라도 한 그릇 할래?"
 정 여산 상도를 대할 때마다 느끼고 있었다. 세상에서 가장 불쌍하고 못난 놈이라고. 그래서 더욱더 정이 가는 상도였다.
 "먹었어요. 어머니 그런데 동주가 안 보이네요. 토요일이면 꼭 이곳에 붙어 있던 녀석이."
 동주가 궁금하기도 했지만 의도적으로 정 여사의 눈을 피하고 싶었다.
 "공부하러 갔다. 이제부턴 이곳에 오지 마라고 당부혔다."
 그녀는 연탄불에 올려놓은 꽁치가 생각났는지 얼른 고개를 돌렸다.

하지만 그녀의 말속에는 더 이상 번복하지 않겠다는 결의가 들어가 있었다.

18.

"잠은 꼭 집에서 자야 혀."
"그럼요. 내가 발 뻗을 곳은 거기밖에 없는데요."
"에구, 저 능청."
따뜻한 밥 한 공기 제대로 차려 줄 수 없었던 정 여산 가슴이 무거웠다. 그것을 느끼고 있던 상도였기에 동주 핑계를 대며 주위를 벗어나고 있었다. 어둠은 사람들의 마음을 흐트러지게 했다. 회색빛 도시도 지금은 완전히 검은색으로 변해 있었다. 버스 창문에 비쳐진 상도의 모습은 무엇을 갈망하는 듯이 애처롭게 보였다. 버스를 타고 오던 길을 반대로 수재들만 다닌다는 한국 대학교 정문 앞에 상도는 도착할 수 있었다. 동주가 학교에 있다면 분명히 도서관이 있을 것이고 상도는 그를 놀래켜 주고 싶었다.

말이 한국 대학교지 교문만 몇 번 지나쳤던 상도의 기억으론 중앙 도서관을 찾는 것도 여간 힘들게 느껴졌다. 거의 모든 건물이 환하게 불이 밝혀져 있어 상도를 압도했다. 그리고 느낄 수 있었다. 대한민국의 천재들은 결코 현실에 안주하질 않는다는 것을. 한참 주위를 돌아보고 나서야 중앙 도서관 건물 앞에 올 수 있었다. 도서관이라는 이곳을 난생처음 와 본 그에게 있어서는 여기부터 어떻게 하느냐가 더욱 힘들게 다가왔다. 하지만 몇 달 만에 동주를 기다리면서 만나고 싶진 않았다. 그리고 상도는 생각했다. 자신을 반갑게 맞아 주는 것은 동주네 식구를 제외하곤 대한민국에선 어디에도 없다는 것을 스스로 느끼고 있었다.

상도는 알 수 없는 불안감이 밀려오는 것을 느끼며 잠시 숨을 고르기 위해 자판기 커피를 마시려고 주머니에서 동전을 꺼내고 있을 때였다.

"저 혹시 동주 선배 친구 분 아니세요?"

상도는 자신을 부르는 소리에 고개를 돌렸다.

"맞는데요. 어떻게 저를……."

단발머리에 도수가 큰 안경을 쓰고 있던 여자가 그를 보고 있었다. 자신을 알아보는 것이 무척 반가우면서도 당황스러웠다.

"맞네요. 동주 선배 우리 학교에서 모르는 사람이 없어요. 여기에서도 가장 잘하는 탑이거든요."

"아, 그렇군요."

"전 동주 선배와 잘 아는 후배인데요. 동주 선배 틈만 나면 친구분 자랑을 했어요. 그리고 동주 선배 책 속에 껴 있던 두 분의 사진을 본 기억이 있어서요. 제 기억이 맞네요."

상도는 가지고 있던 커피를 그녀에게 전해 주었다.

"그런데 어떡하지요. 동주 선배 이곳에 없는데. 그리고 알고 있는지 모르지만 요즘 동주 선배 왜 그런데요?"

상도의 불안감이 사실로 다가오고 있었다.

"무슨 일이 있었습니까?"

"아니 그렇게 열심히 하던 선배가 요즘은 통 책을 안 잡는 건 기본이구요. 볼 때마다 술에 취해 있구요."

그녀는 자신의 솔직한 심정을 그대로 쏟아 내었다. 상도는 답답한지 캔 속에 있는 음료수를 한 번에 비워 버렸다.
"동주 지금 어디에 있는지 혹시 알 수 있을까요."
"아침에 잠깐 봤는데 아마 이 근처 주점에 있을 거예요. 가방은 아직 도서관에 있던데요."
상도는 손바닥을 피면서 자신의 호흡을 가다듬고 있었다. 무의식중에 습관처럼 나오는 상도의 습성이었다.
"죄송한데 가방 좀 저한테 줄 수 있나요. 동주 찾으면 바로 집으로 데려가려고요."
"죄송하긴요. 당연히 해 드려야지요."
"고맙습니다."
동주의 후배가 도서관으로 들어가 있는 동안 상도의 머릿속에선 여러 가지 생각이 무수히 교차되고 있었다. 잔디밭에 앉아 자유롭게 대화를 하고 있는 학생들을 보자 자신이 잘못 왔음을 느끼고 있었다. 막 담뱃불을 끄자마자 가방이 상도에게 전달되었고 너무 낡아서 금방이라도 쏟아질 것 같은 책들을 보니 동주의 숨결이 그대로 느껴지고 있었다. 반대로 길을 걸어 정문을 다시 통과하자마자 상도는 발길이 닫는 거의 모든 주점을 헤집고 다녔지만 동주의 흔적은 없었다.
'이 자식이 대체 뭐하고 있는 거야. 왜 이러지.'
상도의 자조 섞인 대답만 허공에 흩어져 버렸다.
'그래 가방은 가지러 돌아오겠지.'
2시간가량을 소비한 상도가 내릴 수 있는 해답이었다. 자신의 출감일에 우연히 만난 기억으로 쉽게 동주를 만날 수 있다고 믿었던 자신의 생각이 크게 잘못되었음을 느끼고 있었다. 뛰다시피 하며 도서관 앞으로 되돌아왔지만 동주의 좌석을 모르는 상도로선 난감한 안개 속에 더 깊이 빠져들고 있었다. 그러기를 또 한 시간. 학생들도 한두 명 도서관에서 퇴장을 하고 있었고 지금은 모든 학생이 없는 것처럼 고요하기만 했다. 남아 있는 거라곤 주위를 밝히는 가로등 불빛만 주위를 채우고 있었다. 그만큼 시간이 많이 흐른 것이다. 허탈감 때문인지 상도는 눈을 감고 싶을 정도로 지쳐 있었다.

동주의 집으로 돌아가야 할 뿐 상도에겐 아무 방법도 남아 있지 않았다.

또 다시 학교 정문을 통과할 때, 분명 동주였다. 초라한 정도를 훨씬 넘어선 인간 폐인의 모습으로 힘없이 지치고 쓰러져 돌덩이보다도 보잘것없어 보이는 동주가 있었다. 수위실 옆 의자 위도 아닌 길바닥에 만취 상태로 동주가 쓰러져 있었다. 택시를 타고 오는 동안에도 동주의 정신은 아무것도 남아 있질 않았다. 동주의 집으로 도착할 때 상도의 생각은 바뀌고 있었다.

술에 취에 나뒹굴고 있는 모습을 상도 혼자만 알아야 된다는 결론을 내리고 있었다. 그리고 허름한 여관으로 퍼져 있는 동주를 어렵게 옮기고 있었다.

19.

새벽의 고요함과 적막감. 상도는 그것을 느낄 수 있었다. 자신을 알고 있는 사람만이 새벽을 맞이할 수 있다. 상도의 눈앞엔 동주가 보이고 그의 손엔 종이컵과 벌써 몇 병을 마감시켜 버린 쓸모없게 된 소주병들이 발밑에서 자고 있었다. 새벽 4시가 넘고 있었다. 하지만 상도의 눈은 아직도 생생한 빛을 발산하고 있었다. 조금의 시간이 흐르고 동주는 갈증을 느꼈는지 눈을 뜨고 있었으며 생소한 주위 환경에 잠시 초점이 흐려지고 있었다. 그러나 방 안을 가득 채울 만큼의 무거운 침묵을 가지고 있던 상도를 발견하게 됐다.

"상⋯ 도야."

어떻게 된 일인지 알지 못하는 동주는 놀라며 자리에서 일어나고 있었다.

"어떻게 된 거야. 내가 왜 여기 있어. 그리고 넌 언제 왔니?"

상도는 아직도 아무 말 없이 컵에 물을 따라 동주에게 건네자 그는 갈증이 심했는지 급하게 입속으로 털어 넣었다.

"정신 들지. 똑바로 앉아라."

상도가 뻗고 있던 다리를 추스르자 동주도 그를 따랐다.

"동주 너는 내 인생에서 가장 완벽하고 자랑스러운 친구고, 그런 네 모습을 보며 내가 항상 꿈꾸며 생활했고, 지금도 네가 내 친구인 게 고맙고, 네가 있어 나도 버텨 나가고 있다."

동주는 아무 대답도 하질 않았다.

"솔직히 지난 몇 달간 내 스스로에게 정말 자랑스럽고 열심히 살았다고 자부한다. 그리고 그 밑바탕에는 동주 네가 있어서였고."

"나도 알고 있어."

"그런데 내가 생각하던 모든 것이 오늘 무참히 깨어지고 있었다."

"상도야 그건."

머리가 무거운지 동주는 눈가 주위를 어루만졌다.

"끝까지 들어."

동주의 말을 막으며 상도가 종이컵을 신경질적으로 구겨 버렸다.

"미치도록 동주 네가 보고 싶었다. 이 세상 유일한 내 친구이자 형제라고 생각해서. 그래서 서울에 다시 올라 왔는데 넌 지금 옛날의 동주가 아냐. 너의 이런 모습 지금껏 처음이니까. 뭣 땜에 그러니? 숨기지 말고 지금부터 솔직히 말해야 된다."

상도가 그의 말 끝부분에 심각할 정도로 힘을 주며 못을 박아 버렸다.

동주는 불안해지고 있었지만 상도는 반대로 안정감이 쌓이고 있었다.

동주가 상도 앞에 있는 소주잔을 집어 들어 자신의 입속으로 털어 넣고 있었다. 그리고 결심이 섰는지 상도를 바라봤다.

"그래, 너에게 못할 말이 없지. 솔직히 다 말하마."

상도의 초점이 동주의 입술로 향했다.

"영숙이가 수술을 했다. 어려서부터 똑바로 걷지 못했던 내 동생이…. 이젠 물리 치료만 꾸준히 잘 받으면 정상인처럼 될 수 있다고 하고."

상도가 고개를 끄덕였다.

"그런데 난 공부만 할 줄 알지. 세상에 대해선 아무것도 몰라. 난 지금 졸업반인데 취직보다는 공부를 더하고 싶고…. 내가 참 이기적이지."

동주가 스스로 말꼬리를 흐렸다.

"어머니께선 물론 아무 걱정하지 마라고 그러시지. 그런데 영숙이 수술비는 아버지 살아 계실 때 시장에서 그렇게 고생하시며 장만했던 우리 집을 담보로 융자를 받아 수술비를 마련한 거였어."

"일단은 정말 잘되었다. 나도 영숙이가 항상 마음에 걸렸는데…."

상도는 자신의 생각을 짧게 말했다.

"그런데 난 아버지의 유일한 재산을 지킬 능력이 없어. 융자 상환일이 가까워져 오는데 그걸 해결할 방법이 없다고. 난 아무짝에도 쓸모 없다는 걸 알았다. 흐흐흑."

동주는 참을 수 없었는지 자신의 팔 위에 얼굴을 묻었다.

"며칠 밤을 혼자 앓고 계셨을 어머니를 생각하면…… 그때 난 뭐했는지 아니? 공부한답시고 내 생각만 하고 있던 거야…. 흐흐…."

동주가 갑자기 자신의 머리를 벽에 부딪치며 답답한 마음을 대신했다.

"동주야, 이 자식아. 정신 좀 차려. 그렇다고 매일 술로만 살아. 그게 동주였어? 그것밖에 안 되는 너였니?"

상도가 동주를 안고 다독거리자 서서히 안정을 찾아가고 있었다.

"너 지금부터 무조건 내말 들어야 한다. 네 옆엔 내가 있다. 그리고 내게도 똑같은 어머니고. 내가 빵에 갔을 때도 찾아오셨던 분이셔. 동주야 이제껏 내 도움 한사코 거부한 너였지만 이번만큼은 내 말 들어. 내가 해결한다."

"안 돼 그건. 네가 걱정할 문제가 아냐."

동주 역시 완강했다.

"동주 일어서. 그리고 똑똑히 나를 봐. 어서."

상도는 강제로 동주를 일으켜 세웠다. 두 사람의 눈이 마주쳤다. 아주 오래도록…….

"내가 그까짓 것 때문에 널 슬프게 하겠니. 걱정 마. 그리고 똑똑히 들어. 그 얘긴 끝난 거다. 넌 어머니 말씀대로 공부만 열심히 해. 모든 건 나에게 맡기고. 알았지. 알았냐구?"

상도가 힘 있게 몰아붙였다.

"그래도 안 돼."

"됐다, 이제 그만하자."

몇 달 만에 만난 두 사람 사이에서 오갔던 말들 중 가장 크게 오갔던 대화였다. 하지만 상도가 더욱더 강경했다. 상도는 알 수가 없었다. 왜 이렇게 흥분되어 가는지를…….

"알았다. 상도 네 말대로 할게. 날 도와줘라."

동주는 더 이상 안 되겠는지 상도의 생각에 동의했다. 상도도 몰아세운 미안한 마음이 올라왔다. 하지만 자신의 생각을 따르겠다던 동주의 말에 서서히 환해지고 있었다.

"미안하다. 화내서. 그리고 술 깨고 빨리 집에 가야지. 나도 무척 피곤해 지금. 끝으로 한마디만 더 할게. 이제부터 아무 걱정 하지 마. 내가 무조건 잘 처리할 테니 넌 이제부터 아무 걱정 없는 거다."

불이 꺼졌다. 어둠 속에서 동주는 상도의 손을 찾아 가볍게 쥐었다. 동주는 느끼고 있었다. 이런 친구가 있다는 것이 얼마나 자랑스러운지를.

상도도 나름대로 이제까지 받았던 사랑을 조금이라도 갚을 수 있는 길이 생겼다는 것에 기쁘게 잠을 청했다. 그렇게 두 사람은 코를 골며 깊은 꿈속에 빠졌다. 새벽은 고요하고 넓고 깊었다. 하지만 두 사람의 우정도 그것에 뒤지지 않았다.

20.

주먹 세계의 오야로서 크는 법. 죽음의 길목을 다섯 번쯤을 왕복해라. 그러면 두목으로서 자격이 주어진다.

태흥 종합상사. 기동파의 실질적인 아지트. 철저한 중소 오퍼상으로 위장하고 그곳에서 조직원들을 관리한다. 기동파의 중요 모임 및 사업 구상은 상사 안의 회의실에서 이뤄졌으며 한 달에 한번 정기 모임이 있을 뿐 그 외에는 일반 회사와 구별 없이 경영 체제가 이루어지고 있었다.

상도는 몇 번을 망설이다가 현관으로 향했다. 동주의 슬픔을 깰 수 있는 열쇠를 가진 곳이었다. 엘리베이터 문이 열리고 상도는 머뭇거리다 태흥 사무실로 문을 열고 들어섰다.

'다시는 섞이지 않으려고 했는데 할 수 없군. 씹팔.'

몇몇 자리가 비어 있는 책상을 지나 기동파 대원들이 사용하는 전용 사무실의 이중문을 열자 건장한 체격으로 무장한 사내들이 간이 탁자에 편한 자세로 시간을 죽이고 있었으며 벽면에는 기동파 관할 지역 등 업소의 도표가 빨간색으로 표시되어 있었다. 그리고 대형 액자에는 살신성인이라는 글귀가 선명하게 보였다. 인기척 소리에 비스듬히 누워 있던 사내 하나가 상도를 발견하고 용수철처럼 세차게 튀어 올라 일어서고 있었다.

"어… 상도 형님. 소식도 없이 이게 웬일이십니까?"

양명의 오른팔이었을 때 신인이었던 망치였는데 지금은 의젓한 모습으로 변해 있었다.

"아가들아. 어여 상도 형님께 인사 못 올리겠냐."

얼굴이 생소한 사내들이 머리를 깊이 숙여 상도를 맞이하고 있었다.

"큰형님은?"

"아이고 형님, 서운합니다. 오시자마자 회장님만 찾으시고. 제가 반갑지 않으십니까?"

"반갑다 큰형님은?"

상도는 입을 닦으며 망치를 찬찬히 훑고 지나갔다. 망치는 더 이상 상도에게 말을 걸지 못하고 분위기가 좋지 않다는 것을 단번에 알아차렸다.

"회장님 카폰으로 연락해서 상도 형님 오셨다고 어서 보고 혀라."

망치의 지시에 어린 사내 하나가 전화기 옆으로 이동했다. 상도는 옛날과 많이 달라진 실내를 쳐다보고 있었다. 아주 생소하고 처음 방문한 사람처럼 불편해 보이는 몸짓으로 모든 것이 낯설기만 했다.

21.

52평 호화 아파트엔 두 남녀의 정사가 방금 막을 내렸다. 그러나 그들의 몸이 식지 않았는지 알몸으로 침대에 위태롭게 걸쳐 있는 상태였다. 여인의 몸은 많은 투자를 했는지 흰 우유처럼 탱탱했으며 남자의 몸은 탄탄한 구릿빛으로 탄력이 있었다. 그녀의 가슴은 지금이라도 다시 타오를 것 같은 자태를 뽐내며 촉촉히 젖어 있었고, 다리는 왼발만 천으로 가리고 있어서 보일 듯 말 듯 은밀한 그곳을 더욱더 궁금하게 만들었다.

그녀 옆 중년 남자의 몸은 수십 개의 칼자국이 선명하게 신체의 일부처럼 그어져 있었다. 특히 목에서부터 왼쪽 허리까지 흘러내린 검은 훈장은 그의 세월을 정리해 주고 있는 듯 했다. 양명은 정사 후의 권태감을 발산하고 있는지 담배 연기가 두 사람이 머리 위에서 열심히 맴돌고 있었다.

"아빠, 나 오늘 영화사와 약속이 돼 있어요."

윤정화. 그녀는 고급 요정 즉 텐프로 출신으로 양명의 눈에 띄어 주먹 세계와 연관된 연예계에 발을 들여놓게 된 것이다. 양명의 정부이자 요즘 잘나가는 영화배우로 주가를 올리고 있었다. 정화는 양명을 부를 때 언제나 아빠라고 했다. 정화의 파도치던 몸이 침대에서 일어나 욕실로 향할 때 전화벨이 울리기 시작했다.

"여보세요."

정화가 자연스럽게 전화를 받았다.

"작은 사모님, 안녕하십니까. 나의환인데 회장님 계시지요."

"잠깐만요."

무선 전화기가 정화의 손에서 양명에게 전달되었다.

"급한 일 아니면 이곳으로 전화하지 마라고 했었는데 무슨 일이냐?"

양명이 조금 신경질적으로 전화를 응대하기 시작했다.

"회장님, 그게… 지금 사무실에 상도 형님이 와 계십니다."

"뭐… 상도가 왔다고? 그게 정말이냐?"

"예, 지금 사무실에서 회장님을 기다리고 계십니다."

"알았다. 지금 바로 갈 테니 잘 모시고 있어."

양명은 전화기를 바로 침대에 놓아 버리고는 자리에서 일어나 빠른 동작으로 옷을 입기 시작했다.

"어머. 아빠 왜 그냥 가시게요. 식사는요?"

"제대로 된 물건이 제 발로 다시 돌아왔어. 녀석 성격상 못 볼 줄 알았는데."

양명은 혼자만의 생각을 쏟아 내고 있었다. 그의 목소리는 잠깐 사이에 묵직하고 강해지고 있었다. 눈 난 정화의 눈이 묘하게 일그러졌다.

67

뭔가 내키지 않는 일을 해야 할 때 나타나는 인상이 그녀의 이마에 그대로 내려앉고 있었다.

22.

한 달에 한 번 열리던 가족회의가 처음으로 깨지고 유래 없는 비상모임 시작되었다. 중간 두목부터 차례대로 태흥 상사에 집결했으며 그들만의 서열 자리에 조직원들이 착석하고 있었다. 그러나 아직 도착하지 않은 양명을 상도는 휴게실 소파에 앉아 눈을 감은 채로 기다릴 뿐 다른 조직원들에겐 어떠한 신경조차 쓰지 않고 있었다.

"회장님 오십니다."

회장 비서로 보이는 사내가 모든 조직원들에게 양명의 등장을 예고하고 있었다. 사내들은 모두 자리에서 일어나 회장을 기다리고 있었다. 그러나 양명은 회의실로 들지 않고 상도가 있는 휴게소로 먼저 들렀다.

"상도야, 왔구나. 일단 안에 들자. 식구들에게 일단 복귀 신고하고 환영식 하자꾸나."

기쁜 일에도 거의 내색하지 않은, 양명의 오랜 세월 이 바닥에서 길들여진 두목다운 행동이었다.

"전 형님만 뵙고 싶습니다."

양명의 악수를 받은 상도는 거북하다는 마음을 그대로 드러내 보였다.

"이거 실망인데. 뭔가 냄새가 나는군. 몇 달 만에 찾아와서는 나만 보고 싶다고?"

눈을 반쯤 치켜올린 양명의 얼굴이 살짝 찌푸러졌다. 그러나 상도는 자신의 생각을 결코 접지 않았다.

"다른 식구들은 대기시키고 지시가 있을 때까지 내 방에 아무도 들지 않도록 해."

"예. 알겠습니다."

사내는 양명의 지시를 가지고 회의실 쪽으로 급하게 걸어가기 시작했다.

상도와 양명은 회장실 안에서 독대를 하고 있었다.

양명의 얼굴이 심하게 경련으로 일그러졌지만 그의 안락의자에서 가장 편한 자세로 상도를 노려보고 있었고 그는 고급 카펫 아래 무릎을 꿇은 채 앞만 주시하고 있었다.

"네놈이 어떻게 이렇게 나올 수가 있지."

양명은 끓어오르는 감정을 아주 힘들게 숨기고 있었다.

"죄송합니다. 전 남자로서 처음으로 형님에게 무릎을 꿇었습니다. 하지만 전 목숨을 바칠 만큼 중요한 약속을 이행해야 합니다."

"나랑 같이 기동파를 제일가는 전국구로 만들자던 약속은 어떻게 할 거냐? 나와의 약속은 아무것도 아니라는 말이지."

"제가 없어도 형님 곁에는 많은 식구들이 있지 않습니까? 제발 노여움을 거두시고 저에게 도움을 한번 주십시오. 제 생애 유일한 친구와 이 바닥을 깨끗이 정리한다고 피보다 진한 약속을 했습니다. 그러기에 형님 곁에 머물 수가 없습니다. 용서해 주십시오."

"역시 상도 너는 간단명료해. 그래, 그건 그렇다 치고 내게 부탁한 일은 뭐냐?"

양명의 노여움은 조금 해소된 듯이 보였다.

"형님, 저를 믿고 한 번만 도와주십시오. 이렇게 면목 없이 부탁드립니다. 그러나 그 정도는 제가 형님께 할 수 있다고 생각합니다."

"그렇지. 그동안 고생한 것에 비하면 그렇게 할 수도 있겠지. 뭘 해주면 되냐?"

"천만 원만 빌려주십시오. 빠른 시일 내로 갚아 드리겠습니다. 형님."

"오래간만에 나타나서는 돈을 내놓으라고?"

말끝을 올리며 양명은 숙이고 있는 상도의 머리를 내려다보고 있었다.

"상도야, 일단 편히 앉아라."

"형님께서 부탁 들어주시기 전에는 일어나지 않겠습니다."

"들어주마. 앉아라."

상도가 일어나 다시 소파에 앉았다.

"상도야 난 너를 최고로 만들어 줄 수 있다. 내 스스로도 그렇게 하기로 했고."

"형님, 그 얘긴 끝냈으면 합니다. 죄송합니다."

이미 지나간 일이라고 상도는 생각했고 번복은 없다고 스스로를 다짐했다.

"역시 내가 사람은 잘 봤어. 그릇이 달라. 하하하… 하하하."

양명이 호탕하게 웃으며 상도를 노려봤다. 그의 초점 안에서 상도가 정지되었다. 심각할 정도로 갑자기 삭막한 시간이 숨 쉬고 있었고 그것으로 그의 본 모습으로 되돌아가고 있었다.

"좋다. 주지. 대신 강요는 않겠다. 언제든 너의 자리는 비어 있다. 만약 돌아오고 싶을 땐 지체 없이 돌아와라. 그땐 내가 한 말 모두 다 책임져 주마. 알겠니?"

양명은 노여움이 완전히 풀어져 상도를 동생처럼 대하고 있었다. 상도의 눈가에 활력이 넘쳐흘렀다. 그리고 허리를 세워 90도로 인사하고 양명의 손을 따뜻하게 잡았다.

"감사합니다. 큰형님. 정말로 감사합니다."

23.

11층 건물의 모든 등불이 꺼져 있다. 그러나 딱 한군데 8층에 자리 잡고 있는 사장실에는 아직도 생생히 빛이 밖으로 새어 나오고 있었다. 그 안에는 50줄이 넘은 사내가 있었고 세월의 장난으로 나이 이상으로 주름살이 깊이 팬 장금한이 초조하게 시계를 쳐다보고 있었다.

밤 9시 금한은 아직 자리에서 떠날 수가 없는 것처럼 보였다. 그리고 방금 전 1층 정문을 통과한 사내는 경비의 인사를 받으며 8층으로 통하는 엘리베이터 층수 번호를 누르고 있었다. 이 두 사람 사이엔 아마도 무슨 연관성이 깊이 배어 있는 것처럼 보였다. 아무런 통보도 없이 사내는 사장실 문을 노크하자마자 안으로 들어섰다. 금한도 이 사내를 기다리고 있었다.

"그래 일은 어떻게 됐나?"

금한의 시선은 온통 이 사내에게 꽂혀 있었다.

"죄송합니다. 백방으로 수소문해 봤지만 우리 회사는 업자들의 손에서 이미 떠났습니다. 사장님, 이제 서서히 준비하시는 게…."

금한은 침통한 표정으로 일그러졌다. 사내가 준비했던 서류도 이젠 쓸모가 없어져 휴지처럼 아무렇게 떨어지고 있었다. 금한의 30년 노력의 결실인 회사가 바로 대기업의 횡포로 몰락하는 순간이었다.

"소주라도 한잔해야겠군."

모든 것을 털어 버리고 싶은지 금한은 여러 가지 서류철을 일시에 덮고 있었다.

"아참 사장님, 그 일은 어떻게 하시겠습니까?"

사내는 아직도 가능성이 있다는 말을 하고 싶은 거였다.

"자네라면 어떻게 하겠나?"

정리를 마감한 금한은 옷을 털며 사내를 바라봤다. 사내는 계속 서 있어서 그런지 소파에 앉았고 시간을 조금 더 끌어 보겠다는 생각이었다.

"전 괜찮을 것 같습니다. 소문만으로 사람을 평가한다는 것은······."

금한도 출입구 근처까지 접근했다가 마음이 잡히지 않는지 되돌아와 앉았다.

"기업 관리 능력도 뛰어나고요. 전 사장님 사위로는 적합하다고 봅니다."

금한이 오랜 세월 피와 땀으로 이룩해 온 회사를 대풍그룹이 접근해 왔으며 6개월간의 싸움에서 방금 전 일방적으로 모든 막을 내리는 순간이었다.

그러나 대풍그룹 천남수 회장의 둘째 아들 천기호는 금한에게 회생할 수 있는 단 하나의 방법으로 손을 내밀었다. 금한의 모든 사랑으로 키워 온 단 한 명의 딸 장혜림을 얻고 싶다는. 기호의 말은 쉬웠다. 회사를 살리고 싶다면 혜림을 자신에게 넘기라는 말이었다. 결혼을 이미 두 번이나 실패한 기호. 그리고 사생활이 문란하다는 기업 주위의 무성한 소문들은 금한이 어떻게 해야 할지 쉽게 결정을 내리지 못하고 있었다. 하지만 자신이 파산하는 순간 하청 직원까지 합쳐서 300여명의 직원들이 길거리로 나앉아야 했다.
"사장님, 시간이 없습니다. 어서 결정을 내리셔야 합니다."
"소주 한잔하고 싶은 밤이잖나. 어서 나가지."
금한은 아무것도 생각하기가 싫었다. 지금 이 순간은 그냥 탈출하고 싶은 마음뿐이었다. 금한은 벗었던 양복을 집으며 자리에서 일어나 급하게 빠져나가고 있었고 사무실의 등불도 꺼져 버렸다.

24.

마지막은 처음을 회상하게 하고 딱 잘라지듯이 진짜 끝일 때에는 가장 고요하고 평화롭다.
상도는 어제 밤늦게까지 양명과 술잔을 기울였다. 그래도 서운한지 상도를 옆에 두고 싶은 양명의 설득이 처음부터 이어졌지만 상도는 조금도 동요하지 않았다. 흐트러지지 않기 위해서 동주, 정 여사 그리고 영숙을 머릿속에서 지우지 않았다. 그렇게 해서 상도는 자신을 지킬 수 있었다. 끝내는 양명 먼저 쓰러졌으니까······.
오전 11시. 호텔방에는 아름다운 빛이 싸이고 있었다. 떳떳하게 동주를 도울 수 있다는 생각이 상도를 잠시도 가만히 있지 못하게 했다. 그의 안주머니에 깊숙이 찔러져 있던 수표를 제일 먼저 확인하고 또 확인했다.
상도의 두 번째 큰집 생활할 때로 기억된다. 누가 그랬다. 한 번 살인하기는 어려워도 두 번째부터는 쉬워진다고. 상도도 예외가 될 수 없었다. 처음엔 열심히 살아 보겠다던 그의 생각도 빵 안에서 차츰 바뀌어져 갔다. 이미 썩은 몸 믿을 것은 주먹밖에 없다는 생각으로 세상을 저주했다.

상도는 최고의 주먹이 되고 싶었다. 하지만 동주의 끈질긴 설득과 집요한 방문으로 어느 정도 마음을 잡았던 때도 있었다. 그러나 소년원 생활을 마치고 나왔을 땐 전문적인 조직폭력배의 일원이 되어 있었다. 동주를 보는 시간보다 수형자들과 지내는 시간이 많다는 것이 문제였다. 상도는 그 당시 몸과 마음을 아끼지 않았다. 지시는 속전속결로 형님들의 말이라면 목숨을 걸었다. 하지만 달건이 생활도 사업과 같다. 성장하는 시간까지 넘을 산이 너무 많았다. 그래서 상도는 가장 빠른 길을 선택했다. 그 바닥에서 단시일에 신분을 보장받는 길은 분명히 있었다. 자신을 키워 줄 수 있는 형님을 선택하고 잘나가는 형님의 죄를 뒤집어쓰고 자신이 주범으로 형을 대신 살면서 충성심을 확인하는 거였다. 주먹 세계에선 이를 가리켜 대타 뛴다고 했다.

상도는 너무 올라가고 싶었다. 왜 그랬을까? 그건 동주에게 보여 주고 싶었던 것이다. 자신이 성공했다는 말을 듣고 싶었기 때문이다. 다 부질없다는 것을 너무 늦게 알아 버렸다. 대타로 두 번째 인생에 칼집을 내고 있었다.

이번에 소년원 생활이 아닌 교도소로. 그러나 이후에도 동주는 상도를 향해 울었다. 하지만 상도는 올바른 판단이라고 생각했다. 최선의 방법이라고 나가기만 하면 분명히 성공의 길이 열릴 거라고 생각했다. 그래서 상도는 자기가 대신 동주를 위로할 때도 있었다. 난 분명히 부자가 되어서 세상을 지배한다고 했다. 그렇게 교도소 형을 반쯤 살고 있을 때 동주가 면회를 오게 됐다. 구멍이 여러 개 나 있는 강화 유의 직원들이 길거리로 나앉아야 했다.

"사장님, 시간이 없습니다. 어서 결정을 내리셔야 합니다."

"소주 한잔하고 싶은 밤이잖나. 어서 나가지."

금한은 아무것도 생각하기가 싫었다. 지금 이 순간은 그냥 탈출하고 싶은 마음뿐이었다. 금한은 벗었던 양복을 집으며 자리에서 일어나 급하게 빠져나가고 있었고 사무실의 등불도 꺼져 버렸다.

24.

마지막은 처음을 회상하게 하고 딱 잘라지듯이 진짜 끝일 때에는 가장 고요하고 평화롭다.

상도는 어제 밤늦게까지 양명과 술잔을 기울였다. 그래도 서운한지 상도를 옆에 두고 싶은 양명의 설득이 처음부터 이어졌지만 상도는 조금도 동요하지 않았다. 흐트러지지 않기 위해서 동주, 정 여사 그리고 영숙을 머릿속에서 지우지 않았다. 그렇게 해서 상도는 자신을 지킬 수 있었다. 끝내는 양명 먼저 쓰러졌으니까…….

오전 11시. 호텔방에는 아름다운 빛이 싸이고 있었다. 떳떳하게 동주를 도울 수 있다는 생각이 상도를 잠시도 가만히 있지 못하게 했다. 그의 안주머니에 깊숙이 찔러져 있던 수표를 제일 먼저 확인하고 또 확인했다.

상도의 두 번째 큰집 생활할 때로 기억된다. 누가 그랬다. 한 번 살인하기는 어려워도 두 번째부터는 쉬워진다고. 상도도 예외가 될 수 없었다. 처음엔 열심히 살아 보겠다던 그의 생각도 빵 안에서 차츰 바뀌어져 갔다. 이미 썩은 몸 믿을 것은 주먹밖에 없다는 생각으로 세상을 저주했다.

상도는 최고의 주먹이 되고 싶었다. 하지만 동주의 끈질긴 설득과 집요한 방문으로 어느 정도 마음을 잡았던 때도 있었다. 그러나 소년원 생활을 마치고 나왔을 땐 전문적인 조직폭력배의 일원이 되어 있었다. 동주를 보는 시간보다 수형자들과 지내는 시간이 많다는 것이 문제였다. 상도는 그 당시 몸과 마음을 아끼지 않았다. 지시는 속전속결로 형님들의 말이라면 목숨을 걸었다. 하지만 달건이 생활도 사업과 같다. 성장하는 시간까지 넘을 산이 너무 많았다. 그래서 상도는 가장 빠른 길을 선택했다. 그 바닥에서 단시일에 신분을 보장받는 길은 분명히 있었다. 자신을 키워 줄 수 있는 형님을 선택하고 잘나가는 형님의 죄를 뒤집어쓰고 자신이 주범으로 형을 대신 살면서 충성심을 확인하는 거였다. 주먹 세계에선 이를 가리켜 대타 뛴다고 했다.

상도는 너무 올라가고 싶었다. 왜 그랬을까? 그건 동주에게 보여 주고 싶었던 것이다. 자신이 성공했다는 말을 듣고 싶었기 때문이다. 다 부질없다는 것을 너무 늦게 알아 버렸다. 대타로 두 번째 인생에 칼집을 내고 있었다.

이번에 소년원 생활이 아닌 교도소로. 그러나 이후에도 동주는 상도를 향해 울었다. 하지만 상도는 올바른 판단이라고 생각했다. 최선의 방법이라고 나가기만 하면 분명히 성공의 길이 열릴 거라고 생각했다. 그래서 상도는 자기가 대신 동주를 위로할 때도 있었다. 난 분명히 부자가 되어서 세상을 지배한다고 했다. 그렇게 교도소 형을 반쯤 살고 있을 때 동주가 면회를 오게 됐다. 구멍이 여러 개 나 있는 강화 유리를 사이에 두고 자유와 억압이 교차되어 있던 자리에 상도와 동주는 한 번 더 마주 보게 되었던 것이다.

"상도야, 힘들지. 얼굴이 많이 상했다."

동주는 억지로 웃는 얼굴을 했다.

"좋아. 아무 걱정 없고. 조금만 참으면 되는데 뭘. 공부하기도 힘들 텐데 왜 또 왔어."

상도는 좋은 모습을 보여 주려 웃고 있었지만 동주의 가슴은 미어지고 있었다.

"상도야, 오일 전 너의 아버님이 돌아가셨다. 너한텐 전하려고 했는데 너 징벌방에 있어서 일체 면회가 안 된다고 하더라. 내가 대신 화장해서 바닷가에 고이 모셔 드렸다."

동주의 말에 상도는 슬퍼하거나 얼굴색 또한 변하지 않았다. 이상하게 담담했다. 아니 당연한 결과라고 생각했다.

"잘 됐어. 당신도 그걸 원했을 거야. 솔직히 나도 바랬고."

갇혀 있던 자신이 약해지고 있다는 걸 보이면 안 된다는 생각을 하며 상도는 입술을 깨물었다.

"상도야, 힘들 건 알지만 그 안에서 정말로 조용히 있으면 안 되겠니?"

"알았어. 너 더 이상 신경 쓰지 않게 조심할게."

"미안해, 너의 아버지를 옆에서 잘 지켜 드리지도 못해서. 너는 이렇게 고생하는데."

"아냐. 너는 할 만큼 했다. 그런 소리 하지 마. 정말로 고맙게 생각하고 더 이상 사고 치지 않을 테니."

상도는 자신의 처지가 버려진 과일 껍질 같다는 생각을 했다.

"상도야, 그 안에서라도 아버지 좋은 곳으로 가실 수 있게 꼭 기원하며 기도해 드려라."

"그래."

상도는 나오는 눈물을 보이지 않기 위해 몸을 돌렸다. 그리고 무슨 생각이 났는지 다시 몸을 돌렸다.

"고맙다 동주야. 너라도 없었다면."

상도는 두 번째 구속에서 자유로 풀려나게 됐다. 큰집에서 여러 가지 계획을 가지고 나오게 됐지만 세상은 그를 잘나가도록 놓아주질 않았다. 그렇게 믿었고 그렇게 몸과 마음을 바쳤던 조직이 벌써 와해되어서 뿔뿔이 흩어져 버렸고 새로운 권력의 원칙에 따라 주인도 여러 번 바뀌었다. 상도에게는 아무것도 남은 것이 없었다. 남은 거라곤 진짜 혼자가 되었다는 것과 상도를 아직도 믿고 있었던 동주 밖에는. 그 당시 상도는 동주에게 찾아올 엄두를 내지 못했고 꼭 성공해서 나타나겠다는 다짐도 벌써 기억 저편으로 밀려가고 있었다. 하지만 동주는 상도를 버리지 않았다.

며칠을 결석까지 해 가며 당구장 한쪽 칸막이에서 잠을 자고 있던 사람 몰골을 상실해 버린 상도를 찾아내고 말았다.

"네가 뭣 때문에 이런 곳에서 숨어 살아. 네가 뭘 잘못했다고?"

상도를 노려보며 동주의 감정은 하락 곡선을 심하게 긋고 있었다.

"나도 몰라. 너도 날 이제부터 찾지 마. 뭐 볼게 있다고. 이렇게 썩어 가는 날 그렇게 보고 싶었니? 그래서 온 거야? 너 제발 정신 차리고 우리 이제 만나지 말자."

상도는 자신의 초라함이 싫어선지 동주를 몰아 세웠다. 그러나 동주는 상도를 향해 달려들었고 그 순한 그가 상도를 향해 주먹을 세차게 휘둘렀다.

상도는 맞으면서 속이 너무 시원하다고 생각했다. 더 때려 달라고 자신의 몸을 온통 동주에게 펼쳐 보이고 있었다. 그리고 다시 정적이 흘렀다.

"상도야, 마무리 그래도 아버지부터 찾아뵙는 것이 순서다. 다음 이야기는 거길 갔다 와서 하자."

동주는 이미 냉철하게 안정되어 가며 상도의 모든 것을 품었다. 그의 아픔을 포용하고 있었다. 동주는 흰 봉투에 담겨져 있는 돈을 상도에게 건넸다.

"이것으로 먼저 아버지 계시는 바닷가에 다녀와라. 그리고 우리 집으로 꼭 들어와라. 알겠지."

더 이상 타협은 없다는 듯 동주는 힘을 주며 말했다. 상도는 팔뚝으로 눈물을 닦았다. 자기 자신이 너무도 초라하고 비참해서.

동주는 그런 친구였다. 후에 안 일이지만 그 몇 푼 안 되는 돈을 구하기 위해 자신이 보던 책들을 모두 처분했던 것이다. 자신에게 꼭 필요한 책들을 전부 팔아서 그것으로 상도를 도왔던 것이었다. 이때가 둘이 합한 나이 44살 때였다. 몇 달 후 동주는 국토방위의 임무를 마치기 위해 육군으로 병영 생활을 시작하게 됐으며 상도는 양명을 만나게 된 것이었다.

25.

　여름이다. 아침부터 퍼붓던 비는 그칠 줄 모르고 세상을 뒤엎을 듯이 내려왔다. 바쁘게 움직이는 사람들의 모습이 보이고 상도도 약간의 지체 없이 걸음을 옮겼다. 오늘처럼 시간이 지루하게 느껴진 적도 그에게 다시는 없을 것 같았다. 동주를 기쁘게 해 줄 수 있다는 것이 무엇보다도 그를 압도했다. 드디어 느리게 흘러가던 시간이 저녁이 되었다. 지금은 동주를 만나러 가는 길. 약속한 오늘 동주를 포장마차에서 보자고 했고 그도 지금쯤 어머니와 함께 있을 거라고 상도는 짐작했다.
　'빨리 가자. 자식, 좋아하겠지.'
　지하철역을 빠져나오자 인도에는 전보다 더 심하게 빗방울이 두껍고 세차게 변해 있었다. 그리고 세상을 삼킬 것 같은 위태로운 벼락이 하늘을 누르고 있었다. 하지만 상도에게는 비조차도 시원스럽게 느껴졌다. 모든 것이 편안하게 느껴졌다. 새로운 생동감의 희망이 상도에게는 있었다.
　그렇게 포장마차로 상도가 도착했다. 그러나 새로운 저주의 씨가 하늘을 뚫고 상도를 기다리고 있었다. 기다리고 있을 줄 알았던 동주도, 아무것도 보이지 않았다. 물론 정 여사도. 아니 포장마차 흔적 자체가 없었다.
　그리고 상황을 암시하듯이 비는 피비린내로 변하고 있었다. 이건 정말 아니었다. 이건 대체 무엇 때문에. 있어야 했던 포장마차는 절단되어 길바닥에 어지럽게 널브러져 있고 여러 가지 식기들은 더러운 빗물을 담고 있으며 앙상한 손수레 바퀴만 주인 없이 뒹굴고 있었다.

상도는 먼지와 함께 빗물이 스며 있는 접시 하나를 집어 들었다. 그의 머리에서 수천 가지의 생각이 여러 각도에서 재조명되고 있었다.

'아닌데, 이럴 리가 없다고.'

상도는 반쯤 눈이 풀려 이성을 찾지 못하고 비를 맞으며 무조건 뛰어가기 시작했다. 아무것도 눈에 보이지 않았다. 아무것도 느껴지지 않았다.

할 수 있는 거라곤 빨리 동주를 만나야 한다는 것뿐. 비는 상황을 아는지 더욱 더 세차게 땅을 때리고 모든 교통은 마비되어 있었다. 상도의 몸은 온통 젖은 채로 동주의 집 쪽으로 달려들어 갔다. 돌계단이 계속 이어지며 다리에 힘이 풀렸지만 상도는 절대로 멈추지 않았다. 이젠 좁은 골목만 통과하면 동주네 집이 나왔다.

'조금만 참아라. 내가 간다. 동주야.'

연신 뇌까리며 숨소리조차 멀어져 버린 상도의 몸이 지금 막 대문을 통과하고 마당에 들어섰다.

"동주야, 동주… 야."

상도가 취할 수 있는 거라곤 인기척을 찾는 거였다. 아무 대답도 들리지 않았다. 신발을 벗는 것조차 잊어버리고 상도는 문지방을 넘어 비어 있는 방문을 열었다. 그때였다. 작은 쪽방에서 문이 열리며 영숙이가 통통 부은 얼굴로 상도를 맞이했다.

"어떻게 된 거니?"

온통 젖은 상도의 몸에서 줄기차게 빗물이 쏟아져 나왔다. 그렇지만 상도는 너무 급한 나머지 말을 잊었고 영숙을 보며 눈빛으로 상황을 전해 들으려고 했다.

"상도 오빠, 엄마가 쓰러지셨어."

더 이상 영숙은 말을 잇지 못하고 소리 내어 울고만 있었다.
"영숙아, 울지 말고. 차근차근 말 좀 해 봐, 어서. 제발."
이번에 상도가 목이 메이고 있었다.
"엄만 지금 세종 병원 응급실에 계셔. 오빠도 거기에 있고. 상도 오빠, 불쌍한 우리 엄마가 흐흐흐······."
구멍에 보기 흉하게 붙어 있던 창호지가 빗물에 여러 갈래로 찢어졌다.
'왜··· 왜··· 무엇 때문에······.'
상도는 다시 왔던 길을 내려가기 시작했다. 하늘은 더욱 세차게 울고 있었다. 너무도 서럽고 무섭도록 그리고 완전히 끝장낼 것처럼······.

26.

사람들은 모두 태어날 때부터 생각을 할 수 있게 되면 자신은 이 세상에서 한줄기 섬광과 같은 인물이 될 거라며 자신은 특별한 존재라고 믿게 된다. 그렇게 몇 년을 살다 보면 현실과는 맞지 않은 자신의 삶을 비로소 발견하게 되고 조금씩 인생을 정도보다는 역으로 살아가게 된다. 내가 생각하는 인생은 너무 긴 것 같다. 사람이 느낄 수 있을 만큼 짧다면 작은 시간 속에서 보람 있게 살다가 인생을 마감하기 위해서라도 몸과 마음으로 살아 볼 텐데. 그리고 뜨겁고 멋있게 살게 될 텐데. 인생 너무 길다. 그래서 너무 지루하다.

세종 병원. 상도는 회전문을 통과해서 큼지막하게 화살표가 가리키고 있는 수술실 방향 쪽으로 숨을 몰아쉬며 달리고 또 달렸다. 빨간불이 켜져 있는 그곳에는 더욱더 작아 보이는 동주가 대기 탁자에 어렵게 매달려 있었다.

"동주야… 동주…."

무릎을 세우고 얼굴이 그 속에 빠져 있던 동주는 힘들게 눈을 뜨고 있었다. 하지만 이내 힘없이 다시 얼굴이 아래로 깔리고 있었다.

"왜 그래 동주야. 어떻게 된 일인 거냐고!"

상도의 큰소리에 주위에 있던 사람들의 시선이 두 사람에게 향해졌지만 조금도 개의치 않았다.

"나… 도… 몰… 라."

상도의 억센 손이 동주의 양어깨를 잡고 있었지만 동주는 한마디 뱉어 버리고 시선을 피하려고만 했다.

"빨리 좀 말해 봐. 어서. 왜 몰라 왜?"

"으흐윽. 으… 흑."

동주가 상도 앞에서 또 울기 시작했다. 이젠 눈물을 흘리지 않게 해 주려고 했지만 현실 앞에는 어쩔 수 없었다. 동주는 막혀 있던 사지를 끌어 모으며 상도에게 추락하고 있는 자신의 처지를 설명하기 시작했다.

"어머니 주위 상가를 단속하는 새 거리 질서회라는 곳이 있다. 거의 강제적으로 자릿세를 뜯고 있는데 어머닌 그런 놈들한텐 십 원 한 푼도 줄 수 없다면서 버티셨어. 그러던 며칠 전 그놈들이 후회할 거라고 하면서 위협을 주고 갔대."

"그래서…."

상도는 눈가에 살기가 돌고 있었다.

"난 그냥 똥이 무서워서 그러냐고 어머니를 말렸지만 당신은 똑바로 살지 못하는 놈들한텐 어떠한 도움도 주지 못한다며……. 나를 야단친

적이 있었어."

동주는 다음 말을 이어 가는 것을 무척 힘들어 했다.

"그런데 오늘 새벽 그들의 경고가 현실이 되어서 나타난 거야. 우리 식구의 유일한 생계가 무너지는 순간 어머닌 그 자리에서…."

동주는 더 이상 말을 잇지 못하고 그대로 실신하며 정신을 잃었다.

"간호사… 간호사……!"

야수의 목소리가 전 병원을 때렸다. 발악하듯이 그리고 미친 듯이…….

27.

새벽이 다 되었을 때 동주는 병실에서 눈을 떴다. 처음으로 하얀 시트 위에 자기가 누워 있다는 사실에 놀랐는지 몸을 일으켜 세웠다. 동주의 손을 아직도 잡고 있는 상도였다. 하지만 아직도 분을 삼킬 수 없었는지 상도의 얼굴은 날카로웠다.

"일어났구나. 많이 놀랐어. 너도 정신 잃을 수도 있구나 하고. 아참 어머닌 고빌 넘기셨대. 안정만 취하면 곧 깨어나실 거다. 그리고 입원 수속 내가 다 끝냈다."

상도는 동주의 성격을 잘 알고 있어서인지 빠르게 시선을 다른 쪽으로 돌렸다.

"상도야, 네가 무슨 돈이 있어. 제발 그러면 안 된다고 했잖아."

동주는 팔뚝에 박힌 링거 바늘을 뽑으며 자신의 신발을 찾고 있었다.

"알았어. 일단 누워. 그리고 넌 매일 안 된다, 안 된다, 그런 감성적인 말 좀 제발 하지 마. 너 뾰족한 방법 있어? 그딴 소리 한 번만 더하면 친구고 뭐고, 씹팔 아휴…."

상도는 기분이 많이 상했는지 자신의 감정을 그대로 내뱉었다.

"내가 알아서 한다는데 너 자꾸 왜 그래, 나 도는 꼴 보고 싶어?"

"알았어. 내가 미안하다."

동주도 더 이상은 싫은지 몸을 돌렸다. 상도는 애처롭게 동주의 등허리에 다시 손을 올려놓으며 안정을 찾도록 했다.

분노가 폭발하기 시작했다. 상도는 피곤한 몸을 이끌고 아침 일찍 어머니가 장사하시던 아파트 상가 쪽으로 자리를 옮겼다. 상도의 전부인 사람들을 어렵게 만든 장본인들을 보기 위해서. 아니 몇 갑절 더 돌려주기 위해서였다. 10평 남짓한 사무실은 이미 정리된 채로 비어 있었다. 벌써 잠수를 탄 것이다. 상도는 앙상한 책상 속을 열어 보았고 서랍 속을 뒤져 단서가 될 만한 것들을 찾아보았지만 도움 될 만한 것은 깨끗이 치워진 상태였다.

암담한 마음으로 자리에서 벗어날 무렵. 문 바로 앞에 떨어져 있는 성냥갑을 발견했다. 한다방이라고 선명하게 적혀 있는. 상도는 성냥갑을 주머니 속에 꽂아 넣었다. 폭우 다음엔 언제나 찜통더위가 기다리고 있었다.

하루 사이에 세상은 완전히 뒤바뀌고 있었다. 땀은 폭포처럼 온몸을 타고 쉴 새 없이 몸을 적시고 있었다.

한다방은 멀지 않은 곳에서 4층 건물 지하에 위치하고 있었다. 지하로 내려와 문을 열고 들어서자 할 일 없어 보이는 중년 사내들이 다방 점원과 농담을 주고받는 모습이 보였고 상도도 몇 번 들은 바 있던 귀익은 유행가가 흘러나오고 있었다. 그리고 대형 수족관에는 열대어들이 휩쓸려 헤엄치는 모습이 중앙을 메우고 있었다. 아침부터 이곳 주위를 헤맨 상도는 몹시 허기를 느끼고 있었지만 일을 해결하지 못하면 다른 어떤 일도 할 수가 없는 그였다. 그리고 이건 자신만의 문제가 아닌 자신의 전부인 동주의 일이었다.

"뭘로 드시겠어요?"

나이에 비해 훨씬 들어 보이는 여성이 상도에게 애교 있어 보이려고 눈웃음치고 있었다.

"시원한 냉커피로 두 잔."

그녀는 짐작이 가는지 마주 보게 되어 있는 맞은편 좌석에 허리를 내렸다.

"어머, 오빠 혼자 오신 것 같은데."

이곳에 종사하는 여자들이 그렇듯이 웃음을 주고 매상이 오르도록 해야 했다.

"한 잔은 네가 좀 마셔 줬으면 해서."

"어머, 저한테요? 이쁜 오라비가 웬일이실까?"

그녀는 쟁반을 들고 다시 주방 쪽으로 들어갔다. 그리고 몇 분이 지나서 다시 상도 앞에 앉아 있었다.

"우리 어떤 말을 나눌까요? 오빠 참 미남이시다."

상도는 최대한 기분을 맞춰 주려고 미소까지 지어 주었다.

"이 근처에서 한다방이 장사가 제일 잘되는 곳 맞지?"

"어머 그건 왜요? 오빠 너무 직선적이시다. 그건 그래요. 마담 언니가 수완이 좋으시고 예쁜 아가씨들 많으니까요."

"그럼 한 가지만 더 묻자. 이 다방에서 티켓 제일 많이 나가는 아가

씬 누구냐?"

"어머 웃겨. 그런 건 왜 물어요?"

그녀의 왼쪽 눈이 씰룩거리며 상도를 차갑게 바라보고 있었다. 상도는 기회를 보면서 주머니에서 만 원권 몇 장을 꺼내 빨간 레이스 치마를 입고 있는 그녀의 상의에 살짝 찔러 주었다.

"그러지 말고 말 좀 해 줘."

상도가 다시 한번 살짝 웃어 보이자 기분이 풀어졌는지 전보다 더 눈꼬리를 올리고 있었다.

"미스 박이에요. 지금 배달 갔는데…."

"그래. 고마워 차 잘 마셨다."

상도는 자리에서 일어났다. 그녀는 어이가 없는지 고개를 좌우로 흔들고 있었다.

"벌써 끝난 거예요? 참 이상한 오빠시네. 호호호."

그녀의 웃음이 끝나기도 전에 상도는 한다방을 빠져나오고 있었다.

상도는 그길로 가장 가까운 여관에 방을 잡았다. 그리고 수화기를 들어 한다방에 전화를 걸었다. 신호음 소리와 함께 나이 들어 보이는 여자의 음성이 들려왔다.

"여기 ○○여관인데, 냉커피 10잔 배달되지요. 그리고 담배도 한 보루 갖다주시고 아참, 꼭 박 양으로 배달 부탁해요."

상도는 침착한 어조로 말을 이었다. 전화 속의 여인은 많은 주문에 기분이 좋아져서 목소리가 울리고 있었다. 수화기를 내려놓은 상도는 거울 속에 자리 잡은 또 다른 자신을 발견했다. 무겁게 내려앉은 눈은 금방이라도 터질 것 같아 보였다.

'모두들. 저주한다. 나를 가만히 놓아두지 않으면 몇 배로 돌려주지.'

얼마 후. 노크 소리와 함께 아주 앳된 아가씨가 들어왔다. 짧은 스커트에 드러나 있는 다리며 거의 보일 듯한 상의는 사람들의 눈길을 끌기에 충분해 보였다. 짙은 눈썹과 넓은 이마는 그 생활과는 전혀 어울리지 않는 미인형이었다. 박 양은 경계하며 상도를 쳐다보고는 아직도 마음을 풀지 못하고 있었다.

"저, 차 주문하신 것 맞죠. 마담 언니가 이 호수라던데. 그런데 왜 혼자뿐이세요?"

아직도 박 양은 자리에 앉지 못하며 상도에게 반문하는 말을 던졌다.

"잘 찾아 왔어요. 일단 차부터 한 잔 따라 보세요."

상도는 안심을 시키면서 박 양의 동태를 찬찬히 훑고 지나갔다. 박 양도 어쩔 수 없었는지 어렵게 무릎을 꼬며 불안전한 자세로 상도의 앞에 자리를 잡았다. 상도는 자세를 바꾸며 일어나 얼른 출입구 문의 잠금 상태를 누르고 있었다. 철컥하는 소리와 함께 박 양의 시선도 그쪽으로 향했다.

"어머, 왜 이러세요?"

박 양의 얼굴이 일순간에 어두워지며 그녀는 몸을 일으켜 위기를 모면하려 했다.

"부탁입니다. 내가 지금부터 물어볼 말에 대하여 숨김없이 말해 줬으면 합니다."

"무슨…… 말요."

"아는 대로만 말해 주시면 됩니다."

상도는 눈빛은 진실되어 보였고 박 양도 아까보다는 많이 풀어져 있었다. 상도가 담배를 한 대 꺼내 물었다. 그리고 두 팔을 자연스럽게 감싸며 그녀의 눈과 초점을 맞추었다. 허공으로 담배 연기가 자욱하게 뿌려지고 있었다.

"이틀 전 아주 열심히 살아가시던 한 여인이 쓰러졌습니다. 지금 산소 호흡기에 몸을 맡긴 채 사경을 헤매고 있어요."

박 양은 신중하게 상도의 말을 듣고 있었다.

"그런데 그렇게 만든 장본인들은 벌써 자리를 뜬 지 오래고요. 난 그 놈들을 박살 내야만 합니다. 내 어머니만큼 날 키워 주시던 분입니다. 부탁입니다. 새 거리 질서회 놈들 어디 있습니까?"

박 양이 찻잔에 돌리던 스푼을 멈췄다. 그리곤 자신의 옷매무새를 다시 한번 바로 잡아 보고 있었다.

"다 알고 있습니다. 박 양이 그곳 사람들과 자주 어울렸다는 것을…."

상도는 지갑에서 10만 원 권 수표 5장을 꺼내 그녀 앞에 놓았다.

"전 몰라요."

박 양의 마음도 흔들리고 있었지만 아직도 상도를 경계하고 있었다.

"괜찮습니다. 아시는 데까지만이라도. 제발 부탁드립니다."

상도는 머리를 굽혀 그녀의 마음을 돌릴 수 있는 자신의 모든 것을 동원하고 있었다. 박 양도 상도의 진심을 느낄 수 있었다. 그리고 곰곰이 생각하다 더 이상은 자신도 버틸 수 없었는지 상도를 응시했다.

"전 깊은 내막은 모르고요. 몇 번 차 배달로 그곳에 갔었어요. 무서운 사람들이에요. 저도 억지로 마담 언니 청에 못 이겨 그들과 어울렸지만 그들이 어떤 일을 하는지 제 앞에서 말한 적은 없었고요."

상도는 아무것도 놓칠 수 없던지라 신경이 곤두서고 있었다.

"그런데 한번은 외출 나갔다가 그들이 잘 다닌다는 당구장에 따라간 적이 있었는데요. 그곳엔 처음부터 안면이 있는 사람들과 같이 게임하면서 어울리고 카드도 치고 그랬어요."

상도는 그것으로 충분했는지 고개를 끄덕였다.

"정말 고맙습니다. 아무 일 없을 테니 걱정할 거 없어요. 감사합니다."

상도는 박 양에게 당구장의 위치를 알아본 후 감사의 마음을 전하고 자리에서 일어났다. 여관 방문을 열고 나가려고 할 때 박 양이 상도를 불러 세웠다.

"저기요. 이런 돈은 됐습니다. 도움이 되었다면 저도 기쁘네요. 그리고 언제 한번 놀러 오세요. 언제든 연락하심 친구처럼 한번 뵙고 싶네요."

이 바닥에서 생활을 하는 박 양이지만 자존심을 먼저 굽힌 적 없는 박 양은 잠깐 동안 상도에게 마음을 빼앗기고 있었다.

"시간이 되면 꼭 찾아오겠습니다. 오늘 고마웠어요. 조심히 들어가세요."

상도는 여관을 나왔다. 그리고 불타오르는 복수심에 발걸음을 재촉했다.

상도는 찌는 듯한 더위를 느꼈다. 체감 온도는 40도 이상을 훨씬 넘고 있었다. 아스팔트 위에서 피어오르는 열기가 더욱더 그를 지치게 했으며 모든 것을 녹일 듯이 끓고 있었다. 비 온 다음날의 무더위는 거의 살인적이었다.

지금 이 순간 살아 있는 모든 생명체에게 큰 위기라고 생각했다. 상도는 이마에 흐르는 땀을 연신 닦아 내며 박 양이 가르쳐 준 당구장 앞에 도착하고 있었다. 상도는 자연스러운 동작으로 당구장 문을 밀치고 들어갔다.

금방이라도 폭발해 버릴 폭탄처럼 눈은 이글거리고 있었다. 당구장 안에는 한낮이어서 그런지 게임을 하는 사람들은 보이지 않았으며 에어컨만이 더위와 싸우고 있었다. 구석 쪽으로 눈을 돌리자 사내들이 카드하는 모습이 상도의 시야에 들어왔다. 그들의 모습에 관찰한 상도는 단번에 질서회 놈들과 관련이 있음을 금방 알 수 있었다. 상도는 은밀하게 다가가 미끈하게 빠진 큐대를 골라내며 몸뚱아리를 돌려 반으로 나눴다. 양손에 뻗은 큐대를 살며시 쥔 상도는 그들에게로 미친 사냥개처럼 다가섰다. 한참 판이 무르익었는지 상도의 출현에 신경을 쓰지 않고 있었다. 마지막 히든카드에 온통 시선을 빼앗겨서 상도의 접근을 모르고 있었던 것이다.

-쐐 쐐… 퍽… 으악… 으-

사내들이 힘없이 상도 앞에 널브러져 쓰러지고 있었다. 하지만 조금의 여유도 주지 않고 무수한 매질이 끝없이 시작되고 있었다.

사내들은 무릎을 꿇고 있었고 상도는 그들 앞에 큐대를 세우고 앉아 있었다.

"너희들 알고 있지. 질서회 놈들 어디 있어?"

사내들의 얼굴은 이미 피로 물들어 있었고 갑작스럽게 당한 것이 억울한지 인상을 쓰고 있었다.

"우린 몰라. 얼마나 간덩이가 큰 녀석인지 몰라도 순순히 사과하고 돌아가. 그럼 없던 일로 하지."

피부가 유독 검은 사내가 분이 풀리지 않는지 씩씩거리며 상도를 바라보았다. 상도가 검둥이에게로 다가섰다. 그리고 준비했던 황색 주머니를 그의 얼굴에 씌운 후 거침없이 내려치기 시작했고 피가 사방으로 퍼지고 있었다. 나머지 5명의 사내들이 겁에 질려 게거품을 물고 있었다.
"난 두 번 묻지 않아. 질서회 놈들 어디 있어. 어서 말해."
"저희는 정말 모릅니다. 새벽에 급하게 와서는 며칠 숨어 있는다고만 했어요. 믿어 주십시오. 정말입니다."
"참 조선 놈들은 말을 돌려. 맞으면 다 불 거면서. 지랄 염병을 하고 있구만."
더욱더 지독한 매질이 시작되었다. 이제는 사내들 정신도 반쯤 도망가 있었다.
"마지막이다. 어딨어. 이번에도 원하는 대답 없으면 다 불구되고 만다."
이미 각오가 끝났는지 간격을 두고 있던 거리가 더욱더 짧아졌다. 상도의 얼굴은 악마처럼 불을 뿜고 있었다. 더 이상은 기다려 줄 생각은 전혀 없었다. 사내들도 더 이상 버티다간 안 된다는 것을 스스로 느끼고 있었다.
"정말 후회하실 거요. 어쩔 수 없이 알려 드리지만 당신이 떠난 후 우리 식구들이 가만있지 않을 거요."
그중 대가리로 보이는 사내가 상도에게 마지막 제안을 하고 있었다.
"아직도 그렇게 맞고 반항할 마음이 생기나. 더 이상 어떻게 해 줄까."
상도의 인상을 보며 사내들의 입이 굳어졌다.
"서울 외곽 별장에 있을 거요. 혼자 움직이는 것 같은데 좋을 때 그냥 이것으로 끝내시지……."
사내들은 아직도 억울해하고 있었다. 자신들이 이렇게 당한 것도 처음인 것이었다.
"우린 재만이 형님 밑에 있는데 당신 이제 목 떨어졌다 생각하시지. 꼭 복수하고 말테니까."

"개새끼, 아직도 입만 살았군."

상도는 대형 거울에 큐대를 던졌다. 정확하게 중앙에 꽂힌 큐대로 인하여 거울이 산산조각 났다.

"재만이한테 분명히 전해. 내가 이 일을 끝내고 와서 바로 은퇴시켜 준다고. ×양아치 새끼들. 동네에서 피만 빨아 먹는 흡혈귀 같은 놈들. 어렵게 사는 사람들 등쳐 먹은 대가를 분명히 치르게 될 거라고. 기동파의 상도가 왔다 갔다고 전해."

상도는 바로 재만이가 있었다면 수술을 들어가고 싶어졌다.

"정말 기동… 파의 상도 형님이십니까. 정말로 상도 형님이십니까?"

검둥이는 지금까지의 행동을 모두 고치며 애원조로 나오고 있었다.

"난 같은 말 두 번 반복하지 않아."

"죄송합니다. 몰라뵙습니다. 저희가 무례를…."

"좆 까. 다 죽을 줄 알아. 조금의 동정도 없다고 전해. 아니면 잠수타서 내 눈에 띄지 마라고 해. 몇 년 조용히 살다 보면 내 기억에 없어지겠지. 그럼 살게 될 거지만 그전에 보면 아주 골로 간다고 그래."

"정말 죽을죄를 졌습니다. 살려 주십시오."

지금까지 삐딱했던 자세를 고쳐 잡으며 아주 순한 양으로 변해 있었다.

"너희들은 질서회 놈들 아니지? 솔직히 말해. 기회는 이번 한 번이니까."

"예, 정말 아닙니다. 아까 드렸던 말 전부 사실입니다."

사내들은 모든 걸 체념했다.

"질서회 이끄는 대가리는 누구냐?"

"이 바닥에서 잔뼈가 굵은 칠복 형님이 데리고 있는 애들입니다. 중앙으로는 진출 못하는…."

"됐어. 경고했다. 한 번 더 드러운 짓거리들 하면 재만이 곧 끝날 거라고 전해."

"알겠습니다. 명심하겠습니다."

사내들은 고개를 숙여 합창하면서 어떻게 해서든 위기를 벗어나고 싶었다.

고개를 숙인 사내들을 뒤로하고 상도는 그곳을 빠져나왔다. 서울 외곽 한 시간 거리. 상도는 기동성에 대해 잠시 방법을 생각했다. 그리고 미끈하게 생긴 고급 승용차 앞에 다가섰다. 잠시 후 시원한 고철음과 함께 문이 열리면서 아직도 녹슬지 않은 자신의 실력에 잠깐 미소를 짓고 있었다.

28.

서울 시내를 벗어난 승용차는 잔잔하게 물결치며 논밭 사이로 시원스럽게 뚫린 도로를 따라 전진하고 있었다. 차창 밖으로 지나가는 플라타너스의 긴 행렬이 이어지고 밑으로 보이는 녹색 벼들의 알맞은 색상의 배열 속에서 지나간 과거가 생각나고 있었다. 동주가 일병 진급을 하고 휴가를 나왔을 때도 이맘때였다. 짧은 머리와 힘 있어 보이는 검은 얼굴. 그리고 언제나 따라 다녔던 낡아 버리고 간신히 매달려 있던 안경을 쓰고 있었다.

그 당시 상도는 양명과 서울 송파구를 시작으로 거칠 것 없이 기동파의 뿌리가 단단하게 싸여 갔던 시대였다. 동주는 상도를 유일하게 믿어 주었다.

모든 일을 후회 없이 생각하라며 묵묵히 용기를 주고 부대에 복귀했다. 후회가 밀려왔다. 좀 더 일찍 동주 말을 들었더라면, 아니 처음으로 돌아갔으면 하며······. 둘이 합한 나이 46세 때였다.

'이젠 나도 지쳤다.'

상도의 시야에선 점점 가까이 피를 부르고 있던 곳이 다가오고 있었다. 여러 가지 생각이 교차되고 흘러가고 무겁게 누르고 있을 때 상도는 문제의 별장으로 도착할 수 있었다. 비포장도로를 따라 홀로 떨어진 그곳에는 인기척 없이 조용하기만 했다. 산을 사이에 두고 보이는 호수의 물줄기가 잠시 더위를 식혀 주고 있었다. 철문 너머로는 잘 깎여진 잔디가 녹색의 향기를 내뿜고 있었다. 상도는 몇십 미터 간격을 두고 운전대를 잡았다.

그의 결정은 이미 막을 내렸다. 요란한 바퀴 회전 속도에 작은 자갈들이 사방으로 퍼지고 무서운 속도로 철문에 그대로 뛰어들었다.

-파이식······ 쿵쾅-

두꺼운 철재 문을 넘어뜨리고 깨끗하게 뚫고 지나간 것이다. 찢어질 듯한 굉음을 안에서도 감지했는지 사내들이 거실 문을 열고 뛰어나오고 있었다. 상도는 이미 기다리고 있었던 것처럼 양 주먹이 불을 뿜었다. 나오는 족족 사내들은 상도의 주먹에 맥없이 쓰러져 갔다. 상도의 날쌘 발길질에 2명의 사내가 붙는가 싶더니 깨끗하게 멀어지고 있었다. 그러나 사내들도 상황을 역전하기 위해서 힘을 모아 봤지만 붙는 족족 떨어져 나갔다. 바로 모든 상황이 평정되었다.

"칠복이 어디 있어?"

씨렁씨렁한 목소리가 쓸어버릴 정도의 위력으로 다가왔다. 파고들어오는 고통의 신음 소리도 상도의 말속에서 잠들어 버리고 있었다. 이곳저곳에서 신음 소리가 흘러져 나왔지만 작은 동정조차 상도는 이미 버린 후였다.

"칠복이 어디 있냐고."

"잠시 출타하셨습니다."

문신이 눈치를 보며 입술을 심하게 흔들거렸다.

-쾅, 쾅-

거실에 자리를 잡고 있던 대형 한국화 그림의 유리가 깨지면서 파편이 사방으로 튀었다. 사내들의 얼굴을 짓이기며 날카롭게 여러 갈래로 찢어지고 있었다. 사내들의 눈가엔 이미 저항을 포기했으며 상도의 얼굴을 보고는 자신들이 넘지 못한다는 것을 알고 있었다.

"칠복이 불러. 어서."

"카폰이 있습니다. 지금 차에 있다면 아마도…."

"빨리 불러. 조금도 지체했다간 다 죽을 줄 알아."

"대체 우리들한테 왜 그러십니까? 이유나 알고 조지던가 하시죠."

"양아치 새끼들. 그래, 불쌍한 노점상들 삥 뜯고 그렇게 살고 싶든. 다 죽을 줄 알아."

상도가 다시 얼굴을 가격하자 5명의 사내가 길게 뻗은 채 고통에 겨워 숨을 어렵게 몰아쉬고 있었다.

"연락이 안 됩니다. 다른 곳에 있는 것 같습니다."

털이 많은 사내는 자신의 고통을 조금이라도 넘기기 위해 상황을 모면하려 했다.

"다른 방법을 찾아. 아니면 한 놈씩 보내 주지."

사내들은 콧날이 일어서며 전에 볼 수 없었던 다른 살기가 그들을 감싸 안았다.

"대체 누구십니까? 우리들한테 왜 그러십니까?"

"한때는 기동파의 미친개 상도라고 사람들이 말했지. 이틀 전 내 어머니 포장마차를 아주 박살을 냈더군."

"죄송합니다. 정말 몰랐습니다. 용서해 주십시오."

사내들은 다 같이 자신들 잘못의 선처를 구하고 있었다.

"살려 주십시오. 지금쯤 칠복이 형님 아마 집에 있을 겁니다. 한번 해 보겠습니다."

"살고 싶으면 빨리 오라고 해야 할 거야. 1시간 안에 오지 못하면 한 놈씩은 불구가 된다."

털보가 다시 전화를 걸었고 상대방이 전화를 받았다.

"형수님. 꼭 형님이 받아야 합니다. 빨리 좀 바꾸어 주세요."

상대방은 짜증을 내는 것 같았지만 사내의 두 손이 모두 전화기에 매달려서 갈피를 잡지 못했다.

"형님, 접니다. 바꿔 드릴 분이 있어요."

상도는 손바닥을 펴서 자신의 손에 전화기를 부르고 있었다. 털보는 조금도 지체 없이 두 손으로 상도에게 전화기를 넘겼다.

"칠복인가?"

상도의 말에 아무 말도 들리지 않았다.

"다시 한번 묻지. 칠복인가?"

"맞다. 내가 칠복이다. 그런데 무엇 때문에 나를 찾는가?"

칠복은 전화상으론 꺼렁 꺼렁한 목소리로 어떻게 해서든 기선을 잡으려 발버둥 치고 있는 것이다.

"내가 네 식구들 막 깨부셔 놓았는데 난 이런 애기들 원하는 게 아니고, 널 원해. 1시간 안으로 여기로 빨리 와야 될 거야. 동생들 살아서 보고 싶으면….”

"뭐하는 놈인데 나에게 협박을 하는 거야?"

"착하게 살고픈 기동파 행동 대장이었던 미친개 상도였지. 아마 내 이름이….”

"정말이요. 정말로 당신이 상도….”

"나하고 아직 한 번도 안면 없지. 착하게 살고 싶은 사람인데 네 새끼들이 날 또 불량하게 만들어 놓고 있어. 죽기 싫으면 빨리 튀어와. 물론 각오는 해야겠지.”

"다시 한번 묻겠소. 진짜, 기동파 상도 맞습니까?"

칠복은 전화상으로 이미 반쯤 공포에 싸이고 있었다.

"뭣 땜에 그러는 거요. 일단 좋게 끝냅시다. 모든 걸 다 내가 수용해 드리리라.”

"일단 나 좀 만나야겠어. 대신 1시간 내로. 그 이상 넘기면 너도 죽고 동생들도 죽어. 그리고 혹시나 해서 말하는데, 마음이 바뀌어 안 나타나면 먼저 네 식구들부터 차례로 목을 딸 거야.”

"알겠소. 곧 가지.”

"기다리고 있지. 빨리 만나서 회포 좀 풀자고.”

소리는 사라진 채로 통화 중인 신호만 칠복의 귀를 때렸다. 칠복은 앞으로 어떻게 해야 할지 모른 채로 공포에 휩싸이고 있었다. 몇 해 전 서울에 혜성같이 나타난 기동파의 행동대원 상도를 모르는 건달들은 없었다. 서울을 단시간에 평정한 상도는 모두가 두려워하는 전국구 조직폭력배였다.

그가 지금 칠복을 찾고 있는 것이다. 도망칠 수도 없었다. 그냥 만나서 무조건 잘못했다고 비는 수밖에는…….

29.

거의 한 시간이 지나서야 칠복의 차가 별장 안으로 들어왔다. 검은색 마 바지에 몸에 잘 맞춰진 티셔츠는 그가 외모에 신경을 많이 쓰는 사내라는 것을 단번에 알 수 있었다. 활짝 열려 있던 현관문으로 들어온 칠복은 상의가 모두 벗겨져 있는 동생들의 모습과 소파에 길게 발을 펴고 누워 있는 상도의 모습에 입을 다물지 못하고 있었다.

"앉지."

상도가 서 있는 칠복을 바라보며 가볍게 지시를 내렸다. 칠복의 부하들은 아직도 무릎을 꿇고 조금 전의 모습으로 보스를 맞이하고 있었다.

"뭣 땜에 이러시오. 난 당신과 원한 같은 것은 없는 사람인데 우리 서로 이러지 맙시다."

자신의 처지를 합리화시키려는 칠복이의 변명이 이어졌다.

"내가 그럼 이유도 없이 찾아왔다는 거야?"

"그건… 아니지만."

"원한… 좆같은 씨벌놈이. 너 때문에 피눈물을 흘리며 우리 어머님이 쓰러지셨어. 그걸 알아?"

"그건 우리가 알 수 없었소. 어떻게 해서든 내가 보상하겠소. 제발 용서해 주시오."

상도가 몸을 일으켜 세워 칠복의 면상을 그대로 걷어차자 몇 미터 날아가 넘어지면서 숨을 못 쉬고 있었다.

"너희들은 기생충이야. 썩어 문드러지고 현대 사회를 병들게 하는 기생충. 오늘 내가 제대로 보여 주지. 안 되는 것도 있다는 것을."

상도는 넘어진 칠복의 뒤꿈치 바지를 걷어 올려 속살을 봤다. 그리고 지체 없이 칼날을 바로 세워 아킬레스건을 잘랐다. 온 사방으로 피가 범벅거리며 칠복의 고통 소리가 사방에 퍼졌다. 상도는 차례대로 나머지 사내들에게도 마지막 선물을 주려했다.

"잘못했습니다. 한 번만 기회를 주십시오. 이 바닥에서 은퇴하겠습니다. 형님."

"너희들 두목 잘못 둔 결과라고 생각해. 그리고 이것으로 끝나는 걸 다행으로 알아."

사내들이 애원하며 사정을 하고 있었지만 그 어떤 아량과 동정도 상도에게 남아 있지 않았다. 그들은 가장 큰 고통의 시간을 살고 있었다. 그들은 오늘의 결과를 모르고 살아왔지만 오늘 목숨을 건진 것을 행운이라고 생각해야 했다. 오늘이 바로 가장 처절한 인생을 살면서 가장 고통이고 가장 공포의 날이 되었다. 아직도 분이 풀리지 않은지 상도는 조금의 동요도 보이지 않았고 어떠한 동정도 남아 있지 않았다.

30.

　동주는 아무것도 해 줄 수 없는 자신이 원망스러웠다. 산소 호흡기에 몸을 지탱하고 아직도 의식이 없는 어머니를 보며 찢어지는 감정을 주체하지 못하고 있었다. 동생 영숙도 엄마와 오빠가 걱정되는지 주위를 떠나지 못하고 있었다.
　"오빠, 아무리 엄마가 이렇게 되셨다고 해도 이러다간 오빠 먼저 쓰러지겠어. 제발 집에 가서 좀 쉬어. 응?"
　동주는 아무 소리도 들어오지 않았다.
　"오빠, 내가 엄마 옆에 있을게. 응?"
　하지만 동주는 어머니의 주름진 손을 꼭 쥐고 있을 뿐이었다.
　"괜찮아, 영숙아. 너나 좀 쉬어라. 내가 있으면 되잖니."
　"아휴, 안 돼 그건. 그저께 새벽부터 오빤 계속 여기에 있었잖아."
　영숙도 완강히 거부하고 있었다.
　"부탁이다, 영숙아. 조금만 더 있을 테니 너나 집에 가 서. 여긴 걱정하지 말고."
　동주의 설득에 영숙은 불편한 다리를 이끌고 입원실 문을 나섰다. 육십 평생을 하루하루 모진 고생으로 온통 깊이 팬 주름살을 동주는 가까이에서 바로 쳐다보고 있는 것이다.
　'어머닌… 그렇게… 저희를 위해서 사셨는데…. 전 아무것도 당신을 이해하지 못했어요. 어렸을 적부터 다리가 장애를 앓던 영숙이를 보고도 전 별다른 감정도 느끼지 못했으며 어떤 순간엔 창피하다는 생각도 했었습니다. 어머니. 영숙이가 이제 온전한 사람이 될 수 있대요.

아하시던 그때도 전 공부한다는 핑계로 집을 뛰쳐나왔습니다. 아버지가 남기신 유일한 재산인 우리 집이 빚으로 넘어가려 하는 지금도 더 가슴이 타들어 갈 어머니에게 조그만 보탬도 되어 드리지 못했습니다. 저만 믿으시고 고생을 희망으로 사셨던 어머님의 깊은 뜻도 저는 알지 못했어요. 어머니 잘못했어요. 제발 눈 좀 떠 주세요. 어머니, 제발… 흐흐흑.'

동주의 얼굴은 온통 눈물로 가득했지만 정 여사는 아무 기척도 아무 느낌도 받을 수가 없었다. 아무 표정 없이 깊은 잠에만 빠져 있다는 것밖에는.

31.

거의 끝을 향해 치닫고 있는 회사를 살리기 위해 금한은 여러 가지 노력을 기울여 봤지만 결국 마지막 한 방법밖에는 없다는 걸 스스로 시인할 수밖에 없었다. 그리고 오늘은 꼭 말해 보리라고 다짐하고 또 다짐했다.

자신의 무능함을 한탄해 보지만 그럴수록 더욱더 자신의 청춘을 받쳐 이룩한 회사를 어떻게든 다시 일으키고 싶은 생각이 심하게 작용할 뿐이었다. 금한은 이제 더 이상 물러날 힘도 버틸 힘도 그에겐 없었다.

"성 기사, 어서 가지. 혜림이가 기다릴 텐데."

금한을 태운 차는 어느덧 어둠을 뚫고 빨간 벽돌집으로 향했다. 잘 손질된 나무가 매워져 있는 집. 정원이 잘 다듬어져 있는 주위의 다른 어떤 집보다도 마당이 아름다운 자신의 집이었다. 자동차가 금한의 집 차고에 세워졌다. 금한은 유심히 대문 옆 그의 명패를 한참 동안 바라봤다.

자신의 유일한 안식처도 그에게는 이제 불안할 뿐이었다. 초인종 신호음이 끊기고 대문이 철컥 소리와 함께 열렸다. 돌계단을 밟고 걸어가는 그의 모습은 한없이 위태로워 보였다. 조용한 실내 공간. 사랑스런 아내를 등지고 십오 년 동안을 딸인 혜림과 단둘이 살았던 집. 아내가 떠난 날도 이렇게 고요했었다.

"사장님, 식사는 어떻게 할까요?"

십 년을 정성스럽게 돌봐 주던 청주댁이었다.

"됐고요. 혜림이는 자고 있나요?"

"아 예. 피곤하다고 조금 일찍 올라가던데요."

"전 신경 쓰지 마시고 아주머니도 쉬세요."

금한은 이층 혜림의 방으로 올라갔다. 몇 해 전만 해도 줄곧 아빠를 기다리던 울보 소녀가 어여쁜 숙녀가 된 것이 대견스러울 뿐이었다.

성스러운 성지에 다가서듯 금한은 조심스럽게 혜림의 방문을 열었다. 곰 인형을 껴안고 잠자고 있는 혜림의 모습을 본 순간 금한은 가슴 깊이 밀려드는 애처로움에 고개를 돌리고 싶었지만 아주 긴 혜림의 머리를 놓치기가 싫었다.

천천히 혜림의 머리를 쓸어 올렸다. 아내를 꼭 닮은 혜림을 보면 마음이 편안해지는 그였다.

"잘 자라, 아가. 아버지도 자러 가마."

조용히 자리에서 일어난 금한은 오늘도 말하지 못한 자신이 오히려 편안하게 느껴지고 있었다. 바로 그때 눈을 비비며 혜림은 금한을 향해 몸을 일으켜 세웠다.

"아빠, 언제 오셨어요? 요즘 계절 학기 강의를 듣느라 너무 바빠서 집에 오면 잠만 자요. 오늘은 아빨 꼭 기다리려고 했는데 또 잠자고 있네요. 아빠 죄송해요."

금한은 여유 있는 미소로 혜림을 바라만 봤다.

"깨워서 미안하네. 자식, 잘 자거라. 이 아빠도 씻고 자야지."

금한은 혜림에게 사랑스러운 눈빛을 보내고 문을 열자 혜림이 그를 불러 세웠다.

"아빠 저한테 요즘 숨기는 것 있죠. 요즘은 통 웃지도 않으시고. 한숨만 쉬시고 계시잖아요. 아빠 솔직히 말씀해 주세요. 아빠 옆엔 예쁜 혜림이가 있잖아요."

금한은 망설임 끝에 비로소 용기를 냈다. 그리고 혜림 쪽으로 다가가서 침대 끝에 앉았다.

"괜찮으면 이 아빠랑 차 한잔할 수 있겠니?"

오랜만의 혜림과의 자리가 무척 부담을 느끼게 하는 금한이었다. 서로 커피를 젓고 있지만 금한은 말할 엄두도 내지 못하고 있었고 혜림은 그런 아빠를 편안하게 해 주기 위해서 먼저 입을 열었다.

"아빠, 회사가 요즘 어렵다고 들었어요. 제 걱정은 마세요. 아빠 전 아무래도 좋아요."

금한을 위로하는 혜림은 스푼을 식탁에 내려놓으며 차를 마시고 있었다.

금한도 한 모금 커피를 마시면서 더 이상은 숨기고 싶지 않은 듯 목에 힘을 주고 있었다.

"이 아빤 20년 동안 지금 회사를 위해서 모든 걸 바쳤고 또 그만큼 노력을 했었다. 그래서 다른 누구보다 우리 회사에 애착이 크단다. 하지만 이 애비가 못난 탓으로 결국엔 부도나기 일보 직전이야."

"우리 아빠가 열심히 사셨다는 것은 내가 잘 알아요."

"그 조그만 회사가 넘어가는데 손도 못 대고 있는 내 자신이 원망스러운 것도 사실이고."

금한은 더 큰 결심이 섰는지 혜림을 똑바로 쳐다보지 못했다.

"지금부터 내가 하는 얘긴 정말 어렵게 네게 말하는 거야. 몇 번을 망설였지만 어쩔 수 없이 하는 내 얘기 잘 들어 주기 바란다."

혜림도 어떤 말도 다 들어 줄 수 있다며 아빠를 진실되게 바라봤다.

"이 애비 회사를 살릴 수 있는 사람은 지금에선 너뿐이구나."

"아빠, 무슨 말씀이세요? 똑똑히 좀 말해 보세요. 예?"

혜림은 알 수 없는 금한의 대답에 당황했지만 사실을 꼭 들어야겠다고 생각했다.

"대풍그룹이야. 아빠 회사를 위기로 몰아넣은 회사가. 그런데… 그런데 대풍그룹 둘째 아들이 널 관심에 두는 눈치구나. 물론 혜림이 네가 마음에 들지 않으면 이 애빈 절대 강요는 않겠다. 이 애빈 너의 행복을 바랄 뿐이지. 너를 슬프게 만드는 일은 죽어도 할 수 없다는 걸 너도 알고 있겠지?"

혜림은 아빠가 너무 불쌍한지 눈물을 닦으며 금한을 바라봤다.

"알아요. 아빠. 전 아빠의 전부인 딸인걸요."

"고맙다."

"아빠가 힘들어하시면 저도 너무 가슴이 아파요. 아빠 저 그렇게 하겠어요."

혜림의 백옥 같은 피부에도 투명한 눈물이 가득 채워지고 있었다. 금한은 더 이상 혜림에게 어떠한 말도 하지 못하고 자리에서 일어서고 있었다. 더 이상 딸을 쳐다볼 용기조차 그에게는 남아 있지 않았으므로…….

32.

너무 힘들고 외로워도 그건 연습일 뿐이야. 넘어지지 않을 거야. 나는 문제 없어. -유행가〈나는 문제 없어〉중에서-

참 좋은 노랫말이다. 넘어지고 넘어져도 오뚝이처럼 일어난다는 건. 사실 그런데 그렇게 살 수 있는 사람이 과연 세상의 몇 명이나 될까? 지금의 위기를 연습으로 생각할 수 있는 사람이 과연 세상에 있을까? 10명 중 9명은 망가지고 쓰러지고 넘어지고 자포자기하고 그렇게 살 것이다.

그리고 정말로 아무 문제가 없다면 그건 죽기만 바라는 삶일 것이다. 아니 아무 문제가 없다면 그 사람은 자살할 것이다. 미련도 걱정도 아픔도 아무것도 없다는 인생을 사는 것 자체에 흥미가 없는 것이므로…….

상도는 정오가 가까워져 가는 시각에 병원으로 향했다. 입원실엔 아직도 의식이 없는 정 여사가 싸늘한 마네킹처럼 자리를 잡고 있었다. 그리고 영숙은 피곤했는지 하품을 하고 있었다.

"영숙아, 고생이 많지 미안해. 오빠가 일이 좀 있어서."

"고생은 무슨. 상도 오빠, 밥은 먹은 거야?"

"그럼. 동주는 학교에 잘 다니고 있는 거지?"

"으... 응."

영숙도 상도를 잘 아는지라 동주의 걱정을 얼버무려 피하고 있었다.

"영숙아, 고생스러워도 조금만 참고 있어. 오빠가 잠시 일 좀 보고 교대해 줄게. 넌 집에 가서 동주 밥이나 차려 주고 너도 좀 쉬고 그래야지."

"괜찮아 오빠. 집에 가면 더 불편해. 상도 오빠나 아무 걱정 말고 일 보지 그래."

상도는 영숙을 보며 웃어 주고는 복도에 차트를 들고 있는 간호사에게 다가갔다.

"저기 입원실에 정인숙 여사 담당 선생님 좀 뵀으면 하는데요."

"4층 ○○호 백진우 선생님을 찾아가시면 돼요."

간호사는 상도를 한번 쳐다보고 지나치며 말을 건넸다. 상도는 입원실로 돌아와 영숙을 대동하고 4층으로 올라서고 있었다. 영숙은 아직도 다리가 불편한지 조금은 불안정한 자세로 걷고 있었다. 상도는 그녀를 보자 알 수 없는 연민의 정이 일어서고 있었다. 하지만 지금은 무조건 정 여사의 몸 상태가 두 사람 사이의 전부였다. 다시 상도가 그녀를 앞서고 4층에 도착해 백진우 선생의 명패를 확인하고 노크를 하자 인기척을 느끼며 상도와 영숙이 안으로 들어섰다.

"무슨 일로 오셨죠?"

"네, 지금 입원실에 계시는 정인숙 님의 딸인데요. 정확한 상태를 알고 싶어서 이렇게."

영숙의 말투엔 근심과 걱정이 그대로 묻어 나왔다.

진우는 알았다는 듯이 두 사람에게 자리를 건넸고 그의 앞자리에 앉은 상도와 영숙은 긴장하며 그를 바라보았다.

"예, 지금 정인숙 님은 뇌출혈이 있는 상태입니다. 그런데 평상시에 혈압이 있으신데 병원 진료 기록도 없고 아무튼 어떻게 버텨 오셨는지……. 그런데 지금 수술을 하려고 해도 뇌에 부종이 있는 관계로 부종을 잡은 다음에 수술을 할 수밖에 없는 상태고요. 그렇다고 지금 환자분 나이도 있으신데 함부로 수술에 들어갈 수도 없는… 무척 안 좋은 상황입니다. 강한 충격으로 한 번에 쓰러지신 거고요. 아무튼 최선을 다하고 있으니 저희를 믿고 잘 따라 주셔야죠. 조금 편안하게 함께 지켜보신 후에 결정하도록 하겠습니다."

"그럼 수술만 잘 받으시면 평소처럼 괜찮아질 수 있는 겁니까?"

상도가 가장 듣고 싶은 말을 하고 있었다.

"물론 최선을 다해 보겠지만 만약의 경우도 생각하시는 것이…."

상도는 고개를 떨고 있었고 영숙은 손수건으로 눈물을 닦고 있었다. 의사도 어려운 결정인지 말끝을 심하게 흐렸다.

상도는 영숙에게 걱정 말라며 안심을 시켰지만 암담한 현실에 느껴지는 비애감에 고개를 숙였다. 그리고 병원을 나와서 결심이 섰지만, 신호등 옆에 서 있는 공중전화 앞에 멈춰 서서 한참을 망설이고 있었다. 그리고 전화박스 안으로 빨려 들어갔다.

"나다. 큰형님 부탁해."

상도의 목소리가 지나가던 차량 행렬 속에 흡수되고 있었다.

33.

상도와 동주는 집에 있었다. 학교에서 돌아온 동주를 상도가 기다리고 있었다. 두 사람의 표정은 매우 침통하고 우울했다. 동주는 오늘 첫 끼를 간신히 목으로 넘기고 있었다.

"나를 한 번만 더 이해해 줘야겠다."

상도는 동주에게 간단하고 결심된 상황을 전달하고 있었다.

"뭘 이해해 줘야 되는데?"

동주는 상도를 쳐다보며 숟가락을 세차게 놓았다. 그리고 생각나는 게 있는지 상도를 노려보았다.

"어머니도 그렇고, 영숙이를 위해서라도."

"말 같지도 않은 소리 제발 좀 집어 치워. 네가 뭔데 나를 비참하게 만들어. 내가 아무리 그래도 친구 몸 팔아서 내 식구 살리겠다고."

동주는 완강히 자신의 거부 의사를 분명히 했다.

"됐어. 넌 신경 안 써도 된다니까."

동주는 악을 쓰듯 상도를 향해 대들었다. 상도도 조금은 서운했는지 바닥을 주먹으로 힘껏 내리쳤다.

"야, 새끼야. 내가 남이니. 그럼 넌 어떻게 할 건데. 넌 방법 있어? 뾰족한 수 있냐고."

"그래도 이건…."

"지금 무슨 짓이면 어때. 어머니 먼저 살리고 봐야지. 그래 내가 가만있는다고 쳐. 그러면 어머니 돌아가시는 꼴 볼 거야? 보고 싶냐고?"

상도의 대답에 동주는 비통해진 고개를 수였다.

"넌 공부만 잘하라고 했다. 더 이상 이래라저래라 하면 너도 다른 놈들과 똑같아."

상도가 자리에서 벌떡 일어나 나갈 준비를 했다.

"상도야, 너 어디 가는데."

아까보다는 많이 누그러진 동주였다.

"잠깐 나갔다 올게. 약속이 있다. 그리고 병원에 영숙이 혼자 있으니 한번 가 봐. 나도 일 보고 병원으로 갈 테니."

상도는 일부러 웃음을 보였다.

동주도 이제는 상도를 이해하는지 마음을 잡고 있었다. 그리고 생각했다. 일단은 어머니가 전부라고. 가족을 위해서는 지금은 어쩔 수 없지만 언젠가는 몇 갑절 다 갚아 줄 거라고 생각했다.

34.

혜림은 차량의 경적 소리에 놀라 뒤를 보았다. 그 뒤로 미끈하게 빠진 외제 차가 그녀를 기다리고 있었다. 운전석에서 내린 기사는 혜림에게 정중히 인사를 하고 메모를 혜림에게 건넸다.

'한번 뵙고 싶소. 기호.'

메모의 내용을 이해했는데 기사는 벌써 차량 도어를 열어 두고 있었다.

혜림은 말없이 기사의 지시에 따라 뒷좌석에 몸을 맡겼다. 자동차는 시내 중심가를 벗어나 한적한 도로로 달리고 있었다. 혜림은 신경을 벗어던지고 편안한 마음을 가지려고 애썼지만 여전히 불안한 마음이 이어졌다.

자동차는 강을 끼고 있는 다리를 지나 푸르름이 선명하게 드러나 보이는 어느 고급 가든 식당 건물 주차장 앞에 세워지고 있었다. 그녀는 이곳이 목적지임을 알 수 있었다. 혜림의 앉아 있는 차량의 도어를 열어 주고 기사는 아무 대답 없이 앞질러 걷기 시작했다. 층계를 지나 웅장한 출입문이 열리면서 밖과는 너무나 대조적인 모습에 혜림은 잠시 정신을 차릴 수가 없었다. 보기에도 너무나 잘 짜인 실내 장식 하며 좌석마다 대리석으로 곁들여진 모습은 이야기 속에 나오는 왕궁을 연상케 했다. 하지만 은은하게 밀려드는 부드러운 조명 빛은 혜림의 모습을 더욱더 아름답게 하고 있었다.

이름을 알 수 없는 작가가 그린 대형 풍경화는 누가 보더라도 진품임을 알 수 있었다. 그 방에 기호의 모습이 보였다. 날카로운 인상에 차갑게 느껴지는 눈은 혜림에게 매우 부담스럽게 다가왔다.

"반갑소. 천기호요."

기호는 손짓으로 자리를 권했다. 혜림은 약간 고개를 숙이고는 기호가 정해 준 자리에 몸을 내렸다.

"혜림 씨, 얘긴 많이 들었소. 갑자기 자리를 만들어 놀랐겠지만 꼭 한번 보고 싶어서…."

혜림은 기호의 말만 듣고 있을 뿐이었다.

주문한 음식이 두 사람 앞에 놓여졌으며 그들은 식사를 시작했다. 그리고 자연스럽게 대화가 시작되고 있었다.

"요즘 신세대 여성이라 고민 많이 했소. 자기주장도 분명할 것도 같고. 하지만 한국 여성 고유의 단아함이 그대로 숨 쉬고 있는 것 같아서 평상시에 많은 관심이 있었소. 흐흐흐."

잘 썬 고기 한 토막을 입으로 가져가며 기호는 혜림을 벌써부터 조금 낮추고 있었다.

혜림은 처음부터 자리가 무척 거북스럽게 느껴지고 있었다.

"저를 어떻게 알아서 관심을 가지셨던 건데요?"

기호는 의외라는 듯이 그녀를 쳐다봤다.

"그렇게 말하면 어색해지는군. 처음 혜림 씨 아버지 회사에 접근한 것도 당신 때문이라면 이해되겠나?"

"그러게요. 언제부터죠. 절 아신 게."

"조금 오래됐어. 언젠가 혜림 씨 학교에 초청 강사로 갔다가 문화 광장 앞에 한복을 곱게 차려입은 여인을 보게 됐지. 그 여인이 혜림 씨였고…."

"그런 거라면 조금 불쾌하네요. 그때 기억으로 열심히 사시는 아버지 회사를 어렵게 하셨다면 너무 잔인하다고 생각지 않으세요?"

"물론 잘했다는 건 아냐. 하지만 난 내가 한다면 꼭 이루는 성격이라서."

독선적으로 말하는 기호의 대답에 혜림은 금방이라도 자리를 뛰쳐나가고 싶었다. 물이라도 뿌리고 싶은 충동을 느꼈다.

"우리가 결혼 후 난 혜림이가 학교를 그만뒀으면 하는데."

혜림은 정신이 아찔했다. 예상은 한 일이었지만 이 정도까지인 줄은 예상치 못했다.

"너무 자기중심적이군요. 상대방의 기분은 조금도 고려하지 않는…."

"뭘 생각하고 그러지. 결국엔 약한 쪽이 밟히는 게 세상 아닌가?"

혜림은 나이프를 세게 쥐었다. 하지만 그녀의 불쾌감이 피어오를수록 금한의 모습이 머릿속에 나타났다. 한평생 열심히 사셨던 늙은 얼굴의 아버지 모습이 눈앞에 나타났다.

35.

 고위층 인사들과 최고의 상류 계층만 모인다는 클럽 세르비에는 오후부터 윤 마담의 지시로 바쁘게 움직이고 있었다. 양명은 오늘 최고의 손님을 맞이할 준비를 하라고 엄포를 놓았으며 서울의 거의 모든 상권의 열쇠를 쥐고 있는 양명의 힘은 이 세계에 종사하는 사람들에게 절대적으로 작용했다.
 세 명의 경호원들 사이로 양명은 세르비에 도착했다. 그곳에 있던 사람들 모두 양명을 깊이 머리를 숙여 맞이하고 있었다.
 "윤 마담, 잘 있었나. 갈수록 만개한 꽃처럼 고와지는구만. 그건 그렇고 날 찾아온 손님은 아직 도착하지 않았나?"
 "예, 아직 도착 안하신 모양이네요."
 서른을 갓 넘긴 품위와 미소를 가득 머금은 윤 마담의 눈가에 미소가 번졌다.
 "걱정하시지 마시고 들어가 계시지요. 오늘 일체 손님을 받지 않기로 했으니 아무 걱정 마시고요."
 "오 그래, 신경을 써 주니 대단히 고맙군. 아무튼 내겐 가장 중요한 손님이니 신경 좀 써 주시오."
 "그럼요. 누구의 청이신데…."
 양명은 세르비 특별 VIP룸으로 자리를 옮겼다.

 "당신 같은 사람은 안 어울리는 곳이니 빨리 다른 데로 꺼져."
 두 명의 사내가 세르비 정문에서 성도를 저지하고 있었다.
 "난 분명히 이곳에 약속이 있어서 온 거요. 들어가야만 해."

사내들은 서로의 얼굴을 번갈아 쳐다보며 코웃음을 치고 있었다.

"야, 다치고 싶지 않으면 어서 꺼져. 이곳은 너 같은 게 올 곳이 아니란다."

상도를 타이르며 음흉한 미소로 체격이 건장한 사내가 소리쳤다.

"좆같네. 언제부터 이곳이 이렇게 손님을 가렸나? 양명이 형님을 만나러 왔다고. 어서 안 비켜?"

"진짜로 양명 회장님 만나러 온 거요?"

사내들이 긴장하며 상도를 바라보았다.

"진짜 사람 성질 테스트하는군."

"일단 기다리시죠. 야, 빨리 알아봐."

둘 중 어려 보이는 사내가 안으로 급하게 뛰어 들어갔다.

"난 급해. 그리고 한마디만 더하지. 정리 똑바로 차리라고. 내 인내심은 아주 짧거든."

상도의 번개 같은 주먹이 사내의 인중에 그대로 박혔다. 사내는 비명을 지르며 그대로 쓰러져 정신 줄을 이미 놓고 있었다. 상도는 분을 이기지 못해 소화기를 들어 대형 크리스털 유리문에 힘껏 던졌다. 와장창하는 소리와 함께 모든 이목이 쏠리며 사람들은 갑작스러운 사태에 주위로 몰려들었다.

양명의 경호원들도 재빠르게 문 쪽으로 뛰어나왔다. 그리고 문 앞에 서 있는 상도의 모습을 확인하고 당황해했다.

"아니, 형님. 무슨 일입니까?"

그중 상도의 얼굴을 알아보는 성길이가 그를 바라보며 민망한 모습을 보였다.

"아무것도 아니다. 약간 오해가 있었나 봐. 큰형님 안에 계시지?"

"예, 벌써 와서 기다리고 계십니다."

그 뒤로 윤 마담은 지옥이라도 온 것처럼 모든 행동이 굳어 있었다.

"어머, 이거 죄송해서 어쩌죠. 저희 관리자들이 몰라뵙고 그만…."

"아닙니다. 이런 곳인지 모르고 편한 복장으로 온 제 실수죠. 신경 쓰실 것 없습니다. 하지만 다음부터는 자초지종을 확인하고 영업하셔야죠. 어서 큰형님에게 인사드리러 가자."

상도는 윤 마담 앞을 지나쳐 갔다. 아직도 두려움과 서늘함 속에 서 있는 윤 마담은 온몸을 새파랗게 떨고 있었다. 그만큼 양명의 말 한마디에 모든 것을 결정할 수 있는 시대였다.

양명과 상도는 여러 차례 잔배가 오가고 있었으며 그는 다시 보게 된 상도를 향해 축복의 잔을 부딪치고 있었다. 술자리가 무르익을 무렵 상도는 그의 목적을 하나하나 양명에게 털어놓았다.

"형님, 전 돈이 필요합니다. 하지만 더 이상 도와 달라는 얘기는 하지 않겠습니다. 대신 제 목을 걸겠습니다."

상도의 무거운 말이 열렸다. 양명은 웃어 보이며 술 한잔을 부드럽게 입속으로 털어 넣었다.

"그래 그냥은 싫다고. 난 네가 다시 복귀한 것만으로 기쁘다. 오늘은 즐겁게 술만 마시면 돼."

양명은 첫날부터 사적인 얘기는 하기 싫었다. 하지만 상도는 그게 아니었다. 확실한 대답을 듣고 싶었다.

"형님, 전 지금 이 자리에서 확실한 결론을 맺고 싶군요."

상도는 지체할 수 없었다. 양명도 상도의 그런 입장을 이해하는지 고개를 끄덕였다.

"요즘 부쩍 머리를 들고 나에게 대적해 오는 놈들이 적지 않다. 내일부터 넌 그들을 정리해라. 아직까지 내가 건재하다는 것을 보여 줄 수 있겠지."

양명은 흰 이를 드러내 보이며 눈웃음을 쳤다.

"형님이 원하시면 그렇게 해 드리겠습니다. 모두 형님 발아래 묶어 드리겠습니다."

"좋다. 나도 네가 원하는 건 모두 주마. 대신 싹 쓸어버려라. 아주 철저하게…."

"예."

둘은 술잔을 부딪혔다. 다시 대한민국 검은 세계 동업자로 만난 것이다. 양명과 상도는 새벽녘이 될 때까지 그들만의 회포를 풀었다. 그리고 오랜 상도의 다짐도 막 내리는 순간이었다. 하지만 잘못된 길이라고 상도는 결코 생각지 않았다.

상도는 사랑하는 사람들을 위해서 당연한 길이라고 생각했다. 오늘 밤 소주라도 한잔하고 싶은 밤이다. 우리의 주인공 상도를 위해서……

36.

환하게 눈을 때리고 들어오는 아침 빛에 상도는 정신을 차렸다. 거의 모든 기억은 없었으며 자기가 누워 있는 이곳이 어딘지 통 생각이 나질 않았다.

호텔은 분명 아니었다. 모든 것이 조화를 이룬 가구라던가. 따뜻함을 느낄 수 있는 분위기하며…….

상도는 참을 수 없는 갈증을 느끼며 방문을 열고 나갔다. 주방에서 앞치마를 두른 여인의 모습이 보였다. 그녀도 인기척을 느꼈는지 시선이 상도에게로 향했다.

"깨어나셨군요. 어제 새벽에 정신이 없으신 것 같아서 죄송함을 무릅쓰고 저희 집으로 모셨어요."

윤 마담이었다. 어제 그 일로 안절부절못하던 그녀였다. 앞치마를 두르고 긴 머리를 묶고 있는 윤 마담의 모습은 어제와 다른 순수함이 그대로 묻어나 있었다.

"제가 뭐 실수한 거라도."

상도는 생각이 나지 않는 새벽 일을 조심스럽게 물어보았다.

"없어요. 너무 조용히 주무시던데요. 저쪽이 욕실이에요. 씻고 나오시면 아침이 곧 될 것 같은데요."

윤 마담은 망설이며 수줍게 말을 이어 갔다.

"어제는 미안했습니다. 거칠게 살아와서 무시당한다고 생각이 들면 갑자기 저도 모르게…."

"제가 너무 죄송해요. 직원들 단단히 교육시켜야 하는데 저도 상도님을 잘 몰라서요."

"그리고 아침은 무슨…. 잠자게 해 주신 것도 영광인데요. 신경 쓰실 것 없습니다."

상도의 대답에 윤 마담 얼굴이 빠르게 긴장해 갔다.

"어머, 제가 부담을 줬나 보군요. 전 그런 줄도 모르고…."

윤 마담이 금방이라도 울음을 터트릴 것 같이 고개를 떨구었다.

"아… 아닙니다. 아침밥까지 먹여 주신다면이야 더 바랄 것도 없겠지만 제가 이렇게 여자랑 단둘이 있었던 기억이 별로 없어서요. 그래서 그런 겁니다."

윤 마담의 얼굴엔 화색이 돌기 시작했다. 활짝 몽우리를 터트린 백합이 되어 갔다. 상도는 자신의 말대로 여자와 단둘이 식사를 해 본 기억이 거의 없었다. 물론 두 사람 다 어색함은 이루 말할 수 없었다. 지금 앞의 여인은 상도만을 위한 식사를 준비한 것이다. 정성스러운 찌개와 따뜻한 밥 그리고 먹음직스러운 그 밖에 다른 반찬들. 둘은 수줍음에 식사를 했다. 윤 마담은 부담을 주기 싫었는지 계속해서 분위기를 바꾸어 보려고 여간 힘들어하고 있는 눈치가 역력했다.

"상도 님이 몇 년 전 서울을 천하 통일한 그분이라고 하던데요. 제 생각과는 너무 다르게 생기셔서 조금은 놀랐네요."

윤 마담은 상도의 눈치를 살피며 조심스럽게 말을 꺼냈다.

"저도 제가 그 일을 했다는 게 믿어지지 않습니다. 어찌하다 보니…."

"전 우람한 체구에 무섭게 생긴 분인 줄 짐작했었는데요."

상도는 윤 마담의 말에 미소만 짓고 있을 뿐 그냥 음식을 빠르게 씹고 있었다. 그러나 상도는 윤 마담의 호의에 그냥 지나칠 수 없었는지 분위기를 따라가려 했다.

"제가 소문에 그렇게 무섭게 생겼다고들 합니까?"

"예, 사람을 꼼짝 못하게 한다고 했어요."

윤 마담은 놀라하는 시늉을 하며 상도의 말을 받았다.

"그땐 제가 미쳤지요. 지금은 쫄려서 그런 근처에도 가질 못합니다. 다 지나간 일이고요. 그건 그렇고 저기요."

상도는 몇 번을 망설이고 있었다.

"말씀해 보세요. 어서요."

"저기…."

윤 마담은 궁금해 하며 상도의 얼굴을 빤히 쳐다보았다. 둘만의 초점이 정지되며 보기 좋게 눈동자가 맞아 서고 있었다.

"밥맛이 참 좋군요. 얻어먹는 김에 한 그릇 더 먹읍시다."

상도는 수줍어하며 빈 공기를 그녀 앞에 내밀었다. 윤 마담은 그제야 이해가 됐는지 활짝 웃음을 보였다. 둘은 말없이 웃었다. 아주 오래 전부터 알고 있는 사이처럼 다정하게 식사를 계속하고 있었다. 그랬다. 상도는 타고난 천부적인 싸움꾼이었다. 이제까지 패배를 모르는 절대적인 주먹이었다.

희미했던 눈동자도 전투에 앞서 살기가 느껴졌으며 그가 타오르면 한쪽이 깨질 때까지는 결코 식을 줄 몰랐다. 상도와 맞섰던 사람들 하나같이 끝을 맺고 나면 모두 그를 두려워했다. 아니, 더 이상 그에게 대적할 용기를 잃어버렸다고 해야 옳았다. 한상도 그는 최고다. 누가 뭐라 해도 그는 강하고 굳건했다. 상도는 자신이 덮었던 이부자리를 다시 한번 정리하고는 자리를 떠나려 했다. 윤 마담은 무슨 말을 하고 싶은지 몇 번을 망설였으나 상도는 그런 그녀의 마음을 느끼지 못하고 있었다.

"신세를 많이 졌군요. 아침 정말 잘 먹었습니다."

상도는 가지런히 놓인 자신의 신발을 신었다. 그리고 윤 마담을 향해 고개를 숙이고 현관문의 손잡이에 손을 올려놓았다.

"저기… 상도 님."

아주 작은 목소리가 윤 마담의 입에서 어렵게 흘러나왔다.

"저기… 저기… 실례되는 일인지 모르겠네요."

상도는 아직도 윤 마담이 왜 그러지를 모르고 있었다.

"언제든 시간이 나시면 꼭 다시 와 주셨으면 해요. 언제나 상도 님이 원하시면 전 기다리고 싶네요."

윤 마담은 처음으로 낯선 남자에게 자신의 생각을 전달했다. 그녀의 얼굴은 거절당할지도 모른다는 생각에 벌겋게 달아오르고 있었다.

순간 상도는 몸을 돌려 윤 마담의 허리를 감싸 안았다. 서로의 눈빛이 자세를 잃고 마구 흔들렸다. 서로를 확인하며 뜨거운 입맞춤이 시작되었다.

상도는 한 뼘 정도 작은 윤 마담을 들어 올렸고 그녀의 다리가 상도의 허리를 꼬았다. 하나둘 또 다른 껍질이 벗겨지기 시작했다. 이제까지 자신의 의지로는 처음으로 남자에게 모든 걸 허락하고 있었다. 그녀의 날개가 벗겨지고 눈이 부실정도로 새하얀 그녀의 속살이 드러났다. 찬란한 빛과 함께.

상도의 탄탄한 가슴이 열렸다. 그리고 그녀는 상도의 가슴에 얼굴이 수줍게 빨려 들어갔다. 두 사람의 껍질이 바닥으로 곤두박질치고 두 사람은 이제 아무것도 남지 않았다. 서로가 아무 부담 없이 당연한 것처럼…. 그것이 자연스러운 것처럼……. 점점 하나가 된 것을 스스로 기쁘게 생각하고 있었다.

37.

고요함 속에서 새벽은 온다. 동주의 몸은 무거웠지만 정신은 시간이 흐를수록 생생해져 갔다. 동주는 뜬눈으로 밤을 지새우고 있었다. 물론 영숙도 그의 옆에서 같이 보냈다. 두 남매는 긴장 속에서 마지막일 수도 있는 정 여사의 몸에 깨끗한 속옷으로 갈아입히며 기도하는 자세로 그녀의 몸을 조심스럽게 어루만졌다. 정 여사의 수술 날이 더 가깝게 다가올수록 새로운 불안감이 고개를 들고 일어났다.

드디어 그 시간 바퀴 달린 의료용 침대가 움직였다. 동주, 영숙 그리고 상도가 수술실로 향하는 정 여사 곁에서 그녀를 따르고 있었다.

복도 맨 끝에 있는 수술실의 견고한 문이 열렸다. 푸른색 수술용 복장을 한 의사들이 경주하듯 그곳으로 들어갔고 세 사람은 여기까지가 마지막이었다. 금이 그어지며 수술 중이라는 불이 켜져 있는 곳까지가 그들이 갈 수 있는 마지막이었다. 세 사람은 침통한 채로 고요해져 갔다. 아무 말도 없이 자리를 잡으며 영숙은 두 손을 모으고 있었고 동주는 수술실 쪽으로 몸을 돌려 고개를 이리저리 갈피를 못 잡고 흔들거렸다. 상도는 차가운 벽을 향해 그의 뜨거운 체온을 식히고 있었다. 시간이 흐르기 시작했다. 무거운 1분 1초가… 더없이 느리게 움직였다. 마치 세상의 모든 시간이 정리되어 있는 것처럼 멈춰 버렸다.

굳게 닫혔던 수술실의 문이 열린 건 정오가 다 되어서였다. 흰 붕대로 머리를 곱게 감싼 정 여사의 모습이 보였고 바로 옆에는 수술복이 땀으로 번져 있는 의사들이 하나둘 다시 나오기 시작했다. 상도는 담당 의사인 진우를 찾았다. 하지만 계속 다른 의사와 간호사만 나오고 있었다.
　눈을 계속 이리저리 돌리고 돌렸다. 맨 마지막 한 사람이 바로 진우였다.
　상도는 무거운 발을 옮겨 담당 의사인 진우의 곁으로 접근했다. 다가서는 몇 미터의 간격도 그렇게 멀게 느껴질 수가 없었다.
　"선생님, 수고 많이 하셨습니다. 잘된 거지요? 이제 괜찮아진 거죠?"
　확실한 답을 원하는 상도는 계속해서 그의 생각을 다그치며 말을 이었다. 진우는 자신의 머리에 걸쳐져 있던 위생모를 풀었다.
　"잠깐 제 방에서 얘기 좀 했으면 하는데요."
　진우는 짧은 고개로 목례를 하고는 서둘러 자리를 옮겨 가고 있었다.
　"상도야, 선생님이 뭐라셔?"
　더 초조한 모습으로 기다렸던 동주도 입이 마르는지 상도를 바라봤다.
　"으응… 잠깐 할 얘기가 있다고 하시네."
　순간 동주는 더 큰 불안감을 예견했는지 고개를 숙이고 손으로 얼굴을 묻고 싶어 했다.
　"상도야, 넌 어머니 뒤따른 영숙이랑 같이 식사나 하고 있어라. 선생님은 내가 찾아뵐게."
　동주는 자신만의 걱정으로 남았으면 했다. 상도와 영숙이만이라도 편해졌으면 하고 생각했다.
　"같이 안 가도 되겠어? 너 혼자선 좀…."
　"아냐, 괜찮아. 그렇게 해 줘라. 부탁해."
　상도는 동주의 말을 바꿀 수가 없었다. 그때였다. 아주 어렵게 몸을 지탱하던 영숙이도 궁금했는지 두 사람 사이로 다가섰다.
　"오빠, 선생님이 뭐라셔?"

영숙도 두 사람과 같은 생각을 하고 있었다.

"넌 또 왜 왔어. 상도 오빠랑 점심이나 먹으러 가 어서."

동주는 영숙을 향해 감정이 쌓인 대답으로 얼버무리고 있었다.

"그래 영숙아. 나랑 점심이나 일단 먹으러 가자. 동주도 갔다가 곧 올 거야."

"아냐. 나도 같이 가겠어. 엄마 일인데 왜 오빠 혼자 가야 해. 나도 분명히 들어야겠어."

영숙은 조금도 물러나지 않았다.

"누가 네 맘 모른대. 나 혼자도 충분하니까 너까지 주눅들 필요 없어. 제발 내 말 좀 들어줘. 응? 상도야, 영숙이 데리고 좀 가 줄래. 부탁이다."

동주는 벌써 자리를 이동하고 있었다. 계단으로 올라가고 있는 동주의 뒤를 영숙이 절룩거리며 뒤를 이었지만 상도의 손에 이끌려 동주와는 반대 방향으로 갈라지고 있었다.

동주는 불안감에 다리가 떨려 왔다. 진우의 말 한마디 한마디가 매우 무섭고 불안하게 다가왔다.

"환자분의 뇌 속에 고여 있는 응고된 혈전을 제거하고 혈관을 정상으로 옮겼습니다. 그런데 다행이라고 해야 할지 불행이라고 해야 할지……"

진우는 말끝을 심하게 흐렸다.

"무슨 일 때문이시지요?"

동주가 진우의 입을 집중하며 바라보았다.

"수술을 정상으로 마치던 순간 새로운 사실을 발견했습니다. 아직 분명히 자리를 잡고 있진 않았지만 암세포가 퍼져 있다는 것을 발견한 거지요."

"예? 그럴 리가요."

동주는 더 깊은 불안감이 몰려왔다.

"환자분의 몸이 회복되는 대로 2차 수술이 필요합니다. 분명한 것은 환자분의 강한 의지가 필요한 상태라는 겁니다. 물론 환자분이 의식을 찾으셔야 할 수 있는 수술입니다."

동주는 다시 눈을 감았다. 몇 겹으로 크게 다가서고 있는 살벌한 벽의 고통을 실감하고 있었다.

"그… 럼, 수술만 다시 받는다면 꼭 회복될 순 있는 겁니까?"

진우는 담배를 동주에게 권하고는 그도 한 대 꺼내 물었다.

"그것을 장담하기엔 저도 어렵군요. 하지만 이번 수술은 괜찮은 편입니다. 그리고 암세포가 초기에 발견됐다는 점으로 위안을 갖는 것이……."

"진우의 희망적인 말에 동주의 자세가 조금은 정상으로 만들어지고 있었다.

"그럼… 수술비는 어느 정도가 될까요?"

동주에게는 그것이 가장 큰 숙제이자 문제점이었다.

"그건… 죄송합니다. 전 병을 치료하는 사람이지… 그런 사항은 원무과 직원과 상의해 보시지요."

진우는 그런 질문은 싫은지 말을 잘랐다.

"예, 알겠습니다."

동주는 몇 모금 피지 않은 담배를 끄고 자리에서 일어났다. 무거운 몸과 마음이 잠시의 틈도 허용치 않은 채 동주를 누르고 있었다.

38.

혜림은 반 강제적으로 고모와 함께 혼수 준비에 바쁜 하루를 보내고 있었다. 혜림은 우울한 마음이었지만 상대적으로 흥분한 고모는 뭐가 좋은지 들떠 있었다.

"얘, 아버지가 우리 집안이 조금도 뒤떨어지지 않게 무리를 해서라도 준비하라는구나."

혜림은 고모의 말에 신경질적으로 변하고 있었다.

"우리 집안이 뭐가 부족하다고 그렇게 안절부절못해요."

"얘가 또 그 소리. 그럼 넌 맨몸으로 간다는 거니 뭐니?"

그녀도 화가 난 듯 혜림의 말을 듣고 일어났다.

"혹시 고모, 그 잘난 집안과 사돈 사이가 되는 게 더 좋은 거 아녜요?"

혜림의 정확한 항변에 고모는 입을 다물지 못했다.

"전, 원하는 게 아니고 불쌍한 저희 아버지 때문이라고요. 아버지만 아니었어도……."

"그래 내가 잘못 말했네. 그만하자."

"그런데 고모는 그런 점은 생각지 못하고 왜 그러세요."

"그럼 긍정적으로 생각해야지. 그런 생각해 봤자 너만 손해야."

"제가 사랑하고 좋아해서 하는 것이 결혼이지 어쩔 수 없이 끌려가는 이 마당에…."

혜림은 입으려고 준비하고 있었던 하얀 드레스를 바닥에 팽개치고는 밖으로 뛰쳐 달리기 시작했다. 몇 번인가 혜림의 이름을 부르는 소리가 계속 이어졌지만 벌써 택시에 몸을 실은 상태였다.

39.

성동구 군자동에 위치한 J호텔 앞에는 검은색 스포츠카가 자태를 뽐내며 정지하고 있었다. 운전석에서 내린 검은색 정장 차림의 석화는 스포츠카와 잘 어울려 미모를 더욱더 발산하고 있었다. 바로 양명의 정부인 그녀였다.

계절의 여왕으로 영화계에서 일약 스타덤에 오른 그녀는 주위를 의식했는지 선글라스가 얼굴 전체를 가리고 있었다. 호텔 프런트를 지나 그녀는 조금도 지체 없이 유유히 엘리베이터 안으로 들어갔다. 아마도 여러 번 이곳을 거쳐 간 듯 모든 것이 익숙했다. 석화는 10층에서 내려 주위를 잠시 둘러보고는 아무 이상 못 느꼈는지 수많은 방 가운데 하나를 골라 스스럼없이 밀고 들어갔다. 안에 있는 사내는 다름 아닌 백곰이었다. 백곰은 팬티만 걸친 모습으로 급하게 석화에게 달려들었다.

"잠깐만 샤워를 좀 하고."

석화는 불같은 백곰을 저지하려 했다.

"안 돼. 얼마나 기다렸는데… 난 급하다고."

백곰의 손은 석화의 스커트를 내리고 있었다. 그리고 차츰 강도를 더해 가며 브래지어를 풀었다. 석화의 알몸이 하나씩 드러났다. 큼지막한 유방과 굴곡을 자랑하는 각선미 그리고 수줍게 나타나 있는 그녀의 은밀한 부분이 보이기 시작했다. 백곰은 자신의 팬티가 거추장스러운지 빠르게 밑으로 내리고는 벌써 우뚝 솟아 있는 자신의 그것을 밀고 들어갔다.

석화는 조금씩 정신을 잃고 있었고 백곰의 얼굴은 사정없이 일그러지고 있었다.

"으으흑… 으으."

두 사람은 쾌락의 늪 속으로 더 깊이 빠져들었다.

여러 번의 전쟁이 오간 군인처럼 석화와 백곰은 패잔병처럼 축 늘어져 있었고 몸은 물론 아무것도 걸치지 않은 모습이었다.

"자기 어떻게 할 거야. 자기보다 더 신임하는 상도라는 자식이 다시 복귀했다고 하던데."

석화의 걱정 섞인 말에 백곰은 머리맡에 있는 위스키 잔을 입에 털어 넣었다.

"나도 그게 문제야. 이제 서서히 제거하려고 했는데. 아주 무서운 놈이 양명 옆에 딱 버티고 있으니. 내가 조금은 방향을 바꿔야겠어."

백곰이 힘을 주며 이빨을 모았다.

"석화 넌 양명이 옆에서 언제나 널 믿고 따르도록 만들어야 돼. 그 새끼가 하는 말들은 전부 다 내게 말해 주고."

"알았어. 그건 걱정 하지 마."

"아니, 그 새끼가 말 안하려고 해도 네가 어떻게 해서든 그렇게 만들어 버려. 그것이 너와 나의 앞날을 위한 것이라 생각하고. 알겠지?"

석화는 믿으라며 소리 없이 고개를 끄덕였다. 백곰은 기력을 보충했는지 다시 석화의 몸 위로 뛰어들었다. 여자의 자지러지는 음성과 함께 침대가 마구 흔들리기 시작했다. 백곰 몸 위에서 춤을 추고 있는 석화의 몸은 마치 큰 나무에 작은 벌레가 붙어서 날갯짓을 하는 것처럼 보였다.

40.

 기동파의 가족회의가 시작되었다. 양명을 중심으로 긴 탁자 위에 한 지역씩 관할하고 있는 이른바 소두목들이 자리를 메웠으며 양명 옆에는 상도가 차지했고 왼쪽 다섯 번 좌석에 백곰의 모습이 보였다. 각 지역마다 이번 달의 실적이 양명에게 설명되어졌다. 양명은 고개를 끄덕거리기도 하면서 하나하나 들리는 목소리에 정신을 집중시키며 사소한 것까지도 놓치지 않고 있었다. 양명의 세밀함이 그대로 묻어나고 있었다.
 모든 보고 내용이 끝나고 양명의 최종 강평 시간이 돌아왔다. 자리를 채운 소두목들은 마지막 긴장의 끈을 놓치지 않고 있었다. 언제나 그의 마음에 들지 않으면 그 자리에서 몰아치는 성격을 다 알고 있었기 때문이었다.
 "모두들 수고했다."
 처음부터 끝까지 자리를 메운 소두목들에게 양명은 부드러운 어조로 말을 시작했다. 그리고 자세를 반듯이 가다듬고 다음 말을 계속 이어나갔다.
 "난 어려운 환경에서 똑같이 너희들과 함께 시작했다. 그리고 배고픔에 내 자신에게 굴복했던 기억도 분명히 있다. 너희들의 투철한 충성으로 오늘의 이 자리까지 올라설 수 있었지만 난 지금에 만족하지 못한다. 내 성격을 잘 알고 있을 것이다. 난 무조건 1등을 원한다. 내게 신명을 다 바쳐 충성해라. 그런 다음 내게 무엇을 요구해라. 난. 가장 충직하고 용맹스러운 그대들에게 이 자리를 내줄 준비가 되어 있다. 하지만 지금은 아니다. 내 말뜻 잘 알고 있으리라 믿는다. 끝으로 모두 다시 한번 힘을 모아 분발하기 바란다."
 딱딱 끊어지는 양명의 말소리는 모두에게 더 깊은 보스의 기질을 보이기에 충분했다. 상도는 고개를 땅 밑으로 조금 내리고 있었다. 그리고 양명의 말이 끝나기가 무섭게 무슨 사이비 종교처럼 떠나갈 듯 박수로 그를 떠받들고 있었다. 하지만 백곰의 눈빛은 손과 영 반대로 움직이고 있었다. 자리가 매우 불편하다는 듯이 보였다. 다시 분위기가 정비되고 약간의 침묵이 흘러가고 있을 무렵 기동파의 조직원 중 문과 무를 겸비한 경호가 양명의 오른쪽에 서서 지휘봉을 양손으로 감싸 안으며 모두에게 기동파가 안고 있는 문제점을 설명하기 시작했다.
 "그럼 이번 달 안건에 대해서 말씀 드리겠습니다."
 경호는 양명을 보좌하고 있는 위치로 기동파 서열 여섯 번째였다.
 "요즘 신흥 조직들이 머리를 들고 있습니다. 하지만 상도 형님의 복귀로 다시 우리 조직을 두려워하고 있는 것도 사실입니다."
 상도는 쑥스러운지 손으로 그의 머리를 쓸어 올렸다.
 "우리 기동파도 언제까지 최강일 순 없다는 겁니다. 그 예로 태릉을 거점으로 활동 중인 돼지파가 서서히 서울 중심부로 진출을 시도하고 있습니다. 몇 번의 경고도 무시한 채 기회를 보고 있습니다. 그래서 이번에 보고드릴 안건도 어떻게 돼지파를 정리하는지가 되겠습니다."
 서로의 눈빛을 쳐다보며 수군거리는 행동이 이어졌다. 이때 양명이 한 손으로 그 자리를 크게 두 번 치자 금세 조용해졌다.
 "계속해 봐."
 양명의 짤막한 말에 경호는 다시 말을 이었다.
 "돼지파의 머리는 박성수라는 마흔두 살의 사내인데 태릉을 한 손에 쥐고 더 진출할 곳을 찾고 있는 중에 우리의 관할 구역에서 돼지파 조직원들과 몇 번 충돌이 있었습니다. 아직 그렇게 심한 것은 아니지만 더 크기 전에 정리해야 된다는 것이 회장님의 생각이십니다."

전과는 다른 무거운 분위기가 회의실 주변으로 가라앉았다. 잠시 침묵의 시간이 흐르고 있을 무렵 그 상태를 깨는 소리가 울렸다.

"이번 건은 제가 처리하겠습니다."

백곰이었다. 자신감으로 차 있고 거칠 것 없이 힘 있는 말이었다.

"백곰이 네가?"

의아스러운 듯이 양명이 백곰을 바라보았다. 백곰도 결심이 섰는지 똑바로 양명을 바라봤다.

"제 생각입니다만 저에게 이번 일을 맡겨 주십시오. 며칠 안으로 좋은 결과 보고드리겠습니다."

양명이 쓴웃음을 지었다. 양명도 백곰을 바라봤다.

"기백은 아주 좋다. 하지만 난 방법을 물었어."

양명은 방법을 알고 싶은 듯 백곰에게 되물었다.

"본때를 보여 주는 겁니다. 돼지파의 본거지를 급습해서 아작을 내어 버리겠습니다. 그 선두에 제가 서겠습니다."

백곰은 어떻게든 양명에게 자신의 충성심을 보여 주고 싶었다. 하지만 백곰의 말은 순리 밖에서 맴돌고 있을 뿐이었다.

"난 우리 쪽에 피해 없이 돼지파를 잡을 생각이야. 전면전은 모두가 부서지고 모두가 위태로울 수 있다. 둘 중에 하나가 살아남는 전쟁은 옛날식이야."

백곰의 말을 양명이 끊었다. 그리고 뒤를 이어 상도가 말을 받았다.

"지금처럼 사회가 복잡해지고 빠르게 변하는 시점에서는 우리의 작은 일 하나에도 방송과 사회가 들고 일어납니다. 그리고 갈수록 조직들을 소탕하려고 하는 사회의 움직임 속에서 전면전은 우리 기동파를 위기에 빠뜨릴 수 있습니다."

모두들 상도의 말에 수긍이 가는지 고개를 끄덕였다.

"자신 있는 식구들 중 최정예 멤버를 선발해서 기습적으로 성수를 치는 겁니다. 머리가 깨지면 몸은 말을 듣지 않습니다. 물론 시간이 조금 걸리겠지만 당해도 피해는 최소화될 것 입니다."

상도의 정갈한 대답에 모두들 감탄했다. 물론 양명의 생각과 똑같은 생각이었다.

"그럼 백곰 너에게 최정예 빠른 식구를 붙여 주지. 네가 처리하겠나?"

순간 백곰은 더 이상 말을 못하고 얼굴이 일그러졌다. 은밀하게 백곰의 불쾌감이 극에 달했다.

"상도야, 복귀 기념으로 네가 살아 있다는 것을 보여 줄 수 있겠니?"

"회장님이 원하신다면 그렇게 하겠습니다."

"그래, 이번 건은 상도의 복귀 신고식이라고 하자."

조직원들의 힘찬 박수 소리가 계속되었고 백곰이 탁자 밑에서 주먹에 힘을 주자 힘줄이 상처처럼 돋아나 보였다.

모종의 거사 준비가 시작되었다. 상도와 이번 일을 같이 처리하게 될 인한과 상원을 만나게 되었다. 인한은 100kg이 넘는 거구로 입이 무거웠으며 체격에 비해서 날렵한 사내였다. 상원은 인한과 반대로 작은 체구였지만 운동으로 다져진 몸으로 상당히 빠르고 정교했다. 그리고 상원은 최후에 몰리게 되면 자신을 희생시킬 수 있는 칼이 몸속에 자리 잡고 있어서 의리 또한 사내다웠다.

상도와 흑흑은 강이학 기동파 최고의 정예 요원이었다.

"영광입니다, 형님. 말로만 들었던 상도 형님과 같이 일을 하게 되어서 말입니다. 실망은 결코 시켜 드리지 않겠습니다. 지켜봐 주십시오."
 상도에 대한 인사말에서 인한은 강한 남자의 느낌으로 그에게 전달했다.
 "전, 뵌 적이 있습니다. 이 바닥에 막 신인으로서 들어왔을 때 형님은 가장 빠르셨는데…."
 상원도 상도와 같이 일하게 되었다는 게 무척 만족스러운 모양이었다.
 "반갑다. 술이라도 한잔하면서 남자답게 만나야 하는데 시간이 달린다. 회포는 깨끗하게 마무리한 다음에 하는 것으로 하고. 난 어려워도 내가 선택한 일은 꼭 처리해야 된다. 너희들과 처음부터 말이 통하니 본론부터 말하마. 내 말만 무조건 따라 줬으면 한다. 너희들이 당하면 나도 당한다. 너희들이 살면 나도 살고. 완벽하게 성공하면 너희도 남들이 부러워하는 경영을 할 수 있도록 내가 보장하마. 무슨 얘긴 줄 알겠지?"
 "여부가 있겠습니까."
 상원과 인한은 다시 한번 몸을 깊숙이 숙였다. 상도는 그들의 어깨를 다정히 쓰다듬었다. 그들은 그렇게 만났다. 낡고 허름한 국수집에서….
 상도는 그랬다. 언제나 일을 시작하기 전 이상하게 가락국수를 먹어야 했다. 멸치 향의 구수한 냄새를 맡으면 가장 어렵게 살 때 힘들게 먹었던 그 국수가 생각나 가장 밑바닥에서 세상을 향해 복수하겠다는 가장 독종 같은 마음이 전의를 불태우며 다시 자신을 부여잡을 수 있었다.

41.

아침 빛이 서서히 서울을 내리쬐기 시작했다. 하나둘 사람들의 모습이 거리로 쏟아져 나오기 시작할 무렵 성수의 단독 주택에 금속음의 전화벨이 울려 퍼졌다.

"성수 사장 바꿔, 빨리."

성수의 경호를 맡고 있는 영규가 전화기를 귀에 대자마자 상대방의 목소리가 기분 나쁘게 그를 때렸다.

"무슨 소리를 하는 거야, 아침부터. 이 새끼가 뒈지려고 누구 이름을. 야, 새끼야 우리 사장님이 네 친구야? 뭐하는 자식이야. 이 씨벌놈이."

영규는 어의가 없어서 거친 음색이 저절로 나왔다. 벌써 영규의 눈에는 불이 튀고 있었다.

"성수 신상을 위한 거야. 잡말 말고 어서 바꿔. 나도 바쁜 몸이니 서로 길게 끌지 말자고."

모든 것을 알고 있는 듯이 상대방은 조금도 주눅 들지 않았다.

-똑 똑 똑-

"들어 와."

정갈한 카페트에 벽에는 사슴 박제가 노려보고 있었고 서재에는 아주 귀족적인 인상의 사내가 영규를 바라보고 있었다.

"형님, 별 미친놈의 전환데 형님 신상을 위한 거라면서……."

성수가 전화기를 받아 성질을 최대한 죽이고 있었다.

"내가 김성수인데 아침부터 어르신 이름을 함부로 지껄이는 당신이 어떤 개선생이신지?"

가소로운 듯 성수는 기분을 거의 싣지 않으면서 응대했다.

"날 알 건 없어. 하지만 지금부터 너를 위해서 하는 소리니 잘 들어야 할 거야."

성수는 바로 옆에 있는 담배를 입으로 가져갔다.

"널 기동파에서 제거하기로 했어. 그래서 특공대가 떴어. 상도가 복귀 기념으로 널 잡기로 한 거야."

"상도가 복귀했다는 얘기는 들었지. 그렇게 말하는 넌 누군데?"

"너도 잘 알 거야. 기동파에서 가장 질기고 센 놈이라는 걸. 하지만 난 그놈이 너무 싫거든."

"아이고 눈물 나도록 고맙네. 그런데 그런 대비도 없이 내가 달건이 생활을 하고 있을까?"

"오늘부터 몸조심하는 게 좋을 거야. 외출을 삼가 해야 할 걸. 어쩔 수 없이 외출을 하게 되면 꼭 지원 병력 붙이고."

"훌륭하군. 뭐하는 놈이야, 신상을 밝혀."

성수의 기분이 빠르게 상승하고 있었다.

"언제 어떻게 튀어나올지 모르지. 하지만 그놈에게 안 당하고 버티기만 해. 그러면 넌 곧 나한테 당하고 말겠지만. 하하하…."

"별 미친새끼."

성수가 더 이상 참지 못하고 수화기를 세차게 바닥으로 던졌다. 하지만 기분 나쁜 음성은 계속 성수의 서재에 울려 퍼졌다.

성수를 제거하기로 한 7일 중 3일이 그냥 흘러갔다. 아무 대책도 없이…….

하지만 상도는 결코 서두르지 않았다. 이 세계에서 만큼 신중함이 꼭 필요한 곳도 없었다. 그리고 상도는 그것을 누구보다 잘 알고 있었다.
　오후의 더위를 식히고 있을 무렵. 태흥 종합상사 안에서 자리를 잡고 있던 상도에게 호출기가 울리기 시작했다. 지정된 번호를 누르는 순간 전화를 받은 것은 상원이었다. 성수의 주위에서 그를 감시하라고 지시를 내린 3일째 되는 날이었다.
　"접니다. 형님."
　"그래 잡힐 것 같냐?"
　상도에게 지금 관심 있는 일은 오직 그것 뿐이었다.
　"일이 더럽게 꼬이는데요. 일단 뵙고 말씀드리겠습니다."
　약간 어려움을 내비친 상원은 상도와의 약속 장소를 정하고 두 사람은 수화기를 내렸다.

　상원의 친구가 경영한다는 앵카라는 커피숍은 한산한 모습이었다. 해군 출신임을 단번에 알 수 있는 나무로 조각된 구축함의 모형이 대형 유리관 속에 담겨져 보는 사람으로 하여금 신기함을 느끼게 했다. 테이블 맨 구석 자리에는 상원과 인한이 먼저 자리를 잡고 상도를 기다리고 있었다.
　상도는 그들의 바로 앞좌석에 자리를 잡고 앉았으며 두 사내는 상도에게 정중히 고개를 숙였다.
　"형님, 성수 그놈 영 외출을 안 하고 있어요."
　인한은 급했는지 상도에게 빠르게 던지고 있었다.
　"차근차근 제대로 말 좀 해 봐라. 흥분하지 말고."
　상도는 두 사람을 진정시켰고 숨을 고르게 했다.
　"그래, 계속 해 봐."

"성수 그놈이요. 집밖에 나오질 않고 있어요. 우리가 오더 받은 날로부터요."

"모든 지시도 전화로만 내리는 것 같고요."

인한이 말을 끝내자 상원이 말을 이었다.

"3일 동안 그놈의 모습을 본 건 몇 겹으로 동생들 호위 받으며 외출했던 어제 뿐이었습니다. 그 외엔 일체 모습이 보이지 않았고요."

테이블에 놓여 있던 냉수를 상원이 털어 넣었다.

"인한아, 네 생각은 어떠니?"

인한은 갑작스러운 상도의 질문에 말을 잠시 잇지 못했다. 하지만 그의 생각을 정리했는지 그도 입을 열었다.

"회장님께선 하루하루 소식을 기다리고 계십니다."

"그래서."

"그러니 그냥 한가한 시간에 그놈 주택을 밀어 버리는 게 좋겠다고 생각합니다."

인한은 빨리 끝내자는 것이 지배적이었다. 하지만 상도는 한참을 생각에 잠겼다. 그에게도 별다른 방법이 있질 않았다.

"분명히 며칠 중 한번은 외출할 거다. 틀림없이."

상도의 말은 확신으로 바뀌어져 있었다.

"그 날짜와 방법을 모르는 게 문제지. 그리고 성수보다 난 너희들과 함께 안전하게 끝내는 게 첫 번째 목표고."

"명심하겠습니다."

인한이 고개를 끄덕이며 말을 이었다.

"너희들 도청할 수 있어?"

"그건 제 전문입니다. 공고 나와서 착실하게 살겠다고 용산 바닥에서 일한 적이 있었습니다. 그게 더 불법이었는데….”

상원이 미소를 보이며 확신을 보여 줬다.

“그럼 상원이가 도청을 설치하고 계속 감시하다가 약속이 정해지면 지체 없이 내게 연락하는 것으로 하자.”

“여부가 있겠습니까. 지금 즉시 실행하겠습니다.”

두 사내는 자리에서 일어나서 벌써 출입구 쪽으로 나가고 있었다. 상도는 뒤따라가 두툼한 봉투를 그들의 주머니에 살며시 꽂아 주었다. 몇 번을 사양하려 했지만 상도의 마음에 그들도 기쁘게 받아 넘기며 주위를 벗어나고 있었다. 상도는 커피숍에서 나와 병원으로 향했다. 며칠 바쁜 일 때문에 어머님을 못 본 게 마음에 걸렸다. 그리고 동주가 많이 걱정이 되었다. 상도는 급하게 다시 자리를 이동했다. 뜨거운 오후 햇살이 도시를 더욱더 강하게 누르고 있었다.

42.

하얀 시트 위에는 아직도 의식을 회복하지 못하고 있는 정 여사의 모습이 보여졌으며 그 옆을 지키고 있는 영숙도 시간을 달래기 위해선지 책을 읽고 있었다.

“영숙아, 수고가 많구나. 아직도 그대로신 거니?”

매일 정 여사의 곁에서 늘 같이 있는 영숙도 말없이 고개만 끄덕였다.

“의사는 뭐라고 해?”

“그냥 기다리는 수밖에는 없다고 하지 뭐.”

"그래."

"그렇지만 어제랑 오늘 손에 힘을 느끼시나 봐. 눈도 조금 뜨셨다가 다시 감으시고. 아무튼 조만간 정신을 차리실 것 같다고는 하는데."

"잘됐구나. 그럼 그렇게 되실 거야. 아무 걱정 하지 말고. 그리고 너 꼭 맛있는 거 잘 챙겨 먹고. 네가 건강해야. 어머니도 좋아하실 거야."

상도는 영숙을 애써 위로하고 있었다.

"영숙아, 동주는 학교 잘 다니고 이젠 기분 많이 좋아지고 있지?"

상도의 물음에 영숙은 어떻게 대답해야 할지 망설이고 있었다.

"모르겠어. 오빠 공부도 통 안 잡히나 봐. 매일 어머니만 보고 한숨만 쉬고 그러지 뭐."

상도는 영숙에게 저녁때 다시 오겠다는 말을 남긴 채 4층 진우의 진료실로 자리를 옮겼고 암세포가 정 여사의 머리에 퍼져 있다는 것과 의식을 완전히 회복하기 전에는 다시 수술을 할 수 없다는 말을 들었다. 그리고 동주에게 어떤 위로도 해 줄 수 없는 자신의 가슴이 무겁게 느껴졌다. 몇 번을 다짐하고 또 다짐했다. 자신이 해 줄 수 있는 것은 다 들어줄 것이고 동주는 자신이 꼭 지켜 줄 거라고. 사이렌 소리와 함께 환자를 바쁘게 실어 나르고 있는 병원의 관계인들로 인하여 종합병원은 오늘도 영원히 꺼지지 않는 태양처럼 후끈 달아오르고 있었다.

43.

대학교 앞 호프집에는 초저녁 시간임에도 많은 남녀 학생들이 자리를 채우고 있었으며 더위를 조금이라도 쫓으려는 듯 에어컨 소리가 크게 들려왔다.

그 소리에 지지 않으려고 자리를 잡은 대학생들은 오버해 가며 제각기 서로의 주제를 힘주어 대화하고 있었고 마치 야구장의 관중처럼 열띤 응원의 소리가 되어 이어졌다.

"야, 마셔라. 내가 1학기 때 눈이 좋아 막 베껴 썼더니 글쎄, 장학금을 준다는 거 아니겠냐. 오늘은 내가 산다. 아주 뿌리를 뽑자, 오늘."

철구는 기분이 좋은지 연신 술값 걱정은 하지 말라는 걸 강조했다.

8명의 남녀 학생들은 제각기 빈 잔에 술을 채우기가 무섭게 입속으로 향했다. 혜림이도 예외는 아니었다. 평소 맥주 두 잔이면 잠을 청했던 그녀도 오늘만은 모든 걸 잊고 싶은 듯이 계속 잔을 털었다.

"어머 얘 봐. 혜림아, 너 무슨 일 있어?"

친구 수정은 그런 혜림이가 걱정되는지 그녀를 자제시키려 했다.

"얘는, 이거 좀 마신다고 내가 취할 것 같아? 너나 걱정해라. 난 됐어. 어때, 한잔할까?"

언제나 친구들을 먼저 챙기던 혜림의 모습에 수정은 깜짝 놀라며 의아해하고 있었다.

술좌석이 진하게 익으면서 여기저기에서 술에 취한 목소리가 들려왔으며 혜림도 대학 생활 중 처음으로 정신을 차릴 수가 없었다.

어 계속 눈치를 살피고 있었다.

"야, 내말 좀 들어 봐라… 컥."

철구는 정리가 되지 않는 지금, 모인 친구들에게 무엇인가 제안을 하려 했다.

"우리… 컥… 모처럼 모였잖아. 방학도 이제 끝날 때도 가까워져 오고… 컥. 그러니까 2차는 오늘 학교 동산으로 가서 시작하자. 맨날 우리 하던 거. 오래간만에 쌩 음악 스테이지 시간을 갖겠습니다."

"와… 와."

앉아 있던 친구들이 박수치며 철구의 말을 옹호했다. 하지만 희준은 혜림의 흐트러진 모습이 걱정되는 것이었다.

"혜림아, 괜찮아? 내가 택시 태워 줄게. 넌 집에 가라. 응?"

혜림은 고개를 탁자에 묻고 있었다. 가까스로 정신을 차린 혜림은 희준을 바라봤다.

"몰라… 컥… 이거 놔. 바보 같은 놈. 용기도 없고."

혜림은 두서없이 여러 가지 말을 내뱉고 있었다. 하나둘 자리에서 일어나 장소를 이동하려 했다.

"희준아, 나 좀 도와 줘. 혜림이를 같이 집에 보내 주자. 응?"

수정이 보기에도 혜림은 여기까지였다. 희준은 쓰러져 있는 혜림을 등에 업었다. 향기로운 체취가 코를 가득 메웠다. 그냥 너무 좋았다. 아니 오늘은 꿈을 꾸고 있는 듯했다. 한 번도 흐트러짐 없던 그녀가 처음으로 인간답게 느껴졌다. 그렇지만 혜림을 신성시하는 희준이었다. 그리고 좀처럼 택시는 잡혀 주질 않았다. 수정은 계속해서 택시를 세웠으나 방향도 같질 않았다. 한참을 도로 옆 가장자리에서 씨름을 하고 있던 수정도 지쳐 버렸는지 다리에 힘이 풀려 자리에 앉아 버렸다.

한참 후 가까스로 택시를 잡았으나 두 사람밖에 타질 못하는 상태였다.

"희준아, 혜림일 부탁해. 내가 가고 싶어도 혜림이 부축도 못할 것 같아서."

"걱정 마. 집에 잘 데려다줄게. 아무튼 너도 오늘 수고했다."

희준은 혜림을 좌석 안쪽으로 이동시키고는 그 자신도 택시에 올랐다. 희준은 수정을 향해 손을 흔들어 주었다. 혜림은 풀 죽은 어린아이처럼 아무 소리도 없이 창가에 몸을 기대 자고 있었다. 희준은 지금 이 상태가 솔직히 꿈처럼 느껴졌다. 줄곧 2년 동안 해바라기처럼 혜림을 그리워만 했다. 아니 그녀를 볼 수 있는 그 자체만으로도 그는 행복했었다. 항상 반듯하고 똑똑한 그녀는 어떠한 틈도 희준에게 주질 않았다. 택시에서 내린 두 사람은 조심스럽게 혜림을 부축하며 그녀의 집 쪽으로 방향을 옮겼다. 그녀의 집에 도착할 무렵 혜림은 정신을 수습하고 있었다.

"바보 같은 자식. 넌 바보야."

혜림은 희준을 보며 마구 웃어 댔다.

"그래 난 바보지. 그래 아주 멍청한 바보다."

희준도 아주 큰 목소리로 그녀를 바라보며 같이 웃었다. 그냥 아무 생각 없이 무작정 웃고만 있었다. 희준은 그렇게 그리던 혜림을 집까지 같이 왔다는 이유만으로 좋았다. 집에 도착하고 희준이 초인종을 누르려고 하는 순간 혜림이 희준의 손을 저지했다.

"희준아, 재미있는 얘기해 줄까?"

희준은 미소만 지으며 그녀를 바라보고만 있었다.

"나 이제 학교 못 다닌다. 이번 학기가 끝이야."

희준은 혜림의 말뜻을 이해하지 못하고 있다가 겨우 말뜻을 이해하고 반문하기 시작했다.

"뭐… 뭐라고? 다시 똑똑히 말해 봐."

"뭘 다시 말해. 컥… 나 결혼하게 됐어. 아주 돈 많은 집에 팔려 가는 거야. 우습지 그럼, 나도 내가 우스운데 넌 얼마나 내가 우습겠냐?"

"뭐라고? 네가 무슨 결혼을 해. 무슨 소릴 하고 있는 거야."

희준은 갑자기 애가 타는지 몇 번을 큰 소리로 혜림을 쳐다보고 있었다.

상황을 정리하며 혜림은 결심을 했는지 희준을 다시 바라봤다.

"내가 너에게 선택권을 주겠어. 너 나 좋아하지. 그렇지?"

"그거야…."

"솔직히 말해. 어서 빨리."

혜림은 다급하게 희준을 몰아세웠다.

"그래, 난 무조건 네가 좋다."

"이 손가락으로 초인종을 누르면 우린 다신 못 만날지도 몰라. 희준아, 넌 내게 날개를 달아 주고 싶지 않니? 자유의 날개를…."

"내가 해 줄 수만 있으면 무조건 해 주고 싶지."

"나를 정말로 좋아한다면 나를 데리고 아무도 없는 곳으로 같이 가 줄 수 있어? 그렇게 해 줄 수 있냐고."

희준은 그녀의 눈을 바라봤다. 그리고 그녀의 손을 잡았다. 아주 부드럽게.

"네가 원한다면 데려다줄 순 있지만 난 아직 아무것도 해 줄 수 없어. 군대도 갔다 오지 않았고 그리고 우린 아직 어리고…."

순간 잡았던 손을 혜림이 거칠게 풀었다.

"바보 같은 녀석. 넌 진짜 바보야. 그래 내가 그랬었지. 넌 그게 한계라고. 잘 가, 다시는 못 만나게 될 거야."

혜림은 돌아서서 초인종에 손을 가져다 댔다. 희준은 멍하니 그녀의 뒷모습만 바라봤다.

"난 내가 스스로 날아갈 거야. 내가 알아서 천국으로 떠날 게. 이 바보야 안녕. 잘 살아."

-쾅……-

혜림은 발악하듯이 대문을 닫아 버렸다. 고요한 정적만이 그 주위를 감싸고 있었다. 희준은 아직도 어안이 벙벙했다.

44.

"형님, 걸려들었습니다."

숨 가쁘게 인한의 목소리가 전화상으로 퍼지며 들려왔다.

"알았다. 준비하지."

세 사람이 다시 한자리에 모였다. 돼지 사냥 5일째.

"형님, 오늘 밤 8시에 한 사장이라는 놈과 만나기로 했어요. 한 사장 이놈 냄새가 납니다. 아무래도 약품을 취급하는 업자 같아요."

상원이의 말을 이어서 인한이 거들었다.

"인천 쪽 월미도에서 만나기로 했으니, 한 6시쯤 출발할 것 같은데요."

"그래."

"뒤쫓아 가다가 한적한 국도에서 쓸어버리시는 게."

상원이가 자신의 의견을 내고 상도의 눈치를 살폈다.

"그게 가장 빠르겠군."

"그렇습니다. 이번 기회를 놓치면 더 이상 좋은 방법도 없을 듯합니다."

인한은 조금은 급한 성격 탓인지 무척을 재촉했다.

이런 거사를 택할 때는 상도는 항상 변수를 생각하는 그였다.

"너희들은 지금 즉시 잘 나가는 차로 준비시켜라. 그리고 몸 좀 풀어 놓고 있어. 오후 5시쯤 본부에서 출발하자. 최대한 빠르게 치고 빠지는 거다."

"예."

상원과 인한은 잘 발달된 기계처럼 반사적으로 그들이 맡은 일을 처리하러 자리에서 일어났다. 상도는 왼쪽 손을 조용히 그의 얼굴에 갖다 대었다.

오래 물러나 있다가 다시 시작된 그의 임무에 조금은 부담을 갖고 있었다. 어떻게든 자신의 복귀를 성공시키고 싶었고 최소한의 투자로 최대의 이익을 봐야 자신의 입지도 더욱 단단해진다는 것을 알고 있었다. 아주 조심스럽게 무거운 결의가 불타고 있었다.

자동차 유리는 짙은 검정색 선팅으로 코팅이 되어 있어서 밖에서도 안이 잘 구별되지 않았다. 가장 낮은 시동 소리로 돼지파 성수의 등장을 조용히 그들은 지켜보고 있었다. 운전은 상원이 하고 있었고 그의 옆으로 인한이 앉았으며 뒷좌석에서 상도가 지휘하고 있었다. 하나둘 주차장 광장 안으로 자동차가 들어오고 있었지만 반대로 성수를 태운 차량이 나갈 준비를 하고 있었다. 성수가 다가오자 주위를 살펴보며 경호원들이 차문을 열어 그를 맞이하고 있었다. 성수가 가장 상석에 들어가 앉는 모습이 보이면서 그를 태운 자동차는 서서히 주차장에라고. 잘 가, 다시는 못 만나게 될 거야."

혜림은 돌아서서 초인종에 손을 가져다 댔다. 희준은 멍하니 그녀의 뒷모습만 바라봤다.

"난 내가 스스로 날아갈 거야. 내가 알아서 천국으로 떠날 게. 이 바보야 안녕. 잘 살아."

-쾅……-

혜림은 발악하듯이 대문을 닫아 버렸다. 고요한 정적만이 그 주위를 감싸고 있었다. 희준은 아직도 어안이 벙벙했다.

44.

"형님, 걸려들었습니다."

숨 가쁘게 인한의 목소리가 전화상으로 퍼지며 들려왔다.

"알았다. 준비하지."

세 사람이 다시 한자리에 모였다. 돼지 사냥 5일째.

"형님, 오늘 밤 8시에 한 사장이라는 놈과 만나기로 했어요. 한 사장 이놈 냄새가 납니다. 아무래도 약품을 취급하는 업자 같아요."

상원이의 말을 이어서 인한이 거들었다.

"인천 쪽 월미도에서 만나기로 했으니, 한 6시쯤 출발할 것 같은데요."

"그래."

"뒤쪽이 기다리 한적한 국도에서 쓸어버리시는 게."

상원이가 자신의 의견을 내고 상도의 눈치를 살폈다.

"그게 가장 빠르겠군."

"그렇습니다. 이번 기회를 놓치면 더 이상 좋은 방법도 없을 듯합니다."

인한은 조금은 급한 성격 탓인지 무척을 재촉했다.

이런 거사를 택할 때는 상도는 항상 변수를 생각하는 그였다.

"너희들은 지금 즉시 잘 나가는 차로 준비시켜라. 그리고 몸 좀 풀어놓고 있어. 오후 5시쯤 본부에서 출발하자. 최대한 빠르게 치고 빠지는 거다."

"예."

상원과 인한은 잘 발달된 기계처럼 반사적으로 그들이 맡은 일을 처리하러 자리에서 일어났다. 상도는 왼쪽 손을 조용히 그의 얼굴에 갖다 대었다.

오래 물러나 있다가 다시 시작된 그의 임무에 조금은 부담을 갖고 있었다. 어떻게든 자신의 복귀를 성공시키고 싶었고 최소한의 투자로 최대의 이익을 봐야 자신의 입지도 더욱 단단해진다는 것을 알고 있었다. 아주 조심스럽게 무거운 결의가 불타고 있었다.

자동차 유리는 짙은 검정색 선팅으로 코팅이 되어 있어서 밖에서도 안이 잘 구별되지 않았다. 가장 낮은 시동 소리로 돼지파 성수의 등장을 조용히 그들은 지켜보고 있었다. 운전은 상원이 하고 있었고 그의 옆으로 인한이 앉았으며 뒷좌석에서 상도가 지휘하고 있었다. 하나 둘 주차장 광장 안으로 자동차가 들어오고 있었지만 반대로 성수를 태운 차량이 나갈 준비를 하고 있었다. 성수가 다가오자 주위를 살펴보며 경호원들이 차문을 열어 그를 맞이하고 있었다. 성수가 가장 상석에 들어가 앉는 모습이 보이면서 그를 태운 자동차는 서서히 주차장에서 빠져나가고 있었고 상도 일행도 거리를 두며 조심스럽게 그의 차를 따르고 있었다.

"거리를 두고 천천히 붙어라."

상도의 지시에 상원이 크게 고개를 끄덕이며 눈치채지 못하게 최대한 신경을 쓰며 핸들을 돌리고 있었다. 퇴근 시간과 맞물려 그런지 차들은 도로를 가득 메우고 있었고 상도 일행은 성수를 놓치지 않기 위해 필사적으로 거리를 두고 달리고 있었다. 저녁 6시 47분 88도로에서 공항 방향으로 서울 시내를 빠져나오면서 차들의 움직임이 조금은 느슨한 감도 있었지만 거북이 운행은 아직도 이어지고 있었다.

"형님, 이러다가 포인트 지점도 조금 변경하시는 게…."

상원이 걱정이 되는지 백미러로 상도를 보며 말을 던졌다.

"일단 안 되면 차 세워지는 곳에서 거행하자. 빠르게만 하면 충분히 승산이 있을 거야."

상도가 내린 결론에 그들은 동의했으며 줄곧 거리를 두고 처음과 같이 따라만 가고 있었다. 서서히 어둠이 내려앉으며 상도 일행은 서울과 경계가 되는 부천 외곽 쪽으로 막 들어오고 있는 중이였다. 성수를 태운 차는 다시 방향을 바꿔 인천 월미도 쪽으로 향하는 것을 확인했다. 계속해서 추적을 하고 있었지만 별다른 방법이 구상되지 않았고 상도는 냉정만을 강조했다.

"형님, 이 길로 가면 분명히 인천 D호텔로 갈 것 같습니다. 호텔로 들어가면 실패할 것 같습니다. 그전에 끝내야 하는 게…."

"무조건 한적한 도로가 나오면 앞서서 막아라. 한 번에 결판을 낸다."

"예, 호텔 가기 전에 바로 세우겠습니다."

상도의 최종 지시가 내려졌다. 그들도 전문가인지라 정확히 포인트 지점을 알고 있었다. 상도는 드디어 마지막 판단을 내렸다. 감싸고 있던 두 팔을 풀었다. 그리고 검정색 야구 모자를 눌러 쓰며 인한과 상원을 번갈아 바라보았다.

"준비해라. 곧 한적한 도로가 나올 거다. 지금보다 더 접근해. 어서."

상원은 양손에 힘을 주며 기어를 세차게 밀어붙였다. 차는 속도감 탓인지 빠르게 앞으로 나아갔다. 상도의 말대로 강변 다리가 이어졌고 차도 옆에 주차하고 있는 차들은 많았지만 도로는 한적했다.

"지금이다. 속력을 내서 가로막아."

숨 막히는 광경이 전개되었다. 상원은 성수의 차를 넘어서 바로 브레이크를 세차게 밟았다. 성수의 차량을 상원이 막아서자 뒤차도 놀라면서 갑자기 브레이크를 밟았고 도로에 T자 형태로 정지되었다. 성수의 차량 운전자도 갑작스러운 상황에 정신을 수습하지 못하고 있는 듯했다. 상원과 인한은 빠르게 차량에서 내렸다. 그들의 손에는 쇠파이프가 들려 있었다. 바로 상도도 두 사람을 따라 차량에서 빠르게 튀어져 나왔다. 성수 일행도 사태를 파악했는지 차를 멈추고 건장한 사내 3명이 성수를 보호하기 위해 전투태세를 갖춰 내리고 있었다. 하지만 시간의 차이만 있었을 뿐 모두 바닥에 뒹굴고 난 후였다. 상도는 모자를 정비하고는 라이트가 켜진 성수가 있는 왼편 유리창에 신속하게 다가섰다. 상도는 유리창에 몸을 대고는 성수를 노려보기 시작했다.

"살고 싶으면 조용히 나와."

성수는 상도를 바라보고 있을 뿐 겁먹은 기색도 보이지 않은 채 쓴웃음을 지으며 담배만 입에 물고 있을 뿐이다. 상원은 인상을 쓰며 차량 유리를 깨려 했지만 상도가 그를 저지시켰다. 최대한 조직 보스의 예의를 지켜 주려는 상도의 배려였다.

"너희들이 누군지 알고 있어. 지금 실수하고 있는 거고. 건방진 자식들 썩 사라져."

성수는 비웃는 표정을 지으며 상도 일행을 기분 나쁘게 노려보고 있었다.

"이런 미친 새끼, 지 무덤 앞에서 폼 잡고 있군."

인한은 어의가 없었는지 성질 섞인 말을 쏟아부었다. 성수는 피우던 담배를 차 바닥에 거칠게 비벼 끄고 있었다. 그리고 아주 가소로운 듯이 상도 일행을 쳐다보며 혀를 찼다.

"준비해!"

순간 성수의 큰 목소리가 주위를 떠나갈 만큼 우렁차게 울려 퍼졌다. 주변은 온통 차량 빛으로 감싸고 있었다. 주차하고 있던 모든 차에 불이 켜지면서 실로 엄청난 인원이 상도 일행을 쳐다보고 있었다.

'윽. 함정이다.'

상도는 상황을 금방 확인했다. 그러나 이미 때는 훨씬 지난 후였다. 수십 명의 돼지파 조직원들이 하나둘 차에서 내려서는 상도 일행 주위를 좁혀 오고 있었다. 손에는 시퍼런 흉기들을 모두 갖추고 있었다. 상도 일행과 몇 미터 간격을 두고 있는 그들은 조롱하며 상도 일행을 번갈아 쳐다봤다.

"오늘 쥐새끼들 좀 잡겠는데. 크크크."

돼지파의 행동 대장 영규는 큰 쇠파이프를 한손으로 툭툭 쳐 가며 여유 있게 상도를 노려보고 있었다.

"어이 상도, 너도 이젠 끝났어. 잘나갈 때 몸조심했어야지. 너무 건방 시던 이렇게 세삿널이 빨리 오는 법이거든."

상도의 귀를 타고 땀이 한줄기 흘러내렸다. 상도는 애써 끝까지 당당한 모습으로 돼지파 일원들을 바라보았지만 큰 사람 물결의 원 속에 꼼짝없이 포위되어 있었다.

"내 제삿날은 내가 알고 있어. 지금은 그때가 아니라고 생각하는데."

수많은 인원에 휩싸여 있는 상도였지만 정신만은 그들을 압도하고 있었다.

"미친새끼. 죽을지도 모르면서 달려들기는. 어디 한번 이 새끼들 좀 시원하게 밟아 줘 볼까?"

영규가 접근하자 그 뒤를 수십 명이 따라붙고 있었다.

"인한과 상원이는 시작하면 한쪽만 뚫고 무조건 도망쳐라. 내 걱정은 말고 무조건 한쪽만 뚫고 가야 돼."

상도는 지체할 수가 없어 빠르게 인한과 상원에게 지시를 내렸다.

"형님은 어떻게 합니까?"

상원은 상도가 걱정되는 것이었다. 하지만 한번 내린 결정은 다시 번복하는 일이 없는 상도였다. 그 말을 끝으로 여기저기에서 수십 명이 그대로 밀고 들어왔다.

-아악… 으…… 으악… 으흑…….-

상도는 몸을 피하며 몇 명을 받아쳤지만 계속해서 밀고 들어오는 숫자를 감당하기에는 벌써부터 말이 되지 않았다. 상도의 셔츠에 날카로운 날이 몇 번을 스치고 지나갈 무렵, 인한과 상원은 온 사방에 피를 뿌린 채 아스팔트 위에 쓰러져 있었고 여러 명이 계속해서 그 위를 덮치고 있었다.

최후의 본능이었다. 상도는 마지막의 기력을 모두 쏟아부으며 포위망을 가까스로 뚫고 보이는 대로 뛰었다.

"저 새끼 잡아."

상도의 뒤에는 아직도 건장한 사내들이 잡으려 하고 있었다. 셔츠는 벌써 빨간색이 어울릴 만큼 진하게 퍼져 있었고 몸이 말을 듣지 않았다.

있는 힘을 다해 수십 미터 떨어진 상가 쪽으로 진입했지만 사방에서 상도의 행색을 본 사람들이 비명을 지르며 자리를 비켰다. 하지만 아직도 그를 따르는 건장한 사내들의 행렬은 계속되었다. 사력을 다해 외딴 골목에 몸을 숨긴 상도는 허리춤에 심하게 벌어진 자신의 살을 추스르고 매우 어렵게 담을 뛰어넘었다.

"없는데요, 형님. 개새끼 방대 떴습니다."

한 조직원이 영규를 보며 말했다.

"일단 정리해라. 짭새들이 곧 올 거야. 잽싸게 모두 사라지라고 해. 현장에서 엮이지 말고. 쥐새끼 같은 놈. 꼭 잡았어야 했는데."

사이렌 소리가 함께 현장으로 3대의 경찰차가 모여들고 있었고 그 일대로 다시 사람들이 모여들었다. 하지만 상도는 아직 그 일대를 벗어나지 못하고 있었다. 이대로 경찰에게 검거된다면 일이 더욱더 어렵게 된다는 것을 그는 알고 있었다. 이곳을 빠져나가는 길밖에 없었다. 인적이 드문 도로까지 나온 상도는 앞에 오는 차를 보며 힘을 모으려고 했지만 너무 많은 상처에 숨소리까지 거칠게 이어졌다. 하지만 마지막 힘을 다해 상도는 지나가던 차 앞으로 몸을 날렸다.

-끼이익……-

사람의 인기척에 놀란 운전자는 급정지해 손을 떨며 고개를 핸들에 묻고 있었다. 상도 맞은편 2미터 앞에서 간신히 차량이 정차되었다. 생명을 건 상도의 도박이었다. 상도의 말대로 제삿날이 오늘은 아닌 듯했다. 그의 앞에 아슬아슬하게 비껴간 차량이 서 있던 격였다.

"아니 내가 사람을…."

운전자는 놀라 길바닥에 쓰러져 있는 상도를 보고 있지만 수십 군데의 상처를 보고 얼굴이 하얗게 질리고 있었다. 하지만 정신을 수습한 운전자는 상도를 부축해 뒷좌석에 싣고는 병원으로 향하려 했다. 상도는 자신의 옆구리를 만지며 가까스로 정신을 차렸다.

"죄송합니다. 서울로 가 주세요. 그것만 해 주면 됩니다. 으윽, 부탁합니다."

운전자는 떨고 있었다. 온몸이 피로 젖은 사내는 칼을 들고 그에게 서울 쪽으로 가라고 유도하고 있었다. 운전자는 가슴을 진정시키며 서울 방향으로 핸들을 돌렸고 이내 상도는 정신을 잃었다.

45.

정신은 몽롱한 상태가 되어 가고 있었고 다리는 아무 느낌도 없었다. 팔에는 힘을 가질 수 없는 상태가 된 상도는 눈을 크게 뜨고 어금니를 세게 물었다. 상도는 가까스로 위기를 벗어난 거였다.

-딩동… 딩동…-

깊은 밤 도시의 적막을 깨고 상도는 남아 있는 힘을 다해 초인종을 눌렀다. 안에서는 아무 소리도 들리지 않았다. 더 이상 서 있을 힘이 없는 상도는 그 자리에서 쓰러졌다. 그리고 정신을 놓고 있었다. 몇 분 후 굳게 닫쳤던 문이 열렸다.

"어머, 상도 씨! 어머 이를 어째."

윤 마담은 바닥에 쓰러져 있던 상도를 있는 힘을 다해 부축하며 거실로 간신히 옮겼다. 형광등 빛으로 보이는 상도의 몸은 온통 빨간색으로 보였으며 온몸이 상처로 괜찮은 살집을 찾기가 더 어려웠다. 윤 마담의 얼굴에는 어느새 눈물이 고였다. 그리고 윤 마담은 급하게 전화기에 손이 가고 있었다. 상도는 그런 윤 마담의 손을 저지했다.

"됐어… 요. 난 내 몸을 알아요. 지혈할 수 있는 가정 의약품만 있으면 돼요. 멋 좀 부리고 찾아오고 싶었는데… 죄송…."

상도는 끝말을 맺지 못하고 정신을 다시 잃었다. 윤 마담은 너무나 서두르고 있었다. 힘들게 의약품을 찾은 윤 마담은 갈기갈기 찢어진 상도의 옷을 모두 벗기고는 솜으로 그의 상처 부위를 압박하고 있지만 눈에는 하염없이 눈물이 멈추지 않고 있었다.

"이를 어째…. 이를 어쩌나…."

윤 마담의 동정 섞인 울먹이는 목소리는 날이 샐 때까지 계속되었다.

46.

지금 이 순간에도 수천수만의 사람들이 같은 시간대를 살아가고 있다. 상도에게는 가장 치욕적인 하루였다. 그러나 오늘도 어김없이 창가 쪽으로 네온사인의 형형색색 빛줄기가 들어왔다. 아름다운 밤의 빛을 상도와 동주는 느끼지 못하고 있었다. 특히 동주는 어머니를 바라보며 아픈 가슴을 진정시키지 못하고 있었다. 아직도 눈을 감고 의식을 찾기 못하는 어머니를 생각하며 죄송스러운 따름이었다. 동주는 어머니가 애처로워 손도 잡아 보고 얼굴도 닦아 드리고 시트에 땀이 차 있는지 점검도 해 보고 오늘 할 수 있는 모든 것을 다 마친 후 입원실 조명의 조도를 낮게 내렸다. 그러나 아직도 부족한 것이 있는지 주름이 거칠게 잡힌 정 여사의 손을 동주는 아까보다 더 깊게 잡고는 한 손으로 자신의 얼굴에 가만히 대었다. 그리고 눈을 감았다. 금방 잠이 들었으면 좋겠다고 수없이 중얼거렸다. 그냥 잠들어서 편안하게 깨지 않았으면 하고 그것이 제일 좋을 것 같다고 생각하기도 했다. 어머니가 여러 사내들 앞에서 쓰러져 있다. 동주는 그 곁으로 달려가려 하지만 점점 더 그녀가 멀어져 갔다. 소리를 지르고 싶지만 목은 벌써 막혀 버린 지 오래였다.

"어머니……. 어머니…."

계속 불러보지만 그들은 동주를 비웃으며 점점 더 폭력적으로 정 여사의 포장마차를 짓밟았다.

"안 돼…. 안 돼……. 안 돼!"

무서운 꿈에 놀라 동주는 눈을 떴다. 온몸을 땀으로 덮고 있었으며 큰 호흡만이 그 주위에 메아리쳐 들렸다. 그리고 의식적으로 어두운 빛 속에서 평안한 모습으로 입술을 다물고 있는 정 여사의 얼굴이 동주의 눈가에 들어왔다. 그랬다. 분명히 눈을 뜨고 있는 모습이었다. 그리고 자상한 모습으로 동주를 바라보고 있는 그녀. 동주는 바로 자리에서 힘껏 일어나 형광등의 조도를 높였다. 잠깐 동안 전기가 붙었다가 켜지는 순간이 너무 길게 느껴졌다.

'빨리 좀… 빨리… 좀.'

병실 안이 환하게 밝아졌다. 동주의 얼굴도 환하게 밝아져 왔다. 정 여사의 얼굴도 환해졌다. 동주는 정 여사의 곁으로 달려들었다.

"어머니… 어머니께서…."

동주는 말을 하고 싶었지만 목이 복받쳐 올라 아무 말도 할 수가 없었다.
 "그려, 이놈아. 이 애미 이젠 괜찮은 겨. 네놈 많이 고생했다. 내 아들."
 정 여사 특유의 목소리가 오래간만에 동주의 귀를 때렸다. 두 모자는 가장 행복한 밤을 보냈다. 동주는 그 동안 쌓였던 불안감이 한꺼번에 씻겨 내려갔다. 그리고 몇 번을 반복했다.
 '하느님…. 감사합니다.'라고 수십 번을 부르고 있었다.

47.

 상도가 눈을 뜬 것은 하루가 꼬박 흘러가서였다. 아직도 몸 여기저기에서 파고들어 오는 칼날 같은 충격에 신경이 곤두서고 있었다. 몸을 일으키려 했지만 역시 그의 몸은 말을 듣지 않고 있었다. 갈증이 너무도 크게 느껴졌다. 시원한 물 한잔 먹었으면 하며 팔을 뻗었다. 하지만 수십 군데의 상처 때문에 가만히 천장만을 바라보는 것이 그가 할 수 있는 일 전부였다. 그때 바로 침실 문이 열리면서 윤 마담이 들어왔다.
 "깨어나셨군요. 정신이 좀 드세요? 말 좀 해 보세요. 괜찮은 거죠? 예?"
 윤 마담은 다급했는지 힘들어하는 상도를 잠시 잊은 듯 그에게 몇 번을 확인하려 했다. 상도는 웃었다. 안심을 주려고 힘들게 웃어 보였다.
 "그보다…… 저 물 좀 주셨으면…."
 윤 마담도 자신이 심했다는 것을 느꼈는지 자신을 자제시키고 있었다.
 "물… 물이 어디에 있더라? 잠깐만요. 상도 님, 잠시만…."

윤 마담은 주위에 있던 주전자가 빈 통이라는 것을 확인하고 빠르게 문을 열고 나갔다.

몇 사발 급하게 물을 넘긴 뒤 상도의 정신은 아까보다 훨씬 더 선명해졌다. 그리고 초라한 자신을 위해 옆에서 지켜 주고 있는 윤 마담이 너무도 사랑스럽게 느껴졌다.

"감사합니다. 저… 때문에 일도 못하시고."

상도는 다른 말이 생각나질 않았다. 자기 자신도 그가 이럴 땐 참 단순하다는 것이 웃길 뿐이었다.

"이 마당에 일이 문제예요. 상도 씬 정말…."

윤 마담은 뭐가 그렇게 서러운지 큰 소리로 울기 시작했다. 말로 표현하지 못한 자기의 감정을 보여 주려고 하는 것처럼 그녀는 어린아이처럼 울고 있었다. 상도는 신경을 어렵게 세워 손을 그녀의 머리로 다가갔다.

"내 옆으로 와요. 잠도 못 잤을 텐데요. 화 풀고 내 옆에 누워요."

윤 마담은 거절할 수 없는 성역처럼 조심스럽고 가장 다소곳이 상도 옆에 몸을 기댔다. 상도는 어려운 내색은 하기 싫었는지 윤 마담의 눈물을 닦아 줬다. 아무것도 생각하기 싫은 또 하루의 밤이다. 그렇지만 편안하기도 한 밤이었다. 상도는 행복했다. 초라한 자신을 걱정해 주는 이가 있다는 것이 행복했으며, 윤 마담은 자신을 필요해하고 자신이 사랑하고픈 사람이 있는 게 행복했다.

48.

 빠른 걸음으로 백곰은 노크를 하는 둥 마는 둥 하며 양명이 자리 잡고 있는 회장실 쪽으로 들어갔다.
 "회장님, 상도 형님이 당한 것 같습니다."
 급한 목소리로 백곰은 양명하게 보고를 하고 있었다. 하지만 모든 것을 알고 있는 듯이 양명은 담담한 표정을 지었다.
 "너무 소란 피우지 마라. 다 알고 있으니."
 백곰에게 주의를 당부하며 냉담한 목소리였다. 백곰은 상도가 당했다는 사실을 즐거워하고 있었다. 자신에게도 기회가 왔다는 것을 양명에게 보여 주고 싶은 것이었다.
 "회장님, 것 보십시오. 처음부터 제가 전면전으로 하자고 했을 때 선택을 해 주셨으면…. 솔직히 상도 형님도 예전처럼 펄펄 뛰던 때는 아니지 않습니까."
 순간 양명의 얼굴이 구릿빛으로 심하게 충혈되고 있었다. 여간해서 보여 주기 힘든 표정이 된 것이다.
 "곰아, 너… 많이 컸구나."
 "제가 흥분이 돼서."
 "말을 조심히 해야지. 그러다 힘들어질 수 있다."
 낮게 깔린 양명의 목소리는 백곰을 짓눌렀다.
 "윽… 죄송합니다. 회장님께서 신경을 많이 쓰시는 것 같아서요."
 "내 신경을 네가 걱정할 문제는 아니다. 넌 시키는 것만 하면 돼. 다른 것은 내가 판단하고 생각한다. 알겠냐?"

끝부분을 힘주어 양명은 백곰에게 소리를 건넸다.

"잘 알겠습니다. 회장님. 죄송합니다. 다시는 이런 실수 없도록 하겠습니다."

백곰의 몸은 땅을 쳐다보고 있었지만 그의 얼굴에서 심한 살기가 뿜어져 나오고 있었다. 백곰은 멀지 않았다는 생각을 하며 자신 스스로를 자위하고 있었다.

49.

3일이 또 흘러갔다. 모든 것이 다시 정리되어져 가고 있었다. 흐트러졌던 일상생활이 조금씩 정상으로 되돌아오고 있었다. 하지만 상도만이 자기 자신을 추스르지 못한 채 오늘의 태양 빛을 받고 있었다. 아직도 완쾌되지 않은 몸을 이끌고 상도는 태흥 종합상사 안으로 들어왔다. 모두들 며칠 동안 소식이 없었던 상도에게 걱정을 하고 있었다. 하지만 상도는 조금의 내색도 하지 않고 양명의 사무실로 걸음을 옮길 뿐이었다.

"죄송합니다. 형님. 제가 너무 우습게 생각했습니다. 모든 게 제 불찰입니다."

상도는 자신의 말 한마디가 무척 어려웠다. 이제껏 자신이 맡은 일에 대한 첫 실패였다. 양명은 아무 대답도 하지 않은 채 골프 연습을 하고 있었다. 두 번의 타가 끝난 후 몇 미터 간격을 두고 서 있는 상도에게 다가섰다. 그리고 양명은 그의 오른손을 상도의 어깨에 올려놓았다.

"상도야, 너를 만난 이후 네가 이럴 수도 있다는 걸 난 한 번도 생각하질 않았다. 너도 사람인데 말이야."

상도는 마음이 무거웠다.

"나도 기분이 무척 상하는데 네가 어떠냐는 것은 물어보지 않아도 알 것 같구나."

"예."

"그럼, 언제까지 승자로만 남아 있지 못하는 것이 인생 아니겠니. 하지만 넌 아직도 최고다. 다시 할 수 있어."

양명의 손에 힘이 들어갔다. 상도는 결심이라도 한 듯 입술을 힘껏 깨물었다.

"그래 다시 보여 줘. 네가 생생하다는 것을 더 확실히 보여 주면 돼. 알겠지?"

양명도 목에 힘을 주었다.

"예."

상도가 약하게 말을 받았다. 양명은 그의 책상 쪽으로 몸을 돌렸다. 그리고 준비되었다는 것을 말해 주기라도 하듯 그의 서랍 속에서 인화된 사진을 상도 앞에 놓았다. 사진 속 주인공 어린 소년이 보였다.

"성수 아들이지. 초등학교 2학년이다."

상도는 왜 그런 소리를 하는지 이해가 가질 않았다. 그러나 양명의 대답은 간단명료했다.

"그 아들 녀석을 미끼로 해."

손에 들고 있던 어린아이의 모습을 상도는 뒤집어서 책상 위 결재함 속에 조용히 내려놓았다. 양명의 판단을 조심스럽게 반박하고 있는 것이다.

"형님, 비록 제가 부족한 탓으로 실패했지만 그런 비굴한 짓은 못합니다."

양명은 상도를 날카롭게 쳐다보았지만 그는 자신의 생각을 숨김없이 쏟아부었다.

"성수에겐 괜찮을 수 있어도 어린아이에겐 돌이킬 수 없는 상처를 남깁니다. 죄송하지만 그건 전 할 수 없습니다."

"바보 같은 자식. 이 바닥에서 무슨 정이 있어. 다 잊어버리고 이익을 위해서 앞만 보고 달려야 되는 것이 이 바닥이야."

양명은 이해가 되지 않는 상도의 행동을 다그치며 말했다. 그러나 상도는 고개를 숙이고는 아직도 몸이 온전치 않다는 것을 알 수 있듯이 다리를 절며 문을 밀치고 나가려 했다. 그러나 문을 나가지 않고 양명 쪽으로 다시 몸을 돌렸다.

"형님, 걱정하지 마십시오. 제가 맡은 일은 제가 마감합니다."

상도의 단호한 말 한마디가 이어졌다.

동주가 보고 싶어졌다. 상도는 어려운 상황에서 그를 보고 싶어 했다. 자신의 어려움을 항상 따뜻하게 받아 주던 친구였다. 이 세상 처음이자 마지막으로 상도에게 언제나 사랑과 의리를 안겨 주었던 친구. 한동주.

상도는 병원에 도착해서 제일 먼저 수납 창구로 향했다. 1층에 마련되어 있던 그곳에는 몇몇 사람들도 볼일이 있는지 줄이 짧게 이어졌고 상도도 자리에 서서 그의 차례를 기다리고 있었다. 상도의 핏값으로 받은 그 돈을 사랑하는 사람들을 위해 멋있고 보람되게 쓰고 있다고 그 자신은 믿었다.

잠깐 동안을 기다려서 조그만 유리 창문 사이로 또 한 사람의 사내가 상도를 바라봤다.

"○○호 정인숙 환자분이요. 잠깐 기다리세요."

사내는 두툼한 서류철을 빠르게 뒤적거렸다. 그리고 그가 원하는 것을 구했는지 다시 상도 앞에 얼굴을 내밀었다.

"우리 병원에서 더 이상 편의를 못 봐준다고 통보한 상태입니다. 아마 내일쯤엔 퇴원 수속을 들어갈 걸로…."

"얼마가 밀렸다는 겁니까?"

상도의 말에 사내는 어리둥절해했다.

"지금 다 계산할 겁니다. 퇴원하긴 어딜 퇴원합니까. 아직 치료가 남은 환자인데. 빨리 수납할 액수 알려 주세요."

사내는 아직도 정신을 차리지 못했지만 바로 자신의 할 일을 알고 있었다. 컴퓨터에서 나온 수납 통지서를 상도에게 내밀었다.

상도의 몸에서 여러 장의 고가 수표가 나왔다. 보란 듯이 조그만 창문 너머 수납 창구에 빨려 들어갔다.

"한마디만 더하지요. 정인숙 환자 깨끗하게 완치되기 전에는 어디로도 못 갑니다."

상도는 사내에게 화풀이라도 하듯이 성질 섞인 말을 내뱉었다. 요사이 많이 날카로워진 상도의 성격이 그대로 나타났다. 사내는 얼이 빠져 있는 듯했다. 나머지 잔금을 상도에게 건네려 했지만 상도는 벌써 몇 십 미터 앞으로 나아가고 있었다.

상도는 길 건너편에 있는 꽃집에서 장미꽃을 수십 송이 샀다. 오래간만에 오는 길이였으므로 왠지 서먹하게 느껴지고 있었다. 몇 번이가 번호를 확인하고 문을 밀치고 들어갔다. 자리에 앉아 있는 정 여사의 모습과 짐을 챙기고 있는 동주의 모습이 보였다.

"동주야, 너 시방 뭐하는 짓이다냐?"

상도가 분위기를 바꿔 보고자 사투리 섞인 말로 장난스럽게 말을 이었다.

그러나 동주는 하던 일을 멈추지 않았다.

"어, 우리 엄니 일어나셨네."

상도는 정 여사의 모습을 확인하고 사온 장미꽃을 그녀에게 건넸다.

"이놈아, 이런 거 필요 없다. 이제 몸 다 나아서 집에 가려는 참이여."

정 여사도 병원 사정을 뻔히 아는지 상도에게 숨기려고 말을 돌리고 있었다.

"동주야, 그리고 어머니, 그러실 필요 없어요. 제가 자식 노릇 좀 하고 오는 길이에요."

상도의 말에 동주도 정 여사도 눈치가 있는지 동시에 상도를 바라봤다.

상도도 그런 시선이 약간 어색해지고 있었다.

"네놈이 지금 무슨 일을 저지른 거여? 네놈이 돈이 어디 있다냐?"

정 여사는 믿을 수 없다는 듯이 더 심하게 상도를 쏘아보았다.

"어머니, 저도 아들이라고요. 큰아들이요. 어머니 몸 다 나으실 때까진 한 발짝도 나가신다는 그런 말하지 마시라고요."

정 여산 눈물이 흘렀다. 동주는 아까부터 말을 잊었는지 아무 말도 없다가 등을 돌리며 옷소매로 자신의 눈물을 닦았다. 그리고 짐에서 손을 떼었다. 시원스럽게 아주 기쁘게 등을 상도 쪽으로 돌렸.

"그래 나도 이젠 졸업만 하면 끝이다. 그때까지 고맙게 상도 네 신세 좀 져야겠다. 아주 고맙고 감사하게 생각할게."

동주는 상도의 손을 잡았다. 상도는 전보다 더 어색한지 고개를 돌렸다.

"그럼 동주야. 너랑 내가 무슨 격이 있고 무슨 선이 있냐? 아무 걱정할 거 없어. 너에게 내가 있잖아."

정 여사는 흐뭇하게 두 사람을 쳐다봤다. 그러나 흘러내리는 눈물을 막을 순 없었다.

"어머니 제가 왔는데 눈물 흘리시면 되겠어요. 어머닌 요 뭐니 뭐니 해도 욕하고 저 꾸중하실 때가 제일 어울려요."

"저런 쳐 죽일 놈."

정 여사의 특유의 목소리가 기분 좋게 울려 퍼졌다. 동주 그리고 상도는 오래간만에 웃었다. 서로 힘 있게 감싸 안으며…….

동주를 바라보고 있는 상도는 벅찬 감동을 느낄 수 있었다. 그리고 상도를 바라보고 있는 동주는 자신을 지켜 준 그에게 큰 용기를 얻고 있었다. 이젠 자신이 상도를 감싸 주고 보호해 주겠다고 몇 번을 다짐했다.

병원 앞 광장에는 한가로이 거닐고 있는 사람들과 환자들. 그리고 바쁘게 움직이고 있는 간호사와 의사들의 모습이 보였다.

상도와 동주는 연못가 벤치에 자리를 잡았다. 서로 아무 말도 할 수가 없었다. 상도는 동주에게 그동안 자신에게 있었던 일들은 절대로 할 수가 없었고 동주 또한 자신이 요즘에 더 많이 방황했다는 것을 말할 수 없었다.

동그랗게 연못에 물줄기가 일기 시작했다. 정적을 깨고 상도가 얘기를 하려고 했다. 하지만 정말로 두 사람 모두 할 말이 별로 없었다.

"상도야. 고맙다. 하는 수 없이 짐 모조리 싸는 줄 알았다. 아무 방법도 없더라."

동주는 상도를 보며 그 소리 밖에는 별다른 말이 떠오르지 않았다.
"또 그 소리 한다. 이젠 잊어라. 잊어."
상도는 동주를 보며 시큰둥해했다. 또다시 몇 분이 흘러갔다. 그 말뿐 더 이상 다른 말이 생각나지 않았다. 다른 사람들을 보면 무슨 이야깃거리가 있길래 저렇게 말하는지 두 사람에게는 신기할 뿐이었다. 동주는 결심했다.
상도에게는 아무것도 숨길 수가 없다고.
"상도야, 이왕 나온 김에 다 말할게."
"무슨."
"사실 어머니는 다른 수술이 또 필요하셔. 뇌암 초기 증세래. 수술만 받으면 괜찮다고는 하지만…."
"잘되실 거야."
"그리고 지금 우리 집 새 주인만 오게 되면 비워 주기로 했어. 난 말이야. 그런 썩은 집이 팔렸다는 것이 신기해 죽겠어."
동주는 아직 웃음을 잃고 싶지 않았다. 상도는 동주의 말에 기분이 싹 풀린다는 것을 느꼈다. 아니 기쁘다고 해야 옳을 것이다.
"동주야, 오히려 내가 고맙다."
동주는 이해가 가지 않았다. 상도가 오히려 고맙다고 하는 것이 왜 그런지를.
"사실 난 어머님이 다른 수술이 필요하다는 것도. 너희 집이 이사를 가야 한다는 것도 알고 있었다. 더 이상 걱정하지 마라. 집 문제도 내가 다 해결했다. 내가 영숙이랑 은행에 가서 융자 상환 다했으니 아무 걱정하지 말아라."
"뭐라고?"

동주가 놀라고 있었다. 이렇게까지 상도가 해 줄지는 예상하지 못했다.

"솔직히 그랬다. 지금껏 내게 말하지 않았던 것을 네 스스로 다 말해 주기를 기다리고 있었어."

동주는 몸에서 전기가 흐른 듯이 찌릿했다.

"동주야, 나 우스운 놈이지. 뭐가 그렇게 서운해서. 네가 직접 말할 때까지 숨기고 말이야. 아무튼 이제 아무 걱정하지 말고 공부에만 매진해."

"정말 이렇게 날 울려도 되는 거냐?"

동주가 감격해하며 눈물이 자연스럽게 흐르고 있었다.

"동주야, 넌 역시 좋은 놈이다. 인간 한상도에게도 도움을 줄 수 있는 기회를 줘서."

동주가 말을 잃고 그냥 상도의 품속으로 뛰어들었다.

"이 자식은 맨날 나만 울리고 그러냐?"

동주는 기분 좋게 울고 싶었다.

지나가는 사람들이 이상하게 그 두 사람을 쳐다보았다.

"걱정 마 동주야. 내가 이제부터 다 알아서 할 거니까. 넌 나에게 그런 기회만 주면 돼."

동주는 말없이 고개만 끄덕였다.

"넌 졸업 때까지 이제부터 더 열심히 하는 거다. 알았지. 넌 그것만 하면 돼."

동주가 계속해서 고개만 끄덕이고 있었다. 그 이상도 그 이하도 그들에겐 어울리지 않았다. 상도는 몇 번씩 동주의 머리를 쓰다듬었다. 그들은 웃었다. 뜨거운 우정의 미소를. 그리고 불투명한 앞날에 대한 도전을 할 수 있다는 긍정의 웃음을 짓고 있었다.

50.

 보름 앞으로 혜림의 결혼이 다가왔다. 솔직히 몇 번씩 뛰쳐나가고 싶은 충동에 그녀는 휩싸였다. 시간이 다가오면 올수록 잦아지는 기호와의 만남에서 그녀는 더러운 돈의 위력을 맛보고 있었다. 그리고 주위에서 돈 때문에 팔려 가는 집안이라는 곱지 않은 시선에 혜림 스스로 고개가 바닥으로 향하고 있었다.
 '아, 떠나고 싶다. 그냥 다 잊고 떠나고 싶다.'
 혜림은 자신을 구원해 줄 사람이 나타나서 시원하게 모든 것을 정리해 줬으면 하는 구원의 기적을 바라며 지금 이 시간을 살고 있지만 그런 일은 결코 일어나지 않는다는 것을 잘 알고 있었다. 하지만 애정도 없는 사람과 결혼을 한다는 생각에서 비정하고 딱딱한 이 도시를 떠나고 싶은 마음은 어쩔 수 없는 간절한 소망이었다. 하지만 딸의 얼굴을 한 번도 제대로 쳐다보지 못하고 있는 아버지를 보면 볼수록 안타깝고 불쌍하기도 했지만 한편으론 그가 원망스러웠다. 잠이 들면 그냥 다른 세계로 이동했으면 했다. 금한 또한 결혼식이 결정 난 이후 혜림을 보게 되면 자신이 딸을 팔았다는 생각을 떨쳐 버릴 수 없었다. 아내마저 잃게 만든 자신이 또 딸의 앞날마저 불투명하게 했다고 자신을 질책하며 스스로를 죽이고 있었다.
 거의 매일 알코올에 몸을 적시고 새벽을 넘어선 시각에 금한은 조용히 들어왔다. 그리고 잠든 혜림의 방으로 조심스럽게 향하다 그녀를 바라보고 자신의 방으로 향한다. 그러나 혜림 또한 아버지가 떠난 자신의 방에서 눈물을 흘리고 금한 또한 자신의 방에서 눈물을 흘리고…….

그러나 분명한 것은 회사 사정이 다른 어떤 때보다도 좋아지고 있다는 사실이었다. 모든 걸 포기하기엔 너무 늦어 있었다. 금한은 알고 있었다. 포기하기엔 그는 빠져들 만큼 더 심하게 빠져들었고 가장 중요한 것은 자신에게 그런 용기가 없다는 것을 알고 있었다.

'혜림일 방패 삼아 이 못난 놈은 살아간다. 더러운 놈의 세상. 하지만 난 지금 아무것도 할 수 없다.'

51.

윤 마담은 정성을 다해 앉아 있는 단 한 사람을 위해 식사 준비가 한창이었다.

상도는 샤워를 마치고 거실 소파에서 잠시 생각에 잠겼다. 성수에게 당한 일에 대한 다음 생각들. 그리고 앞으로의 처리 방안에 대해서 혼자 고민해 봤다. 양명에게 큰소리를 쳤지만 방법이 생각나지 않았다.

"상도 씨, 식사하세요."

윤 마담은 스킨 냄새가 강하게 풍기고 있는 상도의 얼굴 가까이에서 그의 향기를 느끼고 있었다.

"으음. 잠깐 제가 졸았나 봐요. 벌써 다하신 겁니까?"

상도는 몸을 일으키며 윤 마담의 손을 잡았다. 윤 마담은 지금 자신이 얼마나 행복한지를 세삼 느꼈다. 상도는 진심으로 자신이 사랑하고픈 사내였다. 하지만 상도는 알고 있었다. 이런 행복이 자신에겐 어울리지 않는다는 것을. 서로 마주 보고 있는 상도와 윤 마담 사이에는 정성이 가득한 밥상이 차려져 있고, 그들은 즐거운 식사를 하고 있었다. 상도는 오늘 꼭 말하겠다고 했지만 말문이 잘 나오지 않았다.

"저기요. 제가 가장 좋아하는 친구 녀석이 있어요."

"아, 저도 알겠어요."

"아니 미진 씨가 어떻게 아세요?"

상도는 신기하다는 듯이 그녀를 바라보았다.

"첫날 술 심하게 취하셨을 때 계속해서 동주한테 가야 된다고 했었어요. 제 말이 맞나요? 동주라는 분."

"그랬었군요."

미진은 상도의 말에 온 신경을 쓰며 들어 줬다. 아주 진지하게.

"제 친구 녀석이 그랬어요. 전 외줄 타는 놈이라고요. 언젠가 한번 떨어지면 영원히 떨어지게 되고 안 떨어진다고 해도 불안하게 줄 하나 사이를 두고 살게 될 거라고요."

"그런데요?"

미진은 갑작스러운 상도의 말이 이해가 되지 않았다.

"처음입니다. 제 친구 다음으로 절 걱정해 주는 사람이 있다는 것이. 그 사람이 미진 씨입니다."

상도는 결론을 내려야 된다는 생각이 빠르게 스쳐 지나갔다. 윤 마담도 불길한 예감을 느꼈는지 수저를 놓았다.

"더 이상 폐를 끼쳐 드리지 않겠습니다. 오늘 이 시간부터……."

상도는 더 이상 말을 잇지 못했다. 윤 마담은 자리에서 일어나 자신의 방 쪽으로 몸을 이끌고 상도 앞에서 사라졌다. 상도는 이런 말은 빨리 했어야 되었다고 스스로에게 말을 했다. 상도가 자리에서 일어났다. 침실 문을 열었다. 침대에는 그녀가 머리를 묻고 누워 있었다. 상도는 그녀 주위로 다가섰다.

"미진 씨, 정말 고마웠습니다. 저 가 볼게요. 그럼 이 열쇠는 탁자에 놓고 가겠습니다."

상도가 몸을 돌렸다. 자신에게 이런 것들이 얼마나 과분했었는지 생각했다. 그는 신발에 발을 넣었다.

'잘 살아요. 행복하게.'

상도는 속으로 한마디 내뱉고는 몸을 일으켜 세웠다. 순간 윤 마담이 빠져나오고 있는 상도에게 달려들었다. 놓치지 않으려고, 놓칠 수 없다고.

"상도 씨, 제가 뭘 잘못했나요?"

"아니에요. 결코."

"상도 씨가 그냥 곁에 있는 것만으로도 전 행복해요. 상도 씨, 제가 잘못했다면 바꾸면 되잖아요."

윤 마담의 목소리는 벌써 목이 메어져 있었다.

"상도 씨, 제발 떠난다는 말은 하지 말아요. 한 달에 한번 아니, 두 달에 한번만이라도 좋아요. 제발 나를 떠나지 말아요. 예?"

윤 마담은 자신의 의식조차 기억하질 못했다. 상도는 자기 자신이 이 여자에게 무엇이길래 이처럼 자신을 위하고 있는지, 너무 미안하고 과분했지만 시간이 더 흐르면 그도 그녀에게 심하게 빠져들어서 불안정한 미래가 그녀를 깊은 늪으로 밀어 넣을 거라는 것을 불현듯이 느끼고 있었다. 상도는 그녀의 몸을 잠시 떨어뜨리면서 그녀의 눈과 허공에서 마주 보았다.

"나한테는 누가 나를 위해 준다는 것이 안 어울려요. 들개처럼 길러지고 버려진 내가 이제껏 누구에게 이런 대접을 받기도 처음이었습니다."

"그만큼 전 진심이에요. 상도 씨…."

윤 마담의 눈이 깊어지며 상도를 담고 있었다.

"그래요. 지금 분명히 느낍니다. 미진 씨 말을 듣고 정신이 드네요. 나를 필요로 하고 나를 원하는 사람을 슬프게 하면 안 된다는 것을."

"고마워요."

"알겠습니다. 나도 이젠 미진 씨를 정말로 한번 진심으로 사랑할게요. 그래요. 앞으로 미친 듯이 붙어 있을 거야. 하지만 내가 싫어지면 먼저 떠나야 합니다. 내가 버림을 받을게요."

상도는 그녀를 힘차게 껴안았다. 미진은 꿈만 같았다. 모든 것이 다시 힘차게 솟구쳐 오르고 있었다.

"상도 씨, 전 상도 씨 없으면 죽어요. 알겠죠? 내 말."

윤 마담은 더욱 힘차게 상도의 입에 자신의 입을 맞추었다. 두 사람은 그렇게 행복해져 갔다. 하지만 그것도 잠시라는 것을 이 글을 쓰는 나는 알고 있었다.

52.

상도의 호출기가 진동으로 탁자 위에서 흔들렸다.

"상도 형님, 지금 회장님께서 급히 찾으십니다."

전화상의 재민은 무척 다급해 보였다.

"알았다. 지금 즉시 들어가지."

아직 다 아물지 않은 상처를 이끌고 윤 마담의 아파트에서 상도는 나오고 있었다. 몇 번씩 붙잡는 손길을 뿌리치기엔 그녀의 사랑이 큰 것을 느꼈지만 뭔가 일이 벌어지고 있음을 상도는 직감적으로 느낄 수 있었다. 여간해서 비상을 모르는 양명의 평소 성격을 알고 있었기에 상도는 긴장을 늦출 수 없었다.

빠르게 차를 이동시키고 있었다. 상도가 본부에 도착한 시각은 땅거미가 내려앉고 있을 때였다. 평소에 그랬던 것처럼 상도가 들어서자 앉아 있던 사내들이 몸을 일으켜 세웠다. 양명이 사무실에 있으면 그를 보위하는 사내들은 한시도 그의 곁을 떠날 수가 없었다. 그만큼 자신의 신변을 철저하게 양명은 잘 지키고 있었다.

"형님, 회장님 방에서 두 시간 전부터 계십니다. 눈치로 봐선 중요한 일인 것은 틀림없습니다."

눈치가 빠른 재만은 상도에게 그런 점을 설명해 주었다. 양명의 방이라는 곳은 그의 사무실에서도 더 깊숙한 복도 맨 끝에 자리를 잡고 있었다.

가장 중요한 사항을 몇몇 사람들과 의논할 때 사용되는 곳이기도 했고 양명이 평소에 관심이 있던 골동품 등이 정리되어져 있는 곳이라고 봐야 옳을 것이다. 상도가 그 방문을 열고 들어가자 양명이 흔들의자에 몸을 기대고 하나둘 켜지고 있는 서울 시가를 바라보고 있었다. 그러나 양명의 손에 든 투명한 맑은 잔에 몇 모금 마셔 버린 위스키를 보며 상도는 놀라지 않을 수 없었다.

"상도야, 너도 한잔하겠니?"

"형님, 이상합니다."

양명의 성격을 누구보다 잘 알고 있는 상도였기에 처음부터 그 말을 했다.

"손수해신 절내 술은 대지 않던 분이……."

167

"흐흐… 흐."

의미를 알 수 없는 양명의 웃음이었다. 속마음에서 정리하고 있는 웃음이었다. 양명은 천천히 상도에게 등을 돌렸다. 그리고 무겁게 보였던 그 잔을 책상 위에 놓았다.

"상도야, 인한이와 상원이가 돌아왔다."

상도는 대답 대신 침울한 표정을 지었다.

"평생 누워서 보내게 될 거다."

상도는 다시 한번 고개를 떨궜다. 자신에게 몸을 맡겼던 동생들에게 처참할 정도로, 자기 자신이 원망스러웠다.

"너도 요즘 느꼈을 테지만 점점 더 어려워진다."

"예, 저도 분명히 느끼고 있습니다."

"내가 왜 그런지 천천히 정리해 보았는데 중요한 사실을 발견했다."

"무슨?"

"너도 당했다면 분명히 다른 일이 있는 거였어."

양명은 나머지 술을 입에 털어 넣었다. 상도도 힘이 들었는지 탁자에 몸을 기대고 있었다. 양명이 다음번 말을 계속 이었다.

"내가 이렇게 일군 이 기동파엔 분명히 배반자가 있다는 얘기다."

양명은 이 말이 힘들었는지 진열되어 있던 위스키병 하나를 골라 뚜껑을 열었다.

"흐흐. 내 식구들 문제만큼은 자신이 있다고 믿었는데……."

양명은 다른 잔으로 상도 앞에 위스키 한잔을 따라 주었다. 상도도 답답한지 바로 힘껏 들이켰다.

"형님. 한 번 더 기회를 주셨지 않습니까? 제게 맡겨 두시면 됩니다. 내일부터 바로 다시 착수하겠습니다."

"아니다. 네가 걱정할 일이 아냐. 조금 전에 끝났다."

상도는 양명의 말을 이해하지 못하고 있었다.

"백곰이 돼지파를 접수 받았다. 조금 전에 연락이 왔고."

그 말과 동시에 상도는 심하게 뭔가 부딪치는 충격을 받고 있었다.

"그럼 저를 찾으신 용건은 뭡니까?"

상도는 양명의 저의가 무엇인지 조금 뒤틀린 투로 말을 받았다.

양명은 다시 자리에서 일어섰다. 그리고 그림 한 점 걸려 있던 액자의 먼지를 손으로 닦아 냈다. 약간의 정적이 흘렀다.

"나와 넌 참으로 모진 세월을 견디고 살아왔다."

"예."

"특히 난 계속해서 일어나고만 싶어 했지. 지금껏 생각하면 조금 후회되는 것도 사실이고."

"형님은 그 자리에서 할 수 있는 모든 걸 잘 해 오셨습니다."

상도는 자신의 진심을 말했다.

"그렇지만 아직도 내 성에 차지 않는다. 이 바닥에서 아무도 내 명을 거역하지 못하게 하고 싶다."

"지금처럼만 하시면 곧 이루실 거라 사료됩니다."

"이 좁은 서울 바닥이 아닌 전국을 상대로 하고 싶다."

양명의 의지가 처음으로 다른 사람에게 전달되는 순간이기도 했다.

"그런데 오늘 나에게 그럴 기회가 찾아왔다면 이해되겠느냐?"

양명은 주먹을 세차게 쥐어 보였다. 그 속엔 그의 성격이 그대로 나타났다. 상도는 답답했다. 속 시원히 말을 못하고 있는 양명의 모습이.

"난 오늘 무서운 제의를 받았다. 내가 어렸을 때나 있을 수 있는 일을."

"그게 뭔데?"

"너도 이름만 들으면 알 만한 인물의 초청이 있었지."

"그래서요?"

"한낱 주먹꾼에 불과한 나를 왜 호명했었는지도 알 수 없었고."

"형님, 속 시원히 말씀하시면 안 되겠습니까?"

"그는 내게 말하더군. 이 시대 최고의 자리를 주겠다고."

상도는 조용히 그의 말을 경청했다.

"그의 부탁을 네가 대신해 줬으면 한다."

상도는 직감으로 큰일이 걸렸다고 생각했다. 양명도 다시 말을 주저했다.

상도는 담배를 꺼내 물었다.

"지금 충북 제천에서 국회 의원 보궐 선거를 치르고 있다. 너도 알다시피. 전에 있던 국회 의원이 불법 정치 자금 스스로 검찰 조사를 받으면서 쉽게 말해 잘렸지. 그래서 현재 그 시엔 국회 의원이 없는 거지."

"예, 저도 방송을 통해서 본 기억이 있습니다."

"지금 국회는 여당이 단 한 석 모자라서 2/3 이상 국회를 장악하지 못하고 있다."

"예, 저도 알 것 같습니다."

"그 시의 선거 결과에 따라서 여당이 먹느냐 먹히느냐. 모든 정당이 그쪽으로 관심을 보이고 있다."

상도는 뚫어져라 양명을 쳐다보았다.

"제천에는 현재 다섯 명의 후보가 경쟁을 치르고 있는데. 선거일은 보름정도 남았고."

상도의 눈도 심하게 흔들리고 있었다.

"그중 무소속으로 출마한 성일 후보가 가장 유력하다는 것이 나를 선택하게 된 동기인 것이다."

양명도 진실의 끝을 말하려 하자 목소리가 떨리고 있었다.

"여당에서는 어떻게든 강석민 후보를 원하고."

"그게… 어떤…."

상도도 눈이 크게 떠지며 초집중을 하고 있었다.

"그렇다. 여당 쪽에는 지금 방법이 없다. 가장 확실한 방법은 깨끗하게 그 유력 후보 처리를 나에게……."

양명은 뒷말을 보지 못했다. 그도 분명히 떨고 있었다.

"성일 후보를 제거할 가장 적합한 인물로 나를……."

"그럼…."

"이번 오더를 아무도 모르게 아주 확실히 처리해 주길 바라고 있다. 네가 감히 상상하지 못하는 최상위 윗선에서……."

양명도 단숨에 나머지 위스키를 털어 넣었다.

"물론 이 사실이 너와 나 두 사람을 통해 밖으로 나간다면 둘 모두 지워지겠지. 하긴 네가 그런 사실을 말할 위인은 되지 못하지. 내가 믿을 사람은 너니까 지금 이 거대한 사실을 너에게 말하는 거고."

양명은 권력의 무서움을 잘 알고 있었다.

"선택의 여지가 나에겐 없었다. 그들의 음모를 알았으니 동조하지 않으면 죽음밖에는."

상도는 애써 안정을 찾으려고 했다.

"지금 내 말을 듣고 있으니 너도 반쯤은 동조자가 된 거지."

양명은 갑자기 상도를 뚫어지게 바라봤다. 아주 강렬하게.

"상도야 너밖에 없다. 이런 큰일을 할 수 있는 통을 가진 사람은."

상도는 침착을 했으나 자신의 이름을 듣는 순간 조금은 당황했다.

171

"그래, 완벽하게 처리만 해 준다면 널 일본으로 무사히 보내 주마. 아니면 유럽 쪽으로……."

상도는 현재까지의 상황을 어렵게 정리하고 있었다.

"몇 년 푹 쉬다가 다시 돌아오면 돼. 그 다음에는 가장 강하고 행복하게 살면 되는 거고."

상도는 자신의 처지를 생각했다. 아무것도 가진 게 없는 빈 몸뚱아리. 그러나 더 크게 살 수 있는 동주를. 그리고 병석에 누워 있는 정 여사를. 기반이 잡힐 때까지 영숙을 보살피게 해 주고 싶었던 자신을 생각했다.

오랜 시간 여러 가지 생각이 교차되고 있다. 양명도 상도를 가끔씩 바라볼 뿐 그의 결정을 조심스럽게 기다리고 있는 중이었다. 상도는 크게 한번 숨을 들이마셨다. 그리고 결정을 내렸다.

"좋습니다. 제가 하죠."

당당히 주먹을 쥐어 보였다.

"확실히 처리하지요. 그전에 형님도 제 부탁을 들어주셔야 합니다."

"원하는 걸 모두 말해 봐."

이미 모든 것이 결정되어지고 있었다.

"가장 크고 깨끗한 집을 주셔야 합니다."

"네가 원하면 주지."

"그리고 현금 3억을 주십시오."

양명은 상도의 말을 듣고만 있었다.

"2억은 상원과 인한에게 주십시오."

"그리고."

"나머지 1억은 제가 알아서 쓰겠습니다."

"그렇게 해 주지. 그다음엔 가장 안전하게 이 땅에서 널 빼내어 주도록 하겠다."

"형님께서 그렇게 해 주신다면 저도 그전까지는 틀림없이 처리하겠습니다."

두 사람은 다시 아주 어두워진 터널 속으로 들어가고 있었다. 이미 그렇게 다 정해져 흘러가고 있던 것이었다.

53.

다시 해가 뜨고 있다. 상도, 동주, 혜림, 윤 마담, 영숙 그리고 정 여사. 모두들 같은 시간 때에 또 다시 살고 있다. 오늘은 무슨 생각을 하며 살고 있는 것일까? 상도는 정 여사의 모든 병원 비용을 지금 막 결제하고 걸어 나오고 있었다. 알 수 없는 오기와 밑바닥으로부터 일어나는 힘이 솟아나고 있었다. 십 년 전쯤인가? 아니면 그전쯤인가? 술주정뱅이였던 상도의 아버지가 그날도 어김없이 동네 입구에서부터 욕설을 내뱉었다. 오후엔 상도의 온몸에 상처가 성할 날이 없었지만 그의 몸을 살펴 주셨던 분이 바로 동주의 어머니였다.

집을 빠져나와 동주의 집에 있으면 그 다음날 정성스러운 도시락이 반듯하게 준비되어져 있었다. 동주 것과 상도의 것이 똑같이 싸져 있었다.

그런 분이셨다. 그런 정 여사의 은혜를 갚을 수 있다는 것이 상도는 미있어 쫑있을시 모른다. 상도는 남낭 의사를 찾아뵈었다. 그의 말은 건강이 호전되고 있으니 2주 후쯤엔 수술 일정을 잡을 수 있다고 했다.
"매번 말하지만 정말로 고맙다. 상도야."
동주는 아직도 멀었는지 상도에게 같은 소리를 여러 번 반복했다.
"또 그 소리. 한 번 더 그런 소릴 하면 진짜 친구도 아니다."
상도는 다정하게 동주를 바라보았다.
"동주야, 술 고프다. 어여 따라 봐라. 컥."
오래간만에 두 사람은 마주 보며 술을 권하고 받고 또 마시고 있었다. 고기 익는 소리가 사정없이 들렸다. 그들은 자리에서도 또 옆에서도 모두들 한 가지 주제를 놓고 살아가고 있는 듯 했다. 오래간만에 상도는 과음을 하고 있었다. 그들이 앉아 있던 테이블에는 벌써 여러 병의 빈 소주병들이 쌓여 있었고 상도의 발음도 소주로 인하여 부정확하게 되고 있었다.
"나 2주 동안 지방 좀 내려가게 되었다. 컥…."
동주는 의외라는 듯 상도를 바라봤다.
"아니 놀란 일은 아니고 잠깐 동안 누구 대신해서 일 좀 맡아 주기로 했어."
동주도 상도의 생활을 짐작하고 있었지만 그는 동주에게 결코 그의 생활을 절대 말해 주는 일이 없었다.
"빨리 일 마치고 올 거야. 물론 어머니 수술 전에는 꼭 올 거고."
동주는 불길한지 상도를 다시 쳐다봤다.
"그래, 네가 하는 일은 잘 모르지만 언제 내려가고 무슨 일하는데?"
상도는 동주를 안심하게 만들 생각을 빠르게 생각해 냈다.
"어느 회사 사장이 노사 문제로 지방 공장 내려가는데 그 사람 호위해 주기로 했어. 보수도 넉넉히 준다고 하고. 걱정하지 말고."

"그래 알았다."

"동주야, 이제 나 마음잡고 잘 살 거야. 그리고 네가 생각하는 만큼 내 생활 그렇게 나쁜 거 아니다."

"그럼, 내 친구 상도인데."

"그리고 너 수술비 때문에 그러는 것 같은데 내가 모시고 있는 형님이 아무 이자 없이 빌려주신 거야. 내가 갚을 거고. 그러다 못 갚으면 네가 갚으면 되잖아. 그렇게 부담되면⋯ 걱정 마라 이 형님이 일은 확실히 하니까."

"그래, 난 널 믿는다."

동주의 그 말이 상도에겐 커다란 부담으로 다가왔다. 동주는 상도가 얼마나 큰 싸움꾼인지 알지 못했다. 아니 상도는 그에게만큼은 철저하게 숨기며 살아왔다. 그러나 이제껏 교도소를 안방처럼 들락거리며 산 것도 다 누구의 죄를 대신해서 상도가 뒤집어쓴 걸로 알고 있는 동주였다. 그리고 앞으로도 상도는 동주에게 더욱더 모르게 하면서 살 것이다. 상도는 알고 있었다. 이런 자리도 오늘이 두 사람에게는 마지막이 될 수도 있다는 것을.

밤은 깊어 갔다. 시간도 깊어 갔다. 거의 많은 시간이 흘러서야 둘은 헤어지고 있었다. 몇 번을 집으로 데려가려는 동주를 어렵게 뿌리치고 상도는 꺼져 가고 있는 거리를 혼자 걷고 있었다. 골목 어귀에 놓여 있는 전봇대에 손을 댔다. 그리고 땅을 쳐다봤다. 말없이 서 있는 자신의 그림자를 발견했다.

'서러운 그림자다. 주인을 잘못 만나 밖으로 맴돌고 있는 내 그림자. 그래 더러운 놈의 땅을 떠나야지. 그리고 화려하게 돌아온다. 화려하게⋯⋯.'

54.

혜림은 학교 서무과에서 휴학 신청서를 손에 쥐었다. 차마 자퇴원서는 들지 못했다. 그 속에 써져 있는 대로 담당 교수의 견해와 학과장의 승낙을 받아야만 휴학이 결정되는 것이었다. 그녀는 짧은 기간 누비고 다녔던 캠퍼스 이곳저곳을 지나쳐 걸었다. 즐거웠던 기억. 달콤했던 시간들이 되살아나 그녀의 마음을 아프게 했다. 하지만 이미 그녀에겐 선택의 여지가 없었다.

4층에 자리 잡고 있는 그녀의 과조교실에 가서 문의를 하고 담당 교수실로 노크를 하고 들어갔다. 담당 교수는 설렁한 방학을 맞이 있었는지 반갑게 혜림을 맞이해 주고 있었다.

"오 그래, 혜림 학생. 어쩐 일로 오셨나?"

교수는 다정하게 혜림을 바라보았다.

"저… 저기…."

혜림은 자신의 생각을 꺼내기가 무척 힘들게 느껴졌다.

"그러지 말고. 어서 말해 봐요."

교수는 혜림을 접대용 테이블에 편안히 앉으라고 한 후 그녀의 말을 기다리고 있었다.

"저… 휴학하고 싶어서요."

"아니 왜지? 혜림 양은 성적도 좋고 학교생활도 잘해 나가고 있는데?"

교수는 의외라는 듯이 그녀를 바라보며 안타까운 미소를 보였다.

"그게…."

"아무 걱정 말고 다 말해 봐요. 나랑 한번 상의해 보지. 같이 풀어 보자고."

교수는 혜림의 걱정을 진지하게 들어 주고 싶어졌다.

"전 학교를 다닐 수가 없어요."

"아니 갑자기 학교를 못 다닌다니, 이유가 있을 것 아닌가?"

"사실 오늘 자퇴하러 오는 길인데 차마 그렇게 할 수 없었습니다."

"갑작스러운 대답에 난감하구만."

교수가 더욱더 어쩔 줄을 몰라 했다.

"전 며칠 있으면 결혼하게 되어 있습니다. 교수님."

교수는 너무 놀란 표정을 짓고 있었다.

"제 남편 될 사람이 가정적인 여자를 원하고 있어요. 결혼에 자퇴를 조건으로 하고 있거든요."

교수는 생각을 정리하고 있었고 그의 생각을 그녀에게 털어놓았다.

"그래. 사랑이 얼마나 중요한진 모르지만 그것이 곧 최선의 길인지는 유감이구만…."

"사실 저도 앞으로 어떻게 해야 하나 감을 잡을 수가 없어서요. 교수님."

"아무튼 혜림 양이 그렇게 판단을 내렸다면 그게 맞은 해답이겠지만 분명한 것은 배움의 길은 꼭 필요하다는 거야. 그걸 자네도 잘 알고 있고. 다시 한번 남편 될 사람과 잘 상의해 보고 오지 않겠어?"

교수는 결혼 때문에 학교를 그만두어야 된다는 어처구니없는 일에 전혀 이해를 할 수 없었다. 그래도 그녀의 결정이니 속단해서 말을 할 수 없는 입장이었다.

"교수님, 저도 1년 정도 쉬면서 생각하고 싶어요. 휴학계를 내주셨으면 해요."

"그렇다면 할 수 없고, 혜림 양도 자신의 일을 결정할 수 있는 인격체인데… 그렇게 해 줌세."

담당 교수는 그녀의 휴학 사유를 써 주었다. 건강 상태 때문이라고 짧게 끝을 맺었다.
"혜림 학생, 휴학했어도 자주 찾아왔으면 좋겠네. 그리고 결혼한다고 했는데 얼굴이 어두운 걸 보니 더 이상 안 물어보는 것이 현명할 것 같아서 그냥 자네 숙제로 잘 판단하기를 기원하겠네."
"고맙습니다. 교수님."
"청첩장도 자네의 판단으로 맡기지. 보내 주면 감사하고."
혜림은 말없이 고개만 끄덕일 뿐이었다. 혜림은 그렇게 휴학을 했다. 동기들과 재잘거리며 바쁘게 움직였던 도서관 앞 만남의 잔디 하며 낡은 책상이었지만 편안했던 강의실 그 모든 것이 그리웠지만 그녀는 이제 이별해야만 했다. 그녀의 모든 것이 현실로 다가오는 순간이었다.

55.

동주는 아침 일찍 도서관에 자리를 잡았다. 이제는 모든 것을 털어 버리고 마지막 한 학기에 전력투구하고 싶어서였다. 사실 동주의 바람은 취직보다는 학문을 연구하는 데 더 깊은 관심을 가졌다. 자신의 현실을 보면 언감생심 이기적이라고 봐야 하지만 어쩔 수 없는 자신의 생각이었다. 산적했던 문제들이 조금씩 풀리자 더 간절한, 어쩔 수 없는 자신의 욕망이었다. 잡념을 버리기에는 학문에 빠져 깊게 탐구하고 공부하는 것이 그가 가장 잘할 수 있는 일이기도 했다. 두꺼운 책에 빠져 있을 쯤 후배인 정석이가 동주의 어깨를 살짝 쳤다.

"선배님, 쉬어 가면서 하세요."

도서관이므로 정석은 조용히 낮게 동주에게 말을 건넸다.
"어… 어쩐 일이냐?"
오래간만에 보는 동주도 반가워했다.
"어쩐 일이긴요. 저도 서서히 준비를 해야죠. 아참 선배님, 오늘 저한테 저녁 사 주셔야겠어요."
"아니 내가 이유 없이 너에게 저녁을 왜 사냐?"
"아이고 다 알면서 그래요."
정석은 장난을 치면서 전보다 더 심하게 동주를 몰아세웠다.
"아니 뭘 알아, 알긴."
동주는 사정을 전혀 몰랐다.
"정말 모르시는 거예요, 아님 연기하시는 거예요?"
"아니 뭘?"
동주는 사정을 진짜 모르니 다시 정석을 바라보았다.
"지금 제가 조교실에 갔다 오는 길인데 선배가 우리 과 탑이래요. 그래서 장학생이 됐다고요. 전액 면제요. 그리고 이번에는 학문 연구 비용도 대폭 인상되었다고 하던데……."
정석의 말은 동주의 귀를 확실히 때렸다.
"그게 정말이냐?"
"그럼 제가 장난치겠어요. 한번 알아보시던가요. 확실하니까."
동주는 자리에서 일어났다. 급하게 도서관 자리를 털고 일어났다. 뒤에서 정석의 목소리가 들렸지만 동주의 귀엔 전혀 들어오지 않았다.
'난 해냈어. 어머니와 상도가 제일 바라고 있는 것을. 어머니 제가 해

냈다고요. 상도야 네 도움으로 나도 최고가 된 거야.'
 동주는 빨리 이 사실을 알리고 싶어졌다. 조금이라도 빠르게…….
 혜림과 동주는 반대가 되어져 갔다. 동주는 다시 새로운 희망으로 학교로 돌아왔고 혜림은 추억만 가지고 학교를 떠나게 된 것이다.

56.

 상도가 근사한 정장 차림으로 클럽 세르비 앞 차도에 시원하게 생긴 차의 핸들을 잡고서 윤 마담을 기다리고 있었다. 둘만의 마지막 만찬을 기다리고 있었던 것이다. 윤 마담의 모습이 계단에서부터 서서히 보였고 이제껏 느끼지 못했던 한 여인의 아름다운 모습에 눈이 부셨다. 그녀 또한 상도의 근사한 모습에 놀라지 않을 수 없었다. 그리고 손엔 그녀를 위한 꽃이 들려져 있었다.
 낡은 청바지 모습이 전부였던 상도의 모습을 생각했던 그녀도 신기하게 상도를 바라보고 있었다. 처음으로 멋을 내 본 상도는 약간 어색했으나 이번만큼은 그녀에 대한 예의라고 생각했다. 상도는 다가오는 그녀를 위해 차에서 내려 옆 좌석 문을 정중하게 열어 주고 있었다.
 "상도 씨…."
 윤 마담은 감동하고 있었다.
 "아무 말하지 말아요. 지금부터 당신을 위한 가장 아름다운 시간이 준비되어 있으니…."
 저녁 어둠이 밀려오고 있었지만 두 사람에게는 더 밝고 환해져 갔다.

한강을 한눈에 담을 수 있는 선상 레스토랑의 가장 좋은 자리를 그 두 사람이 앉아서 서로를 사랑으로 담아 보고 있었다.

"바쁘실 텐데. 이렇게까지 신경 쓰실 필요 없는데요. 정말 오늘 저에게 최고의 날이네요. 상도 씨."

윤 마담은 상도에게 자신이 강요하는 게 아닌가 하고 조금은 걱정스러워 했다.

"그런 말 이제 않기로 했잖아요. 우리가 만나서 이런 시간도 가진 적 없었는데 우리도 추억이 필요하니까요. 그냥 가장 편하게 보내 주시면 돼요."

윤 마담은 정말로 너무 감격해하고 있었다. 상도는 어색했지만 속주머니 속에 있는 작은 반지 상자를 그녀 앞에 조심스럽게 꺼내 놓았다.

"이게 뭔가요?"

윤 마담은 설마 했지만 자신이 가장 바라던 그거였다.

"풀어 봐요, 한번. 잘 맞으면 좋겠지만."

상도는 모든 것이 처음이라 긴장하고 있었다. 태어나서 처음으로 여자에게 의미 있는 선물을 주고 있는 순간이었다. 윤 마담은 상자를 열어 보고 말문을 열지 못했다. 자신이 이제 정말로 상도의 여자가 된 것이다.

"이를 어째. 이를 어째."

그녀가 흥분하면 내뱉은 말이 계속 튀어져 나왔다.

"저 우습죠. 하지만 꼭 드리고 싶었어요. 우리 유람선 타러 갈까요? 시원한 바람 좀 쐬고 싶은데…."

윤 마담은 당연히 정해 놓은 것처럼 상도의 뒤를 따랐다. 둘은 아주 꿈같은 시간을 보내고 있었다. 모든 것이 그 두 사람을 위해 존재하는 시간이었다. 하지만 상도는 이게 마지막이라는 것을 너무나 잘 알고 있었다.

　유람선을 탔고 그 두 사람은 연인이라면 당연히 할 수 있는 평범한 영화 구경도 했으며 팝콘도 같이 먹어 보았다. 윤 마담과 상도는 어린 아이처럼 마냥 들뜨고 행복하기도 순수해지기도 했다. 오늘 이런 평범한 일상이 너무 아름답고 행복한 두 사람이었다. 하지만 이것은 이제까지 그녀가 베풀어 주었던 사랑의 대한 약간의 답례일 뿐. 상도는 그녀에게 미한하고 고마울 따름이었다. 시간은 또 그렇게 흘러 몇 시간이 찰나의 순간처럼 지나쳐 흘러가고 있었다.

　두 사람은 아파트로 자연스럽게 들어왔다. 어두운 사방이 한순간에 다시 환하게 주위를 밝히고 윤 마담은 옷을 갈아입으려 했다. 하지만 상도는 그녀를 놓아주지 않았다.
　"이리 와요. 손을 잡고 싶네."
　윤 마담은 너무 행복했고 상도는 작은 시간조차도 버릴 수가 없었다.
　두 사람은 다시 한번 뜨거운 사랑을 나눴다. 그녀는 상도의 오른팔 위에서 팔베개를 하고 편안하게 그를 바라보고 있었다.
　"내가 얘기했던가?"
　"무슨…."
　"내 얘기 듣고만 있었으면 좋겠어."
　윤 마담은 고개를 끄덕였다.
　"내가 두 번째로 교도소에 갔을 때 아버지가 돌아가셨어."
　"그랬었군요."
　"그렇게 술만 먹으면 나를 학대했고 나를 못 견디게 했던 분이셨는데 그냥 울고 싶어졌어."

 상도는 윤 마담의 머리를 쓰다듬고 있었다.

 "당신도 열심히 살아 보겠다던 때가 있었는데, 그게 뜻대로 되지 않으니까 그렇게 된 거였는데. 그걸 난 이해 못한 거지. 그래서 그런 분노가 폭력으로 표출된 거였고…."

 "상도 씨도 어쩔 수 없었잖아요. 그 현실이."

 "그런데 지금은 후회가 밀려와. 아무리 못난 자식이라도 지 부모님 돌아가실 때에는 꼭 그 옆에서 지켜 드려야 하는데. 난 그렇게 하지 못했고 그날도 교도소에서 완력 싸움으로 징벌방에 있어서 귀휴도 하지 못했지…."

 "아버님도 이해해 주실 거예요."

 "편히 눈 감지는 못했을 거야. 아버진."

 윤 마담은 처음으로 상도의 가족 이야기를 듣고 있었고 그가 더욱더 안쓰러워졌다.

 "이제부터 상도 씨 편에는 항상 제가 있을게요. 이젠 저만 의지하고 살아요. 아무 걱정하지 마시고. 그리고 기회가 된다면 상도 씨 닮은 아들을 낳고 싶어요."

 윤 마담이 어렵게 말을 꺼냈다. 하지만 상도는 인상이 변했다.

 "그건 안 돼. 뭘 볼 게 있다고. 내 핏덩이가 세상을 본다고. 말도 안 되는 소리."

 상도는 등을 돌렸다. 자신도 그의 아버지같이 될 것이라고 생각했었고 자신은 지금 기약이 없는 인생을 살고 있었다.

 "상도 씨, 저요, 이제 모든 걸 정리하고 상도 씨와 아주 평범하지만 소중하고 사랑만으로 살고 싶어요. 내 말 알겠어요?"

윤 마담이 서럽게 울기 시작했다. 상도는 느꼈다. 이것이 끝인데 더 이상 기분 나쁘게 하고 싶지 않다고.

"내가 잘못했어. 눈물 닦아. 앞으로 우리에게 더욱더 좋은 날이 있잖아. 오늘은 늦었으니 편하게 자자고. 이리 와."

두 사람은 함께 다시 한 몸이 되었다. 아무 갈등도 어려움도 생각하기 싫은 밤이었다. 상도도 모든 걸 잊고 싶었다. 지금 이 시간만큼은…….

몇 시간이 흘러갔을까? 언제나 먼저 눈을 뜨던 윤 마담은 옆에서 아무 기척이 없음을 확인하게 됐다.

'어쩐 일이지. 화장실 가셨나?'

윤 마담은 별일 아니겠다며 편안 가운을 입었다. 그녀는 정신을 차리고 거실로 나왔다. 거실 커튼을 밀어제치자 아침 햇살이 그대로 들어왔다.

그리고 거실 탁자 위에 익숙한 키가 눈에 들어왔고 그 옆에는 하얀 종이가 꿈틀거리고 있었다. 윤 마담은 불길한 예감으로 그 메모를 펴 보았다. 그 메모 내용은 이러했다.

- 사랑하고 싶었는데, 진심으로 곁에 머물고 싶었는데 그것이 내 뜻대로 되지 않는 것 같아. 내게 그런 사람은 없었는데 당신을 만나 너무 행복했고 소중했어. 정말로 아주 오랫동안 생각날 거야. 잘 있어.

그냥 조금 알았던 사람이라고 나를 생각해 줬으면 좋겠어. 꼭 잘 살아가야 해. 짧은 만남 진정으로 행복했다는 것을 생각하며 아니 영원히 잊지 않으며……. -상도-

윤 마담은 자리에 털썩 주저앉았다. 넋을 잃은 사람처럼 아무것도 할 수가 없었다. 갑자기 바람이 불어왔다. 들고 있었던 메모지도 바람에 떠밀려 베란다 쪽으로 흘러갔다. 그녀에게 남은 왼손에서 반짝이고 있는 상도의 반지만이 조용히 숨을 쉬고 있었다.

57.

 흘러간다. 어렸을 적 가졌던 모든 꿈들이. 지금은 현실에 타협해서 조금이라도 버티고 있지만 자기 자신이 가졌던 꿈은 이미 떠난 후였다.
 언제부터인지 자신의 뜻대로 살아갈 수만은 없는 것이 인생이라는 것을 알게 되면서 우리는 탐욕과 타협하고 자기 자신의 본분을 잊고 살아가게 된다. 고등학생 때쯤으로 기억된다. 피천득 선생님의 〈만남〉을 읽으면서 난 그 속에서 그걸 느꼈다. 아무리 더렵혀지고 초라해져 가는 자신일지라도 그 속에서 꿈틀대고 있는 순수한 자기 자신의 영혼은 지켜야 된다고…….
 내가 쓰고 있는 상도라는 주인공을 더 깊은 어둠 속으로 밀고 있는 것 같아 가슴이 아프다. 하지만 계속 써 내려가야 한다. 이 글은 누구를 기쁘게 하거나 보고 좋아했으면 하고 쓰는 것이 결코 아니다. 내 자신 스스로가 그냥 좋아서 쓰고 있는 것뿐.
 지금도 한 줄 한 줄 쓸 때마다 짧은 어휘 실력으로 이 정도 써 가고 있는 내 자신에 스스로 위안을 주며 쓰고 있는 것이다. 난 행복하다. 내가 할 수 있는 일을 할 수가 있어서. 우리의 주인공 상도는 새벽빛을 맞으며 시원스럽게 뚫린 고속 도로를 힘차게 전진해 가고 있다. 주인공이 힘차게 전진할수록 나도 힘차게 전진할 것이다. 다시 출발하자. 짧지만 나도 한번 이 글의 끝을 보고 싶다. 자자. 용기를 내고 다시 출발하자고. 1995. 12. 14. 목요일.

　늦은 3:59이 지나며…….

58.

　'어서 오십시오. 여기부터 제천시입니다.'라는 해태 동상이 상도의 눈가에 들어왔다. 인구 14만 정도의 이 도시는 산이 주위를 감싸고 있는 일반적인 내륙 도시였다. 고속 도로를 빠져나와 제천시 국도로 들어오고 있는 상도는 시내의 한적한 주차장에 차를 정지시키고 있었다. 그리고 국회 의원 후보자의 경력이 소개되어 있는 표지판을 발견하게 됐다. 길거리에 기호 몇 번을 선전하며 나부끼고 있는 여러 가지 현수막으로 선거가 곧 있음을 직감으로 느낄 수 있었다. 젊은 나이에도 당당히 자리를 잡고 있는 성일 후보의 인상은 참으로 잘 만들어진 인형처럼 넓은 이마며 우수에 젖어 있는 눈은 다른 어떤 후보보다도 이 나라에서 꼭 필요한 사람이라는 것을 상도도 느낄 수 있었다. 하지만 활시위는 이미 벗어나 버린 지금 상도에겐 선택의 시간이 없었다. 오더가 떨어진 이상 원하는 대로 해 줄 수밖에는…….

　제천역 부근에 위치한 ○○호텔은 서울 시내의 장급 여관을 연상케 했지만 이 도시도 앞으로 많은 발전이 있을 거라고 생각했다. 상도는 지정된 방의 호수를 찾아 간단히 챙겨 온 가방을 들고 안으로 들어왔다. 작은 방이지만 모든 것이 잘 정리되어 있는 모습이 삭막하게 느껴지기까지 했다.

상도는 지금 이 순간 아무것도 생각하기가 싫었다. 바라는 것이 있다면 뜨거운 물에 샤워를 하고 싶을 뿐. 하나둘 물방울이 떨어졌다. 그리고 퍼졌다. 내려오는 온수의 열로 거울이 흐려지고 자신의 모습이 조금씩 사라졌다. 바보처럼 버티고 있는 상도의 모습이…….

'그래 모든 것을 잊자. 깨끗하게 처리하는 거야. 지금부터 아무 감정도 내겐 없다. 그래. 없다. 없다. 없다.'

몇 번을 자신의 속으로 되씹으면서 상도는 다짐을 끊임없이 계속 반복했다. ○○초등학교. 오후 2시부터 모여든 유권자들은 후보자의 연설을 경청하고 있었다. 그러나 우리나라 선거가 그렇듯이 한 후보의 연설이 끝나면 사람들도 똑같이 바뀌어져 가고 있었다. 자신이 지지하는 후보의 연설을 듣는 사람도 있었지만 그것보단 박수 부대라는 식으로 동원되어진 사람들이 훨씬 많아 보였다. 상도는 사람들이 조금은 덜 붐비는 외곽으로 자리를 잡고 기호 4번인 성일 후보의 차례를 기다리고 있었다. 3번째 후보 지지 연설이 끝나고 성일 후보가 등장했을 때는 많은 제천시의 사람들이 그 주위를 가득 메웠으며 실물로 보이는 그의 모습은 사진보다 더 건장하고 힘이 있어 보였다. 가장 나이 어린 후보인 그였지만 그는 다른 후보들보다 돋보였다. 자신의 소신도 분명하게 주장했으며 짧은 머리에 단정한 양복이 퍽 인상 깊어 보였다. 늦은 여름이라 그런지 많은 땀을 흘리면서도 사람들의 모습은 진지하게 성일 후보의 연설을 경청했다.

"저는 정치를 모릅니다 하지만 지금 국민 모두는 착취와 억압을 당하고 있습니다. 전 더 이상 참을 수가 없었습니다. 여러분!"

지지자들의 열렬한 박수 소리가 이어졌다.

"우리 제천은 유능하고 힘 있는 사람들이 모여 사는 곳입니다. 그런 우리 양반 고장에서 중앙 무대에 눈치를 보고 무분별하고 능력 없는 사람을 국회로 보낸다면 우리 모두는 넘어지게 되는 겁니다. 제천의 이익을 제천으로 되돌릴 수 있는 사리 판단이 확실한 사람이 필요한 때가 온 것입니다."

자신의 주장을 시원스럽고 강력하게 청중들에게 전파했다.

"이 사람을 한번 지켜봐 주십시오. 제가 소신을 다해 만들어 가겠습니다. 나를 지지하는 모든 제천 시민들과 같이 만들어 가겠습니다. 여러분!"

성일 후보의 목소리는 정확한 발음과 음색으로 다른 후보들보다도 청중을 빨려 들어가게 하는 힘이 있는 후보였다. 청중들의 우레와 같은 박수가 운동장을 가득 메우고 있을 무렵 앞의 구석 자리에 있던 상도는 성일 후보의 주변을 살피기 시작했다. 그의 옆 주위에는 젊은 청년들이 간격을 두고 에워싸고 있었으며 바로 앞에는 '깨끗한 새 인물 성일'이라는 문구가 몇 겹으로 둘러싸여서 흔들거리고 있었다. 여러 가지를 체크한 상도는 조용히 자리를 벗어나고 있었다.

59.

세르비 VIP룸에는 양명의 얼굴이 보였다. 벌써 몇 병의 빈 양주병이 바닥에 있었고 양명은 취기를 느끼고 있는 듯 보였다. 그의 맞은편에는 윤 마담이 자리를 잡고 있었지만 그녀 역시도 많은 폭음으로 초저녁 시간인데도 얼굴이 벌겋게 상기되어 있었다. 그렇지만 윤 마담은 멈추지 않고 거침없이 입속으로 잔을 계속해서 털어 내고 있었다. 그러면서도 양명의 눈치를 조심스럽게 살피고 있었다. 일상적인 대답이 오갔지만 윤 마담은 어느 순간 대답에 반문되는 질문을 양명에게 던지고 있었다.

"회장님, 상도 씨 지금 어디에 있는 거예요? 제발 속 시원히 말씀 좀 해 주세요. 제발, 예?"

"상도가 무슨 얘기를 했소?"

잔을 놓기가 무섭게 양명의 눈썹이 치켜 올라가고 있었다. 양명은 살짝 긴장하고 있었던 것이다.

"아니요. 갑자기 떠나신다고 해서요. 제가 요즘 아무것도 할 수가 없네요. 상도 씬 어디에……."

"그럼 그런 거겠지."

"회장님, 제발 부탁합니다. 상도 씨 지금 괜찮은 거지요?"

"상도는 내 부하지만 내 통제를 유일하게 벗어날 수 있는 사람이오."

"솔직히 회장님 말고는 알 수 있는 사람이 없다는 결론에 도달했습니다. 아무리 수소문해 봐도요. 제발 저에게만 진실을 말씀해 주셨으면 해요."

윤 마담은 애절한 목소리로 양명을 쳐다보았지만 그 역시 단호하게 그녀의 대답을 가로막고 있었다.

"난 모르오. 다만 잠시 머리를 식힌다고 여행을 떠났다는 것 밖에는."

"갑자기 여행을 간다는 게 상식적으로…,"

"너무 걱정하지 말아요. 곧 돌아오겠지."

양명의 말은 그녀를 안심시킬 수 없었다. 윤 마담은 고개를 돌리고 안정을 찾아보려 했지만 계속 밀려드는 불안감을 막을 수 없었다.

"제가 독하고 질기도록 이런 생활을 하며 커 왔지만요. 전 모든 것을 지키려고 노력했어요."

윤 마담의 한탄 섞인 말을 양명에게 전했다.

"그리고 전 처음으로 상도 씨에게 제 모든 것을 바치고 싶었고 지금도 그 생각엔 변화가 없어요. 아니 더욱더 단단하게 그가 좋고 그를 사랑합니다."

"알지만 어떡하겠소. 나도 지금 녀석이 어디 있는지 모르는데…."

"만일 상도 씨에게 무슨 일이 생긴다면 그땐…."

윤 마담은 뒷말을 잇지 못했다. 동시에 양명도 자리에서 일어났다.

"윤 마담, 오늘 많이 취하셨구만. 오늘은 일찍 쉬도록 하지. 그리고 뒷말은 안 들은 걸로 하지요. 상도도 내겐 형제 같은 동생이요. 나도 그가 안 되기를 바라지는 않아. 오늘은 특별히 그냥 넘어가는데 다시 한번 그런 말을 들으면 그땐 나에 대한 불신으로 알 거요."

양명은 룸을 빠져나가고 있었다. 윤 마담은 테이블에 머리를 묻고 계속해서 흐느끼고 있었다.

60.

성일 후보의 집. 제천시 변두리에 위치한 전원 주택이었다. 한눈에 보아도 검소한 생활을 하고 있음을 알 수 있었다. 그러나 정원에 비춰진 과실수들은 손질이 잘되어 있었으며 집에서도 그의 기품이 보이는 듯했다.

며칠 동안 성일 후보를 추적했지만 그를 제거할 지점은 딱 한군데밖에 없었다. 집 주변의 T자형의 교차로 부근. 주택가에서 벗어나서 그런지 밤이 되면 사람들의 왕래가 전혀 없을 정도로 삭막했으며 어둡다는 이유가 가장 큰 장점이었다. 하지만 선거 유세에 바쁜 그였기에 집에 들어오는 날이 적다는 것을 상도는 잘 알고 있었다. 그리고 지금은 선거 유세 막판이므로 사정은 더 심해지고 있었다. 그러나 그사이 한번이라도 꼭 온다는 결론을 상도 스스로 내렸다. 불확실한 믿음이 확신으로 변하고 있었다. 지금껏 대책 없던 길목에서 상도는 또다시 새벽을 맞이하고 있었다.

그는 그것만이 유일한 길이라는 것을 스스로 너무나 잘 알고 있었다. 만약에 오늘도 오지 않는다면 사람들이 많지만 선거 사무실로 급습해서 처리하고 재빠르게 빠져나와야 했다. 초조한 새벽 시간 상도의 담배 연기가 차량 속을 가득 메우고 있었다.

61.

"이놈아, 이 애민 더 이상 몸에 칼자국 안 낼 겨."

오전 시간부터 정 여사는 동주와 끝없는 줄다리기를 하고 있었다.

"어머니, 지금 완전히 회복되신 것이 아니에요. 한 번 더 수술을 받으셔야만 된다고요."

동주도 더 이상 물러나질 않았다.

"이놈아, 내가 모를 것 같더냐. 우리 집 형편 뻔히 아는 난데. 어디서 사기를 치고 있더냐 이놈아."

정 여사는 무엇보다도 지금 자신 때문에 모두가 어렵다는 것을 잘 알고 있었다.

"어머니, 그건 걱정하실 게 아니고요. 그냥 편안하게 생각하시고 수술 받으시기만 하면 되는 거예요."

동주는 정 여사를 달래며 최대한 화를 참으며 말을 이었다.

"안 돼, 이놈아. 영숙아, 여여 옷 가지고 와라. 나 집에 갈란다."

한참을 지켜보던 영숙도 더 이상은 참을 수가 없었다.

"엄만 모르고 계세요. 엄말 위해서 상도 오빠가 다 해결한 거라고요. 엄마가 뛰쳐나가시면 상도 오빠가 다신 엄마 얼굴 볼 것 같아요? 엄마 그냥 오빠 말대로 하세요. 제발."

"그래도 난 못혀. 상도 이놈이 뭐간디 나 때문에 고생해야 되는 겨. 암, 안 되지. 그건 사람의 도리가 아닌 겨."

정 여사의 고집도 보통이 한참을 넘어섰다.

"어머니 그럼 제가 어머니 소원 한 가지 들어준다면 제 말 들어주시겠어요?"

갑자기 튀어나온 동주의 말에 정 여사는 쳐다보기만 했다.

"내 소원이 뭔지 네놈이 어떻게 안 다는 겨?"

정 여사는 말도 안 된다는 투로 동주를 보며 비웃었다.

"오빠, 말씀드려. 어서."

영숙도 궁금해져 동주의 대답을 기다리고 있었다.

"어머니, 상도가 남은 아니잖아요. 상도도 기쁜 마음으로 우릴 돕고 있는 거고요."

"왜 남이 아녀. 남이지."

"저도 처음엔 그런 도움이 부담이 됐지만 제가 잘돼서 더 크게 갚으면 된다고 생각해요."

정 여사는 말없이 동주를 쳐다보았다.

"그리고 우리 식구 행복하게 살아야지요. 어머니… 어머니 자식 김동주가 잘난 놈들로 가득한 한국대학교에서 1등을 했다고요. 저희 과에서 제가 1등 한 거라고요. 이대로 조금만 더하면 어머니가 원하시는 박사가 되고 그다음엔 대학 교수가 되고요."

"오빠!"

"동주야, 이놈아!"

영숙과 정 여사는 재차 확인하며 동주를 바라보았고 그는 고개를 끄덕였다.

"이놈아, 이 애민 될 줄 알았다니께. 참말이지. 아이고 이렇게 기쁠 때가 어디 있다냐. 네 아버지가 이 사실을 알아야 되는디. 동주 아버지 동주가 1등 했대유."

정 여사는 눈시울이 붉어졌고 영숙도 동주의 어깨에 얼굴을 묻고 흐느꼈다.

"어머니, 아셨죠. 조금만 참으시면 되는 거예요. 제 말 이젠 들으시는 거죠. 어머니가 건강하셔야 아들 잘되는 모습 볼 수 있는 거라고요."

정 여사는 여러 번 반복해서 고개를 끄덕였다. 그녀는 마음을 안정시켰는지 계속 말을 이었다.

"그러디 삼도 늪은 또 언제 오다냐?"

"며칠 지방 내려갔어요. 어머니 수술 때까지는 꼭 올 거예요."

"아무튼 도깨비 같은 놈이여."

정 여산 더 이상 아무 말없이 자기 자리에 누웠다. 장한 자신의 아들 동주를 바라보지만 그것보다는 친자식 같은 상도가 갑자기 너무 보고 싶어졌다.

'상도 이놈 밥은 잘 먹고 다니는지….'

62.

혜림은 분주한 집안일을 뒤로하고 밖으로 나왔다. 힘없이 처진 그녀의 모습을 보면서 가을이 다가오고 있음을 느낄 수 있었다. 승강장에 여러 명이 서 있는 인도를 지나 하나둘 떨어져가고 있는 낙엽 사이로 혜림은 정처 없이 걷고 있었다. 지하도를 지나서 길모퉁이에 자리 잡고 있는 어느 한 호프집의 지하 계단으로 내려가고 있었다. 통나무를 잘라 만든 내부 구조가 퍽 인상 깊어 보이는 곳이었다.

"여기다. 혜림아."

먼저 와서 자리를 잡고 있는 친구 영채의 모습이 보였다.

"어쩜 결혼한다고 얼굴 한번 안 비추더니 무슨 바람이 불어 연락했니?"

혜림은 주문한 500CC잔에 담긴 생맥주를 남김없이 급하게 다 마셔 버렸다.

영채는 갑작스러운 혜림의 행동에 입을 벌리고 있었다.

"어머 얘 좀 봐. 너 오래간만에 만나서 사람 놀라게 하는 버릇도 있구나.”

영채는 혜림을 바라보며 의아해했다.

"그냥 모든 게 귀찮고 싫어서.”

"그런 대답이 어딨어?”

혜림은 막 놓인 다음 잔도 시원스럽게 넘기고 있었다.

"얘 혜림아. 숨 좀 쉬면서 천천히 마셔. 너 뭣 때문에 그런지 알 수 없지만 기지배 며칠 있으면 황태자비처럼 될 텐데. 좋게 생각하고 교양 좀 지켜라.”

영채는 혜림의 기분을 달랠 겸 화제를 바꾸려 했지만 혜림의 얼굴은 더욱더 어둡게 변해 갔다.

"뭐, 황태자비? 웃기는 소리 하지 마.”

"그냥 그렇게라도 생각해야지.”

"난 팔려 가는 거라고. 심청이처럼….”

영채는 목소리마저 바뀐 혜림을 걱정스럽게 바라봤다.

"혜림아, 너 왜 그래? 무슨 문제 있구나. 그러지 말고 속 시원히 말해 봐. 그렇게 묻지만 말고, 말을 해야 알지?”

달래며 영채는 말을 이었지만 혜림은 못 들은 척 나머지 잔을 또다시 단숨에 비워 버리고 있었다.

"아냐 나쁘기는, 너무 좋아서 그러지. 그냥 젊은 나이에 결혼하려니까 왠지 우울해지고 그런 거 있잖아. 괜한 투정이야. 아저씨 여기 한잔 추가요.”

잔을 들어 흔들어 보이는 혜림의 모습은 옛날에 얌전하고 절도 있었던 꿈 많은 숙녀의 모습은 사라지지 오래된 모습이었다. 그러나 자신의 속마음을 보이는 것은 아버지에 대한 불효라고 생각해서 말하고 싶은 말들을 아주 어렵게 막고 있었다. 자신이 그럴수록 멀리서 힘들어 하시는 아버지의 영상이 보였다. 혜림은 자신의 기분을 바꿔야 된다고 생각했다.

"난 이번 주 일요일 결혼하면 곧장 유럽으로 날아갈 거야. 한 달 동안 돌면서 다 구경하고 올 거다. 너 부럽지. 넌 평생 꿈도 못 꿀 거야. 하지만 걱정 마, 선물 좋은 걸로 사다 줄게."

"그래 좋겠다. 기지배야."

영채는 혜림의 기분을 이해하며 최대한 그녀 마음을 풀어 주고 싶었다. 가식된 웃음으로 혜림은 자신을 숨기려 했지만 그녀의 말 뒤엔 쓸쓸한 미소만이 남아 있었다.

63.

"자기야, 어떻게 된 거야?"

정화는 전화상으로 그녀의 궁금증을 물었다.

"어떻게 되긴 잘 나가고 있어. 네가 말한 대로 큰 걸 건졌어. 며칠만 있어 봐. 기동파 주인이 바뀔 거니까."

"뭐야, 그럼 잡았단 말이네."

"그래 이 백곰이 누구냐? 너는 더욱더 양명 회장을 쪼이면 돼. 요즘 심기가 무척 불편하고 예민할 거야. 갖은 아양을 떨면서 잘 구슬려 보라고."

"자기 말인데 물론 그렇게 하지."

"지금부터가 중요해. 네가 어떻게 하느냐에 따라서 우리 운명이 달린 문제라고."

백곰은 전화 음성으로도 조금은 흥분해하고 있었다.

"지금부턴 하루에 한 번씩 나한테 연락하는 거 잊지 말고. 특히 상도 새끼 소식을 들으면 지체 없이 나한테 연락하는 거 잊지 말고."

"알았어. 걱정 붙들어 매라고요. 서방님… 호호호…."

"정화야, 그동안 고생했던 거 몇 갑절 보답해 줄게. 이 백곰이만 믿으면 되는 거야."

"자기, 이젠 정말로 끝인 거지?"

"내가 왜 너를 그 새끼 첩으로 보냈겠어. 다 지금을 위해서 그런 거야. 개새끼 뒤에서 목을 쳐 버릴 거야."

백곰은 계속해서 다짐을 하고 있었다.

"내 공로 잊으면 안 돼. 내겐 당신밖에 없는 거 알지?"

정화도 몇 번을 확인하듯이 물었다.

"그럼 널 어떻게 잊을 수 있어. 조금만 더 견디라고. 앞으로 찬란한 미래가 우리 두 사람을 비출 거니까. 흐흐흐."

기분 나쁜 백곰의 쉰 목소리가 전화상으로 울려 퍼졌다. 그리고 정화의 침실 쪽에선 아무것도 모르고 오늘도 취해서 크게 뻗어 있는 초라한 양명의 모습이 보이기 시작했다.

64.

 윤 마담은 새벽녘에 다시 한번 문을 열고 밖을 내다보고 있었다. 지금도 그녀의 손길을 기다리는 상도의 모습이 있는 것 같아서였다.
 문을 열고 상도가 없음을 확인하고 긴 한숨 소리와 함께 다시 그녀의 방으로 돌아왔다. 작은 스탠드 불빛이 방을 비췄다. 상도가 선물해 준 반지는 더욱더 빛나고 있었다. 그녀는 그 반지를 얼굴에 대고 있었다. 상도의 체취를 느끼고 싶어서였다. 아무 소식 없는 상도를 원망하며 그 원망을 다시 후회하며 다시 볼 수 있을 거라고 자신에게 주문을 걸었다. 그리고 상도를 다시 만나게 된다면 다시는 놓치지 않으리라고 다짐했다.
 '상도 씨, 제발 돌아와요. 저를 살려 주세요. 당신은 나의 유일한 내 삶의 모든 것이 되었어요. 제발 상도 씨.'
 윤 마담은 꺼져 가는 양초처럼 힘없이 자신의 모습을 한탄하고 있었다.

 동주도 상도를 생각했다. 자신의 기쁨을 가장 먼저 알리고 싶었던 친구인 상도를 생각했다. 마음을 진정시키려 해도 오늘 밤은 유난히 불길한 마음이 동주에게 생기고 있었다. 2주만 내려갔다 온다고 했던 상도였다. 아직도 2주는 가지 않고 있지만 아무 연락도 없는 상도를 그도 매정한 자식이라고 조금 원망하고 있었다. 오늘 밤은 모두가 상도를 그리워하고 있는 새벽이었다.
 '상도야 조금만 참자. 우리가 이상의 날개를 펴고 날아오를 때까지만. 나는 너에게 자유롭게 날수 있는 날개를 꼭 달아 줄 거야. 편안한

밤 되기를 기원한다. 잘 자라.'

동주는 안정을 찾으려 노력하고 있었다. 모두에게 고독하고 안정을 찾아야 하는 밤에서 새벽으로 달리고 있는 때였다. 그리고 오늘 밤은 유난히 길게 느껴지고 있었다. 서서히 밤비가 전국에 흘러내리기 시작했다. 한 방울로 시작된 비는 시원한 소리와 함께 깨끗이 어둠을 닦아 내리고 있었다.

65.

7일 동안의 뒷조사와 6일 동안의 잠복으로 상도는 지칠 대로 지쳐 있었고 고단함을 심하게 느끼고 있었다. 속은 비워져 속이 쓰렸으며 담배꽁초만 발아래 수북하게 쌓이고 있었다. 그리고 선거는 막바지를 향해 치닫고 있었으며 자동차 밖에는 비가 감싸고 있었다. 가을을 알리는 비인 것 같았다.

오늘 새벽도 틀린 것 같은 예감을 했다. 상도는 성일 후보의 약력이 나와 있는 선거용 선전물을 어둠 속에서 펼쳐 봤다. 짧은 머리에 시원한 얼굴이 볼수록 매력을 느끼는 사내였다. 그냥 오늘이 아닌 것을 어쩌면 다행스럽다고 잠깐 느꼈던 상도였다.

성일 후보. 한국대 정치외교학과를 졸업으로 시작된 그의 약력은 어려움을 발판 삼아 일어선 새 일꾼으로 끝을 맺었다. 현재 제천일보 사장인 그는 참다운 언론인으로 많은 찬사가 붙어 있었다. 그리고 자녀들과 정답게 웃고 있는 사진들. 상도는 아까운 사람의 등을 쳐야 한다는 생각에 조금은 자신의 삶을 원망하고 있었다. 하지만 그래야 모두가 살 수 있었다. 한번 맡은 일은 끝을 보고 마는 그였기에 차가운 승용차 안에서 지금도 성일 후보를 기다렸다. 그렇게 살아야 하는 자신의 삶을 원망해 보고도 있지만 그러기엔 이미 너무 깊은 수렁에 빠져서 되돌아갈 수도 없었다. 빗방울이 전보다 더 굵게 변하고 있었다. 시간은 깊은 새벽녘으로 흘러갔다. 빗물만이 깨어 있는 이 고요한 시간은 상도의 모든 심신을 지치게 했다. 그리고 상도도 거의 지쳐 살짝 꿈속으로 빠져들 때쯤 두 개의 라이트 빛줄기가 비몽사몽인 그의 눈에 선명하게 들어왔다. 바로 상도의 눈빛이 빛나고 있었다. 여러 번 살피고 조사했던 성일 후보가 타고 선거 유세를 했던 그 차였다. 상도는 긴장했다. 단 한 번의 기회가 마지막이라는 것을 그는 잘 알고 있었다.

'하나, 둘, 셋.'

상도는 속으로 숫자를 셌다. 그와 동시에 가까이 다가오는 성일을 태운 자동차 앞을 빠른 속도로 가로막았다. 갑자기 발생한 일에 성일을 태운 차는 급하게 핸들을 돌렸고 그 이유로 해서 사람이 없는 인도로 돌진한 차량은 충격으로 연기를 내고 있었다. 상도는 가죽 장갑을 손에 착용하고 손에는 쇠 파이프가 들려져 있었다. 재빠르게 차에서 내렸다. 그리고 자신의 손에 달린 쇠 파이프로 성일 후보가 탑승한 뒷좌석 유리를 세차게 내려쳤다. 유리는 갈라졌으며 다시 한번 강한 충격으로 산산조각이 났다.

정신을 잃은 운전자는 핸들에 머리를 박고 있었으며 성일은 정신이 있는 듯했다.

"당신 누… 구요. 왜… 왜 이러는… 거요."

상도는 성일 후보의 눈을 보았다. 겁에 질려 있었지만 기품은 잃고 있지 않은 사내의 모습이었다. 상도는 그의 눈을 피하고 싶었다.

"무엇을 원하는 거요."

상도는 뒷좌석 도어를 열었다.

"죄송합니다. 나를 용서치 마시고 이 시대를 원망하십시오. 그리고 언제가 죽어서 만날 수 있다면 평생 당신을 위해서 모든 걸 바치겠습니다. 이 시대가 당신에게 적을 두었습니다."

-쒸이익… 컥… 퍽… 으아악…….-

피맺힌 음성이 새벽을 깨웠지만 아무도 모르고 있었다. 이 새벽에 빗줄기 소리로 모든 것이 묻히고 있었다. 상도는 고개를 돌려 재빠르게 자신의 자동차 속으로 뛰어 들어왔다. 지금은 모든 것을 쓸어버릴 정도로 세차게 비가 쏟아붓고 있었다. 하지만 정신을 가다듬고 있던 상도는 최고 속력으로 제천을 빠져나가고 있던 것이었다.

서울까진 세 시간의 거리. 상도는 조금도 지체할 수 없었다. 조금이라도 빨리 이곳을 벗어나고만 싶었다. 고속 도로를 탄 상도의 차는 거침없이 서울 방향으로 최고의 시속을 내며 조금의 멈춤도 없었다.

서울 앞으로 50km가 보였을 때 상도는 핸들을 놓고 가까운 휴게소에 차를 정지시켰다. 날이 조금씩 밝아오면서 고속 도로에는 차량 행렬이 늘어나고 있었다. 무엇을 얻으려는지 많은 줄다리기 같은 자동차의 행렬이 앞과 뒤쪽으로 흘러들어 서고 있었다. 또 많은 자동차가 휴게소 주차장에 들어오고 다시 나가고 끝없는 반복의 연속이었다. 상도는 자판기 속에 동전을 집어넣고 곧이어 나온 캔 커피를 열어 신경질적으로 털어 넣고 있었다. 쌓였던 피로가 조금은 가시고 있었다. 마지막 남은 많이 비틀어져 있는 담배를 꺼내 물었다.

그의 영혼 같은 연기가 차츰 뿜어져 그의 곁에서 잠시 머물다 지나갔다. 그리고 담배의 크기가 줄어들었다. 어느덧 마지막 한 모금의 담배를 끝으로 짧은 담배 필터는 폐품 처리되어 갔다. 자신의 모습처럼 자신의 목숨처럼….

너무 황폐화되고 폐품처럼 그렇게 상도의 몇 시간이 훨씬 빠르게 흘러가고 있었다. 상도는 간이 공중전화 박스 속으로 들어갔다. 신호음 소리가 여러 번 이어졌고 그가 원하는 사람은 아닌 듯했다.

"여보세요?"

잠이 덜 깬 정화의 목소리가 들렸다.

"나 상도요. 형님 좀 바꿔 주시지요."

정화는 빠르게 양명에게 수화기를 넘겼으며 금방 양명의 목소리로 변해 있었다.

"그래, 나다."

십여 일 만에 연락한 양명의 첫 대답이었다.

"처리했습니다. 방금 전에요."

"지금…… 어디냐?"

양명은 짐작은 했었지만 확실한 상도의 대답을 들어야 했다.

"곧 서울에 도착할 겁니다. 형님, 제가 부탁한 거 준비나 해 주시지요."

"그래 알았다."

상도는 더 이상 수화기를 들고 있지 않았다. 양명은 상도를 부르고 있었으나 딱딱한 신호음만이 그의 귀를 때렸고 그는 그동안 많이 힘이 들었고 지쳐 있었다. 그리고 자신의 모습처럼 다른 차들에 비해서 더 많은 얼룩이 휩싸여진 자신의 차로 돌아왔다.

상도는 처음보다 더 세차게 자동차의 가속 페달을 밟기 시작했다.

서울 톨게이트에 지날 무렵 상도는 혹시나 하는 생각에 라디오 주파수를 잡았다. 주파수를 맞추면서도 이번 일은 그냥 아무 일도 없던 것처럼 되돌려졌으면 하고 생각했지만 곧이어 로봇 같은 라디오 속 아나운서의 목소리는 상도의 귀에서 맴돌고 있었다.

"긴급 속보를 알려 드리겠습니다. 제천시 국회 의원 후보로 당선이 유력시되던 성일 후보가 새벽 귀가 도중 신원을 알 수 없는 괴한의 피습을 받아 현재 병원에 이송되었으나 중태인 상황입니다. 제천시에 모든 경찰력은 검문 검색을 강화하는 한편 제천시의 국회 의원 나머지 후보들은 앞으로 더욱 치열한 각축이 될 것으로 예상됩니다. 그리고 일부에선 여당의 음모가 아니냐는 주장도 있지만 앞으로 수사를 해 봐야 정확한 진상을 알 수 있을 것으로 보입니다. 다시 한번 말씀드리겠습니다."

상도는 라디오를 죽였다. 그리고 제천역에서 구입했던 요즘 한창 잘 나간다는 최신 가요 테이프를 찔러 넣었다. 알 수 없는 말과 같은 노래가 어지럽게 흘러나오고 있었다.

66.

양명은 분주하게 외출복으로 갈아입고 전화기 앞에 앉아 있었다. 상도와 둘이 사용하는 전화는 꼭 이 번호밖에는 없었기 때문이었다. 상두는 처음부터 7가 먼저 연락을 취할 거라고 했으며 양명에게까지도 자신의 거취 문제를 비밀로 더 이상 알리지 않았다. 그리고 정화는 전혀 신경을 안 쓰는 듯했지만 양명의 눈치를 날카롭게 감시하고 있었다.

"형님, 서울 도착했습니다."

한 시간이 훨씬 지나서야 상도의 음성을 들을 수 있었다.

"그… 래 지금 어디냐?"

양명에게는 상도가 있는 장소가 가장 중요했다. 안전하게 그를 잠적시켜야 했기 때문이었다.

"형님, 전 형님을 믿고 싶습니다. 하지만 만약이란 것을 배제할 수 없습니다."

상도는 더욱더 신중을 가하고 있었다.

"상도야, 이 형을 못 믿겠다는 거냐?"

양명은 그런 상도가 너무 서운했다.

"오해 마십시오. 저는 언제나 생길 수 있는 돌발 변수에 대비하자는 겁니다."

양명은 어쩔 수 없다는 것을 느꼈다. 그렇게 만든 것이 곧 자신에게로부터 시작되었다는 것을 알고 있었다.

"그래, 어디서 보겠니?"

양명도 빠르게 안정을 찾아갔다.

"서울 대공원 입구 좌측 세 번째 벤치, 오후 2시에 있겠습니다."

"알았다. 그렇게 하지."

"형님, 죄송합니다. 하지만 끝까지 믿고 싶어서입니다."

상도는 조금의 경계도 늦추지 않고 있었다.

"알았다. 그 점도 걱정 말고."

양명이 먼저 수화기를 내려놓았다. 십 년을 같이 생활해 온 상도의 태도에 양명은 마음이 저려 왔다. 그렇지만 그럴 수밖에 없는 상도를 그는 이해할 수 있었다.

'그래 잘 참아 왔다. 상도야. 이젠 편안히 널 놓아주마. 아주 자유롭게 말이다.'

벌써부터 전국 매스컴에선 톱기사로 성일 후보의 피습을 청부 폭력으로 예상하고 계속 그것에 포커스를 맞춰 방송들이 쏟아져 나오고 있었다.

많은 시민들의 슬퍼하는 모습도 보이고 있었으며 아직도 윤곽을 잡지 못하고 있는 경찰력에 대해서 비방들이 즐비하게 터져 나오고 있었다.

하지만 지금도 제천시는 선거 유세로 바쁘게 활동 중인 후보들의 더 열띤 모습으로 지지를 호소하고 있었다.

토요일을 맞이한 대공원에는 어린이의 손을 잡고 온 가족들의 모습이 많이 보였으며 젊은 여인들의 모습도 그곳에 모인 사람들 모두 평화롭게 휴식을 즐기고 있었다. 상도만이 이방인처럼 주위를 경계하며 살피고 있었다. 하늘을 수놓고 있는 여러 색깔의 풍선들을 상도는 잠시 넋을 잃고 바라보고 있었다.

'그래 풍선처럼 자유롭게 날아가자. 아무것도 바랄 것이 없는 곳으로. 내 스스로의 안식처로 찾아가리라.'

상도는 입장권을 들이밀고 약속 장소보다 조금 떨어진 곳에서 만나기로 한 장소를 주시하고 있었다. 그리고 그곳을 지나는 사람들의 모습을 빠지지 않고 관찰하고 있었다. 수상한 점이 없는 것으로 판단이 서자 상도는 자리에 앉았다. 그로부터 10분 후 정확한 약속 장소 시간에 양명이 백색 정장 차림으로 벤치로 다가서는 것을 상도는 발견했다. 상도는 끝으로 양명을 살피고는 먼저 일어나 그를 맞이했다. 양명은 상도와 조금 떨어진 자리에 비껴 앉았다.

"고생이 많았다. 상도야."

다리를 꼬고 얼굴은 상도에게 돌리지 않았지만 양명은 따뜻하게 말을 했다.

"오랜 세월 같이 수많은 난관을 돌파해 왔는데 예상은 했지만 네가 나를 경계하는 것이 조금은 거북스럽구나."

상도도 자신이 심했다고 생각했지만 절대로 얼굴에선 나타나질 않았다.

"그래, 내가 한편에선 원망스럽기도 하겠지. 하지만 넌 다시 돌아오면 되는 거야. 확실하게 바람 좀 푹 쐬고 돌아오면 되는 거라고. 휴가라고 생각했으면 한다."

"알겠습니다."

"그리고 이것은 네가 부탁했던 거다."

양명은 누런색 봉투를 상도에게 건넸다.

상도는 마지막 양명에 대한 예의로 깍듯하게 봉투를 받아 들고 있었다.

"고맙습니다. 형님, 하지만 다시는 형님을 찾지 않을 겁니다. 그동안 감사했습니다."

상도는 자리에서 일어나 마지막 인사를 드리고 있었다.

"네 생각이 그렇다면. 그런 게 편하다면 그렇게 해야지. 나도 더 이상 네가 나를 찾아오지 않으면 찾지 않으마. 그리고 내일 밤 9시까지 부산 B항구 쪽으로 가서 꼬마를 찾아. 그리고 백가의 소개로 왔다고 해라. 널 무사히 일본으로 데리고 가 줄 거야."

"알겠습니다."

"일본에 도착하면 이미 다 준비해 놓았다. 네가 살 집과 새로운 네 신분까지도 말이다."

"알겠습니다."

상도는 어떠한 반문도 하지 않고 사무적인 대답만 하고 있었다.
"이건 끝으로 형님으로서 마지막 당부이기도 해. 어디에 있든 잘할 너지만 진짜로 위기를 느끼고 위험해진다면 바로 내게 연락해라. 어떻게 해서든 널 도울 거야."
"꼭 그렇게 하겠습니다. 형님. 하지만 형님을 어떠한 사유로도 곤란하게 만들지 않도록 저도 최선을 다하겠습니다."
상도가 양명의 곁에 다가서며 두 사내는 양손을 꼭 잡았다.
"형님, 건강하셔야 합니다. 원하는 일 꼭 이루시고요."
그리고 상도는 몸을 재빠르게 돌렸다 양명도 반대로 몸을 이끌고 사라졌다. 점점 더 두 사람은 멀어져 가고 있었다. 그동안의 모든 일들은 한낱 기억으로 떠돌고 있는 작은 먼지처럼 사방으로 흩어지고 있었다.

상도는 가장 가까운 여관방을 잡았다. 그냥 눈이 감겨 왔다. 아무것도 생각하기 싫었다. 지금 원하는 것이 있다면 가장 편안한 휴식이었다.
눈이 무거워졌다. 점점 기억이 없어졌다. 상도는 끝없는 머릿속의 세계로 빠져들고 있었다. 현실은 없어진 꿈의 세계로….
'나는 지금 죽어 있는 거다. 영원히 안 일어날 거야. 이대로 멈춰 버리는 거야.'

67.

진호는 의료진과 함께 회진을 돌고 있었다. 환자의 상태를 점검하고 또 이상 유무를 확인하는 지금이 그에게는 오늘 일과의 시작이었다. 진호는 내일 수술 일정이 잡힌 정 여사의 병실 쪽으로 들어갔다. 언제나 그녀 앞에 수발을 들고 있는 동주와 영숙을 진심으로 그들을 도와주고 싶었고 대견해 보였다.
"정 여사님, 날씨가 참 좋죠."
의사는 언제나 환자들의 마음을 풀어 줘야 할 의무를 가지고 있었다.
"정 여사님, 오늘 편안한 마음으로 보내시고요. 내일 잠깐 지내고 나면 곧 집으로 갈 수 있으니 조금만 잘 견디세요."
"그거 참말이지유."
정 여사는 퇴원한다는 말에 귀가 번쩍 뜨였다.
"그럼요. 내일이 수술 날이니 고생 다하신 겁니다."
"감사혀유."
"절대로 무리하시지 마시고요. 푹 쉬세요. 그럼 내일 뵙겠습니다."
"알겠구먼유."
진호는 정 여사를 안심시키고 그녀 곁에 서 있는 영숙을 바라보며 아무 걱정 말라며 위안을 주고 병실을 빠져 나갔다. 초가을의 날씨는 이 세상 어느 것보다 크고 아름답게 대지를 비추고 있었다.

68.

금한은 딸의 결혼을 하루 앞둔 토요일에도 일찍 집으로 들어갈 수가 없었다. 혜림이만 보면 모든 것이 서럽고 자신의 잘못이 느껴져서 어쩔 수 없었다. 평생 딸 가슴에 못을 박는 것이 바로 자신이었기 때문에 가슴이 너무 무거웠다. 하지만 오늘은 딸과의 마지막 밤이었다. 스물셋의 인생을 고이 키워 온…….

내일이 딸 결혼식임에도 불구하고 집 안은 너무도 조용하다 못해 삭막했다. 집안의 큰 행사 때에는 시끌벅적할 것을 기대도 하지 않았지만 오늘은 왠지 더 서글프고 우울하게 느껴졌다. 현관문을 열고 들어서자 동생 미자의 모습이 보였다. 그녀는 금한을 기다리고 있어서인지 오빠를 보자 매우 못마땅하게 바라봤다.

"아니 오빠도 참. 혜림이도 내일이면 우리 집안사람이 아닌데. 밥이라도 식구끼리 정답게 하자는 건데요."

미자는 짜증스럽게 금한을 탓했지만 그는 그녀를 외면하려 했다.

"그런데 술 드시고 들어오시면 어떡해요. 오빠. 이젠 나이를 생각하셔야지요. 나이를."

"미안하다."

"오빠, 이제 다 끝난 일이라고요. 주위에선 축복받는 결혼이라며 부러워하는데 왜 이 집 사람들만 죽을상을 쓰는지 원."

그녀는 그 자신이 생각해도 답답하게 느껴졌다.

"알았다. 그래 그만하고, 혜림이는 지금 어디 있니?"

금한은 혜림이를 빨리 가서 보고 싶었다.

"그것 봐. 고생하는 동생은 꼭 식모로만 생각하신다니까."

미자는 말꼬리를 올려 비비 꼬며 말을 건넸다.

"알았다. 알았어."

금한은 지루한 말싸움을 끝내고 싶었다.

"내일 결혼식 때문에 일찍 올라가 쉬게 했어요."

미자도 더 이상은 안 되겠다며 물러났다. 금한은 옷도 벗지 않은 채 혜림의 방으로 올라갔다. 오늘따라 유난히 한 발 떼는 것을 무척 힘에 겨워하고 있었다.

"들어가도 되겠니?"

금한은 노크를 하고 혜림의 대답을 기다렸으나 그녀의 대답은 없었다. 하지만 금한은 느낄 수 있었다. 혜림은 지금 잠도 자지 못하고 모든 것이 뒤죽박죽 정신을 차리지 못하고 있다는 것을. 금한은 판단이 섰는지 문을 열고 그녀의 방으로 들어갔다. 그의 생각과 같이 혜림은 책상의 스탠드 불만 켜 놓은 채 묵묵히 앉아 있는 것이었다. 금한은 무거운 몸을 혜림의 주위에 어렵게 고정시키고 있었다. 오래간만에 두 사람은 자리를 갖고 있었으나 어느 한쪽이 무슨 말이라도 꺼내야 했으며 옛날에 즐거워하던 그때는 기억 저편 속에서 남아 있질 않고 있었다.

"이 애비가… 그렇게… 원망스럽니?"

금한은 어렵사리 말문을 열고 있었다.

혜림은 아직도 말없이 창가 쪽으로 몸을 돌리고 있었다.

"혜림아, 이젠 정해진 일이다. 이 애빌 원망해도 난 너의 어쩔 수 없는 애비고."

혜림은 그냥 고개만 끄덕였다.

"기호 그 사람이 이젠 너의 평생 동반자라고 생각하고 좋게 생각해 줄 수 없겠니?"

 금한은 자신이 이렇게 말하면서도 왠지 그런 말을 하고 있는 자신이 초라해 보였다.

 "알아요. 이젠 후회 같은 거 저도 안 할 거예요."

 혜림도 모든 심경을 정리했는지 말하던 금한보다도 안정돼 보였다.

 "걱정 마세요. 전 아버지의 딸이니까 잘 살 거예요. 아버지 빨리 자야겠어요. 잠 못 자서 눈 부으면 어떡해요."

 혜림도 금한을 보면 가슴이 더 무거워져서 빨리 불편한 자리를 마무리하고 싶었다.

 "알았다. 좋은 꿈꾸거라."

 금한은 전보다 더 힘없는 걸음으로 문을 열고 나왔다. 오십 평생 가장 자신보다 아끼던 딸을 잃는 것이었다. 하지만 그에겐 그것을 되찾을 능력을 완전히 상실한 후였다.

 '너에게만은 네가 원하는 사람으로 꼭 짝을 맺어 주려고 했었는데….'

 금한은 한탄 섞인 감정을 억누르며 그의 방으로 돌아왔다. 혜림은 다시 얼굴을 묻고 있었다. 자신이 지금껏 생각했던 서러움이 다시 살아나고 있었다. 하지만 혼자 자신을 키워 주셨던 아버지의 선택을 바꾸기에는 모든 것이 완벽하게 조그만 틈도 이미 사라져 버렸다. 그리고 지금껏 방황했던 모든 것이 아버지에게 죄를 짓는 것처럼 느껴지고 있었다.

 '아버지 잘 살게요. 아버지 꼭 건강하셔서 오래오래 사셔야 해요.'

 내일이면 정 여사도 다시 수술실로 들어간다. 동주와 영숙인 정 여사 옆에서 조금도 떨어지지 않은 채 그녀를 보호하고 있었다. 한편으론 수술에 대한 불안감으로 동주는 가슴이 무거웠다. 영숙이 또한 그럴 것이다.

"동주야, 상도 놈한테는 아직 연락 없더냐?"

물을 먹던 그녀가 갑자기 생각이 났는지 동주를 바라보고 있었다.

"곧 오겠죠. 지금 하는 일이 바쁜가 봐요."

"그려도 고맙다고 꼭 하고 수술받으려고 했는디. 사람 도리가 그게 아닌디."

정 여산 동주의 권유로 눈을 감았다. 동주도 그의 간이침대에 몸을 기댔고 영숙도 나머지 침대에 몸을 눕혔다. 그날 밤은 모두에게 어렵고 무거운 날이었다. 동주, 혜림 그리고 상도 모두에게…….

69.

아침부터 서울 시경 형사 기동대에는 많은 사람들이 분주하게 움직이고 있었다. 어젯밤을 꼬박 세운 탓이었는지 모두가 먼지 가득한 인형처럼 무표정하게 움직이고 있었다. 서울 시경 형사 기동대 강력계 특수 3부. 이 나라를 짊어진 가장 뛰어난 형사들이 근무하는 곳이었다. 형사계 최고의 프로들만이 이곳에서 근무할 수 있었다. 그런 이곳에서 아침부터 서둘러 짐을 챙기고 있는 사람이 있었다. 유지원 형사. 경찰 생활 15년째로 경력이 말해 주듯 범죄 수사의 베테랑으로 정평이나 있는 인물이었다. 한번 맡은 사건은 꼭 결말을 보고 마는 그의 집념으로 많은 수상 경력도 있었으나 과격하고 급하다는 것이 많은 마이너스로 작용하는 형사이기도 했다. 하지만 불의에 타협을 모르고 최선을 다하는 승부 근성으로 언제나 가벼운 징계로만 그쳤다. 어떻게 시작된 별명인지 알 수 없으나 그의 이름보다도 타이어 줄로 더욱 많은 사람들이 알고 있었다. 그만큼 질기고 지원은 끈질겼다.

지원은 빠르게 필요한 서류들을 몇 가지 골라서 조그만 여행용 가방에 밀어 넣었다. 타이프 소리가 다시 들리고 활기차게 시작되는 아침. 유 형사는 제천시로 보강 수사 요원으로 발탁되어 파견되는 중이었다. 물론 자신이 지원을 했고 부인과 심하게 다투기도 했지만 유 형사는 한번 자신이 희망하는 수사는 꼭 하고 마는 그였기에 상부에서 이미 결재가 끝났다.

"유 형사님 벌써 떠나시게요?"

지원과 함께 행동했던 이 형사가 섭섭했는지 그의 곁으로 다가왔다.

"그럼. 지금 출발해야지. 점심때쯤 도착할 수가 있다고."

"참 그렇게 충성해 봤자 뭐가 남아요. 맨날 당하기만 하시고선."

이 형사가 지원을 가장 못마땅하게 생각하는 점이었다. 언제나 앞장서서 큰 걸 캐고 나면 윗사람들에게로 공로는 넘어가고. 지원은 그런 소리를 들을 때마다 웃기만 했다.

"자네도 조금만 더 생활해 보면 알게 되겠지."

지원은 이유 없는 말싸움이 계속될 때마다 이렇게 넘기곤 했다.

지원은 간이용 여행 가방을 어깨에 걸쳤다. 모든 준비가 끝났는지 이 형사에게 악수를 청했다. 이 형사는 공손히 두 손으로 지원을 배웅했다.

"잘하고 있어. 금방 해결하고 올라올 테니…."

"잘 다녀오십시오."

"아참. 내가 생각해 낸 건데 이번 사건은 냄새가 나도 너무 나고 있어."

"언젠 선배님이 냄새 안 난다고 한 적이 있었어요?"

"분명히 모종의 배후자가 있을 거야. 시간이 없군. 나 출장 갔다 옴세."

지원은 오른손을 다시 한번 흔들어 주고는 사무실을 빠져나가고 있었다. 이 형사도 자신의 업무를 하기 위해 책상으로 돌아오고 있을 때였다.

조용했던 사무실의 3번 전화가 미친 듯이 울리고 있었다.

"예, 특수 3부 이철민 형사입니다. 무엇을 도와드릴까요?"

"저…… 저….."

전화를 건 사람은 좀처럼 입을 열지 않았다.

"예, 괜찮습니다. 말씀하세요."

모든 사람이 어렵게 생각하는 것이 강력부이기에 전화받는 형사들은 모두가 편안하게 상대방의 목소리를 유도해 내는 것이 가장 중요한 업무이기도 했다. 잠시 시간이 흐르고 있었다. 전화를 건 사내는 드디어 결심을 했는지 서서히 말을 하기 시작했다.

"전, 제천시 국회 의원 후보자 폭력 피습 사건을 알고 있는 사람입니다."

"예… 뭐라고요?"

이 형사는 순간 유 형사를 생각했다. 한 손으로 수화기를 막고 있던 그는 주위를 빠르게 살피고 있었다.

"이봐, 주차장 빨리 가서 유 형사님 찾아와, 어서!"

이 형사의 큰 목소리에 청소하러 들어온 의경이 청소 도구를 내려놓고 뛰어 내려가고 있었다.

"예, 죄송합니다. 계속 말씀해 보세요. 좀 정확하게 부탁합니다."

"사건의 주범은……."

"예, 어서요."

이번에는 이 형사가 급했는지 보채기 시작했다.

"아실 겁니다. 폭력 조직 기동파 두목 김양명 그리고 몇 달 전 출감한 기동파 행동 대장 한상도. 그 두 사람들 짓입니다. 그리고 모종의 배후가 있겠지요?"

"틀림없습니까? 사실이냐고요."

이 형사는 갑작스런 제보에 말을 몇 번씩 되묻고 있었다. 그리고 유 형사도 사무실 안쪽으로 들어오고 있는 중이었다. 이 형사는 손짓으로 유 형사에게 빠르게 터졌다는 신호와 함께 잠깐 기다리라는 지시를 동시에 보내고 있었다.

"그런데 왜 이 사람들이 성일 후보를 제거하려 한 겁니까?"

"그건 조사해 보면 다 나올 거요. 그리고 필요한 증거물은 다른 방법으로 보내 드리지요."

"그건 고맙고, 실례지만 성함이 어떻게 되고 누구신지?"

"그건 말할 수 없습니다. 그걸 말하는 순간 내 신변은 결코 보호받지 못하게 됩니다. 그냥 정의를 사랑하는 한 시민이라고만 알고 계시지요."

"그래도 좀 더 잠시만…."

"내일 이 두 사람 육성으로 녹음된 테이프 보내 드리지요."

-철… 컥-

전화는 끊어졌다. 이 형사는 몇 번을 다시 불러 보았지만 신호음만이 차갑게 울리고 있었다.

"뭐야, 무슨 일인데 나를 다시 돌려세운 건데?"

"유 형사님, 제천 내려가실 필요 없게 되었습니다."

"갑자기 무슨 소리 하는 거야?"

유 형사는 이 형사가 장난치는 것으로 오해하고 있었다. 기분이 갑자기 차갑게 변하고 있었다.

"유 형사님, 지금 이 전화가 제천시 사건 용의자를 제보하는 전화였습니다."

"뭐…… 야."

유 형사는 귀가 번쩍 뛰었는지 이 형사를 몰아세웠다.

"빨리 말해 봐, 어서."

"선배님도 잘 아실 겁니다. 기동파 두목 김양명과 얼마 전 출감한 한상도 짓이랍니다."

지원의 몸은 벌써 사무실을 다시 떠나고 있었다.

"뭐해 빨리 준비하지 않고."

"알았어요."

숨넘어갈 듯한 지원의 목소리가 이어졌고 이 형사도 그의 뒤를 바쁘게 따르고 있었다.

전화를 끊었던 백곰은 여유 있는 모습으로 씩 웃었다. 그의 앞에는 양명의 정부였던 정화의 모습이 보였다. 그녀는 관능적인 자태를 보이며 백곰을 바라보고 있었다.

"이제 제대로 걸려든 거야. 나를 우롱했던 놈들의 시대는 막을 내린 거라고. 평생 빵에서 썩겠지. 흐흐흑."

백곰은 흥분되는지 몸을 떨고 있었다.

"백가 놈 하고 상도 새끼. 이젠 진짜 종 친 거라고."

백곰은 탁자 위에 두 사람의 사진을 손으로 짓이기고 있었다. 백곰의 기분 나쁜 음성이 작은 방에 울려 퍼졌다. 어제까지만 해도 그 방의 주인은 분명 양명이었다.

"자기, 내 공 잊으면 안 돼. 이젠 마음 편히 우리 사이 다른 사람들 의식 안 해도 되는 거지? 호호호."

"물론. 난 이제 새롭게 태어나는 거고, 넌 정식으로 내 호적에 올라가게 된 거야. 어때 기쁘지 않아? 늙은 놈 이제 눈치 안 봐도 되는 거야. 흐흐흐."

"자기야 나도 기뻐."

"하지만 마지막 한 방이 아직 남았잖아. 백가 놈 추종하는 새끼들과 내게 반대하는 놈들까지 싸그리 쓸어버리는 일이 남아 있어. 조금만 고생하면 돼."

"가급적 빨리 처리하는 것이 좋겠어."

"염려 붙들어 매라고. 우리의 영원한 제국을 위하여 건배할까?"

"좋은 생각."

두 사람은 최고급 와인으로 목을 축였다. 모두가 준비되어진 것처럼 다시 침대 위로 포개졌다. 점점 더 깊은 쾌락의 늪 속으로 두 사람은 빠져들고 있었다.

70.

삭막한 방 안에서 싸구려 도배지의 냄새를 맡으며 아주 죽었다가 다시 아침을 맞고 있는 상도의 눈가에는 생기가 흐르고 있었지만 아직 불안감으로 인하여 표정은 어두웠다. 아침 10시가 훨씬 넘은 시간이었다. 상도는 거의 하루 동안 잠을 청했던 것이었다. 지금 이 순간 점점 밀고 들어오는 추적의 발자국을 생각하지도 상상하지도 못하고 있었다. 상도는 너무 늦게 일어난 것을 걱정하고 있었다. 조금의 틈도 없이 재빠르게 세면을 끝마치고 병원으로 향했다. 오늘이 바로 정 여사의 수술 날이라는 것을 상도도 계속해서 머릿속에서 상기시켰으며 바쁘게 그곳으로 움직이고 있었다.

일요일이라 그런지 도로는 다른 때보다 한산했으며 차는 잘 빠지고 있었다. 병원 앞에 도착한 상도는 빠른 걸음으로 사람들 사이를 비집고 들어오고 있었다. 병원 측에서도 일요일은 수술 일정으로 잘 잡지 않는 것이 관례였지만 주치의는 정 여사의 몸 상태가 최상인 오늘 수술 일정을 잡았던 것이었다. 그동안 동주를 달래기도 싸우기도 했지만 그것도 오늘이 지나면 마지막이라고 생각한 상도는 알 수 없는 허전함을 느꼈다.

수술 시간을 잘 몰랐던 상도였으므로 병실로 향했지만 그곳이 깨끗이 정돈되어 있었고 물론 정 여사와 동주의 모습은 보이지 않았다. 시간을 체크하지 못한 자신이 원망스러웠다. 꼭 잘될 거라고 어머니 걱정하지 말라고 하고 싶었던 그였다. 한 손에 들고 있던 카네이션을 하얀 시트 위에 올려놓고 다시 수술실 쪽으로 향했다. 수술실 옆 간이 탁자에서 초조하게 기다리고 있는 동주와 영숙의 모습이 상도의 눈에 들어왔다.

알 수 없는 이슬이 상도 눈에서 머물고 있었지만 약한 모습을 절대 보이지 않는 그였기에, 너무 빨리 동주와 가까워지고 있는 것이 그는 혹시 자신의 치부를 드러내는 것 같아 잠시 주춤하고 있었다.

'그래 조용히 아무 일 없는 것처럼 떠나면 되는 거야.'

"야, 인마. 김동주."

상도는 어울리지도 않는 웃음을 보내 가며 두 남매를 바라보았다.

"넌 대체 어떻게 된 놈이냐?"

동주는 매정하고 소식도 너무 궁금했던 상도에게 조금 짜증 섞인 말을 했으며, 영숙의 시선도 상도를 향했다. 동주는 애써 태연한 척하려고 했지만 마음을 잡지 못하고 있는 것을 상도는 느낄 수 있었다.

"상도 오빠 뻔뻔한 건 알아줘야 돼."

영숙도 상도가 조금 원망스러웠던 것이었다.

"영숙이는 며칠 사이에 더 예쁜 처녀가 되셨네."

상황에 맞지 않은 상도의 엉뚱한 소리에 세 사람은 잠시 상황을 잊은 채 웃고 있었다.

상도와 동주는 다시 두 사람만 있는 벤치에 앉아 있었다.

"동주야 미안하다. 이 형님이 원체 일을 깔끔히 처리하니까 날 붙잡고 놔줘야 말이지."

상도는 변명 같지 않은 변명을 두서없이 늘어놓고 있었다.

"그래, 일은 잘된 거야?"

동주는 상도의 일이 궁금했는지 그것부터 묻고 있었다.

"모든 것이 완벽한데 시간이 있어야지. 지금도 잠깐 짬을 내서 온 거다."

"그랬구나."

동주는 그저 상도를 보자 편하게 안심되었다.

"그래, 어머님은 언제쯤 끝날 것 같니?"

"으응 나도 그게 제일 궁금한데 모르겠다. 하지만 편안하게 생각하라고 선생님이 그러시니까 곧 잘 끝날 거야."

"잘 됐다. 이젠 편하게 쉬고 좀 그래라. 아 맞다, 이거 받아 둬라."

상도는 허리춤에 찔러 놓았던 조금 큰 봉투를 동주에게 건넸다.
"이게 뭐냐?"
갑작스러운 상도의 봉투에 동주가 살짝 당황해하고 있었다.
"이 형님이 힘 좀 썼다."
"그게 무슨 소리냐?"
"아무것도 아니고 어머니께서 정신이 드시면 영숙이랑 어머니 앞에서 같이 열어 보면 돼. 대신 절대 먼저 열어 보면 안 된다. 편하게 생각해. 너무 큰 기대는 하지 말고. 그냥 조그만 성의 표시라고 생각해."
상도는 대수롭지 않다는 것을 강조하고 있었다.
"알았어. 하지만 그래도 이게 뭔데?"
"넌 참 어렸을 때부터 궁금한 건 못 참았어. 그래서 공부를 잘하는 걸 거야."
동주는 궁금한지 몇 번을 상도에게 되물었지만 그는 계속해서 봉투 얘기를 다른 쪽으로 넘기려 하고 있었다.
"그냥 좀 놀랄 선물. 더 이상은 묻지 마라. 그리고 다시 올게. 이번엔 집에서 보자. 그리고 미안한데 지금도 너무 바쁘다. 이해 좀 해 주고."
상도는 자신의 뜻대로 동주의 말을 잘라 버렸다. 커피를 뽑아서 합세하려 했던 영숙도 바삐 돌아서는 상도를 보고 씁쓸해했다.
"맞다. 사실 이번엔 좀 시간이 걸릴 수도 있을 것 같아. 공부 열심히 하고 영숙이도 건강하고. 그리고 어머니한테는 곧 찾아뵙는다고 전해라."
상도는 뒷주머니에 양손을 찔러 넣고는 한 발 한 발 물러서 동주에게 자신의 의사를 전하며 멀어지고 있었다.
"너, 정말 이상하다. 보름 만에 나타나서는…."
"이상하긴. 그리고 영숙아 너도 공부 시작해라. 어렸을 때 넌 네 오빠보다도 더 똘똘했어."

"오빠, 왜 오늘따라 이상한 말만 해. 싱거우시긴."

상도는 더 이상 보이지 않으려고 등을 완전히 돌렸다. 약간의 차이로 동주와 영숙은 상도의 얼굴을 확인하지 못했다. 굵은 물줄기가 상도의 눈에 떨어지고 있었다. 주체 못하는 서러움의 눈물이…….

'난 너희들에게 절대 슬픔을 보일 수 없다. 난 결코 약하지 않으니.'

상도는 마지막으로 눈가에 담으려고 동주와 영숙을 한 번 더 짧은 시간에 바라보고 있었다. 그리고 씩 웃어 보였다. 그리고 느닷없이 질주를 하기 시작했다. 어느새 병원 정문을 빠져나와서 상도는 큰 대로변으로 사라지고 있었다.

상도는 자신의 자동차에 시동을 걸고 있었다. 잠깐 눈을 감고 생각에 잠겨 보지만 오늘 같은 날은 아침부터 술잔에 빠지고 싶었다.

'그래, 빨리 잠수 타자. 내가 빨리 사라져야지 모두가 편하지.'

차의 시동 소리가 더 크게 들리며 움직이고 있었다. 그의 행동을 하나하나 유심히 바라보고 있던 다른 눈이 있었다. 바로 유 형사와 이 형사였다.

"어, 선배님. 자리를 뜨는 것 같은데요."

"나도 보고 있어. 지금부터 조용히 따라붙으라고, 아주 특별한 놈이니까 긴장하자고."

상도의 차가 6차선 도로에서 벗어나고 있을 때 바로 뒤에서 유 형사의 차가 그를 따르고 있었다. 물론 상도는 아무것도 알 수 없었다.

71.

　같은 시각 양명의 본가 앞 길가에는 여러 대의 경찰차들이 신속하고 은밀하게 포위망을 구축하고 있었다. 양명은 어젯밤 아들 인영이가 생각나 오래간만에 집으로 들어왔었고 지금 아주 편안한 휴식을 취하고 있는 중이었다. 서 반장의 지시를 받은 두 형사는 양명의 문패가 적혀 있는 대문으로 접근했고 명령에 맞추어 초인종을 살며시 눌렀다.
　-딩동… 딩동…-
　초인종 소리가 양명의 집 내부에 울려 퍼졌다. 잠시 후 가정부인 경자는 주방에서 나와 인터폰의 수화기를 집어 들었다.
　"누구세요?"
　"예, 가스 안전 공사에서 나왔습니다. 이 근처에서 가스가 누출된다는 신고를 받고요."
　"그런 신고한 적이 없는데요."
　경자는 알 수 없는 현 상황에 고개를 갸우뚱거렸다.
　"이 집이 맞는데요. 틀림없습니다. 만약 아니라고 해도 이 근방 전부를 조사해 봐야 합니다. 가스가 새면 위험하잖아요. 잠깐이면 됩니다. 누출 측정 바로 해 봐야…."
　경자는 아무 생각 없이 대문을 열어 주었다. 순간 무장한 경관들의 재빠른 동작으로 정원에서 한가로이 앉아 있었던 기동파 요원들이 제압되었고 몇 분 사이에 양명의 정원에는 수십 명의 형사들이 완벽한 포위를 끝냈다.
　그리고 다시 양명의 집 주변은 조용하게 변해 있었다. 경자는 시간을 맞추어 현관문을 열어 주자 권총을 앞세운 형사가 검지손가락으로 조용히 하라는 신호를 보내자 너무 놀라 자리에서 주저앉았다. 다섯 명의 경관들은 최대한 빠르게 안방 문 앞에 배치를 완료했다. 리더인 형사가 다시 손가락으로 숫자를 세기 시작했고 신호음이 끝남과 동시에 발소리와 상대를 제압하려는 소리로 집 주위에 굉음이 울려 퍼졌다.
"모두 정지. 김양명 정지. 이제부터 무조건 우리 말에 협조한다."
순간적인 사태에 양명은 힘 한번 써 보지도 못하고 양손에 수갑이 채워진 채 경관들에게 포위되어 마당을 나설 준비를 하고 있었다. 비명을 지르는 여인의 목소리와 어린 인영의 울음소리만이 남아 있을 뿐이었다.
"김양명, 당신을 제천시 국회 의원 성일 후보의 살인 미수 사주와 폭행 혐의로 체포한다."
양명은 빠르게 상황을 파악하며 담담한 자세를 하고 있었다.
"넌 변호사를 선임할 수 있고 너의 진술은 법정에서 불리하게 작용할 수 있으며 묵비권을 행사……."
"그냥 조용히 갑시다. 내 집에서는 소란스럽기는 싫군."
양명 뒤를 두 명의 경관이 에워싸고 그는 조용히 따르고 있었다. 곧이어 경찰차에 양명이 태워지고 그를 태운 차는 사이렌 소리를 내며 좁은 골목길을 빠져나와 전속력으로 사라져 가고 있었다.

상도는 방향 감각을 잃고 있었다. 어디로 가야 할지 그는 결정하지 못하고 신호가 바뀌는 곳으로 무작정 달리고 있는 것이었다. 상도는 어느 순간 차를 세웠다 희 서과 빨가 서 그리고 하얀 바탕이 교차되어 돌아가는 어느 이발소 앞에 차를 세운 것이다. 마음이 안정되지 않으면 머리를 자르는 그의 습성이 나타난 것이다. 주차 장소가 마땅치 않은 것을 느끼고 그곳에서 조금 떨어져 있는 한적한 길목에 다시 차를 주차하고 상도는 지하에 위치한 이발소 안으로 들어가고 있었다.

"유 선배님, 본부에서 지금 막 연락이 왔습니다. 기동파 두목 김양명 바로 땄다고 합니다."

그들은 체포했다는 말을 땄다는 은어로 사용하고 있었다.

"저희도 지금 덮쳐 버리죠?"

이 형사도 빨리 끝내고 싶은지 유 형사의 의향을 물어보았다. 십여 미터쯤 떨어져 있는 그들은 선택해야 할 기로에 서 있었다.

"안에 사람들도 있고 해서 지금 따면 민간인에게 피해가 갈 수 있어. 기다렸다가 나오는 순간 급습해서 바로 은퇴시키자고."

"그렇게 하시죠."

이 형사는 사이드 브레이크를 채우고 유 형사와 함께 차에서 내리기 전에 자신의 권총을 살피고 있었다. 점검이 끝나자 조용히 상도가 내려간 그 이발소 정문 앞에 병기로 무장한 두 사람이 있었다.

전신 거울 앞. 자리를 잡고 반듯한 자세로 앉아 있는 상도에게 이발사가 인사를 건넸다.

"손님, 어떻게 쳐 드릴까요?"

머리가 반쯤 벗겨진 이발사가 상도 위에서 바라보고 있었다.

"알아서 보기 좋게 쳐 주세요."

상도는 눈을 감았다. 이렇게 눈을 다시 뜨고 나면 아무도 알아볼 수 없는 자신이 되었으면 하고 생각했다. 가위질 소리가 귀에서 계속 이어졌다.

어렸을 적 이발 비용을 아끼려고 상도의 어머닌 빨간 보자기를 씌우고 잘 들지 않는 가정용 가위로 그의 머리를 손질해 주시던 게 생각났다. 그때가 바로 어제처럼 기억이 생생한데 너무 멀리 와 있었다.

'제길. 이 땅에서의 마지막 털갈이가 되겠군.'

가위 소리에 맞추어 상도의 머릿속에도 여러 가지 생각이 두서없이 흘러가고 있었다. 안정되지 않은 그의 감정이 그대로 나타나고 있었다. 이발을 마치고 이발사는 시원스러운 손놀림으로 그의 머리를 감겨 주고 있었다. 시원하다는 느낌이 머릿속에 전해지고 있었다. 다시 뜨거운 드라이 소리와 함께 퍼져 있던 상도의 머리가 손질되어져 가고 짙은 눈썹에 속 쌍꺼풀이 알맞게 진 눈. 그리고 형체가 뚜렷한 인상이 머리와 잘 맞게 조화를 이루며 아까와는 다른 상도가 완성되었다.

"고맙습니다."

벗어 놓았던 옷을 걸치고 상도는 계단을 통해 밖으로 나오고 있었다. 그러나 코너 입구 쪽에는 유 형사와 이 형사가 만반의 준비를 다하고 있었다.

상도는 아무것도 모른 채 마지막 계단을 올라 밖으로 발을 한 발 내딛었다. 그때였다. 유 형사는 빠르게 상도의 어깨를 낚아챘다.

"한상도, 너를 제천시 국회 의원 후보……."

-퍽… 윽, 윽-

신음 소리와 함께 두 형사의 몸이 벌써 바닥으로 향했다.

"으윽, 빨리 연락해서 용의자가 도주했다고 지원 요청하고 빨리 따라와. 난 계속 추적할 테니, 어서!"

유 형사는 갑자기 당한 가슴을 어루만지며 수십 미터 멀어진 상도의 뒤를 쫓아가고 있었다. 이 형사도 연락을 취하고 그의 뒤를 따랐다. 길거리를 지나던 사람들이 비켜서기 시작했으며 여기저기에서 비명 소리가 들리기 시작했다.

'안 돼. 난 잡힐 수 없다고. 이런 모습을 동주에게 더 이상 보여 줄 수 없다고.'

상도는 정신을 차릴 수가 없었다. 보이는 거리를 헤집고 달려가고 있을 뿐 아무것도 생각할 수 없었다. 유 형사는 평상시에 운동으로 단련되어서인지 조금씩 상도와의 거리를 좁혀 가고 있었다. 상도는 차오르는 숨을 어렵게 내뱉으며 유 형사의 추격을 벗어나려 했다.

새하얀 드레스를 입고 있는 혜림은 많은 사람들의 부러움을 받으며 금한에게서 기호에게로 손이 옮겨지고 있었다. 여자는 결혼할 때가 가장 아름답다고 했던가? 혜림의 모습은 예식장에 초대받은 사람들 모두 감탄하고 있었다. 그만큼 혜림의 외모는 다른 사람들보다 특별했고 아름다웠다.

여기저기에서 카메라 플래시가 터졌고 밝은 조명을 가진 카메라를 든 사내들이 바쁘게 주위에서 움직이고 있었다. 그러나 혜림은 이 모든 것이 부담스럽게 느껴졌다.

"신랑은 신부를 평생토록 아껴 주고 사랑하겠는가?"

주례 선생의 정해진 멘트가 사람들에게 전달되고 혜림도 그 소리를 듣고 있었다.

"예."

인상에서 풍기듯 날카로운 이를 보이며 기호가 대답했다.

"신부도 신랑을 평생 보필하며 사랑하겠는가?"

'그래, 할 수 없는 거라고. 이젠 받아들이자.'

"예."

 망설임 속에 혜림은 어렵게 대답했다. 결혼 서약식이 끝난 후 주례사가 이어지고 있었다.

 "오늘 이처럼 맑은 가을의 청화함을 받으며 신랑과 신부가 이제 막……."

 혜림은 아무 말도 귀에 들어오지 않았다. 도살장에 끌려가는 가축이 된 기분이었다. 사람들 시선이 자신을 죽이러 달려오는 것처럼 느껴졌다. 그리고 시퍼런 도끼 앞에서 차례를 기다리며 울고 있는 소가 머릿속에서 보였다.

 상도는 도로를 그대로 질주했다. 도로에서는 수없이 많은 경적음이 자신의 귀를 때렸다. 도주하던 상도의 눈에는 많은 사람들이 입구 쪽에서 가득 메우고 있던 예식장 쪽으로 시선이 고정되었다.

 "거기 서! 한상도, 정지! 정지!"

 유 형사의 경고 섞인 말은 이미 무시되어 버렸다. 유 형사는 권총으로 조준을 해 보았으나 상도는 사람들 사이를 조금도 지체 없이 파고들고 있었다. 모인 많은 사람들은 갑작스러운 상황에 짜증만 낼 뿐 대수롭지 않게 지나쳐 갔다. 그러나 지금 권총을 발사한다면 민간인들이 부상을 당할 수 있었기 때문에 유 형사는 조준을 거둬들이고 있었다.

 '큰일이군. 이거 이러다간.'

 유 형사는 갑작스러운 돌발 상황에 위기를 느끼고 있었다. 상도는 예식장의 계단을 올라가고 있었고 사람들 속으로 사라지고 있었다.

 "한상도, 거기 서! 정지해라. 마지막 경고다!"

 유 형사는 큰소리로 상도에게 힘을 실어 건넸지만 주위가 시끄러워

바로 묻혀 버렸다. 그리고 유 형사의 예감은 적중했다. 상도는 많은 사람들이 자리를 메우고 있는 결혼식장 안으로 들어가고 있던 것이었다. 갑자기 들어온 불청객 때문에 평화롭던 예식장은 비명 소리와 함께 아수라장이 되어 가고 있었다.

-으아악, 으악… 아-

상도는 기호를 밀쳐 내고 혜림의 목을 잡았다. 그리고 서서히 티고 있던 양초를 던져 버리고 2단 촛대를 그대로 들어 혜림의 목에 겨냥했다.

"움직이면…… 신부를 죽여 버린다. 어서 비켜."

사람들은 소리를 지르며 예식장 내를 빠져나가려 했고 넘어지는 사람도 발생하는 등 더 많은 혼잡이 이어졌다. 유 형사는 상도의 경고에 더 이상 접근하지 못하고 그의 옆구리에서 꺼낸 권총을 상도를 향해 겨냥하고 있을 뿐이었다. 금한은 갑작스러운 사태에 경악을 금치 못했고 다리에 힘이 풀려 그대로 넘어지고 말았다.

"넌 지금 말도 안 되는 범죄를 저지르고 있어. 더 이상 인명 피해가 발생하면 형량만 가중될 뿐이다. 어서 신부를 풀어 주고 순순히 말 들어. 넌 결코 이곳을 빠져나갈 수 없다고. 어서 내 말 들어 한상도."

유 형사는 인질을 잡고 있는 상도를 향해 위협을 주고 있었지만 자신이 더 몰리고 있었다. 상도의 눈에는 이미 살기가 넘쳐흘렀다.

"내 일은 내가 알아서 한다. 더 이상 나를 막으면 어떤 피해가 발생할지 나도 모른다. 어서 비켜."

상도는 조금도 물러서지 않았다. 겁에 질린 기호는 조금도 지체 없이 주위에서 사라졌다. 상도는 혜림을 계속 인질로 하며 중앙 복도를 질러서 1층으로 내려오고 있었고 유 형사도 거리를 두며 상도 앞에서 계속 총구를 대고 있었다. 일대는 벌써 아수라장이 되어 사람들이 길거리로 막 쏟아져 나오고 있었다. 예식장 바깥쪽에는 벌써 출동받고 나온 수십 명의 경찰들이 상도를 향해 총구를 겨누고 있었고 저격수들까지도 상도를 겨냥하고 있었다. 정밀 망원경은 상도의 머리를 겨누고 있었으나 그의 흉기가 너무 가까이에서 혜림을 위협하고 있어 저격수들도 더 이상 어쩌지 못하고 있었다.

"모두 비켜라. 안 그러면 이 여자가 죽게 된다. 어서 길을 터!"

상도는 악을 쓰며 경찰들의 포위망을 뚫으려고 했다. 이 형사는 무전으로 최 반장에게 상황을 보고했다.

"반장님, 저격할 수 있는 지점입니다. 어서 결정을."

최 반장은 십여 미터 떨어져 있던 혜림을 바라봤다. 순간 상황에서 겁을 먹고 어쩔 수 없이 인질이 되어 버린 가냘픈 여인을 보고 있었다.

"후… 안 돼. 길을 비켜 줘라. 자칫 잘못으로 가장 행복한 날 그녀를 희생할 수 없어. 시민의 안전이 최우선이다. 할 수 없지만 저격을 멈춘다."

대치하고 있던 경찰들이 길을 열어 주었다. 상도는 준비되어 있던 풍선과 오색 줄무늬로 치장된 웨딩 카 운전석에 혜림을 태우고 그 옆을 자신이 차지했다. 차가 경찰들을 뒤로하고 혼잡한 도로를 뚫고 빠르게 그 주변을 벗어나고 있었다. 주인 바뀐 웨딩 카를 상도가 차지한 것이었다. 지금 막 결혼식을 끝내고 출발하는 진짜 신혼부부처럼 보였다.

끈질기게 상도의 뒤를 쫓아오던 경찰차들도 이젠 보이지 않았다. 상도와 혜림은 서울 외각을 무사히 빠져나왔다. 상도는 운전석에서 말없이 핸들을 잡고 있는 혜림을 보는 순간 도저히 있을 수 없는 일을 저질러 버려 자신이 원망스럽고 미안하게 느껴졌다. 하지만 앞으로 더 거센 추격이 시작되리란 걸 상도는 느낄 수 있었다. 처음엔 무척 겁을 먹고 있었던 혜림도 안정을 조금씩 찾아가고 있는 듯 보였다. 상도도 처음보단 불안감이 조금씩 잦아들며 현실로 돌아오고 있었다.

들판에 퍼진 벼들이 조금씩 고개를 숙이고 노란빛으로 바뀌고 있었다.

여름에 그 뜨거운 햇빛을 이기고 이젠 소중한 양식으로 탈바꿈하며 변하고 있었다. 여러 가지 무거운 생각들이 상도의 머릿속에서 맴돌고 있었다.

또다시 자신의 모든 것을 동주와 영숙 그리고 정 여사도 알게 될 거라는 것이 주체를 못할 만큼 슬프게 다가왔다.

'이제 나는 어떻게 해야 되지. 다시 난 나를 믿었던 모든 사람들에게 비수를 꽂게 된 것이다. 앞으로 난 어떻게 해야만 하는 걸까?'

상도는 혜림을 바라보았다. 어떻게 사죄를 해야 될지 방법이 떠오르지 않았다.

"정말로 죄송하고 제가 죽을죄를 지었습니다. 저 때문에 가장 행복해야 될 오늘이 이렇게 되었으니…."

상도는 말을 잇지 못했다. 드레스 차림의 혜림 모습은 살아 있는 천사와 같이 고귀하게 보였다.

"변명 같지만 전 약속을 지켜야 했습니다. 다시는 수갑을 차지 않겠다고. 물론 제 만행을 용서받고자 함이 아닙니다. 이미 난 다시 돌아올 수 없는……."

상도는 생각했다. 어떤 말도 이 순간에서는 다 부질없다고.

"아무튼 용서 같은 건 생각지도 않습니다. 그냥 절 원망하고 저주하면서 사십시오. 그래도 마땅한 놈이니까…."

혜림은 어떠한 대꾸도 하지 않았다.

"오늘 일은 다 잊으세요. 가까운 곳에 차를 대시고 안전하게 돌아가십시오."

상도는 그녀에게 더 죄를 짓는 것 같아 빨리 혜림을 돌려보내고 싶었다. 상도의 말은 끝을 맺었으나 차는 그대로 계속 달리고 있었다.

상도는 당황했다. 분명 자신은 도주범이었다. 하지만 시간이 지날수록 혜림은 더 새로운 여유를 보이고 있는 것이었다.

"이보세요. 신부님. 차 정차하시라고요. 어서 빨리 돌아가셔야 될 거 아닙니까?"

상도는 다그쳤지만 그녀는 못 듣고 있는 것처럼 말이 없었다. 계속 운전대만 잡고 있을 뿐. 불편한 상황에서 또다시 약간의 시간이 흘렀다.

차량이 나아갈수록 더 큰 논이 펼쳐지고 있었다.

"그거 아세요?"

고요한 적막을 깨며 혜림이 처음으로 상도를 바라보며 입을 열었다.

"너무 어둡고 막혀 있었는데 갑자기 확 풀리는 기분을요."

"무슨 말을 하는…."

"오늘같이 좋은 날 모든 것이 끝나 버리고 침몰하기 바로 직전이었는데 새로운 희망이 솟구쳐 흐르는 기분을요."

상도는 혜림의 말을 통 알아들을 수 없었다. 혜림은 손에 잡히는 대로 아무 테이프를 밀어 넣었다. 혜림이 원하는 음악인지는 모르지만 밝은 리듬의 클래식 음악이 흘러나오고 있었다.

"저도 사실대로 말할게요. 전 오늘 강제로 팔려 가는 신부였어요. 그 시간이 지나면 모든 것이 끝나 버리는 거였어요."

"그래도 그건."

"아무 기대도 가질 수 없었던 그 시간에 당신이 나타난 거였고요."

"이런 미친."

상도는 현재의 상황을 아주 혼란스러워했다.

"미안한 일이지만, 내가 그런 일이 생기게 해 달라고 기도를 드렸다면 어떻게 하시겠어요?"

상도는 어이없는 상황에 말문이 그대로 막혔다. 강제로 위협받고 떨고 있어야 할 상황에서 바라고 있던 일이라니 상도의 얼굴이 심하게 일그러지고 있었다.

"아무튼 다시 서울로 돌아가세요. 가족들에게 무사하다는 걸 보여 줘야 될 것 아닙니까?"

상도는 깨끗하게 잘라서 이 알 수 없는 상황을 정리해야 했다. 혜림은 자동차를 정지시켰다. 지나가던 차량들이 드레스를 입고 운전하던 신부를 이상하게 보며 지나쳐 갔다. 혜림은 상도 쪽으로 완전히 고개를 돌렸다. 그리고 얼굴에서 이상하게 빛이 나고 있었다. 햇빛에 반사된 혜림의 모습은 마리아가 살아 있는 듯이 너무나도 순수하고 아름다웠다. 너무도 곱고 순수해서 상도가 쳐다보는 자체가 죄를 짓는 것 같았다.

"저 약속을 지키기 위해 계속 도망치신다고 그랬죠?"

"그건."

"자유롭게 될 때까지 계속 떠나실 거라고 그랬죠?"

"진짜 당신 미쳤어. 어서 내리지."

더 이상 듣다가는 상도가 이상하게 될 것 같았다.

"저… 당신의 그 자유 여행에 저도 같이 떠나고 싶어요. 진심으로 부탁드립니다. 정말 즉흥적인 생각이 절대 아니고요."

까치 한 쌍이 그 주위에서 높이 튀어 오르고 있었다.

72.

정 여사는 편안한 모습을 하고 이동용 침대에 몸을 싣고 수술실을 빠져나오고 있었다. 숨소리마저 크게 느껴졌던 몇 시간의 고비가 흘러간 것이다.

동주는 어머니를 잠시 잊은 채 진호에게로 시선을 옮겼다.

"선생님, 어떻게 잘 되었나요?"

조금이라도 빠르게 결과를 알고 싶었던 것이었다. 진호는 대답대신 활짝 얼굴이 펴지고 있었고 동주도 짐작할 수 있는지 얼굴에 생기가 돌았다.

"그동안 가족 분들이 고생 많았어요. 이젠 회복만 되시면 다 끝나니까 마음 편히 가져도 됩니다."

"고맙습니다. 정말 고맙습니다. 선생님."

동주는 계속해서 사라져 가는 진호를 향해 인사를 거듭 반복했다.

동주는 발걸음이 가벼웠다. 실로 오래간만에 모든 것이 제대로 이어지고 있다는 느낌을 받고 있었다. 동주는 휴식용 의자가 펼쳐져 있는 1층 간이 휴게소를 지나 입원실로 올라가기 위해 엘리베이터를 기다리고 있었다. 엘리베이터는 7층에서 머물고 있었고 아직 내려오려면 시간이 조금 필요했다. 엘리베이터를 타기 위해 다른 사람들도 모이고 있었다. 그리고 아무생각 없이 5층에서 4층으로 바뀌고 있는 엘리베이터 진행 층에 시선이 고정되었다.

"한상도라는 새끼 어떤 놈이래?"

옆에 서 있었던 40대 중년 남자들이 서로 대화를 주고받았고 동주는 의식적으로 고개가 돌아갔으나 설마 하는 생각으로 무심코 넘기고 있었다.

"그놈 순 악질이더구먼. 인질까지 잡고…. 지 놈이 대한민국 이 좁아 터진 곳에서 어딜 갈 수 있다고…."

동주는 몇 사람을 빠르게 지나치며 그 두 사람 주위에 붙었다.

"아저씨, 지금 뭐라고 하셨어요?"

갑자기 튀어나온 한 청년의 물음에 그들이 조금 놀라고 있었다.

"이 사람이 뭘 잘못 잡쉈나. 왜 길을 막고 그래?"

한 사내가 그냥 대수롭지 않게 넘기려고 했다. 그러나 작은 소동에 동주에게로 시선이 고정되었다.

"지금 뭐라고 그러셨냐고요!"

동주는 발악하듯이 큰소리로 이글거렸고 사내를 쳐다보자 그들은 주춤했다.

"아저씨, 지금 한상도라고 하지 않으셨어요?"

사내의 팔까지 잡고서 동주는 자신의 행동을 주체하지 못하고 있었다.

"그랬지. 지금 텔레비전 보면 그 사람 얘기만 나와. 인질을 잡아 경찰을 따돌리고 도망갔다고 하던데……."

동주는 상대의 손을 뿌리치고 벌써 휴게실 쪽으로 뛰어가고 있었다. 모여 있던 사람들은 그의 행동을 이상하게 여겼으며 동주의 모습은 조금도 지체 없이 벌써 시야에서 사라지고 있었다.

'아냐, 그럴 리가 없다고. 상도는 그러지 않았어. 그럴 리가 절대…'

동주는 휴게실에 비치된 TV에 온 신경이 곤두서고 있었다. 뉴스 속보에서는 사람들이 모여 있는 예식장을 비추고 신부를 인질로 삼고 있던 자신의 친구 상도의 모습이 보였다.

234

"뉴스 속보를 알려 드리겠습니다. 제천시 국회 의원 성일 후보를 무참히 피습한 유력한 용의자가 조직폭력배 기동파의 두목 김양명과 그의 지시를 받고 일을 사주한 행동 대장 한상도로 밝혀졌습니다. 그러나 현재 김양명은 경찰에 체포되어 조사를 받고 있는 중이나 한상도는 경찰과 대치 중에 결혼식을 올리고 있던 신부 장 모 양을 인질로 한 채 오늘 오후 12시 40분쯤 경기도 양평 쪽으로 도주했습니다. 경찰은 현재 이 주변의 검문검색을 철저히 하고 있는 한편, 인질의 신변 안전을 위해 최대한 신중히 수사를 진행하고 있습니다. 시민 여러분께서는 한상도를 발견 즉시 112에 신고를 해 주시기 바랍니다."

아나운서의 말이 계속 이어지고 있었고 동시에 상도의 사진이 화면에서 선명하게 흘러나오고 있었다. 동주의 고개는 현실을 부정하며 흔들리고 있었다. 아무런 생각도 할 수 없었다. 모여 있던 사람들이 바로 자기 자신에게 손가락질을 하는 것처럼 느껴졌다.

'제발, 아니지 상도야. 너 아니지. 넌 아닐 거야. 네가 그랬다면 그건 나 때문일 거야. 이 일을 어떻게 하면 좋니……'

동주는 회복실에 누워 있는 어머니를 잠시 살펴봤다. 하지만 그에게는 지금 정 여사가 중요한 것이 아니었다. 동주는 몇 시간 전에 웃고 있었던 상도가 잠깐 사이에 도망자의 신세가 되어 버렸다는 믿을 수 없는 현실에 정신이 나가 있었다. 동주는 상도가 준 봉투를 생각해 냈다. 그는 그것을 들고 병원 옥상으로 올라가고 있었다. 아무에게도 보이면 안 된다고 생각했다.

가는 도중 몇 번이고 쓰러질 것 같은 몸을 어렵사리 정리하고 굳게 잠겨 있던 문을 열었다. 테이프로 봉투의 입을 막은 접착 부위를 뜯어

내며 속에 있는 내용물을 살펴봤다. 오늘따라 햇살이 뜨겁게 느껴지고 목이 타기 시작했다. 동주는 옥상 구석에 몸을 기대고 새롭게 내용물을 검토하기 시작했다. 잠시 후 내용물의 진위를 확인한 동주는 터져 버릴 것 같은 오열을 품어 내고 있었다. 그렇다. 그것은 상도의 몸으로 때운 핏값이었다.

동주는 아무것도 해 줄 수 없는 자신을 한탄하며 끝으로 자신을 희생하면서까지 친구인 동주를 바로 설 수 있도록 해 준 그에 대한 미안함에 터져 나오는 오열이었다. 동주는 봉투 맨 끝 장에 숨 쉬고 있는 상도의 낯익은 글씨체가 눈에 들어왔다.

- 동주 보거라.

이 글을 보게 될 때 난 이 나라를 떠나 일본에 있을 것이다. 여행 좀 떠나고 싶었는데 잘됐지 뭐야. 나를 잘 보신 사장이 나를 일본 해외 지사로 보낸 거야. 회사 물품 창고에 강도들이 많아서 돈 많이 받고 스카우트 식으로 일본으로 된 거니 분명 동주 넌 기뻐해 줄 거라 생각한다. 너에게 말하지 않은 것은 분명히 네가 반대할 것 같아서 그랬다.

거짓말 아니니 너무 걱정하지 말고. 나도 한밑천 잡고 다시 돌아올 거니까 정말로 절대 걱정 같은 것은 하지 말길 바란다. 그리고 내게 준 이 돈은 선불로 받은 내 연봉이다.

지금 나는 아무것도 필요 없으니 네가 꼭 유용하게 이 돈을 써 주기를 바란다. 정말로 아무 부담 없이 살림에 보태야 된다. 우린 형제 아니니!

몇 년 후에 보게 되면 넌 이 나라를 이끌고 있는 주역이 되어 있을 거라고 나는 확신하고 있단다. 그렇게 할 수 있겠지. 잘 살고 있어. 곧 돌아오마. 그리고 연락 자주 할게. 나쁜 놈이라고 욕하지 말고 어머님 잘 모셔라. 조금만 있다가 우리 다시 보자. 그때까지 안녕.
 - 너의 영원한 팬 상도 씀.

 상도는 끝까지 동주에게 자신의 모든 것을 숨기고 있었다. 동주는 왼손으로 눈을 가렸다. 지금 세상이 밝은 것이 무조건 싫었다. 자신이 범죄의 소굴로 다시 상도를 밀어 넣었던 것이라고 생각했다. 다시는 눈물을 흘리지 않으려고 했건만 동주의 눈에서는 피눈물이 흐르고 있었다.
 '다 나 때문에, 나 때문에. 나 때문에, 나 같은 머저리 새끼 때문에, 나 같은 병신 때문에……'.

 동주는 자조 섞인 한탄에 때론 웃음으로, 때론 더러운 욕을 쏟아 내며 발아래 보이는 도시를 향해 절규를 하고 있었다. 그러나 시간은 흘렀다. 다시 이 삭막한 하늘에 어둠이 밀려 내려앉고 있었다.

73.

 백곰, 본명 이영대. 전라도 순창 출생으로 어린 나이에 상경하여 뒷골목 꼬마로 시작해서 그의 나이 19살 때 강남역 주변으로 구두닦이 등 밑바닥 상권을 지배하던 정식을 제치면서 주먹 세계에 들어오게 된 인물이었다.
 190이 넘는 체구는 상대방을 위압하기에 충분했다. 그러나 격한 성격과 자기중심적인 행동이 양명에게 지적받으면서 상도보다 항상 한 수 아래로 치부해 버렸다. 그래서 양명과 상도를 제거하기 위해서 오랜 시간 공작을 시작하였다. 정화와의 관계는 오늘을 위하여 몇 년 전부터 그가 준비한 시나리오였다. 이젠 영대의 새로운 시대를 맞이하게 되었다. 신의를 저버린 배신자의 새로운 시대가 열리고 있던 것이었다. 세상이 빠르게 변화하는 것과 같이 주먹 세계에서도 짧은 기간 동안 새로운 주인이 생기고 또 사라지기도 하지만 자신이 키우고 믿고 있던 동생에게 밀려나는 경우는 매우 드문 사건이었다.

  그러나 양명은 아직도 자신이 키우던 동생으로 인해 자신이 무너진 것을 모르고 있었다. 그는 현실을 받아들이지 못하고 증거 불충분으로 나가면 곧 모든 것이 안정되어 갈 것이라고 잘못 판단하고 있었다.

  백곰과 그의 모든 지시를 도왔던 동학과 상식은 양명이 사용했던 회장실에 편안한 자세로 모여 있었다. 회장 자리에 백곰이 다리를 걸치고 앉아 서울 시내를 내려다보고 있었다. 모든 것이 완벽한지 매우 만족스러운 미소를 짓고 있었다. 그리고 자신들의 계획의 마지막을 완성하기 위하여 고삐를 더 세게 잡고 있었다.

  "형님, 이제 드디어 형님 시대가 열린 겁니다. 백가도 지금쯤 차가운 조사실에서 끝났다는 것을 알 수 있을 거구요. 상도도 곧 잡힐 겁니다. 지가 아무리 날고뛰어도 주먹만 한 이 땅 안에서 경찰에게 검거될 수밖에 없다는 걸 곧 알게 될 겁니다."

  동학은 상처가 많은 얼굴을 기분 나쁘게 움직였다.

  "맞습니다. 상도 녀석 인질까지 데리고 튀었으니 이번에 잡히면 아마 평생을 빵에서 썩을 겁니다. 흐흐흐…."

상식도 뒤질세라 한마디 거들고 있었다. 백곰은 아직도 처리할 문제가 남았는지 얼굴에 신중함이 보였다.
"그것만이 아냐?"
백곰의 무겁게 갈라지는 말이 퍼지자 동학과 상식은 양명이 즐겨 앉았던 자리에 있던 그를 바라봤다.
"나를 신임하던 식구들을 빼면 아직도 나머지 식구들이 모르고 있잖아. 그리고 그들에게 완전하게 내가 지명받은 것도 아니고."
백곰은 말을 하면서도 여러 가지 상황을 계속 구상하고 있었다.
"그 새끼들 내가 들고 일어났다고 하면 눈을 까뒤집고 들고 일어날 거야. 그걸 우린 대비해야 하는 거고."
"그럼 어떻게 해야 할까요?"
동학이 백곰의 의향을 물었다.
"너희는 중간 대가리들이 모이면 칼잡이 애들 곳곳에 배치시켜 놔."
"예."
사내들은 아무 대꾸도 없이 맹목적인 대답만 했다.
"그리고 대기하고 있다가 조금이라도 나를 곱지 않게 보거든 그냥 처리해 버리면 되는 거야."
동학과 상식을 고개를 끄덕였다.
"그리고 한 가지 더 있다. 너희들은 상도를 잘 몰라서 그래. 언제 다시 나타날지 모르는 놈이지."
"그래도 이미 전국에 지명 수배가 된 마당에…."
상식이 말끝을 흐렸다. 백곰의 괜한 걱정이라고 생각했다.
"나… 사식… 그놈이 두렵다. 이번에 잡혔어야 됐는데, 조금 꼬여 버렸어."

백곰은 알 수 없는 기분에 마음을 가라앉히려고 위스키를 단숨에 비웠다.

잠시 후 몸 구석구석에 퍼진 알코올 기운으로 인하여 자신감과 승리욕에 빠지고 있었다.

"형님도 참, 형님은 이제 최고라고요. 뭐가 두렵습니까? 저희들이 있는데요."

상식은 백곰의 기분을 풀어 주기 위해 무리하지 않는 선에서 먼저 건배 제의를 해 왔다.

"그래…. 뭐가 문제더냐? 다 잘 돌아가고 있는데 난 최고다. 최고…. 크크큭…."

백곰의 승리에 도취된 음성이 사무실 전반에 깊숙이 박히고 있었다.

74.

태흥 종합상사의 회의실 안에는 양명의 갑작스런 구속 소식에 자세한 영문을 모르고 있는 중간 보스 급 조직원들이 모여서 대책을 강구하고 있었다.

삼십여 명 정도의 구를 관할하고 있는 소두목들은 기동파에 닥칠 여파에 고심을 하고 있었다. 양명이 차지했던 앞의 가장 상석을 비워 둔 채 오른쪽 가장자리에는 백곰이 차지하고 있었으며 아무도 쉽게 말을 못 꺼내고 있는 불완전한 상태가 심하게 이어지고 있었다. 백곰은 앞에 놓여 있는 생수를 한 모금 들이키고는 뒤쪽으로 자리 잡은 조직원들의 모습을 한번 확인하고 손으로 탁자를 밀치고 몸을 일으켜 세웠다.

"제가 모이신 여러분들을 대신해 말 한마디 하겠습니다."

일제히 백곰에게로 시선이 쏠렸다.

"큰형님은 TV에서 보도된 바와 같이 구속된 상태입니다."

자리를 잡고 있는 사내들의 얼굴이 굳어졌다.

"지금 우리 조직의 단합된 모습이 절실히 요구되는 가장 중요한 시기입니다. 그리고 현재로는 누가 다음번 조사 대상으로 몰리게 될지 짐작도 안 가는 상태입니다."

자리를 잡고 있던 조직원들은 서로 눈치만 보면서 백곰의 말을 듣고 있었다.

"우리 기동파는 이제 끝이 난 겁니다."

백곰의 갑작스런 대답에 웅성거리며 현장 분위기가 시끄럽게 변해가고 있었다.

"어떻게 자네가 그런 말을…."

중년의 한 사내가 불쾌한 표정을 지으며 백곰을 노려봤다.

"조용히 하세요."

백곰은 탁자를 손으로 세차게 치며 사람들을 막았다.

"우리는 지금부터라도 모든 걸 바꿔야 합니다. 여기 모인 여러분들과 새롭게 태어나야 합니다. 제가 이 혼란 시기에 앞장을 서겠습니다."

백곰의 속마음이 서서히 드러나기 시작했다.

"여러분들이 도와주신다면 제가 감히 새롭게 시작해 보겠습니다. 솔직히 말하겠습니다. 회장님이 계셨을 때 억압받았던 시절을 깨끗이 뜯어고치겠습니다."

백곰의 말을 반대하기에는 현재 모든 힘이 그에게 집중되어 있었다.

"회장님을 배신하는 것이 아니냐며 반문하는 사람도 있을 겁니다. 하지만 우리가 살기 위해선 당연한 길입니다. 우리부터 살고 봐야 내일이 있는 거 아니겠습니까?"

백곰의 목소리는 격해지고 있었다. 침묵을 깨고 구로구를 맡고 있던 명재가 백곰을 노려보며 일어섰다.

"나쁜 개자식. 내가 모를 줄 알아? 다 네놈 짓이었어. 회장님께서 내게 말하더군. 조직 내부에서 배반하려는 놈이 있다고…."

명재는 백곰에게 손가락질까지 하며 끊임없이 욕설을 퍼붓고 있었다. 하지만 백곰은 조금도 흔들리지 않고 있었다. 모인 사람들을 쳐다보며 자신 있게 웃고 있었다. 그리고 자리를 이동했다. 서서히 방향을 바꿔 양명이 차지했던 가장 큰 상석에 거침없이 몸을 내리고 있었다.

"좋군. 아주 좋은데…."

"저… 저런…."

앉아 있던 모든 사람들의 인상이 일순간에 무겁게 흘렸지만 백곰은 개의치 않았다.

"잘 알고 있군. 그래 내가 그랬어. 백가가 언제나 말하지 않았나. 힘없으면 힘 있는 놈들에게 당하는 것이 세상이라고. 그래서 내가 빼앗았지."

백곰을 지금 현장에서 제지할 사람은 아무도 없었다.

"이중에서 내 말이 곱게 들리지 않는 새끼 나와. 그리고 나가 버려. 그 다음은 우리 조직과 아주 결별하는 거라고."

백곰의 목소리는 회의실 구석구석에 가장 크게 울려 퍼졌다. 조직원들은 이미 양명의 시대가 지나가고 있음을 느낄 수 있었다. 주인이 바뀌고 있음을…….

"배은망덕한 놈. 나가겠어. 어디 혼자 잘해 보라고."

명재는 자리를 털고 일어났다. 눈치만 살피고 있던 몇몇 사내들도 명재의 뒤를 따르고 있었다. 그러나 백곰은 아직도 여유만만 했다.

"갈려면 가야지, 그러나 가긴 어딜 가시나. 내가 싫으면 그만큼 대가를 치르고 가야지. 흐흐흐."

백곰은 못마땅한 표정을 짓고 있었지만 어떠한 위축도 받지 않고 있었다. 그러나 명재를 따르고 있던 사내들도 주저하지 않았다.

"할 수 없군. 얘들아, 손님 가신단다."

백곰의 지시가 끝남과 동시에 출입구에서 여러 명의 흉기를 세운 사내들이 물밀듯 밀어닥쳤다.

-으악… 아, 으……악-

사방에서 고통에 겨워 넘어지는 사내들의 피가 분출되어 바닥으로 스며들고 있었다. 그러나 백곰은 조금도 신경 쓰지 않은 채 담배를 꺼내 물었다. 한 모금 길게 내뿜고는 다시 조직원들에게 소리쳤다.

"이제 기동파는 없어. 나를 받들기 싫으면 이 새끼들처럼 이렇게 되는 거야."

나서지 못하고 현장의 상황을 본 나머지 사내들은 경악을 금치 못했고 힘으로 눌린 백곰에게 어쩔 수 없이 굴복하고 있었다.

"이제부터 백곰파가 되는 거라고. 그게 싫으면 다 뒈지는 거고. 으하하하…!"

양탄자 위에는 시뻘건 피가 계속해서 스며들고 있었으며 목숨을 부지하기 위해 앉아 있는 사람들은 아무런 반항도 못하고 그대로 따라야 했다. 그리고 백곰은 삼식과 동학을 옆에 두고 즐거워하는 모습이 상호 대립적이었다.

75.

 문제의 차량이 발견된 곳은 원덕면 국도 야산 부근에서였다. 낙엽 등으로 위장해 놓았으나 인근 주민들의 신고로 경찰과 군부대 요원들은 그 일대를 빠르게 좁혀 오고 있었다. 유 형사는 차량이 발견되었다는 보고를 받고 이 형사와 급히 그곳으로 자리를 옮겼다. 견인되기 전 유 형사는 면밀하게 차 내부를 살피고 있었지만 별다른 특이 사항은 없었다. 차가 와이어 줄에 매달려 공중으로 치솟고 있었다. 유 형사는 아깝게 놓쳐 버리고 전국으로 수사망이 확대되자 제대로 대응하지 못한 자기 자신을 질책하고 있었다.
 "어두워지고 있으니 조만간 결판이 나겠지."
 유 형사는 자신 스스로 주문을 걸듯이 빨리 상도를 검거해야 한다고 생각했다.
 "유 형사님, 신경 쓰지 마세요. 제깟 놈이 어디에 숨겠어요."
 이 형사는 시무룩한 유 형사의 기분을 풀어 주고 싶어 했다.
 "그래 잊자고. 그런데 그놈 대단히 빠르던데…."
 "저도 그 점은 동감합니다."
 "아까 부딪친 가슴이 아직까지 얼얼해."
 "유 형사님도 그래요? 저도 허리가 뻐근해요. 쥐새끼 같은……. 잡히기만 해 봐라."
 이 형사는 억센 발음으로 이를 꽉 물었다. 유 형사는 잠시 생각에 잠겼다.
 이상하다는 듯이 고개를 돌려 보기도 하고 아무튼 마음이 진정되지 않고 심란했다.

"그런데 이 형사, 인질을 계속 데리고 다닐 필요가 있다고 생각하나?"

"글쎄요. 아무래도 인질이 있으니 자신이 보호될 거라고 생각하나 보죠."

이 형사는 아무런 생각이 없는 듯 나오는 말을 그대로 유 형사에게 전달했다.

"아냐, 뭔가 이상해. 분명히 장혜림이란 여자 지금 드레스를 입고 있다고. 일반 사람들과 그렇게 구별되는 옷을 입고 있는데 그건 상도가 날 잡아가쇼, 라고 하는 짓이라고…."

"원 형사님도. 그놈은 최후엔 그 여자까지 죽일 각오가 되어 있는 놈이라고요."

이 형사는 답답하다는 듯이 유 형사를 바라보았다.

"그래, 그래. 잊자고. 곧 끝판이 나겠지."

유 형사는 골치가 아픈지 차에 올라탔다. 이 형사도 곧 뒤따라 올라탔다.

두 사람은 가장 도주 가능성이 유력한 부근의 검문소로 차를 돌렸다.

백열전구 하나만 외롭게 켜져 있는 취조실 안에는 수갑을 찬 양명이 자리를 지키고 있었고 그의 맞은편 자리에는 최 반장이 수북이 쌓인 담배꽁초 위에 또 하나 새로운 담배꽁초를 비벼 끄고 있었다.

"김양명, 우리 이제 말싸움하지 말고 솔직히 얘기해 보자고."

최 반장이 힘이 들었는지 양명을 달래고 있었다. 그러나 양명은 눈을 감고 있을 뿐 아무런 대답도 하지 않고 있었다.

"네가 누구에게 사주받아 하상도에게 지시 내린 거 아냐?"

최 반장의 말에도 시종일관 흐트러짐 없는 자세를 양명은 취하고 있을 뿐이었다.

"자네도 피곤하잖아. 빨리 끝내고 서로 자유 시간 좀 갖자고."

그래도 양명은 꼼짝도 하지 않았다. 최 반장은 끓어오르는 성질을 어렵사리 삭이고 있었다.

"야, 김양명. 정말 그러겠어? 누가 시킨 일이냐고?"

최 반장의 목소리도 한계를 넘고 있었다.

"내가 다 그랬소. 다 내가 계획하고 내가 손봤고."

양명은 흔들리지 않았으며 눈은 뜨지 않고 입으로만 말하고 있었다.

"이 새끼가 보자보자 하니까 여기가 애들 장난치는 놀이터인 줄 알아?"

최 반장은 가지고 있던 담뱃갑을 힘껏 양명의 얼굴에 던졌다. 그래도 양명은 처음과 같은 자세로 끝까지 앉아 있었다.

"독종이군. 독종이야. 그래야 기동파 오야답지. 그래, 네놈이 계속 버틴다면 할 수 없군. 증거를 확인시켜 주는 수밖에는."

최 반장은 소형 카세트에 꽃무늬가 그려져 있는 테이프를 살며시 밀어 넣고는 재생 버튼을 눌렀다. 음파 소리인 것 같은 잡음이 이어지더니 어느새 낯익은 목소리의 주인공이 나왔다.

"상도야, 네가 해 줘야 된다. 물론 이 사실이 알려지면 너와 난 쥐도 새도 모르게 지워지겠지."

상도와 함께 나누었던 말들이 모두 다 그 안에 있었다. 양명의 몸은 그 순간 바뀌기 시작했다. 온몸에 시퍼런 핏줄이 꿈틀대기 시작했고 얼굴이 벌겋게 상기되어 가고 있었다.

"네 새끼가…. 백곰… 네 새끼가…."

양명은 직감으로 백곰 짓이라는 것을 알고 있었다. 양명의 몸은 더 심하게 떨고 있었다. 하지만 그것은 최후의 발악일 뿐 아무런 힘도 아무런 대책도 그에게는 없었으며 그를 지탱하던 기운은 벌써 양명에게서 떠난 지 오래였다. 최 반장은 정지 버튼을 눌렀고 여유 있는 자세로 다리 한쪽을 작은 책상 위에 걸쳐 놓고 다른 발로 바닥을 향해 박자를 맞추며 양명을 쳐다보고 있었다.

"봤지. 여기 다 있는데 왜 그렇게 버티나?"

최 반장은 느긋하게 질문에 다시 임했다.

"누구야 사주한 작자가?"

양명은 고개를 들고 정확한 자세로 최 반장을 쳐다봤다. 최 반장은 기가 꺾이지 않으려고 양명을 똑같이 노려보고 있었다.

"그걸 말하면 나를 풀어 주겠소?"

갑작스러운 양명의 제의에 최 반장은 잠시 혼란스러웠지만 곧 자신의 위치를 찾았다.

"그것 보라고. 안 되는 소리를 내가 하고 있지. 그것과 똑같은 거라고. 지금 내 입장이."

"이런 개 양아치 새끼가…."

더 이상은 참을 수 없었는지 최 반장의 주먹이 양명의 얼굴에 박혔다. 바닥으로 떨어진 양명은 다시 한번 최 반장을 쳐다보고는 재미있어 하며 큰소리로 웃기만 하고 있었다.

경찰은 아직도 상도의 행방을 찾지 못하고 있었다. 시간이 지날수록 유 형사는 불안했으며 시간이 흘러 세상은 완전히 어둠 속에 잠기고 있었다.

인질을 데리고 노수한 그 시꺼먼디 사도는 어디에도 걸려들지 않고 있었다. 물론 타고 있는 차량은 발견되었지만 두 사람의 흔적은 어디에도 찾지 못하고 있는 상태였다.

내일은 강하면 농민의 날이었다. 오후에 충청남도에서 급하게 올라온 정수는 전국 시, 군, 면, 읍 등 주요 행사장이나 장날에 장사를 하며 살아가는 장돌뱅이였다. 오늘은 강하면 근방에서 하룻밤을 청하고 아침 일찍 자리를 잡아야 했기 때문에 시간이 너무 빠듯했다. 정수 트럭의 짐칸에는 손수레를 개소한 포장마차가 올라가 있었고 차의 속도에 맞추어 포장마차의 천막이 바람에 심하게 떨고 있었다. 정수는 핸들을 손으로 치며 뽕짝 리듬에 박자를 맞추고 있었다. 시속 80km를 넘고 있는 정수는 멀리서 보이는 검문소 불빛에 인상이 심하게 일그러졌다.

"씹팔. 이놈의 집구석은 한 집 걸러 검문이네. 그려 좆도."

정수는 침을 크게 모아 창밖으로 힘차게 뱉어 버렸다.

무장 경관의 교통 신호봉이 흔들리자 정수는 신호에 따라 차량을 정지하고 있었다. 경관은 정수에게 알아볼 수 없을 정도로 빠르게 경례를 붙이고는 차량을 살피기 시작했다.

"신분증 좀 보여 주시겠습니까?"

정수는 도저히 참을 수 없었는지 인상을 크게 쓰며 경관을 노려보았다.

"아따, 이거 저 같은 놈 어디 살 것습니까? 젠장. 쫌 달리기만 하면 검문하고 또 서라고 하고…. 씹팔."

정수는 성질 때문인지 말을 더듬어 가며 인상을 쓰고 있었다.

"인질범이 이 근방에 있어서 그렇습니다. 다 시민들을 위한 거라고요. 저희도 힘들어 죽겠습니다."

경관들도 짜증이 났는지 정수에게 감정 실린 말을 던졌다.

"또 짐칸 들춰 볼란 거 아닙니까? 아따 참말로 하루 벌어 하루 사는 놈이 뭘 꼬부쳐 났을께비 자꾸 뒤져 싼다냐?"

경관들 역시 아주 많이 지쳐 가고 있었다.

"나도 이젠 모르겠소. 당신들이 뒤져 보고 다 다시 챙겨 주시오."

정수는 더 이상은 자신이 안 하겠다고 엄포를 놓고 있었다. 그의 위협적인 말투에 뒤에서 건성으로 한번 살펴본 경관은 복잡하게 엉켜 있는 밧줄과 수많은 물건 그리고 버티고 서 있는 포장마차를 플래시로 확인하며 검문을 마무리했다.

"통과."

정수는 빠르게 기어를 밀어붙이고 그곳을 빠져나가고 있었다.

"어떤 놈이 날랐는지 사람들 속 더럽게 썩히고 있구먼."

정수는 다시 뽕짝 음악을 가장 크게 틀어 놓고 차량을 전진시키고 있었다.

그러나 아무도 그 사실을 몰랐다. 포장마차가 세워져 있는 자리 밑에는 상도가 웅크린 자세로 누워 있었고 공간이 많이 남았던 앞좌석 정수의 침구류와 섞여 혜림이 있었다는 사실을.

강하면으로 들어오는 면사무소 입구에는 제 ○회 농민의 날이라고 써 있는 대형 간판이 길목을 차지하고 있었으며 정수는 그 밑을 지금 막 통과하고 있는 중이었다. 자정이 가까워져 오고 있는 시간에 짐을 가득 실은 트럭은 밝은 빛을 내며 둔한 자세로 달려오고 있었으며 전보다 속력은 많이 줄고 있었다. 어느 순간 차는 멈추어 서더니 정수는 좌석에서 내려 뒤에 실린 물건들을 손으로 몇 군데 짚어 보고는 아직도 영업을 하고 있던 해장국집으로 들어가고 있었다. 잠시 고요한 시간이 흘렀다. 그리고 상도도 용기를 내서 뻣뻣하게 굳어 버린 몸을 조심스럽게 일으켜 세우며 주위를 한번 살펴봤다.

2차선 도로 주변에는 가로등만이 비추고 있었고 몇 군데 상점만 아직 문을 닫지 않고 있었기 때문에 주변은 아주 고요했다. 혜림은 뭐가 그렇게 신나는지 침구류 뭉치에 몸을 기대어 아주 불편한 자세로 있으면서도 상도를 바라보며 웃고 있었다. 그리고 경찰력은 아직 이곳까지 범위를 확대하지 않고 있었다.

'참 알 수 없는 여자군.'

상도는 주위를 다시 한번 확인하고는 몸을 날려 지나가는 행인으로 완벽하게 변화를 주고 있었다.

"어디 가세요?"

상도는 불만이 차 혜림을 바라보았다.

"뭐라도 먹어야 될 거 아니오."

혜림은 그래도 안심이 안 되는지 손까지 쓰고 있었다.

"어디 혼자 가시려는 거 아니죠?"

"참 걱정 말아요. 나도 지금 함부로 움직일 수 있는 처지가 아니니…"

상도의 모든 것을 물고 늘어지는 혜림이 귀찮으면서도 왠지 그렇게 싫지는 않았다. 이 시각 그녀를 보고 있으면 왠지 모를 포근함이 느껴지고 있는 그였다.

가을 하늘의 청화함을 모두가 사랑한다. 하늘의 푸르름 속에 우리는 잠시 밀려드는 걱정을 접어 두고 자연과 한마음이 된다. 푸른 하늘을 보며 그 속에 빨려 들어가고 싶고 그러다 보면 사람은 자연의 일부분도 못되고 먼지보다도 나약한 존재라는 것을 느끼는 순간 욕심을 버리게 된다.

오늘 새벽 상도는 장사꾼들이 모여 있던 축제장 근처에서 강하면 농민의 날 행사가 있다는 것도 모든 기관들이 오늘 하루를 위해 휴무를 가지게 되었다는 것도 알 수 있었다. 그리고 모두가 잠든 시간에 안전한 도피처는 강하초등학교 분교인 강하분교가 적격이라고 판단을 내렸다. 상도는 농협 창고에 세워져 있던 자전거를 타고 혜림과 함께 새벽길을 달려 2층 건물로 된 이 허름한 분교 교실 안으로 무사히 오게 된 것이다.

교실은 다른 학교의 큰 평수의 교실 크기보다 반 정도밖에 되지 않았다.

책상은 열 개 정도로 아주 아담해 보였다. 그리고 우리들의 솜씨란 이라고 써 있는 곳엔 여러 가지 공작물과 그림들이 복작하게 엉키어서 마치 작은 병정들처럼 서 있었다. 날이 밝고 있었다. 강하면의 모든 사람들은 읍내로 나가고 교실에서도 들을 수 있는 대형 스피커 소리가 아주 멀리서 가끔씩 들려오고 있었다. 자기의 몸집보다 더 커 보이는 드레스를 걸쳐 입은 혜림은 무엇이 그렇게 편안한지 아주 만족스러운 모습으로 눈을 감고 있었다. 그러나 상도는 계속해서 밖을 감시하며 조금도 여유도 찾아볼 수 없었다. 창가에 몸을 기대고 있던 상도는 책상에서 머리를 들며 정신을 차리고 있는 혜림을 느끼고는 그녀의 옆으로 돌아왔다. 상도는 지금 이 순간 꼭 결판을 내겠다고 마음먹었다.

"아저씨, 안 주무셨어요?"

해맑은 눈빛의 혜림은 마치 잠자던 숲속의 공주처럼 상도를 바라보고 있었다.

'안 돼, 이러면. 내가 지금 무슨 생각을 하고 있는 것인지.'

상도는 한 번 더 자신의 의지를 정리했다.

"제발 부탁이야 혜림 씨, 집으로 돌아가 주면 좋겠어. 혜림 씬 나 같은 놈한테 원하는 걸 얻을 수 없어."

상도는 잠이 덜 깬 혜림에게 강제적으로 자신의 생각을 전달했다.

"아저씨, 무슨 소릴 하시는 거예요. 전 지금이 얼마나 좋은데요."

혜림은 하얀 이를 보이며 살짝 웃어 보였다. 너무도 순수한 얼굴이었다. 전혀 때가 묻지 않은.

"전요, 결코 돌아가는 일 없을 거예요. 벌써 느끼고 있는 걸요. 아저씨가 절 지금 얼마나 편안하게 해 주시고……."

"그래 좋다고. 혜림 씨 말이 다 좋은데 이건 아니야. 집에서 걱정할 가족을 생각해야지."

혜림은 상도를 바라보고만 있었다.

"혜림 씬 지금 환상에 젖어 있는 거야. 난 범죄자라고. 알아? 경찰에 쫓기고 있는."

상도는 답답했는지 손까지 떨었다.

"전 한번 마음먹으면 안 변해요. 전 상관 말고 이곳을 무사히 빠져나갈 생각을 하셔야죠. 안 그래요, 아저씨?"

"미치겠군. 살다 보니 이런 일도 생길 수 있고."

상도가 핏대를 세우면 세울수록 혜림은 조금도 물러서질 않았다. 상도도 이 엉뚱한 아가씨를 돌릴 수 없다는 것을 알아 가고 있었다.

"그래 좋아. 일단 옷부터 바꾸자고. 그 웨딩드레스로는 아무것도 안 돼. 그리고 어디 갈 때까지 가 보자고. 이미 종 친 인생 내가 필요하다고 하는데 해 주지 뭐. 같이 파멸하고 싶다면 그렇게 해 보지. 언젠가 분명히 후회할 거니까."

상도는 새로운 결심을 해 봤다. 그런데 마음 한곳에선 어쩌면 희망도 없는 자신 인생에서 마지막 선물이 될 수도 있다며…… 바로 이런 생각을 다시 부질없다고 치부해 버렸다.

긴 머리를 한손으로 묶고 있던 혜림은 무슨 생각이 났는지 마지막 자리에 걸터앉아 밖을 쳐다보고 있는 상도에게 말을 건넸다.

"그런데 아저씨 어떤 잘못을 했어요?"

상도는 갑작스런 질문에 자신이 왜 이곳까지 오게 됐는지 다시 한번 생각해 봤다.

"큰 잘못을 했지. 용서받지 못할 만큼 추악한 짓을……."

상도는 며칠 전 자신의 행동이 무척 서글프게 밀려들었고 아직도 자신이 선택했지만 왜 그럴 수밖에 없었는지 후회가 밀려왔다.

"하지만 아저씬 나쁜 사람 같지 않아요."

"그래도 내가 지은 죄는 없어지지 않아."

"눈을 보면 알 수 있어요. 제가 가장 사랑하는 아버지 눈도 그렇게 생기셨어요."

혜림은 금한 생각에 가슴이 심하게 올라오고 있었다. 하지만 지금 이 순간이 자신의 인생 중에서 막혀 있던 모든 것이 뚫리는 듯한 가슴 편한 기분이었다.

"누가 아저씨를 범죄자라고 욕해도 저에게는 구원자예요. 고마워요. 아저씨."

혜림은 힘이 없어 보이는 상도를 위로했다. 상도도 어이가 없는지 씩 웃어 보였다. 혜림은 말없이 놓여 있는 풍금 쪽으로 다가섰다. 흰 웨딩드레스를 입은 혜림의 건반을 누르고 있는 그 모습이 창가를 뚫고 들어온 햇살과 조화가 되어 그림처럼 빛나고 있었다. 상도의 시선도 자연스럽게 혜림을 보고 있었다. 잔잔한 음률이 흐르고 그것을 듣고 있는 상도는 잠시 모든 미련을 잊고 있었다. 그러나 시간은 두 사람을 가만히 놔두지 않았다. 갑자기 불청객이 등장한 것이다. 얼굴보다 더 큰 안경을 쓰고 자신의 몸보다 더 큰 주전자를 들고 있는 어린 녀석이었다.

"아저씨 아줌마는 누구세요?"

앞니가 두 개 다 빠져 버린 아주 귀여운 꼬마 녀석이었다.

상도는 잠시 놀라고 있었으나 곧 경계의 눈빛이 사라졌다. 상도는 여러 가지 말이 계속 머릿속에서 맴돌고 있었으나 어떤 얘기를 해야 할지 난감했다. 꼬마 녀석은 빠진 이를 드러내 보이며 신기하게 두 사람을 바라보고 있었다.

"아저씨하고 이 누난 여행 중이거든. 그런데 아저씨도 이 학교를 졸업해서 한번 보러온 거야."

상도는 바쁨 김에 생각나는 대로 둘러댔다.

"정말 아저씨가 우리 학교를 나오셨어요?"

"그… 럼. 그런데 넌 놀러 안 가? 왜 학교에 나왔니?"

상도는 화제를 바꾸려고 했다.

"저요. 오늘 제가 화단에 물 주는 당번이거든요. 그래서 나왔죠."

녀석은 당연하다는 듯이 으스대고 있었다.

"그런데 아저씨."

"응. 왜?"

녀석의 물음에 어떻게 풀어야 할지 상도는 조금 긴장하고 있었다.

"아저씨가 우리 학교 나왔다면 교장 선생님 이름이 뭔지 알아요?"

"아니… 그건."

상도는 대답을 얼버무렸고 위기를 모면하게 해 준 건 혜림이었다.

"아… 이쁜 왕자님이 머리가 안 좋으신 것 같네요."

"제가 왜요?"

녀석은 기분이 상했는지 혜림을 쏘아보았다.

"이 아저씨가 다닐 때 계시던 교장 선생님은 지금 꼬부랑 할아버지가 되셨는데, 그것도 몰라요?"

혜림은 층이 진 드레스의 주름을 펄럭이며 녀석의 이목을 그녀에게로 계속 있게 했다.

"참 그렇겠네요. 누난 참 이뻐요. 맨날 텔레비전을 보면 누나처럼 이쁜 여자들만 나오는데…."

녀석은 혜림을 보고 완전히 넋이 나간 표정을 지었다.

"이름이 뭐니?"

"재훈이요. 박재훈."

상도는 녀석을 잘 다루고 있는 혜림을 신기하게 바라보고 있었다.

"이름이 참 이쁘다. 그런데 재훈아 한 가지 물어봐도 되겠니?"

"그럼요. 전 박사거든요. 다 물어보세요."

재훈은 자신 있게 대답을 했다.

"이 근처에 경찰 아저씨들 있지 않았니?"

혜림의 질문은 자연스럽게 답을 얻을 수 있는 방법이었고 상도는 기발한 그녀의 생각에 가까이 재훈이 곁으로 다가섰다.

"아 그거요. 제가 잘 알죠."

"그래, 이 누나에게 말해 주지 않을래?"

재훈이는 손가락으로 자신의 볼을 가르쳤다. 혜림을 보며 자신의 볼에 입을 맞추어 달라는 신호였다. 혜림과 상도는 당돌한 녀석의 행동에 크게 웃을 수 있었다. 혜림의 입술이 재훈이의 볼에 붙었고 녀석은 동시에 이낀 줄 물리 했다.

"읍내 파출소 아저씨들이 몇 명 우리 동네 앞으로 지나갔고요. 군인 아저씨들이 멍멍이를 끌고 산으로 올라갔어요."
"고맙네. 우리 재훈이."
혜림은 손으로 재훈의 볼을 다시 한번 매만져 주었다. 녀석은 혜림의 손을 잡고 안 떨어지려 했다. 상도의 마음은 더욱더 평화롭게 안정되어 가고 있었다. 모든 것이 순수해서 마냥 좋았다. 혜림은 재훈을 달래며 노래를 부르게 했으며 둘은 짧은 시간 동안 빠르게 가까워져 갔다.
"재훈아, 어떡하니?"
혜림의 걱정스런 말에 녀석이 더 시무룩해졌다.
"누난 이쁜 재훈이에게 내가 입고 있는 날개옷을 주고 싶은데 이걸 벗어 주고 나면 내가 입을 옷이 없으니 어떡하지?"
혜림은 눈을 만지며 슬퍼하는 표정을 짓고 있었다.
"이쁜이 누난. 아무것도 아닌 걸 갖고…."
재훈은 걱정하지 말라며 자신 있게 말을 받았다.
"우리 교실에 선생님 체육복이 있는데요. 그걸 누나가 입으면 되지요. 그리고 엄마한테 더 좋은 걸 사 달라고 해서 선생님 드리고요. 누나 날개옷은 우리 엄마 드리면 되고요."
재훈은 자신이 생각해도 괜찮았는지 전보다 더 으스대고 있었다.
"아 그러면 되겠구나. 재훈아, 빨리 좀 가져다주겠어?"
"예."
재훈은 제일 빨리 오겠다며 뛰어나갔다. 그리고 잠시 후 다시 돌아왔다. 잠깐 동안이라서 혜림과 상도는 녀석을 빤히 쳐다보았다.
"재훈아, 무슨 일 있니?"
혜림이 놀라며 녀석을 바라보았다.
"누나, 내가 올 때까지 도망가면 안 돼요."

혜림은 너무도 순수한 재훈의 행동이 무척 사랑스러웠다. 재훈은 문을 닫고 다시 뛰어갔다. 상도와 혜림은 서로 마주 보며 다시 웃기 시작했다.

재훈은 자기 몸보다 더 커 보이는 쇼핑백을 끌듯이 가지고 왔다. 힘이 들었는지 숨을 몰아쉬고 있었다. 그리고 혜림이 빨리 벗어 주기를 기다리고 있는 눈치였다. 혜림도 드레스가 불편했는지 빨리 벗어던지고 싶었으나 상도와 재훈이 때문에 망설이고 있었다.

"아저씨, 훔쳐보심 안 돼요."

상도는 자연스럽게 몸을 돌렸다. 그러나 녀석은 무엇을 기대하고 있었는지 혜림을 지켜보고 있었다.

"야, 인마 재훈이. 이 아저씨도 고개를 돌리는데…. 신사는 숙녀가 옷 갈아입으면 등을 돌리는 거야. 그게 기본이야."

재훈도 어쩔 수 없었는지 상도의 팔 힘으로 몸이 돌려졌으나 뒤쪽을 계속 의식했다. 혜림의 머리에 있던 왕관이 제일 먼저 벗겨지고 손을 등으로 해서 지퍼를 내렸다. 그녀의 하얀 등살이 보이고 그녀의 알맞게 피어오른 힙이 드러나고 있었다. 두 사내의 몸이 동시에 혜림 쪽으로 돌아가고 있었다.

"아저씨 그리고 너…… 재훈이…."

화가 난 혜림의 거친 음성이 울려 퍼졌다. 두 사내는 놀란 사슴처럼 멈칫했다.

"난 아냐. 녀석이 고개를 돌리길래 막으려고…."

"누나 내가 할 소리예요. 아저씨가 먼저…."

"다시 말하는데 두 사람 다 나가 있어요, 어서…."

혜림은 머리에서 풀었던 머리핀을 던졌다. 상도가 피하려고 하는 순간 혜림의 긴 머리가 신나게 춤을 추고 있었다. 그리고 싱싱한 머릿결이 흔들리고 운동복 차림으로 변해 있는 혜림은 또 다른 아름다움이 살아 꿈틀거렸다. 상도는 계속 흔들리고 있는 자신을 막고 싶었다. 그러나 지금의 순수한 행복을 놓치기는 싫었다. 바로 지금은 그냥 흘러가는 대로 자신을 놓고 그대로를 느끼고 싶었다.

다시 서로의 생각으로만 보내는 시간이 되었다. 상도는 곧 밀어닥칠 경찰들을 생각하고 있었다. 이대로는 꼼짝없이 검거되고 말 것이다. 그러나 생각하면 할수록 방법은 없었다. 모든 도로는 봉쇄되어 있었으며 지금 이 근방에는 수십 명의 경찰들이 무장한 채 그들을 찾고 있을 것이다. 하지만 순순히 자수를 하기에는 상도는 더 이상 갇혀서는 살지 못할 것 같았다.

여러 가지 생각이 교차됐지만 별다른 방법은 떠오르지 않았다. 혜림과 재훈은 칠판에 낙서를 해 가며 아직까지 걱정 같은 생각은 없는 듯이 계속 즐거워했다. 상도도 혹시나 하는 생각에 낙서를 즐기는 재훈에게 다가서고 있었다. 물론 기대는 하고 있지 않았다.

"재훈아, 이 아저씬 곧 떠나야 해."

녀석은 분필을 멈추고 상도를 보았고 혜림 또한 상도를 쳐다보았다.

"이 아저씨랑 누나가 곧 가야 되는데. 길을 잘 모르거든. 그리고 경찰 아저씨들이 아저씨를 못 가게 하고 있어. 아저씨 좀 도와줄 수 있겠니?"

재훈은 망설이고 있었다. 자신의 생각이 녀석에겐 분명히 있었다.

"경찰 아저씨는 좋은 사람이잖아요."

그 나이에 어린 꼬마들이 그렇듯이 재훈도 나쁜 사람 좋은 사람으로 규정짓고 있었다. 상도는 다시 말문이 막혔고 혜림에게 도와 달라는 눈치를 줬다. 혜림도 난감한지 조금 머뭇거리다가 재훈에게 손을 내밀었다.

"재훈아, 이 누나하고 아저씨는 나쁜 사람들 계략에 빠진 거야. 그래서 도망 다니고 있는 거고…."

혜림은 재훈에게 거짓말을 해야 되는 것에 미안한 생각이 들었다.

"그러면 나쁜 사람들 잡으면 되잖아요?"

재훈은 아직도 궁금한 게 많은지 계속해서 말을 물었다.

"그… 래. 꼭 혼내 주고 싶어서 몰래 도망가려고 하는 거야."

상도는 살짝 미소를 지었다.

"재훈아, 그런데 말이야. 너희 동네를 아무도 모르게 떠나는 방법은 없는 거니?"

상도는 기대도 하지 않았다. 어린 꼬마에게 무엇을 바라고 있는 자신이 우습게 생각되었다.

"그럼… 저도 데려가 주면 알려 드리지요."

재훈이 제안을 하고 있었다. 기대도 안 했던 녀석에게 그런 소릴 듣고 있으니 상도와 혜림은 동시에 궁금해졌다. 혜림은 두 손으로 재훈을 번쩍 안아 들고 얼굴을 가까이 댔다.

"이 누나도 우리 재훈이를 데려가고 싶은데…."

"그런데요."

"너 그러면 엄마랑 아빠랑 헤어지게 되는데 그래도 돼?"

혜림의 소리를 듣고 재훈은 안 되는 이유를 느꼈는지 고개를 끄덕였다.

"그럼 어디 한번 말해 볼래?"

혜림은 자연스럽게 답을 얻을 수 있도록 재훈을 유도했다. 재훈은 다 알고 있는 듯이 뚜렷하게 말을 해 주고 있었다.

"저는요. 못 타 봤는데요. 내 친구 상구는 타 봤대요."
"아니, 그게 뭔… 데?"
상도는 조금 흥분해서 답을 듣고 싶어 했다. 그러나 혜림은 손짓으로 상도를 막았다.
"우리 동네에서 조그만 산 하나만 넘으면요. 큰 저수지가 나오는데요. 거기서 맨날 아저씨들이 쌩쌩거리면서요. 보트 타고 그래요. 그거 타면요. 바다도 갈 수 있대요."
재훈은 말하면서도 꼭 타고 싶은지 물살을 가르는 시늉을 했다.
"그래, 바로 그거다."
녀석은 천재였다. 상도는 손뼉을 치며 녀석에게 감탄을 하고 있었다. 녀석의 머리는 혜림과 상도가 할 수 없었던 고차원적인 아이디어였다.
혜림은 다시 한번 재훈을 안으며 여러 군데 입을 맞추어 주었다. 그랬다. 그 주위에는 남한강 유역이 펼쳐져 있던 것이었다.

양평에서 시작된 수색 작업은 농민의 날 축제가 벌어지고 있는 강하면으로 확대되고 있었다. 스피커의 방송을 통해서 신고나 경각심을 고취시키려 했지만 주민들 모두 농민의 날 행사에 관심을 쏟고 있었기 때문에 수사가 매우 어렵게 진행되고 있었다. 강하 파출소에 임시 본부를 세우고, 그곳의 지도를 중심으로 도로나 인도 등을 유 형사와 김 형사가 집중 조사하고 있었지만 시민들 모두가 거리 축제에 나와 어수선한 모습으로 수사가 진행되고 있었다. 길목 길목에 무장 경관들이 지키고 점점 더 수사망을 좁혀 가고 있을 뿐이었다. 상황 전파 무전을 기다리고 있던 김 형사는 짜증이 났던지 자리를 털며 일어나고 있었다.
"유 형사님, 무언가에 홀린 것 아닙니까?"

도저히 이해가 되지 않는지 기가 차다는 듯 이 형사가 중얼거렸다.

"어제 놓치고 깜깜 무소식이에요. 참 이런 새끼는 또 처음이네."

이 형사는 자기 자신에게 자조 섞인 말을 했다.

"참 알 수 없는 일이군."

유 형사도 답답했는지 가지고 있던 볼펜을 오른손으로 돌리고 있었다.

"유 형사님, 이 자식 벌써 딴 데로 뜬 거 아닐까요? 계속 이 잡듯이 쑤시고 있는데 아직까지 소식이 없는 거 보면 말예요."

"그건 아닐 거야. 검문을 생각해서 차도 버렸는데 간다면 얼마나 갔겠어. 여자는 드레스를 입고 있는 상태잖아. 분명히 눈에 띄기 마련인데……. 그걸 알 길이 없군."

유 형사는 아니라며 두 손을 젓고 있었다. 풀리지 않는 수사에 대한 토의가 계속 이어졌다.

"그럼 어디 숨어 있는 게 아닐까요?"

"그래, 일단 숨어 있다고 가정한다면 어디가 낫겠어, 이 형사는?"

유 형사도 수긍이 가는지 한 손으로 다시 턱을 받쳤다. 이 형사는 지도를 다시 유심히 살펴봤다. 펜으로 하나하나 짚어 가며 원덕면에 나타나 있는 주요 건물들을 세밀하게 관찰했다.

"지금은 낮 시간이니 눈에 안 띄게 숨어 있어야 한다. 인질의 옷이 쉽게 구별되고 있으니 더욱 그렇게 해야 한다."

유 형사는 여러 가지 가정을 두고 결론을 도출하려 했지만 역시 잘 풀리지 않았다. 그리고 어느 순간 시가 행렬을 출입구에서 지켜보고 있다 조 순경에게 고개를 돌렸다.

"조 순경 이곳에 초등학교는 몇 개나 있지?"

조 순경은 갑자기 날아온 질문에 아직도 확인하고 있지 못했다.

"아니 학교가 몇 개냐고?"

유 형사는 답답한 시늉을 하며 조 순경에게 다시 묻고 있었다.

"예, 두 군데 있습니다. 한 군데는 행렬 앞 건널목에 있고요. 다른 한 군덴 분교로 여기에서 30분 정도 들어가야 되는데요."

"그럼 오늘 행사 때문에 혹시 학교도 놀지 않나?"

"아마 그럴 겁니다. 읍내에 학생들이 많은 걸 보면요."

"거기다."

유 형사는 책상 위에 놓여 있던 권총을 다시 어깨에 감싸기 시작했다. 유 형사의 갑작스런 행동에 이 형사 역이 눈이 커지고 있었다.

"왜 그래요?"

"맞았어. 그곳이야. 바로 거기!"

"어디 말씀하시는 거예요."

이 형사는 계속해서 흥분하고 있는 유 형사를 저지하려 했으나 그는 벌써 자리에서 멀리 벗어나고 있는 상태였다.

"유 형사님, 같이 가요."

이 형사도 유 형사를 부르며 바쁘게 움직이고 있었다. 가을 하늘은 더 높게 이어지고 있었고 농민의 날 축제도 최고조로 무르익어 가고 있었다.

76.

　상도, 혜림 그리고 재훈은 조용한 동네의 길가로 나왔다. 축제 탓인지 동네는 썰렁했으나 상도에겐 그래도 불안감이 밀려왔다. 그러나 이미 정해진 일. 언제 닥칠지 모르는 경찰들의 수사망을 조금이라도 빨리 피해야 했다. 새벽에 타고 왔던 자전거를 탔다. 앞에는 비껴 앉은 자세의 재훈이를 태웠고 뒤에는 혜림을 태워 달리고 있었다. 자유를 위해 달리듯이 울퉁불퉁한 길을 시원스럽게 뚫고 달렸다. 싱그러운 바람이 코끝을 스치고 지나갔다.

　잠깐씩 흔들리고 있던 풀들도 멀리 보이는 논밭들도 그들에게 인사를 하는 것 같았다. 그렇게 달리고 있을 때 큰 느티나무가 버티고 서 있던 주위에 두 명의 경관이 서 있는 것이 아닌가? 상도는 자전거 핸들을 크게 한번 움켜쥐었다. 이대로 끝날 것인가? 그냥 지나쳐 갔다. 그들 앞으로 그냥 질주했.

　혜림도 상도 뒤에서 머리를 숙였다. 상도도 고개를 돌렸다. 그러나 경관들은 상관없다는 듯이 상도 일행을 그냥 보냈다. 아무 이유 없다는 듯이 말이다. 그랬다. 상도의 머리를 시원스럽게 깎았다는 점. 상도의 얼굴을 덮고 있었던 수염을 말끔하게 면도를 했다는 점. 그리고 어린 소년이 앞에 타고 있었다는 점. 경관들은 생각했을 것이다. 단란한 가정의 외출이라고. 읍내 행사를 구경 가고 있는 아버지와 아들이었다고. 경찰들은 상도 일행을 이 동네 사람인 줄 알았던 것이다. 경찰들의 포위망을 정면에서 비웃듯이 뚫고 상도는 나아갔다. 강변에는 세 척의 보트가 물에 묶이서 사세련이 놓여 있었다.

이 보트를 관리하던 사람도 현재 농민의 날을 참석해서 오랜만에 회포를 풀고 있었던 것이다. 잔잔한 물살은 보트를 띄우기에 더없이 안성맞춤인 날씨였다. 모든 것이 그들을 도왔다. 상도는 강변 주위에 있었던 나무판자 위에 서서 보트를 잡았던 끈을 풀었고 그의 손을 잡으며 혜림이 올라탔다.

-부르릉, 붕붕-

보트에 시동이 걸렸다. 재훈은 그들이 부러운 듯 두 사람을 쳐다봤다.

"아저씨, 나도 태워 주면 안 돼?"

"그렇게 하고 싶어도 시간이 없어. 그래도 재훈이 덕분에 무사히 떠날 수 있게 됐네. 재훈아, 공부 열심히 하고 있어. 아저씨가 꼭 다시 와서 보트 태워 줄게."

상도는 확실하지 않은 자신의 약속이 미안하게 느껴졌다.

"그래, 이 누나도 꼭 약속 지킬게. 응? 재훈아."

"정말이지요? 꼭 기다리고 있을 거예요. 약속한 거예요."

재훈의 오른손이 혜림에게로 다가왔다. 혜림은 손을 잡고 약속을 했으며 재훈의 이마에 다시 한번 입맞춤을 했다. 보트는 서서히 흰 물줄기를 내더니 조금씩 앞으로 나아갔다.

"꼭 다시 와야 해, 누나."

재훈이는 큰소리로 그들 뒤에서 부르고 있었다. 혜림은 고개를 들어 재훈이를 바라보며 손을 흔들었다. 보트는 세차게 물살을 가르며 상도는 저수지 하류 쪽으로 조금도 지체 없이 돌진하고 있었다. 강물 위에서 보트는 작은 점이 되어 가고 있었지만 끝까지 재훈은 눈을 떼지 않았다. 재훈은 서운함에 얼굴에서 한 방울의 눈물이 흐르고 있었다.

유 형사는 권총에 공포탄을 빼고 모조리 실탄으로 장전했다. 그리고 안전장치를 풀었다. 그런 점에서 유 형사는 이번만큼은 결코 물러서지 않겠다는 결의가 보였다. 긴장이 조금씩 흐르고 있었고 1층부터 빠지지 않고 교실을 살피고 있었으나 차가운 책상과 외롭게 버티고 있던 칠판만이 그들을 맞이하고 있었다. 유 형사의 지시에 따라 이 형사는 2층 계단으로 몸을 돌려 철저한 수색을 이어 나갔다. 그러나 그들이 원하는 것은 아무것도 없었다. 한 교실을 지나가고 또 다시 다른 교실을 지나갔다. 좌측 끝에 있는 마지막 교실이었다. 2학년 1반이라고 써 있는. 마지막 교실을 접근할 때는 두 형사의 모습이 아주 신중하고 사뭇 긴장되어 눈빛으로 의사를 교환하고 있었다. 그러나 아무도 없었다. 그들에게는 허탈감이 밀려왔다.

"젠장 또 헛다리 짚었군요. 선배님."

이 형산 짜증이 났던지 권총을 심하게 돌리며 유 형사를 바라봤다.

"틀림없다고 믿었는데……. 어렵군."

유 형사는 거대한 벽에 막혀진 기분이 들었다. 수많은 경찰력을 그렇게 쉽게 빠져나가고 있다는 것에 대해서 베테랑이지만 이해가 되질 않았다.

두 사람은 올라온 곳으로 다시 몸을 돌려 계단으로 향하고 있었다. 하지만 유 형사는 석연치 않은지 교실 쪽으로 다시 몸을 돌리고 있었다. 그리고 갑자기 그의 몸이 바르게 움직였다.

"맞았어. 여기라고."

"예? 무슨?"

이 형사는 선배의 확신에 찬 말에 어리둥절했다. 유 형사는 급하게 교실 문을 열어젖히고 칠판 쪽으로 다가가 면밀하게 관찰을 실시했다. 그리고 칠판에 어지럽게 써진 낙서를 보고 있는 것이었다.

"봐 봐. 여길. 학생들이 청소할 때 칠판을 당연히 지우지 않았겠나?"

이 형사도 이해가 되는지 고개를 끄덕였다.

"것 보라고. 여기를 분명히 지나쳐 갔어. 그런데 여기 써져 있는 어린 아이 글씨체는 또 뭘 의미하는지 모르겠군."

유 형사는 무척 답답했다.

"그놈이 이 학교 학생을 어떻게 만났겠어요. 다 읍내에 나가서 놀고 있을 텐데요."

이 형사는 신경 쓰기가 싫은지 아니, 귀찮아서인지 그냥 말을 넘겼다.

유 형사는 세밀하게 주위를 다시 한번 살펴보고 있었다. 하나하나 놓치지 않겠다는 것이었다. 그리고 교실 구석에 눌려 있는 피우다 남은 담배꽁초를 발견했다.

"이것 보라고."

이 형사는 유 형사의 손에 담겨 있는 꽁초를 보며 확실하게 인정하고 있었다.

"맞군요. 이곳을 틀림없이 지나쳐 갔어요."

"이 형사, 서두르자고. 꽁초 상태를 봐서 얼마 안 된 게 확실해. 멀리 가지 못했을 거야. 빨리 이동하자고."

유 형사의 특유의 몸짓이 휘청거리며 비상계단 쪽으로 달리기 시작했다.

유 형사의 몸은 운동장 중간까지 와 있었다. 최대한 빠른 속도로 상도를 쫓고 있는 것이다. 이 형사는 어렵사리 유 형사를 뒤쫓고 있었으나 힘이 부치는지 계속해서 숨을 몰아쉬고 있었다.

"유 형사님, 컥. 어디로 갔을까요?"

"우리가 읍내 쪽에서 왔으니 분명히 산으로 올라갔을 거라고. 빨리 무전으로 연락해서 산 쪽으로 병력을 배치하라고 해. 어서."

유 형사와 이 형사는 간격이 더 벌어지고 있었다. 이 형산 힘이 바닥 나서 자리에서 걸음을 멈추고 무전기를 들어 지시를 내리고 있었다.

유 형사와 이 형산 산으로 올라가는 길목을 따라 급하게 차를 돌리고 있었다. 더 이상 차가 올라갈 길이 나 있지 않은 곳에서 차를 세우고 자신들도 수색을 실시하고 있었다. 대부분의 병력도 산 주위를 둘러싸고 수색을 일시에 시작하고 있었다.

"이젠 결말이 나겠죠."

이 형산 더는 자신도 어려운지 유 형사에게 확인하려 하였다.

"그렇게 돼야지. 하지만 원체 재빠른 놈이라…."

유 형사는 자신의 입술을 심하게 깨물고 있었다. 그때였다. 산으로 내려오는 길목에서 한 꼬마 녀석이 자기 몸보다 더 큰 가방을 끌듯이 어렵게 내려오고 있었다. 이 형사는 불안정한 꼬마 녀석을 재미있게 바라보고 있었고 점점 더 녀석과의 거리가 좁혀지고 있었다. 그리고 어느 순간 바로 그들 옆으로 지나간 그 녀석에게 이 형사는 눈길을 줬다. 궁금했던지 꼬마 녀석 가방 속을 확인하고 싶어졌다. 눈치채지 못하도록 살핀 이 형사의 머릿속엔 여러 가지 생각이 빠르게 스쳐 지나갔다. 분명히 드레스였다. 결혼식에서 본 혜림의 하얀색 레이스가 있는 그거였다. 바로 뒤에서 지나가고 있는 재훈을 세우고 이 형사는 가방을 빼앗아 속을 살폈다. 그의 생각은 그대로 적중했다.

"너, 이거 어디서 났어?"

이 형사가 다그치자 다른 쪽에 있던 유형사도 드레스를 확인하고는 재훈에게로 다가서고 있었다.

-앙… 으앙…… 앙-

재훈이 울기 시작했다. 유 형사는 얼굴을 찌푸리며 이 형사를 노려봤다.
"아니 아이를 그렇게 다루면 어떻게 해."

이 형사는 머쓱한 표정을 지었다. 유 형사는 무릎을 낮추며 재훈의 머리를 쓰다듬고 있었다.

"참 이쁘게 생겼구나. 아저씨들은 있잖니, 나쁜 사람 잡는 경찰이야. 그런데 이 옷을 가졌던 사람은 아주 나쁜 사람이거든."

재훈은 어떠한 대답도 하지 않고 계속 울고만 있었다.
"부탁하는데 꼬마야. 네가 꼭 좀 알려 줘야 된단다."

순간 재훈은 울음을 그치며 두 형사를 바라봤다.
"그 아저씨하고 누난 나쁜 사람 아니에요. 앙… 으앙."

재훈은 악을 쓰듯 유 형사의 말을 반문하고는 다시 울기 시작했다.
"그… 래. 그래. 나쁜 사람들 아니란다. 부탁이다. 꼬마야 어서 아는 대로 대답 좀 해 주겠니?"

유 형사는 녀석의 마음을 돌리기 위해 무지 애를 쓰고 있었다. 그러나 재훈의 마음을 쉽게 돌리지 못하고 있었다.

"아가야, 네가 아저씨 부탁 들어주면 내가 진짜 총 보여 줄게. 자 이것 봐라."

유 형사는 녀석의 마음을 돌릴 방법을 생각해 냈다. 어깨에 메고 있던 권총을 살짝 보여 주자 울음을 그친 재훈은 호기심 어린 눈으로 그를 바라보았으며 이 형사는 그런 유 형사가 우스운지 터져 나오는 웃음을 참고 있었다.

유 형사는 녀석의 호기심을 풀어 주기 위해서 안전장치를 확인하고 재훈에게로 총을 넘겼다. 재훈은 신기하게 자신의 손보다 더 커 보이는 총을 여러 각도에서 만져 보고 있었다.

"어디로 갔니? 응?"

유 형사는 재훈의 눈빛을 계속 주시하고 있었다.

"저쪽으로 갔어요."

"어디로?"

"아까요. 나한테 길을 물어서요. 알려 줬어요."

"그래, 알았으니까 어디로 갔는지 사실대로 말해 주겠니?"

말꼬리를 계속 돌리는 녀석을 유 형사는 한 대 쥐어박고 싶었지만 어렵게 참고 있었다.

"저… 산을 넘어서요. 읍내로 가서 차를 탄다고 하던데요."

"그럼 이 옷 너한테 주고 지금 무슨 옷을 입고 있니?"

유 형사는 궁금한 질문을 계속 쉬지 않고 재훈에게 던졌으나 녀석은 아직도 총이 더 신기한지 그것에만 관심을 가지고 대답을 건성으로 하고 있었다.

"지금 무슨 옷을 입었냐고?"

"우리 엄마가 집에서 입고 있는 옷을 갖다드렸어요."

"더 이상 말도 안 나오는군. 이 형사 빨리 연락해서 잔류 인원에게 읍내 쪽 검문검색 강화하라고 하고. 같이 있는 장혜림 양은 이제 인질이 아닌 협조자라고 해야 옳겠군."

이 형사는 무전기의 안테나를 크게 만들었다.

"여기는 진돗개. C-2에 있는 대원들에게 알린다. 지금 즉시 읍내 길목을 완전 차단하고 도로 주변 위로 병력 배치. 용의자 발견 시 즉시 검거, 그리고 인질은 현재 용의자를 도와주고 있는 것으로 파악. 현 시간부로 인질은 인질이 아니고 용의자와 협조하고 있음."

유 형사는 다리를 펴고 일어서며 녀석이 얄미웠던지 세차게 총을 빼앗았다. 그리고 정해진 것처럼 재빠르게 자동차의 방향을 돌리고 있었다.

재훈은 그들의 뒤를 바라보며 씩 웃고 있었다. 아주 통쾌하다는 듯이…….

몇 시간을 겹겹이 수색하고 포위망을 좁혀 봤지만 상도의 그림자도 찾을 수 없음을 확인한 유 형사는 갈수록 어려운 이 시점에서 허탈한 표정만을 짓고 있었다. 턱을 기대고 파출소 비상 본부에서 연락을 기다리고 있던 그도 이젠 포기했는지 자리를 털고 일어났다.

"유 형사님 어디 가십니까?"

이 형사도 허탈하기는 마찬가지였다.

"아니 이럴 순 없어. 그 새끼가 무슨 마술을 부리고 있는 것 같거든. 젠장."

유 형사의 미간이 심하게 흔들렸고 손을 떨고 있었다.

"내가 많은 범죄자를 검거해 봤지만 이렇게 잡힐 듯이 사라지는 놈은 정말 처음이라고. 이 형사, 벌써 상도 이 자식 여기 뜬 지 오래라고. 밥이나 먹으러 가자고."

"예, 저도 막히니까 막 뭐가 땡기네요."

이 형사도 이번 사건은 자신도 이해가 안 되는지 유 형사의 말을 듣고 자리를 털고 일어났다.

"최소의 인원만 남겨 놓고 다 철수시켜. 이미 날샜어."

"예."

이 형사의 대답엔 모든 힘이 빠져 있었다. 그러면서도 이 형산 알 수 없는 모욕감을 느끼고 있었다. 접근하면 할수록 경찰력을 비웃으며 빠져나가고 있는 상도의 손목에 꼭 수갑을 채우겠다고 다시 한번 다짐하는 총을 여러 각도에서 만져 보고 있었다.

"어디로 갔니? 응?"

유 형사는 재훈의 눈빛을 계속 주시하고 있었다.

"저쪽으로 갔어요."

"어디로?"

"아까요. 나한테 길을 물어서요. 알려 줬어요."

"그래, 알았으니까 어디로 갔는지 사실대로 말해 주겠니?"

말꼬리를 계속 돌리는 녀석을 유 형사는 한 대 쥐어박고 싶었지만 어렵게 참고 있었다.

"저… 산을 넘어서요. 읍내로 가서 차를 탄다고 하던데요."

"그럼 이 옷 너한테 주고 지금 무슨 옷을 입고 있니?"

유 형사는 궁금한 질문을 계속 쉬지 않고 재훈에게 던졌으나 녀석은 아직도 총이 더 신기한지 그것에만 관심을 가지고 대답을 건성으로 하고 있었다.

"지금 무슨 옷을 입었냐고?"

"우리 엄마가 집에서 입고 있는 옷을 갖다드렸어요."

"더 이상 말도 안 나오는군. 이 형사 빨리 연락해서 잔류 인원에게 읍내 쪽 검문검색 강화하라고 하고. 같이 있는 장혜림 양은 이제 인질이 아닌 협조자라고 해야 옳겠군."

이 형사는 무전기의 안테나를 크게 만들었다.

"여기는 진돗개. C-2에 있는 대원들에게 알린다. 지금 즉시 읍내 길목을 완전 차단하고 도로 주변 위로 병력 배치. 용의자 발견 시 즉시 검거. 그리고 인질은 현재 용의자를 도와주고 있는 것으로 파악, 현 시간부로 인질은 인질이 아니고 용의자와 협조하고 있음."

유 형사는 다리를 펴고 일어서며 녀석이 얄미웠던지 세차게 총을 빼앗았다. 그리고 정해진 것처럼 재빠르게 자동차의 방향을 돌리고 있었다.

재훈은 그들의 뒤를 바라보며 씩 웃고 있었다. 아주 통쾌하다는 듯이…….

몇 시간을 겹겹이 수색하고 포위망을 좁혀 봤지만 상도의 그림자도 찾을 수 없음을 확인한 유 형사는 갈수록 어려운 이 시점에서 허탈한 표정만을 짓고 있었다. 턱을 기대고 파출소 비상 본부에서 연락을 기다리고 있던 그도 이젠 포기했는지 자리를 털고 일어났다.

"유 형사님 어디 가십니까?"

이 형사도 허탈하기는 마찬가지였다.

"아니 이럴 순 없어. 그 새끼가 무슨 마술을 부리고 있는 것 같거든. 젠장."

유 형사의 미간이 심하게 흔들렸고 손을 떨고 있었다.

"내가 많은 범죄자를 검거해 봤지만 이렇게 잡힐 듯이 사라지는 놈은 정말 처음이라고. 이 형사, 벌써 상도 이 자식 여기 뜬 지 오래라고. 밥이나 먹으러 가자고."

"예, 저도 막히니까 막 뭐가 땡기네요."

이 형사도 이번 사건은 자신도 이해가 안 되는지 유 형사의 말을 듣고 자리를 털고 일어났다.

"최소의 인원만 남겨 놓고 다 철수시켜. 이미 날쌨어."

"예."

이 형사의 대답엔 모든 힘이 빠져 있었다. 그러면서도 이 형산 알 수 없는 모욕감을 느끼고 있었다. 접근하면 할수록 경찰력을 비웃으며 빠져나가고 있는 상도의 손목에 꼭 수갑을 채우겠다고 다시 한번 다짐하고 있었다.

시간이 흘러 저녁이 다가왔다. 시끄럽게 보였던 행사도 마무리되었고 수많은 사람들도 모두 돌아가 버린 쓸쓸한 거리가 되어 있었다. 파출소에서 혹시나 연락을 기다리고 있던 두 형사들도 이제 완전히 지치고 포기해 버린 후였다.

"이 형사도 피곤할 테니 좀 쉬지. 내가 연락을 받고 있을게."

이 형사는 그 말을 기다리고 있었던 것처럼 무척 반가운 표정을 보였다.

"그럴까요. 몸이 영 좋지 않습니다. 아 그런데 이 자식. 유 형사님 우리 간만에 아주 강적 만난 거 같은데요."

이 형사의 말에 유 형사도 수긍이 가는지 고개를 끄덕였다.

파출소 구석으로 만들어진 직원용 숙소에 이 형사가 몸을 옮길 때 낮부터 보이지 않았던 파출소장 명수가 들어왔다.

"수고가 많으십니다."

몸이 뚱뚱한 명수는 양손에 큰 냄비를 들고 서 있었다.

"먼 곳에서 오셨는데 마땅히 대접할게 없어서 매운탕이나 끓여 왔네요. 들어가서 좀 드시지요."

배가 유독 많이 튀어나온 명수가 지금 막 가지고 온 냄비를 열자 열기가 피어오르고 있었다. 유 형사는 출출했는지 입맛을 다시며 명수 앞에 앉았다.

"감사합니다. 시원한 국물이 생각났었는데…."

"어서 드세요."

"아무튼 잘 먹겠습니다. 그런데 수사기 힘든 길 인제 준비히 있습니끼?"

유 형사는 일상적인 답례에 명수는 몸을 가볍게 목례를 했다.

"웬걸요. 이곳에서 조금만 들어가면 저수지가 있는데 지금 물이 올라서 잘만 하면 월척을 막 건질 수 있다고요."

명수의 말에 유 형사의 눈이 크게 커지고 있었다.

"지금 하신 말씀이 사실입니까? 강이 흐르고 있다는 게."

갑자기 들었던 숟가락을 외면한 채 유 형사가 소장을 몰아세우고 있었다.

"그… 럼요. 남한강 유역으로 연결되는 강줄기가 이곳에 나 있죠."

"그럼, 이 강줄기를 타고 가면 가장 가까운 도시가 어딘가요?"

명수는 알 수 없는 유 형사의 질문에 대답을 해 주고 있었지만 서울 형사 양반들이 이렇게 성격이 급한지 이해를 하지 못했다.

"여기에서 내려가면 강상면이 나오지요."

명수의 말이 떨어지기가 무섭게 유 형사는 전화기의 다이얼을 빠르게 누르고 있었다. 몇 분간의 대화가 끝나고 그는 힘없이 자리에 털썩 주저앉았다.

'이런 미친. 왜 물을 생각 못했을까. 씹팔.'

계속 헛다리만 짚고 있는 자신을 스스로 질책하고 있었다.

77.

21시 뉴스에서는 상도에 관한 기사가 톱으로 나오고 있었다. 양평시에서 버려진 차가 견인되어 가는 모습이 나왔고 마이크를 손에 들고 있는 한 기자의 모습이 보였다.

"제천시 국회 의원 성일 후보의 피습 사주로 구속된 김양명과 지금 경찰의 추적을 받고 있는 한상도에 관한 속보입니다. 김양명은 현 조직폭력배인 기동파의 보스로 그는 경찰의 조사에 일체 답변을 거부하고 있는 것으로 밝혀졌습니다. 한 경찰 고위 간부의 말에 따르면 김양명 씨는 이 시각까지도 경찰의 수사에 전혀 협조가 없어 많은 어려움을 겪고 있다고 합니다. 기동파 행동 대장이였고 김양명의 사주를 받은 한상도는 오늘도 검거되지 않았습니다. 인질을 데리고 도주한 그는 이 시각까지도 어디로 갔는지 전혀 윤곽을 못 잡고 있는 실정입니다. 물론 인질인 장 모 양의 행방도 오리무중으로 수사에 난항을 겪고 있다고 합니다. 국민 여러분께서는 수상한 자를 발견 즉시 가까운 경찰서에 신고해 주시어 하루빨리 검거가 될 수 있도록 적극 협조 바랍니다. 그리고 제천시 국회 의원 후보로 출마했던 성일 후보는 병원으로 옮겨졌지만 아직 의식이 없고 매우 위중한 상태라고 합니다. 병원에는 많은 시민들의 발길이 이어져 빠른 쾌유를 빌고 있습니다. 그리고 여론은 경찰이 의도적으로 사건을 덮어 두는 것이 아니냐며 의아해하고 있으며 경찰의 무능함을 질타하는 여론이 연일 계속되고 있습니다. 하루빨리 범인을 검거해서 경찰의 떨어진 신뢰를 회복하는 길밖에는 없다는 생각입니다. 이상 ○○○뉴스 김철민 기자였습니다."

금한은 TV 앞에 힘없이 몸을 숙이고 앉아 있었다. 탁자 위에는 수많은 담배꽁초가 덮고 있었으며 어제부터 이제껏 옷도 갈아입지 않고 있었다. 바닥 여기저기에 쌓여 있는 수많은 소주병들이 너저분하게 널려 있어 매우 위태롭게 보였다. 그의 머리를 덮고 있는 흰머리가 피부와 맞물려 더욱 희게 보였다.

'다 이 못난 애비 때문에.'

금한은 몇 번씩 눈을 감고 다시 고개를 흔들며 불안정한 상태로 몸을 지탱하고 있었다.

'살아만 있어 다오. 제발 살아만. 난 이제 내 딸 혜림이만 온다면 모든 것을 포기할 수 있어. 제발 돌아만 와 다오.'

이제 금한은 혜림을 위해 모든 것이 맞추어져 있었고 아무것도 딸과 바꿀 수 없다는 것을 비로소 알았다. 오로지 머릿속에는 혜림이만을 생각하고 있었다.

78.

상도와 혜림은 소형 미니차를 타고 강상면을 완전히 벗어나고 있었다.

혜림은 시간이 지날수록 새로운 일들에 대해 점점 더 깊이 빠져들고 있었으며 무엇보다도 상도의 처지를 자신의 일처럼 이해하고 있었다. 상도는 불안감이 조금씩 해소되며 안정을 찾아가고 있었다. 상도도 사실 혜림과 있는 것이 이상하게 편하게 느껴졌다. 그리고 복잡한 일들이 엉켜 있는 지금을 잊고 싶어 했다. 그러나 분명한 건 하루빨리 혜림을 돌려보내야 한다는 것을 스스로도 알고 있었다. 하지만 마음만 있을 뿐 행동으로는 나타내지 못했다.

"아저씨, 전요. 산이 보고 싶어요. 단풍이 들어가고 있는 모습을요. 아저씬 어떠세요?"

혜림은 운전석을 잡고 있었고 상도는 그 옆에서 창밖을 주시하며 앉아 있었다. 차는 계속해서 다른 차들을 앞질러 갔다.

"산…. 산을 보고 싶다고…."

"예. 산을 본다면 저도 모든 것을 잊고 아저씨 말대로 돌아갈게요. 마지막으로 제 부탁 들어주시면요?"

"내가 산에 가 본 것이…."

상도는 옛날의 기억을 되살려 보려고 했지만 통 기억나질 않았다. 그에게는 너무 오래된 일들이었다. 아무것도 느껴지지 않고 있었다.

"그래, 좋다고. 막힌 땅을 뚫고 솟아올라 있는 봉우리를 가 보는 거야. 한번 가 보자고 어서. 대신 내게 지금 했던 약속 무조건 지켜야 된다는 게 전제야. 알겠지?"

혜림은 고개를 힘주어 끄덕였다. 곧 상도는 자수해야 된다는 생각을 하고 있었다. 죄의 대가를 받아야 된다는 생각을 하고 있던 것이다. 하지만 자신도 생각했다. 이 어린 꼬마 아가씨의 부탁을 들어주고 난 후라고…….

두 사람은 한 시간 가량 국도를 달리고 있었다. 그런데 그들 앞에 검문소가 나타났다. 네 명의 경찰관이 오는 차와 가는 차를 나누어 막고 있었다.

상도는 숨을 죽이고 있었다. 혜림 또한 상도의 눈치를 보며 운전대에 힘이 저절로 들어갔다.

"아저씨, 우리 어쩌죠?"

상도는 삼십 미터 떨어진 곳까지 다가선 검문소를 바라보고 있었다.

"이대로는 차를 돌리기도 힘들어. 또한 이 차도 우리가 훔친 거고…."

"그래도…."

혜림도 방법이 없었기에 말끝을 흐렸다.
"할 수 없어. 최대한 태연한 척하는 수밖에는…."
"알겠어요. 최대한 태연히…."
혜림은 가쁜 숨을 몰아쉬며 전의를 불태웠다.
"어쩌면 더 잘됐을지도 몰라. 저곳을 통과하게 된다면 우리의 마지막 여행도 편안하게 시작하는 거라고…."
둘 중 하나였다. 끝이냐? 아님 잠시 새로운 시작이냐? 두 가지 중 하나. 길은 한 개. 하지만 상도는 조용히 체포되는 것을 더 원하고 있었는지도 몰랐다.
앞 차들이 빠져나가고 곧이어 상도를 태운 차는 심판대에 올랐다. 죄수처럼 마지막 판결을 기다리는 입장과 같이 초조하고 불길한 예감으로 상도의 입술이 떨리고 있었다. 검은 제복을 입은 경찰은 M-16소총을 어깨에 메고 그들에게로 다가왔다. 차장 사이로 경례를 하고 혜림에게 말을 건넸고 상도는 자동차 안에서 모자를 깊숙이 머리에 박고 눈을 최대한 가렸다.
"운행 중 죄송합니다. 신분증 좀 보여 주시지요."
잠깐 동안에 침묵이 흘렀다. 무슨 말이라도 해야만 했다. 혜림은 애써 태연한 표정으로 경찰관들을 바라보았다. 다행인 건 경관들이 아닌 의무 경찰이었다.
"어머 경찰관 아저씨, 이를 어쩌죠. 급히 이사를 하느라 몽땅 짐이 먼저 가서요. 신분증도 그 안에 다 있는데. 혹시 아까 이삿짐 실은 차 지나갔죠?"
경찰은 얼굴 가장자리 눈썹을 올리며 수상하다는 듯이 주위를 살펴보고 있었다.

"거 말도 안 되는 소리 마십시오. 신분증이 없으면 주민 등록 번호라도 말해 보시죠."

"야, 살살해. 아까 이삿짐 트럭 지나갔잖아. 자식이 무데뽀로 민원을 처리하고 있어."

고참으로 보이는 젊은 경찰은 후임자를 책망하고 있었다.

"그런가요. 그래도 규정상…."

"하긴 하는데 부드럽게 하라고. 또 경비 담당님에게 혼나지 말고."

"알겠습니다. 주민 번호 좀 대 주세요."

전보다는 분위기가 많이 좋아지고 있었다. 그래도 혜림은 느꼈다. 자신의 번호를 대는 순간 모든 것이 끝난다는 것을. 경찰은 차량 번호를 보고는 무전으로 연락을 하고 있었다.

"아저씨, 어떻게 해요?"

혜림은 조용히 관망하던 상도에게 긴장하며 그의 생각을 물어보았다.

"기다려. 가만히 좀 지켜보자고."

더 깊은 수렁으로 빠져들고 있는 듯했다. 모든 것이 긴장해 두 사람 모두 머리가 서고 있었다. 그러나 다행스러운 일이 벌어졌다. 도난 차량으로 아직 신고가 되어 있지 않다는 것이었다. 경찰은 다시 다가오더니 혜림을 바라봤다. 조금 전에 물어봤던 주민 번호를 다시 묻고 있었다. 혜림은 기억을 되살리려 했다. 몇 달 전 자동차 시험장에 갔을 때 바쁘다는 수정이를 대신해서 자신이 대신 시험을 접수해 준 적이 있었다. 그녀의 번호를 알아내려고 모든 신경을 곤두세웠다.

'이게 맞아야 하는데. 하느님, 제발.'

기억해 낼 수 있는 모든 생각을 하고 있었다. 하나하나 어렵게 그녀 입에서 번호가 흘러나왔다. 적고 있던 메모지를 신참 의경이 무전으로 보고하고 잠시의 적막이 모든 신경으로 이어져 팽팽한 긴장감이 흘렀다. 그리고 알 수 없는 답을 들고 의경이 다가왔다. 하나. 둘. 그리고 셋.

"다음부터는 꼭 신분증 가지고 다니세요. 다음번에는 과태료 부과될 수 있습니다. 옆에 계신분도 신분증 좀 주십시오."

상도는 모든 것이 끝났다고 스스로에게 말을 했다. 그냥 조용히 내려 더 이상 피를 보지 말자고.

"야, 근무 시간도 다 끝나는데 뭘 또 하고 있어. 그냥 보내 드려. 이상 없잖아."

고참은 만사가 귀찮은 듯이 후임자를 막았다.

"박 의경님 그래도 그건."

"야, 고참 배고프시다고요. 빨리 보내 드리라고요."

고참의 얼굴이 어둡게 변하며 신임자를 노려보았다.

"알겠습니다. 시정하겠습니다."

후임자는 바리케이드를 열었다.

"충성, 안녕히 가십시오."

혜림은 조금도 지체 없이 기어를 넣었다. 빨리 기어를 놓고 그곳을 벗어나야만 했다. 차는 시원스럽게 나아갔다. 가장 큰 위기가 행운이 되어서 돌아왔다. 밤은 또 다른 세계로 아름답다. 의경들은 어두워서 확실하게 사람 얼굴을 확인하지 못했다는 점. 그리고 지명 수배 사진과 상도의 얼굴이 확실하게 많이 차이가 나고 있다는 점. 매스컴을 통해 나오고 있는 상도의 얼굴은 3년 전 얼굴이라는 점. 인질은 분명히 상도에게 위협당하고 있어서 절대로 2명이 같이 움직이지 않는다는 점. 인질인 혜림이가 협조를 하고 있다는 사실이 다 전달되지 않았다는 점. 그리고 마지막으로 친구 수정의 주민 번호가 맞았다는 점이 그들이 통과할 수 있었던 점이었다.

"이야, 호이 아싸!"

혜림은 완전히 주위를 벗어나자 경적까지 올리며 기뻐했다. 상도도 그런 혜림의 제스처가 어여뻐서 말없이 웃고만 있었다.

"아저씨한테 도움을 줄 수 있어서 기분이 참 좋네요. 그것 봐요. 내가 있으니 그냥 다 통과죠?"

혜림은 자신의 공을 확인이라도 하고 싶은지 상도의 칭찬을 받고 싶어 했다.

"고맙네. 앞으로 연기해도 되겠어. 대단해. 여우 주연상은 따 놓은 당상이야."

상도는 혜림을 장난스럽게 비웃으며 말을 돌리려 했다.

"핏, 싱거운 소리도 하시네. 그런데 아까 정말로 아저씨와 헤어지게 되는 줄 알아서 얼마나 무서웠다고요."

혜림은 눈을 흘기며 상도를 다시 바라봤다. 혜림은 이상하게 이 남자의 슬픔을 자신이 짊어지고 싶어졌다. 자신의 힘으로 이 남자가 그냥 벗어날 수 있었으면 했다.

"아저씨 전요. 그냥 아저씨가 막 좋아지고 있어요. 평생 아저씨만 따라다닐까 봐요."

혜림도 더욱 용기를 얻었는지 말을 놓치지 않고 그녀의 생각을 빠르게 전달했다.

'이런 미친. 그러면 안 돼. 난 범죄자라고.'

순간 자신의 처지가 그대로 이어졌다. 시간이 지나면서 더 이상하게 금방 끝날 것 같은 자신의 인생이 연장되는 것 같아 그도 이해가 되질 않았다.

우연에서 무슨 필연으로 이어지는 혜림과의 만남에 갈피를 잡지 못하고 있었다. 그리고 이상하게 너무 거짓이 없고 순수한 그녀에게 상도도 빠져들고 있었다.

상도와 혜림 두 사람은 계룡산에 도착했다. 대전의 유성구 쪽으로 진입해서 20분 거리에 있는 산이었다. 상도가 대전에서 일을 할 때 이 근처를 들렀던 기억으로 어렵지 않게 이곳에 올 수 있었다. 여름은 어느덧 사라지고 산에는 초반이긴 하지만 여러 가지 색깔의 단풍들이 모습을 드러내고 싶어 했다. 자연을 사랑하는 사람들이 너무 많이 있었다. 손에 손을 잡고 모인 사람들. 나이가 많이 보이는 어르신인데도 지팡이를 짚으며 걷고 있는 사람들.

젊은 연인인 것 같은 사람들. 모두들 같은 시간을 살면서 이렇게 다른 생활을 하고 있는 사람들을 바라봤다. 사람들도 상도와 혜림을 그냥 그런 일반 사람처럼 생각할 것이다. 상도와 혜림도 산길로 이동했다. 혜림은 조용히 그의 뒤를 따르고 있었다. 정상을 향해서. 이제껏 살아오면서 산에 온 것은 몇 번 되지 않았다. 뭐가 그렇게 바빠서 왜 그렇게 정신없이 살아서 산에도 오르지 못했는지 상도는 그냥 자신이 한심했다. 그리고 생각했다. 아무것도 해 놓지 못했던 자신의 인생에서 실패라는 것이 더 어울리고 있는 지금 조금이라도 위로받기 위해서라도 그는 산 정상을 정복해 보고자 했다.

날카로운 길을 거침없이 뚫고 있었다. 혜림은 힘이 들었는지 몇 번 상도의 손을 잡았지만 그것도 힘이 들었는지 상도를 원망하고 있었다.

하지만 상도는 신경 쓰지 못하고 자신의 다짐을 실행하고 있었다.

끓어오르는 감정이 폭발해 버릴 것 같은 상도는 계속 앞만 보고 나아갔다. 이젠 결론을 스스로라도 내려야겠다고 생각했다. 이 산을 정복하고 마지막 여행을 끝으로 자신은 자수하겠다고 결론을 맺고 있었다.
"힘들지?"
 갑사를 지나서 미끄러운 계곡 사이를 지나고 있을 무렵 상도는 자신밖에 없다는 것을 느낄 수 있었다. 혜림은 상도가 매정하게 자신을 버리고 멀어져 가고 있는 것이 서운해 숨을 몰아쉬고 있었다.
"태어나서 이렇게 높은 산은 처음이야. 꼭 정복하고 싶어서…."
 상도가 그녀를 향해 다시 돌아왔다. 그리고 자신의 생각이 다 나타나 있는 한마디를 던졌다. 혜림은 미안했던지 얼굴을 풀고 상도를 밀었다. 빨리 올라가자고 했다. 어젯밤부터 잠을 잘 수 없었던 두 사람은 피곤했지만 이 일을 꼭 완수하고 싶어졌던 것이었다. 올라갔다. 다시 한 발, 한 발. 계속 이어갔다. 끝까지 그들은 포기하지 않기로 했다.

79.

 어젯밤 유 형사와 이 형사는 급히 금한의 집에서 대기하기 시작했다. 국민들의 수사에 대한 뜨거운 관심으로 경찰은 계속해서 질타를 받고 있었다.
 그리고 시민이 보는 앞에서 놓쳐 버린 상도로 인하여 두 형사도 무척 곤란했다. 또한 지금은 흔적조차 찾을 수 없는 두 사람의 유일한 단서는 혜림의 전화를 기다리는 것 밖에는 할 수 있는 게 없었다. 유 형사의 눈에 비춰진 금한의 모습은 힘없이 죽음을 기다리고 있는 한 연약한 사내였다. 어렵게 문을 열어 준 금한은 다시 소파에 가까스로 몸을 기대었다. 유 형사는 위로해 줄 말을 생각해 내려 했지만 너무 어려운 숙제였다.
"죄송합니다. 여러 방면으로 뛰어다니곤 있지만 수사가 진전되지 못하고 있습니다."
유 형사는 눈을 감고 고개를 숙이고 있던 금한에게 첫 인사로 솔직한 생각을 전달했지만 그는 아무 대꾸도 없었다. 자리를 권하지도 않는 금한은 두 형사를 조금 난처하게 했지만 유 형사가 먼저 용기를 내서 금한 맞은편에 자리를 잡고 앉았다.
"힘드시겠지만 도움 좀 주셨으면 합니다."
유 형사는 부탁하듯이 감성조로 금한에게 말을 던졌다. 금한도 무슨 내용인지 들어 보려고 자세를 고쳐 세워 눈을 떴다.
"저 혹시 무슨 연락 같은 건 없었습니까?"
"없었습니다. 한번도."
금한은 말 한마디에도 무척 힘들어했다. 유 형사는 결심을 했는지 이 형사를 바라보았고 그도 동의를 했다.
"솔직히 말씀드리지요. 결혼식 날 이후 그 두 사람을 찾을 수가 없었습니다."
"찾았으면 제가 알고 있었겠죠."
금한도 수긍을 하고 있었다.
"따님이 어떻게 된 건지도 저희로선 확실히 알 수도 없고요. 죄송할 따름입니다."
"정말로 아무 단서조차 없는 겁니까?"
금한은 답답한지 재차 확인하려고 했다.
"잘은 모르지만 따님은 현재 안전하게 잘 있는 것으로 추정됩니다.

"어떻게 그걸 알 수 있습니까? 아무것도 알지 못한다고 하지 않았습니까?"

"사실대로 말씀드리지요. 혹시 따님 요즘 심적으로 힘들지 않았습니까?"

유 형사는 사실대로 말하는 것에 스스로 동의했다.

"그… 건."

금한도 짚이는 게 있는지 말끝을 흐렸다.

"현재 수백 명의 경찰력이 투입되어서 용의자를 뒤쫓고 있는데 그렇게 쉽게 빠져나간다는 건 저희의 예상이지만 혜림 양이 용의자를 도와주고 있는 것 같습니다. 그렇지 않고서야……."

"저… 정말…… 그럴 수가."

금한의 얼굴은 전보다 더 심하게 일그러졌다. 이 형사는 금한의 충격을 막으려고 재빠르게 그를 잡아 넘어지지 않도록 잡아 주고 있었다.

"저희 판단으론 조만간 연락이 올 것으로 봅니다. 그때까지 저희가 이곳에서 연락을 기다리려고 하는데 힘드시더라도 이해해 주셨으면 합니다."

유 형사는 자신의 입장을 소상히 금한에게 전달하였다.

"확실한가요? 혜림이가 무사하다는 말이."

금한의 관심사는 오로지 그것뿐이었다.

"예."

유 형사는 일단 안전하다고 판단해서 확실치 않은 정보를 금한에게 전달하였지만 자신의 오랜 세월 경험으론 분명히 혜림은 신상에 위협 같은 것은 없다고 확신했다.

"알겠습니다. 기다려 보겠습니다."

금한의 승낙이 떨어졌고 유 형사와 이 형사는 필요한 곳에 연락을 취하기 시작했다.

80.

정상이다. 그토록 갈망했고 힘들게 올라왔다. 조금의 여유도 없이 올라온 결과였다. 몇 개의 봉우리를 넘어 도시의 건물들이 희미하게 발아래에 들어오고 땀이 두 사람 몸에 스며들고 있지만 바람이 땀을 녹이고 있었다.

상도와 혜림은 서로를 쳐다보며 웃고 있었다. 두 사람 모두 놓쳐 버린 그 무엇을 이곳에서 발견한 것이었다. 위안을 줄 수 있는 따뜻한 그 무엇이 그 두 사람에게 지금 흐르고 있어 잠시나마 모든 것을 잊을 수 있었다.

하지만 상도는 지금 이 순간을 놓칠 리 없었다. 혜림의 눈치를 살피며 그녀의 손을 잡았다. 그녀도 갑작스런 상도의 행동에 고개를 들어 그를 바라봤다.

"혜림아, 이젠 처음으로 돌아가야 해."

"뭘… 요?"

"너 때문에 갑자기 살고 싶은 욕심이 더 거세게 일고 있지만 끝으로 마음을 정리하고 자수할 거야."

"아저씨."

혜림은 놀라고 있었다. 자수한다는 것이 당연은 했지만 너무 빨리 다가오고 있는 것이다.

"알아요. 아저씨 심정. 하지만 전 끝까지 아저씨 곁에 남아 있을 거예요. 마지막 순간까지 아저씨를 지켜 드릴 거라고요."

혜림의 심정은 굳혀진 듯 했다.

"고마워, 난 요즘 재수가 너무 좋았어. 가슴이 따뜻한 사람들을 계속 만나게 되어서. 하지만 결코 우린 이러면 안 돼. 넌 집에 빨리 돌아가야만 해."

혜림은 대답을 하지 않았지만 분명히 상도의 물음에 기분이 상했는지 얼굴에 어둠이 보였다.

"아버지가 계시잖니. 사랑하는 너의 아버지가…."

"그래요, 저도 집으로 돌아갈 거예요. 하지만 지금은…."

"이 손이 떨어지는 동시에 우리 헤어지자. 난 지금부터 나를 위한 마지막 여행을 끝으로 당당히 죗값을 받을 거고. 넌 일상으로 돌아가서 행복하게 살아야 하고."

상도가 손을 놓으려고 했다. 하지만 그럴수록 혜림은 거세게 상도의 손을 잡고 있었다.

"좋아요, 아저씨. 하지만 이건 제가 하는 부탁이에요. 아저씨가 가는 마지막 여행까지만 같이 있게 해 주세요."

"안 돼. 이젠 그럴 수 없어. 제발 부탁이야. 너 바보니? 이 답답한 아가씨야, 넌 지금 환상에 젖어 있다고."

상도는 너무나 답답한 마음에 손을 뿌리쳤다.

"아저씨, 이게 자유는 아니잖아요. 아저씨를 따라서 전 죽어도 같이 갈 거예요. 그런 말 다시는 하지 말아요. 제발."

혜림의 얼굴이 울상으로 변해가고 있었다. 하지만 상도는 자신의 결정에 번복은 없다고 스스로에게 다짐했다.

"싫으면 관둬. 난 이제부터 혼자 갈 거라고. 지금부터 네가 돌아가든 안 가든 난 상관하지 않을 거야."

상도는 가파른 산길을 아주 빠른 걸음으로 뛰어 내려오기 시작했다.

뒤를 돌아보지 않으려고 입술을 세차게 물어뜯고 있었다. 그의 뒤에서 혜림의 울음소리가 들리는 것 같았다.

'안 돼. 난 범죄자에 조폭이고 살인자가 될 수도 있다고.'

상도가 매우 위태롭게 보여서인지 정상을 향해 올라오던 등산객들이 자리를 비켜 주고 있었다. 상도의 몸은 지칠 대로 지쳤고 눈을 감고 싶어졌다.

하지만 조금도 지체할 여유가 없었다. 어렵게 내려온 길가에 버티고 서 있는 기념품 판매 가게에서 상도는 호랑이 모습의 볼펜을 하나 구입했다.

지금쯤 더 힘들어 할 동주에게 편지를 쓰기로 했다. 간이 벤치에 앉아 조금씩 써 내려가고 있는 상도의 모습이 보였다.

- 보고 싶은 동주.

지금쯤 연일 내 이름이 방송에서 나오고 있을 것이고 넌 나를 이젠 제일 못된 놈이라고 생각할 수도 있다는 생각을 해 보았다.

그래 너를 또 한 번 속였다. 하지만 난 너에게 편안하고 안정된 환경 속에서 공부를 시켜 주고 싶었다. 물론 더러운 돈이다. 하지만 더러운 것을 깨끗하게 네가 만들어 주면 된다고 생각한다. 내가 준 돈으로 모든 사람들에게 당당히 설 수 있는 너의 발판으로 삼아 줬으면 한다. 그게 마지막 내 부탁이고 소원이기도 한다. 우리 어렸을 적 생각해 보니 중학교 때 돈도 없이 여행 떠나서 동해 바닷가를 본 기억이 나서 그곳에서 마음을 정리하고 곧 올라가마. 그리고 자수해서 내 죗값 스스로 받을 거니까 더 이상 염려하지 않았으면 좋겠다. 잘 있어. 끝으로 내 마지막 너에 대한 바람이 결코 무시되지 않기를 기원하며 그렇게 해 줄 거라고 믿고 싶다.
 너의 영원한 상도가 -

 상도는 봉투에 넣고 입구를 봉인했다. 빨간 불기둥처럼 솟아 있는 우체통에 주소를 다시 한번 확인하고 편지를 넣었다.
 상도는 이상한 생각이 들었다. 지금 자신이 죄가 있는지 없는지도 의심스러웠다. 사람들은 자신들과 상관이 없으면 관심조차 가지려고 들지 않았다. 상도는 일반 사람들과 똑같은 자신의 일상을 그냥 즐기는 것에 대해서 스스로도 이상하게 생각되었다. 그리고 걱정도 들었다. 이렇게 하다 보니 스스로도 자수를 할 수 없을 것 같아서 빨리 여행을 끝내고 계획했던 대로 꼭 하자고 자신을 다짐시켰다.
 상도는 승강장에 마련되어 있는 버스 정류장 앞에 와 있었다. 역으로 가기 위한 버스를 기다리고 있는 것이다.
 '이젠 정말로 끝이다. 내 스스로 모든 나의 업보를 정리할 것이다.'
 구석에 숨 쉬고 있던 알 수 없는 감정이 밀고 올라오고 있었다.
 맥주 캔을 손으로 구부려 담배꽁초가 수북이 쌓여 있는 휴지통에 던졌을 때에 멀리서부터 도착하고 있는 버스가 보였다. 상도를 부르고 있는 것 같아 보였다. 이젠 모든 것을 내려놓고 떠나야 할 시간이었다.
 몇 명이 운전석 쪽으로 나 있는 탑승구를 통해 올라갔고 상도의 차례가 되었다. 다리를 한 발 올렸지만 산 쪽으로 고개가 돌려졌다.
 '혜림이가 있는데, 아니지 이러면 안 되는데…. 젠… 장 이거 미치겠군.'
 상도의 생각과는 달리 몸은 버스 안 좌석에 내려앉았고 눈을 감고 싶었다. 잠시 후 버스가 움직이기 시작했다. 방향을 바꾸기 위해 버스가 서서히 돌고 있었다.

'제기랄. 빨리 가자고. 빨리 벗어나라고. 제발.'

상도의 생각과는 달리 버스는 더디게 움직이고 있었다. 그때였다. 상도는 벌떡 자리에서 일어섰다.

"정지…. 기사님, 죄송합니다! 정지!"

자신이 낼 수 있는 가장 큰 목소리가 버스 안에 울려 퍼졌고 운전사는 놀라며 브레이크를 반사적으로 밟았다.

"아저씨, 문 좀 열어 주세요. 정말 죄송합니다."

상도는 운전기사를 잡으며 그의 의도를 강제적으로 주입시켰다. 운전기사는 짜증나는 얼굴로 상도를 바라보았지만 할 수 없이 문을 열어 주었다.

"별 이상한 손님이 다 있군."

아직도 성질이 덜 풀렸는지 뛰어내리고 있는 상도를 바라보며 운전기사의 말꼬리가 올라가고 있었다.

'그래, 나도 혜림이가 필요해. 진정으로 말할 수 있는 상대가 필요하다고. 그래. 나를 원하는 사람과 함께 며칠간만 더 시간을 쓰고 나서 결정을 내리는 거야. 나를 맑게 정화시켜 주는 그녀를 위해 조금만 더 같이 있는 거야.'

상도는 결정을 더 확실하게 내렸다. 혜림을 만나면서 딱딱하고 메마른 감정이 촉촉하게 변했으며 정말로 다시 잘 살고 싶어졌다. 지금은 아무것도 들리지 않았다. 혜림이가 자신을 기다려줬으면 하는 생각 밖에는. 내려왔던 그 자리를 반복해서 올라가고 있었다. 가면 갈수록 그녀의 모습이 보이지 않는 것이 불안해지고 있었다. 상도는 주먹을 쥐어 가며 거세게 앞으로 나아갔다. 더 빨리 달리고 있었다. 그리고 숨이 차오르고 있을 때 어느 지점에서 두 사람은 서로를 발견하고 있었다.

멀리서도 두 사람은 느낄 수 있었다.

상도는 손을 들었다. 혜림도 빠른 걸음으로 더욱더 거리를 좁히려고 했다.

둘은 거세게 끌어안았다. 올라가고 내려가는 사람들이 이상하게 쳐다보고 있었지만 그들에게는 아무렇지도 않았다.

"아저씨, 미워요. 엉엉."

혜림은 상도의 품속에서 얼굴을 묻고 있었다.

"미안해. 정말 미안해. 이젠 절대로 그냥 보내지 않을게. 우리 함께 가 보자고 바다로. 혜림이도 보고 싶지 푸른 물결을 함께 감상하자고. 꼭."

혜림은 고개를 끄덕였다. 두 사람은 짧은 기간 서로에게 너무 익숙해진 연인처럼 되어 가고 있었다. 하지만 상도는 절대로 선을 넘으면 안 된다고 생각했다. 순수한 오빠처럼 그녀를 같이 있는 동안 잘 보호해 줄 거라고 생각했으면 그것은 필연이었다. 자신의 처지를 너무 잘 아는지라 자신을 사랑하면 남아 있는 자들의 삶이 너무 험난했다. 말도 안 되는 현실과 떨어진 삶 속에서 자신도 전혀 결론을 내리지 못하고 살아가고 있던 것이다. 둘은 손을 잡고 평화롭게 내려오고 있었다.

81.

제천시 국회 의원 선거일. 전국적인 초비상의 관심으로 이어졌고 대한민국 모든 국민이 그 결과를 주시했다. 병원에 있는 성일 후보는 여전히 의식 불명 상태였으나 그의 지지율은 갈수록 더 상승했다. 선거가 끝나고 삼엄한 경비를 받으며 투표함이 제천시 삼광초등학교 강당으로 도착하고 있었다. 몸에 수많은 붕대를 감고 있던 성일 후보의 모습이 계속해서 TV를 통해 나갔으며 제천시의 모든 유권자들의 마음이 하나로 이어지고 있던 날이었다.

빠른 쾌유를 빌고 있는 사람들. 그렇게 기록은 세워졌다. 후보자가 병원에 누워 있었지만 그의 숨이 붙어 있는 한 그는 당당한 후보였던 것이다.

그리고 개표가 시작되었다. 투표용지에는 무조건적으로 성일 후보의 이름에 선명한 동그라미 기호가 계속 쌓여 가고 있었다.

그렇게 최종 결과가 나왔다. 자유 민주주의 국가에서 처음으로 98%가 넘는 기록적인 투표율로 당선 확정이 된 것이다. 그의 부인은 오열했다. 어린 자식들은 아버지의 손을 잡고 있었다. 각처에서 그의 쾌유를 빌고 있는 수십만 통의 편지가 쏟아졌고 한국 사람 모두가 성일 후보를 알게 되었다.

참신하고 전정성 있는 정치인이고 최고로 깨끗한 인물이라고.

각종 매스컴에서는 성일 후보의 활동 모습을 거의 매일 톱으로 다루고 있었다. 종교인들도 그의 건강을 기원하는 집회가 하루가 멀다 하고 이어지고 있었다. 그리고 국민들은 상도의 검거를 제일 바라고 있었다. 하지만 그럴수록 경찰은 어려워했으며 들쑤셔 대는 성화에 몸살을 앓고 있었다. 특히 유 형사의 하루는 지옥처럼 변하고 있었다.

그렇게 하루가 또 흘렀다. 계룡산 아래 민박집에서 하루를 보낸 두 사람은 마지막 목적지를 향해 발걸음을 돌렸다. 대전역 광장 앞에는 수많은 차들이 무질서하게 서 있었고 가방을 짊어진 사람. 휴가를 즐기고 있는 군인들이 바쁘게 행선지를 향해 움직이고 있었다. 상도는 상행선 기차표를 예매했다. 혜림은 시계탑이 있는 광장에 앉아 있었다. 상도는 출입문을 통과해 그녀가 있는 자리로 가고 있었다. 한 손에는 커피 잔을 받치고 있었다. 상도의 손에서 벗어난 잔이 그녀에게 넘겨지고 한 모금을 마신 그녀에게 전화 카드를 내밀었다.

"어서 시작해. 집에 전화해서 걱정하지 말라고 말씀드려."

혜림은 카드를 받아 들었지만 그대로 앉아 있었다.

"어서 일어나. 곧 돌아갈 거라고 아버지께 말씀을 드려야지."

"아저씨, 죄송한데 아버지께 전화드릴 용기가 안 나요."

그녀는 계속 망설이고 있었다.

"그래도 해야 돼, 넌."

상도의 단호한 대답과 그의 생각이 옳다고 생각됐는지 혜림은 수십 군데 중 한곳을 선택해 전화박스 안으로 들어갔다. 그녀의 손이 떨리고 있었다.

한 번이 너무 어렵게 느껴졌다. 그리고 신호가 갔다. 마치 심판대에 올라 있는 죄인과 같은 생각이 들었다.

"혜림아! 거기 어디니? 거기 어디냐?"

금한의 찢어지는 듯한 목소리가 귀를 때리면서 울려 퍼졌다.

"빨리 발신인 추적 장치로 추적해 봐."

유 형사는 금한에게 최대한 통화 시간을 길게 하라는 신호를 보냈다.

"아… 버지, 전 괜찮아요. 아주 편안하고요. 제 걱정은 하지 마세요."

혜림은 아주 어렵게 말을 떼었다.

"혜림아, 제발 부탁이다. 지금 어디니?"

유 형사의 지시에도 불구하고 금한은 지금 제정신이 아니었다.

"아버지, 걱정 마세요. 곧 돌아갈 거예요."

"혜림아, 혜림아! 잠깐만. 제발 잠깐만!"

악을 쓰는 금한의 목소리는 상대방 없는 수화기 속에서 맴돌고 있을 뿐이었다.

-철컥… 뚜두두……-

통화의 끝을 알리는 신호음만이 들려오고 있었다. 그러나 금한은 아직도 수화기를 굳게 집어 들고 있었다. 눈은 반쯤 초점을 잃고 있었다.

"너무 빨리 끊는 바람에 못 잡았습니다. 너무 멀리 있는데요."

이 형사의 쓸쓸한 말 한마디가 곧이어 유 형사의 귀로 전달되고 있었다.

82.

며칠 전 결혼식장에서 몸을 피했던 기호는 처음으로 금한을 찾아왔다.

그의 성격을 말해 주듯 예의가 없었으며 금한을 보자마자 용건만 말하고 빨리 자리에서 벗어나려 했다.

"어디 있답니까?"

금한을 보자 인사도 생략한 채 자신의 생각만을 전달했다.

"천 서방, 잠깐 편히 앉아서 천천히 얘기해 봄세."

기호는 일어나고 싶어 했지만 어쩔 수 없이 들어야 했다.

유 형사는 두 사람 사이가 심상치 않다는 것을 감지해서인지 이 형사를 밖으로 나가게 했다.

"자네 몸은 어떤가?"

금한은 걱정이 됐는지 기호의 얼굴을 살폈다.

"괜찮아요. 그건 그렇고 연락이 왔다고 해서 온 겁니다."

기호는 자신이 온 목적에 대해서 빠른 대답을 듣고 싶어 했다.

"잘 있다고만 했네. 곧 돌아올 거라고 하면서……."

금한은 어려웠는지 끝말을 맺지 못했다. 그러나 기호의 눈에는 벌써 핏대를 세우고 있었다.

"솔직히 말씀드리지요. 이게 뭡니까. 나 참, 창피해서. 전요, 지금 고개도 못 들고 다니고 있습니다. 결혼식 테러라…. 재수가 없으라니까."

기호는 신경질적인 말투를 보이며 금한을 몰아세웠지만 그는 기호의 말을 묵묵히 듣고만 있었다.

"그럼 어떻게 하라는 겁니까?"

기호는 빨리 결말을 맺고 싶어 했다.

"그래도 어쩌겠는가? 자네 호적에 이름 올라갈 아인데…."

금한의 말에 기호는 얼굴이 심하게 뒤틀리며 담배를 물었다.

"저, 내일 프랑스로 출장 갑니다. 몇 달은 걸릴 겁니다."

순간 금한의 손이 부르르 떨기 시작했다.

"아… 니 자넨 혜림이 남편일세. 며칠만 더 참고 기다려 보면 틀림없이 돌아올 거야. 혜림이도 그렇게 얘기했고. 한 번 더 생각해 주게. 제발."

금한은 큰 죄인이 된 것처럼 기호의 마음을 돌리려고 갖은 모욕도 다 씹어 삼키고 있었다.

"일이 급한데 어떡합니까? 그리고 무슨 일이 벌어졌을지도 모르는데…."

금한도 더 이상은 참을 수가 없었는지 주먹을 세차게 쥐었다. 그리고 더러운 기호의 얼굴에 정확하게 가격했다.

-퍽…… 으윽…-

기호는 바닥에 머리를 박고 쓰러졌다.

"꺼져. 이 개새끼야. 너 같은 저질 놈의 족속들한테는 내 딸 못 주니 그런 줄 알고. 기본적인 사람도 못 되는 짐승 같은 자식."

신음 소리를 낸 기호는 딱 버티고 서서 자신을 노려보고 있는 금한의 시선을 피하려고 몸을 움츠리며 어렵게 일어나고 있었다. 그러나 금한은 분노가 가시지 않는지 기호의 어깨를 발로 짓이겼다.

"기어서 꺼져, 이 개자식아. 빨리 안 꺼져?"

금한의 목소리는 쩌렁쩌렁했다. 기호는 손으로 바닥을 짚으며 자리에서 어렵게 떠나고 있었다.

'혜림아, 이 애비가 잘못이 많다. 깨끗이 물러났어야 했는데 이 못난 놈이 자신의 욕심에 눈이 멀어…. 흐흐흑….'

거센 피 같은 눈물이 금한의 얼굴에 흐르며 아주 무거운 적막감이 감돌고 있었다.

83.

백곰은 새로운 간판으로 양명이 일구었던 모든 조직을 힘 하나 들이지 않고 모두다 깨끗이 정리해 나갔다. 양명을 굳게 따랐던 식구들은 재기 불능으로 만들었으며 그에게 머리를 숙이는 자는 발아래 부하로 영입했다.

양명이 지휘했던 모든 것을 백곰이 그대로 접수했고 너무 커져 버린 그의 능력에 그대로 따라갈 수밖에 없는 새로운 주인이 탄생된 것이다. 그러나 백곰에게는 마지막 숙제가 있었다. 한상도. 그가 아직도 검거되지 않고 있다는 것이다. 쉽게 끝날 줄 알았던 상도가 의외로 오래 버티고 있는 것에 대한 불안감을 가지고 있었다. 그것이 백곰의 심기를 여간 불편하게 만들고 있었다. 구) 태흥 종합상사 안에 마련된 백곰의 사무실에는 그의 지시로 대책을 세우고 있는 동학과 상식이 원탁 의자에 앉아 있었고 그 창가 쪽으로 백곰이 자리를 차지하고 있었다. 양명이 즐겨 앉았던 흔들의자에 몸을 뒤로하고 앉아 있는 백곰의 모습은 양명을 연상케 할 정도로 그의 마지막 하나까지도 다 이어받아 처절한 복수를 한 것이었다.

"형님, 무슨 일로 이렇게…?

갑작스러운 연락을 받고 도착했으나 용건을 꺼내지 않고 있는 백곰을 바라보며 상식은 지시를 기다렸다.

"그래, 내가 조금 기다리게 했지."

백곰은 꼬고 있던 다리를 풀며 두 사람 쪽으로 몸을 돌렸다.

"백가 놈이 썼던 파이프인데 기가 막히게 맛이 좋군."

백색 정장을 차려입은 백곰은 양명의 파이프를 입에 대고 연기를 길게 내뿜었다.

"형님, 혹시 걱정거리라도…."

동학도 조금 지쳐 보였던 백곰을 바라보며 자신의 생각을 말했다.

"아직두 상도 새끼가 안 잡히고 있어. 너흰 그 점에 대해 어떻게 생각하냐?"

백곰은 상도에 대한 자신의 콤플렉스를 보이기 싫었으나 어쩔 수 없는 과거였고 지금도 이어지고 있었다.

"참 쥐새끼 같은 놈입니다. 옛날에는 소문으로만 들었는데 그 정도일 줄은 정말 몰랐습니다."

상식이 자신의 생각을 말했다. 백곰은 파이프를 탁자에 내려놓고 몸을 다시 뒤로 돌리며 상식과 동학을 바라봤다.

"난 확실한 것만 원한다. 상도 자식 안 잡히고는 아무것도 할 수가 없어."

"형님, 이제 아무도 형님을 어쩌지 못합니다."

상식이 자신 있게 말을 이었다.

"내가 왜 그 새끼를 강조하는지 너희들은 모를 거다."

"솔직히 의아합니다."

동학도 백곰의 모습에 이해를 할 수가 없었다.

"그 새끼 눈빛을 나는 안다고. 그 눈빛을 똑바로 쳐다본 사람이라면 다들 그렇게 느꼈을 것이야. 아주 무서운 놈이고 한번 몰아세우면 다 작살날 거라고…. 그래서 난 그 새끼가 싫다. 스스로 꼬리를 내렸던 치욕 때문이라도……."

감정이 격했는지 백곰의 몸은 떨렸지만 뒤돌아서 있어 상식과 동학은 느끼질 못했다.

"형님, 조금만 더 기다려 보면 곧 결판이 납니다. 마음을 그냥 편안하게 가지시는 게…."

동학은 백곰의 흔들림이 마음에 걸렸다.

"난 오늘 내가 생각해도 멋진 생각을 해냈다."

백곰은 자신의 생각에 도취되어서 미소까지 머금고 있었다.

"너희들 왜 상도가 그 고통을 짊어졌는지 모를 거다."

"그거야. 저희가 당연히…."

"그건 오늘 내가 생각해 낸 바로 이것 때문이지. 옛날부터 상도는 우리보다 조금은 특별났다. 뭐랄까… 범접할 수 없는 대장 기질이 있었어. 그런데 유독 그놈이 어려워하는 사람이 하나 있었는데, 이상하게 자신의 목숨보다 더 중하게 여기는 친구 놈이 하나 있어. 언제나 그 새끼 자랑했지. 친구를 말할 때에는 상도는 조폭이 아닌 것처럼 순수했거든…. 친구를 잘 두면 강남 간다고 하지. 그러나 상도는 친구 때문에 쫓기는 신세가 된 거라고."

동학과 상식은 묵묵히 듣기만 했다.

"너희들은 지금부터 내가 시키는 일을 빠른 시일 내에 마무리해라."

백곰의 싸늘한 말 한마디에 상식과 동학은 몸을 바로 고정시켰다.

"상도 새끼가 친구 놈에겐 분명히 연락했을 거야. 당장 그 새끼 잡아와. 그리고 필요하다면 입을 열 때까지 아주 찢어 버려."

백곰은 짧은 자신의 머리를 손으로 세차게 쓸어 올렸다. 머리는 넘겨졌지만 칼날처럼 촘촘히 머리가 일어섰다. 상식과 동학은 마음의 갈피를 못 잡고 있는 백곰이 이해가 되질 않았으나 그의 정신병자적 기질을 아는지라 한마디의 건의도 해 보지 못하고 자리에서 일어났다. 백곰의 눈에는 살기가 보였다. 그 어느 때보다도 눈가에 불을 뿜고 있었다.

84.

 기차가 달리고 있었다. 일직선으로 퍼져 있던 선로 위를 끊임없이 정복해 가며 기차가 달렸다. 기적 소리와 함께 우뚝 서 있는 전봇대의 전신주가 두 사람의 뒤로 지나가고 혜림과 상도는 기차의 마지막 칸에서 서로를 의지하며 좌석에 앉아 있었다. 바람에 얼굴을 가려 막고 있는 머리카락을 혜림이 다시 정리하고 있었다.
 "이젠 정말 마지막이라고 생각하자. 그동안 힘들게 지내 왔어. 진짜로 모든 걸 정리하고 싶어. 혜림이가 이젠 도와줄 수 있지?"
 감정 섞인 상도의 모습을 처음으로 혜림에게 보이고 있었다.
 "내가 제일 좋아하는 친구가 하나 있어. 동주라고 하는데…."
 "저도 한 명 있는데 맨날 말장난만 해요."
 혜림도 웃으며 말을 받았다.
 "동주하고 어렸을 적 꿈을 키우며 무작정 동해 바다를 간 적이 있었어. 지금 혜림이와 같이 가는 곳도 그곳이고."
 "저도 바다가 보고 싶어요."
 "그땐 참 좋았는데 모든 것을 안을 수 있었던 꿈이 있었거든."
 상도는 멀리 보이는 공장의 흰 연기 속으로 시선을 돌렸다.
 "아저씨, 지금도 늦지 않았어요. 다시 시작하시면 돼요."
 혜림은 상도에게 용기를 주고 싶었다.
 "그래 고마워. 나 다시 태어날 거야. 몇 년이 걸릴 수도 있겠지만 아직도 살아가야 할 날들이 더 많으니……."
 "아저씬 잘 이겨 내실 거예요."

"솔직히 말할게. 혜림이가 지금 많은 도움이 되고 있어. 이런 결심이 선 것도 혜림이 영향이 크고. 마지막을 즐기고 결심을 실천하자고…."
"아저씨, 제가 도와드릴 거예요. 아니 내가 지켜 드릴 거예요."
혜림은 무뚝뚝한 상도의 손을 잡았다. 상도도 아무 말없이 그녀가 잡는 손을 가만히 지켜봤다. 이런 상황에서 자신의 편이 있다는 것이 얼마나 소중한 지를 상도는 생생하게 느낄 수 있었다.

85.

최 반장은 수사본부 회의실에 사건을 처리하고 있는 핵심 인물들을 긴급 소집했다. 윗선부터 내려오는 사건에 대한 진척 때문에 며칠 동안 계속해서 끌려다니고 있는 그였다. 모두가 대기해 있는 회의실에 최 반장이 들어서자 안에 있던 요원들이 사태의 심각성을 인식했는지 고개를 밑으로 떨구고 있었다. 최 반장은 여러 명을 한번 쓱 쳐다보고는 감정을 억제시키지 못하겠는지 결재 서류 판을 책상에 팽개쳤다.
"뭐야. 지금 장난쳐? 한 용의자를 검거하는데 일주일이 지나고 있어. 우린 지금 아무 소득도 없고…."
모두 부동자세로 분위기는 더 무겁게 흘러갔다.
"다 보따리 싸고 싶어? 나라에서 먹는 녹은 그냥 나오는 줄 알아? 정신 좀 차리자고 제발."
최 반장의 얼굴이 심하게 일그러졌다.
"가장 중요한 건 인질이 살았는지 죽었는지 그것조차도 확인 못하고 있어. 지금까지는 모든 수사가 다 감이고 느낌으로만 수사를 하고 있다고. 수사는 앉아서만 하는 게 아니라고. 발로 뛰고 안 되면 또 뛰는 거야. 요즘은 근성이 없어. 근성이."

최 반장이 또 책상을 내리쳤고 그 소리에 놀라 모든 시선이 그에게로 향했다.

"그래 성질내면 나만 손해니까 일단 속 좀 죽이지."

손으로 쳐서 컵에 담겨져 있던 물이 밖으로 튕겨져 나와 선명하게 컵 자국이 보였다. 그것을 최 반장은 들어 올려 자신의 목에 급하게 털어 넣었다.

"유 형사."

컵을 바닥에 내림과 동시에 유 형사를 호명했다.

"예."

허리를 펴고 뻣뻣한 자세로 유 형사가 자리에서 일어났다.

"앉자. 앉고. 그래 자네가 이 사건 금방 종결짓는다고 했었지."

최 반장은 확인하듯이 5미터 정도 떨어진 곳에 있는 유 형사를 바라보았다.

"예, 그랬습니다."

"그래. 목소리는 좋아. 하지만 자네 말대로 일이 되어졌나?"

최 반장은 답답했지만 아까보단 많이 누그러져 있었다.

"저… 제 생각은 이렇습니다. 분명히 장혜림 양은 무사하다고 봅니다."

최 반장은 손가락으로 우드득 뼈 소리를 내며 유 형사의 말을 지켜보고 있었다.

"솔직한 저의 생각을 말씀드리겠습니다. 처음부터 한상도 검거 작전은 잘못됐다고 생각합니다."

모든 시선이 유 형사를 향했다.

"저희는 인질이 한상도에게 위협당하고 있다고만 생각했습니다. 그런데 그 상황에서 한상도는 인질과 함께 경찰의 포위망을 뚫은 겁니다."

"그래서."

"제 결론은 장혜림 양이 용의자를 도왔다면 아니 다정한 연인으로 보였다면 여러분들이 생각하는 그대로입니다."

"듣고 보니 그렇군."

최 반장도 유 형사의 발표에 수긍을 하고 있었다.

"우리 경찰은 그 점을 배제하고 수사를 했습니다. 검문소에서 두 사람이 걸려든다면 분명히 장혜림 양이 구조 요청을 할 것으로 생각했기에 쉽게 검거할 줄 알았던 겁니다."

"참 대단한 놈이군. 짧은 시간에 인질 마음을 돌려세웠다면…."

최 반장도 감탄을 하고 있었다.

"솔직히 저도 어떻게 된 건지는 모르겠습니다. 하지만 용의자 그놈이 뛰어난 바람둥이라던가 아니면 장혜림 양의 정신이 이상해졌다던가 둘 중에 하나일 겁니다."

많은 요원들이 고개를 끄덕였다.

"확실합니다. 장혜림 양이 그놈을 돕고 있습니다. 틀림없이……."

최 반장은 다시 자리에서 일어났다.

"왜 그런 소릴 지금 하는 거야! 병신 같은 것들. 빨리 전국에 알리고 그 여자도 같이 수배해. 빨리!"

가랑카랑한 목소리가 주위를 때리고 있었다.

"아니 지금 뭐하고 있어? 어서 자리 잡고 뛰어가! 당장 잡아서 데리고 오라고."

여러 명의 요원들이 한 방에 몰려 나가고 있었다. 비좁은 출입문에 형사들의 몸이 여러 갈래로 몸이 엉키고 있었다.

"계속 그 지랄로 했다가 다 죽을 줄 알아. 장난 아니다."

양손을 허리에 얹은 최 반장은 얼굴의 인상 깊은 주름살로 인하여 더욱 날카롭고 표독스럽게 보였다.

86.

동주와 영숙은 일체 모든 것을 숨기려 했다. 6명이 같이 쓰던 입원실에서 영숙과 동주는 뉴스 시간 때엔 정 여사와 산책을 하던지 꼭 무슨 구실을 붙여 그녀가 방송 매체를 못 접하게 노력하였다. 하지만 사회적 관심이 한꺼번에 쏠려 있던 이번 사건을 그녀에게서 역시 지나치게 할 수가 없었다. 그렇게 숨기려 했던 모든 것이 어느 순간 정 여사도 알게 된 것이었다.

"이놈아, 상도가 텔레비전에 나오던디 그게 다 뭐다냐?"

정 여사는 출입구 쪽으로 들어오던 동주를 불러 세우고 다그쳤다.

동주의 몸이 기우뚱한 자세로 얼굴이 파랗게 질리고 있었다.

"저… 그게… 저."

"우째 말을 못한다냐? 텔레비전에서 누굴 심하게 때렸다는디? 빨리 말 못하겄냐?"

같은 병실에 있던 나머지 사람들의 시선도 일제히 그녀에게로 쏠렸다.

"어머니 걱정하실 일 아녜요. 그냥 모른 체하세요. 제발."

동주는 시선을 피하며 어떡해서든 위기를 모면하려 했다.

"되먹지 않은 소리 하지 마라. 이놈아. 이 애미 죽는 꼴 보고 싶어 그런 거여? 말혀라. 빨리."

정 여산 더 이상 물러날 수 없다는 듯이 더 심하게 동주를 몰아세웠다.

동주는 정 여사의 성격을 아는지라 더 이상 감출 수 없다는 것 잘 알고 있었다.

"저… 도 잘은 몰라요. 그저 사람이랑 좀 싸웠다고 했어요."

"이놈아, 그런 게 어딨다냐? 큰 것이고 작은 것이고 간에 그게 다 똑같은 거지."

동주는 어떠한 대답도 생각이 나질 않았다.

"난 알고 있다. 그놈이 왜 그렇게 됐는지. 바로 내 때문에 그런 겨. 이 늙은 년 때문에 그런 겨."

정 여사의 눈물줄기가 벌써 그녀의 얼굴 전체를 덮고 있었다. 동주는 고개를 돌려 빠른 몸으로 입원실 복도를 빠져나오고 있었다.

"이 몸뚱아리가 뭐가 그렇게 대단하다고. 다 내가 죽일 년이고 내가 미친년이여. 내가 죽어야 되는디. 내가 죽어야 되는디."

정 여사는 몸을 감싸 안으며 심하게 자신을 질책하고 있었다.

87.

새로운 조직 백곰파가 탄생했다. 백곰은 그의 별명을 조직의 이름으로 정하고 서울에서 가장 규모가 큰 조직으로 태어났다. 그날은 모든 것이 평화로웠다. 백곰은 확실하게 양명을 추종했던 모든 수족들을 제거 완료했으며 자신이 이끌어 갈 조직의 행동 강령도 완성했다. 하루가 다르게 백곰의 몸집과도 같이 그의 지명도가 성장하고 있었다. 쓰러질 수 없는 거목처럼 강하고 튼튼한 세력이 되었다. 백곰파 단합 대회가 열리는 날. 정장 차림의 건장한 사내들이 줄을 이어 클럽 세르비에 모여들었으며 백곰의 광적인 편집증을 알 수 있듯이 양명이 평소 즐겨 입었던 차림과 너무도 흡사하게 백곰은 그 자리에 도착했다. 동학의 소개와 함께 질려 버릴 것 같은 박수 소리가 들렸고 중앙에 설치된 마이크 쪽으로 이동해 마이크를 들자 더 큰 박수 소리가 세르비 안에 가득 이어졌다. 백곰은 약간의 미소를 보이며 마이크를 자신의 입으로 갖다 대었다. 동시에 다시 분위기가 고요해지고 모두가 백곰을 바라보고 있었다.

"에…. 우리 백곰 식구들 모두들 사랑하고 존경합니다. 나같이 무식한 놈을 위해 젊음을 바치는 모든 사람들에게 다시 또 감사의 말씀을 드립니다. 나를 받쳐 주고 밀어만 주십시오. 그러면 여러분 앞날과 저의 앞날을 위해 이 백곰이 최선을 다하겠습니다. 여기 모인 분들은 모두 저의 형제와 같습니다. 내 피가 식을 때까지 여러분들을 위해 살아가겠습니다. 하지만 우리 백곰파를 위해 충성을 다할 때만이 그렇게 할 것입니다. 자 협동하고 단결합시다. 여러분. 모두 함께 건배를 하겠습니다. 백곰파의 영원한 발전을 위하여!"

"위하여!"

세르비 안은 터질 듯한 함성과 박수 소리가 끝도 없이 이어졌다. 백곰의 팔과 수많은 잔을 든 손이 허공을 메웠다. 아름다운 선율의 경쾌한 음악이 자리의 흥을 한껏 돋보이게 하고 있었다. 백곰의 옆에는 정화의 모습이 보였다. 백곰은 홀 안으로 나와 조직을 관할하는 소두목들이 술잔을 받으며 악수로 화답했으며 정화 역시 백곰 옆에서 조직원들의 인사를 받으며 답례를 하고 있었다.

분위기가 고조되어 가고 있었다. 여기저기에서 벌써 여러 명의 얼굴은 취기가 올라오고 있었고 백곰도 정신이 고조되어 아주 만족해하고 있었다.

어느 순간 백곰은 상식을 불러 귓속으로 무언가를 지시하자 그는 알았다는 듯이 다른 장소로 몸을 돌리고 있었다. 홀 밖으로 퇴장했던 상식은 지배인을 불러 세워 놓고 얼굴에는 이미 사나운 사내의 표정으로 변해 있었다.

"야, 지배인 이게 뭐지?"

지배인은 겁에 질려 부동자세로 상식을 바라보고 있었다.

"우리 식구 첫날 모임부터 윤 마담 년은 얼굴도 안 비쳐. 이것들이 오늘부로 장사 다해 먹고 싶다. 이거지."

상식이 주먹을 펴 탁자를 치며 겁을 주자 지배인은 어렵게 쳐다보고 있었다.

"저… 연락이 왔었습니다. 몸이 편찮으시다고요. 죄송합니다."

"뭐야…. 몸이 안 좋다고 했다고?"

상식의 얼굴이 일순간에 일그러지고 지배인은 어정쩡한 자세로 그의 사정권 안으로 거리가 좁혀졌다. 순간 상식의 큰 손목이 하얀 셔츠 쪽으로 이동하면서 세차게 지배인의 목을 낚아챘다.

"이 새끼. 지금 장난쳐? 네가 날 놀리고 있단 말이지."

상식은 이를 드러내 보이며 기분 나쁜 웃음을 짓고 있었다.

"아… 닙… 니다."

지배인의 귀가 빨갛게 피어오르고 얼굴에는 겁에 질려 핏기가 없어지고 있었다.

"당장 이 년 잡아 와. 안 그럼. 네 새끼 먼저 죽을 줄 알라고."

"사… 실 저도 어디 있는지 모릅니다. 요 며칠 통 연락도 없어요. 컥… 컥."

지배인은 숨이 차오르는지 말을 여러 번 힘겹게 내뱉고 있었다.

"그건 내가 알 바 아냐. 1시간 주지. 그때까지 안 나타나면 밥숟가락 다시는 잡지 못한다고 생각해."

상식은 손을 풀었다. 셔츠에는 선명한 손자국이 가슴팍에 드러났다.

"알… 겠습니다……. 컥…."

지배인은 겁에 질려 몸을 빠르게 정리하고 카운터 쪽으로 뛰어갔다.

지배인의 몸이 달아오르고 있었다. 연락 가능한 모든 방법을 취해 보았지만 윤 마담의 행방은 묘연했다. 홀 안의 분위기는 처음과는 달리 모든 것이 저질스럽게 변해 갔다. 주먹으로 살았던 인간들이 그렇듯이 술판 끝에는 분별력을 상실한 채 더러운 개 같은 족속들의 수컷으로 변하고 있는 것이다.

장내는 시장 바닥처럼 시끌벅적했으며 여러 가지 굉음이 들려오고 있었지만 지배인의 몸은 한곳으로 정리할 수 없을 정도로 불안했다.

상식이 경고한 시간이 훨씬 지나가고 있었다. 지배인은 카운터 구석 의자에 몸을 떠맡기며 심하게 조였던 넥타이를 풀어헤치고 놓였던 냉수를 급하게 들이켰다.

'젠장 잘나가던 세르비도 이젠 끝이군. 개 씨발. 나도 더럽게 안 풀리는군.'

지배인은 알 수 있었다. 그곳을 관할하는 주먹꾼들에게 밉보이면 이런 물장사는 바로 문 닫아야 한다는 것을. 그때였다. 카운터 옆에 나 있는 비상구 문이 열리면서 술에 취해서 정신을 못 차리고 있는 윤 마담의 모습이 보였다. 지배인은 온 신경을 그쪽으로 향하며 몸을 일으켜 세웠다. 그리고 내려놓았던 넥타이를 한손으로 얼른 숨기며 그녀를 맞이했다.

"사장님, 어디 계셨어요. 지금 난리가 났는데……."

지배인은 윤 마담이 원망스러운지 그녀에게 감정 섞인 말을 던졌다.

"무슨… 난리요…. 컥…. 뭐 잘못된 거라도 있는 건가요…. 컥."

윤 마담은 몸을 어렵게 지탱하며 목소리는 반쯤 맛이 간 상태였다.

"어디에서 이렇게 많이 드셨어요. 사장님, 정신 좀 차리세요."

지배인이 애걸하며 윤 마담의 팔을 부추겨 그녀를 자리에 앉히려 했다. 그러나 윤 마담은 그의 팔을 세차게 밀치며 홀 안쪽으로 방향을 바꾸려 했다.

"안 돼요. 사장님 이러시면……."

"흥…. 걱정할 것 없다니까요. 제가 알아서 할 테니 이 시간부터 아무 말하지 말아요."

윤 마담은 한 발 한 발 비틀거리며 다리를 이동시켰다. 뒤에서 보면 흡사 바닥으로 언제 넘어질지 모르는 위태로운 자세였다. 지배인은 다리를 구르며 그녀를 살피고 있었다.

"윤 마담, 요즘 얼굴 보기 힘들어. 오늘 우리 백곰파 일보다 더 중요한 일이 있었나 보지?"

홀 안으로 들어온 윤 마담을 확인한 상식은 그녀를 세우며 말을 던졌으나 그녀는 신경도 쓰지 않은 채 인상을 써 가며 홀 안으로 가로질러 가고 있었다. 뒷모습은 위태롭게 느껴지고 있었지만 긴 파마머리가 나부끼는 그녀의 모습은 매혹적으로 다가왔다. 제일 먼저 백곰에게 인사를 할 줄 알았지만 상식과 백곰도 그녀의 갑작스러운 행동에 넋을 잃고 지켜만 보고 있었다.

분위기가 묘하게 흘러가며 윤 마담은 백곰이 사용했던 그 마이크 쪽으로 걸어가 그곳에 서서 수십 명의 백곰파 조직원들을 비웃듯이 쳐다보고 있었다. 음악도 일시에 멈췄다. 백곰은 재미있다는 듯이 상황을 관찰하고 있었다.

"저년이 돌았나. 저년 왜 저래. 얘들아, 끌어내라."

동학은 마이크 주변에 있는 사내들에게 소리를 질렀다. 그러나 백곰은 손을 들어 놔두라는 지시를 내렸다. 윤 마담은 그때 무엇을 생각하고 있었을까? 아무튼 윤 마담은 가수가 노래를 부를 때처럼 두 손으로 마이크를 감싸 쥐었다. 몸이 흔들리고 아직도 정신이 없는 듯했다.

"여러분 모두 배신자입니다. 컥…. 아시죠. 지금 이 자리에 있는 저 백곰이 양명 회장님과 상도 씨를 팔았다는 것을요…. 컥."

홀 안에는 한순간 살기가 휘몰아쳤다.

"저년을 어서 막아!"

상식의 큰소리에 여러 명이 동시에 몸을 움직였으나 백곰이 다시 그들을 저지했다.

"놔둬. 어디 들어 보기라도 하자."

윤 마담은 홀 안의 모든 사람들을 번갈아 쳐다보았다. 이제 그녀에게는 어떠한 두려움도 없는 듯했다.

"이 졸장부 녀석들아. 자기 보스 팔아먹었다는 것을 다 알고 있으면서 백곰 저 새끼에게 다시 목숨을 구걸하고, 다시 충성을 하겠노라며 아양을 떨어? 그러고도 남자냐! 이 병신 머저리 같은 것들…. 하하하! 흐흐흑."

윤 마담의 목소리는 웃음소리에서 다시 슬픔으로 변했고 수십 명의 사내들은 눈치만 보고 있었다. 누가 먼저 자리를 정리할까가 제일 시급한 문제였다.

윤 마담이 다시 고개를 들어 사내들을 바라보았고 마이크를 손으로 다시 가져갔다. 합선이 됐는지 음 파장 소리가 기분 나쁘게 이어졌다.

"너희들 모두 다 조심해야 될 거야. 상도 씨가 다시 돌아올 거라고… 난 확신해. 그래서 백곰 네 새끼 먼저 정리할 거야…. 으으흑. 하하하!"

윤 마담이 한 손으로 백곰을 정확하게 지명하며 마이크를 땅에 떨어뜨리며 미친 듯이 웃어 보였다. 그 순간 백곰이 심하게 누르고 있었던 유리잔이 그대로 윤 마담의 얼굴로 날아갔다.

-퍽……, 흑-

상황 종료. 유리잔이 윤 마담의 얼굴에 깨끗하게 박혔다. 순식간에 그녀의 얼굴은 케첩을 뿌려 놓은 것처럼 붉은 피가 온몸으로 퍼졌다. 그리고 바닥으로 몸이 아무런 저항 없이 곤두박질치며 쿵하는 소리가 사방으로 퍼졌다.

"저년을 죽여. 어서……!"

백곰의 분노 섞인 음성이 퍼지고 사내들은 우르르 몰려들기 시작했다.

여자의 비명 소리가 끝도 없이 이어졌다.

"그래 좋다고. 다 죽여 버리겠어. 상도 새끼! 야, 빨리 상도 잡아 와! 아주 목을 따 버릴 거라고."

백곰의 목소리가 굉음이 되어 떠나갈 듯 사정없이 이어지고 있었다.

88.

 완전한 가을이다. 철이 지난 바닷가에 두 사람. 바닷가에선 설악산이 보였다. 그리고 바닷물이 세차게 파도를 치며 밀고 들어왔다. 일출 광경을 보기 위해 이른 아침 상도와 혜림은 바닷가 모래사장을 걷고 있었다. 운동부원으로 보이는 남학생들의 기합 소리가 울려 퍼졌고 그 소리는 다시 바다로 되돌아왔다. 혜림은 허리를 굽혀 조개껍데기를 줍고 있었고 상도는 멀리 보이는 수평선에 시선을 맡기고 있었다. 상도는 바닷가 인심이 그렇듯이 개미 무덤처럼 꽉꽉 들어차 있는 주택가의 한 집을 골라 며칠 민박을 계약했다. 계약 시 두 사람은 철저하게 자신의 신분을 속이고 방을 골랐고 주인은 할머니인지라 그들을 전혀 알아보지 못하며 그냥 부부로 알고 있었다.
 몇 해 전 동주와 이곳을 왔었다. 그때도 이렇게 조용했는데 지금도 바닷가는 말없이 고요하게 흐르고만 있었다. 사실 상도는 밤이 힘들었다. 고요한 밤을 한방 안에서 젊은 두 남녀가 있다는 것은 어쩔 수 없는 남자인지라 욕구에 흔들렸다. 그러나 상도는 손끝만큼도 혜림을 범하고 싶지 않았다.
 자신의 감정을 억지로 죽이며 또다시 새벽을 맞이하게 되었고 새로운 날이 또 시작되었다. 그리고 두 사람은 자연스럽게 바닷가로 산책을 시작했다. 혜림은 천진난만하고 조금의 때도 물들지 않은 소녀와 같았다. 즐거워하는 혜림을 보며 자신도 마지막으로 누군가에게 도움을 줄 수 있다는 생각에 상도도 마음이 편안해지고 웃음을 찾을 수 있었다. 그러나 이곳에서 계속 있다간 분명한 건 주민들에게 그의 정체가 탄로 난다는 사실이었다. 그때가 되기 전에 순순히 자수할 결심을 지금 이 시간에도 하고 있었다. 지금 이렇게 여기까지 올 수 있었던 그는 모든 것이 소중한 추억이 될 거라고 생각했다. 바닷물은 오늘도 말없이 밀려오고 있었다.

"아저씨, 이것 봐요. 이쁘죠."

혜림은 칼날처럼 뻗어 나 있는 조개껍데기를 들어 보이며 상도를 바라보았다.

"이쁘다."

상도가 빛에 반사된 검은 수염이 들어차 있는 얼굴을 그녀에게 내밀었다.

"피이. 그런 말이 어디 있어요. 무조건 내 말만 맞대."

혜림은 입술을 힐끔 내밀며 불만족스런 표정을 지었다.

"혜림아, 내가 말했었지. 이곳이었어. 내가 처음으로 집을 떠나 여행을 온 곳이."

"아저씨, 벌써 수십 번은 이야기하셨다고요."

"정말로 아무것도 변한 것이 없어. 맑던 물하며 평화롭던 이곳의 풍경들. 내가 지금 그 옛날에 있는 것 같아."

그렇게 말하고 있지만 상도의 표정은 무거웠다. 혜림은 가끔씩 어두워지는 상도를 보며 자신의 가슴도 아프다는 것을 느꼈다. 혜림은 몸을 펴서 상도의 손을 잡았다. 그 시각 기막히게 해가 떠오르며 그들의 검은 그림자가 선명하게 보이고 있었다. 수많은 광채를 지닌 태양이 바다 한가운데 보기 좋게 멈춰 있었다.

"아저씨, 저요. 저 사실… 아저씨가 너무 좋아질 것 같은데 어떡하죠. 우리는 정말로 오래전에 만나서 몇 년을 함께한 인연인 것 같아요. 며칠 안 됐지만 이렇게 이어진 그 모든 것을 난 하느님께 감사하고 있어요."

혜림의 맑은 눈이 끝없이 상도를 바라보고 있었다. 상도는 손을 풀면서 혜림의 어깨에 양손을 올렸다.

"그런 말하지 말자. 너와 난 모든 것이 틀려. 그냥 흘러가면서 얼굴을 마주 보았던 잠깐의 사람이었다고 생각하자. 그렇게 인연으로 받아들이면 서로 이별도 너무 쉽고 소중할 거야. 그리고 다시는 그런 말하지 않기로 하자. 그러면 빨리 헤어지게 되는 거라고. 그냥 지금 우리가 같이 있는 현실에만 만족하자고."

상도는 다시 편안하게 그녀의 손을 잡아 주었다. 혜림도 상도의 생각을 느낄 수 있었는지 더 이상은 말을 잇지 않았다. 그러나 두 사람은 주체할 수 없을 정도로 하나가 되어져 갔다.

89.

축 처진 가방을 들고 있는 동주는 병원 가는 버스를 기다리고 있었다. 바로 오늘이 정 여사의 퇴원 날인 것이다. 기쁜 오늘을 맞이하고 싶었지만 동주는 그렇지 못했다. 오늘 아침 신문에서 기사 내용이 전부 상도에 관한 내용이었기 때문이었다. 희대의 폭력 조직 행동 대장으로 시작되는 그의 기사는 대한민국 사람이라면 전부 지탄하는 대상이었다.

'상도야 빨리 돌아와야 된다. 그리고 자수하고 꼭 새롭게 시작해야 한다고. 제발.'

동주의 손이 가방을 매우 힘들어했다. 도시의 매연 때문인지 몰라도 플라타너스가 비정상으로 자라고 있는 가을의 비정함 속에서 동주는 지금 버스 승강장 앞에 서 있었다. 지나가는 평균의 사람보다도 작게 보이는 그였지만 오늘은 더욱더 작게 느껴지고 있었다. 그리고 지금 동주를 지켜보던 사내가 있었다. 10미터 간격을 두고 조심스럽게 다가서고 있는 사내는 어느덧 동주의 곁으로 거의 다가섰다.

"김동주 씨 맞죠?"

인상이 험하게 생긴 사내가 치아를 보이며 동주를 막아섰다.

"그런데. 왜 그러시죠?"

동주의 말이 끝나기도 전에 빠른 속도의 자동차가 바로 붙었다.

-퍽……, 으윽으…-

동주는 움찔했지만 이미 그때는 늦은 후였다. 정신이 몽롱한 채 어디로 가고 있다는 것만 느낄 뿐 아무것도 움직일 수 없었다.

'여기는 어디일까. 대체 왜.'

어둠이 밀려와서 눈을 뜬 동주는 알 수 없는 곳임을 확인하고 스스로 놀라고 있었다. 가동이 멈춰 버린 을씨년스러운 공장 창고의 지하실처럼 보이는 곳에 있었으며 계단을 통해 문을 밀쳐 보았지만 모든 것이 허사였다.

두려움이 밀려오고 있었다. 전에 충격으로 양쪽 어깨가 결려오고 있었다.

정신을 찾으려 했지만 점점 더 그를 두려움 속으로 밀려가게 하고 한참 후 열리지 않을 것 같았던 철재 문이 굉음을 내며 열렸고 두 명의 사내가 상의를 벗은 채로 동주 앞으로 내려오고 있었다.

"어, 일어나셨네. 미안하구만. 똑똑한 양반을 누추한 곳으로 모셔 와서. 흐흐흑."

팔뚝에 수많은 문신이 박혀 있는 사내가 동주에게 비아냥거리며 말을 했다.

"왜 이러는 겁니까? 뭣 때문에 절…."

동주는 영문을 알 수 없었기에 떨리는 음성을 보였지만 상도와 관계가 있다는 사실을 어렴풋이 느낄 수 있었다.

"우리 큰형님께서 네 새끼 잘난 친구 놈 때문에 걱정이 많으셔서…. 넌 친구 잘못 둔 탓을 해야 쓰겄다. 우릴 원망하지 말고."

사내는 침을 한껏 모아 바닥에 팽개치고는 동주에게 더 가까이 다가왔다.

-윽… 악… 퍽…-

동주의 비명 소리가 여러 겹으로 울려 메아리쳤다. 동주의 안경도 바닥으로 내팽겨지면서 산산조각나고 있었다.

90.

불빛으로 밀려드는 거리에는 바삐 움직이는 사람들 사이로 또 다른 밤의 세계가 펼쳐지고 있었다. 그리고 포장마차 안에는 낮처럼 환하게 불빛이 이글거리고 있었다. 자욱한 담배 연기가 시야를 흐리게 하는 밤이었다. 구석 자리에는 몇 잔의 순배가 오갔는지 담배를 씹어 피우고 있는 유 형사의 모습이 보이고 있었다. 그리고 방금 꽁초를 바닥으로 버리며 심하게 찍어 누르고 있는 그였다.

"난, 컥…. 오늘 말이야."

유 형사의 목소리에서 현재 많이 취해 있음을 알 수 있었다.

"오늘 상도 주위 사람을 조사하면서 유일한 친구인 한국대학교를 다니고 있는 천재라는 김동주를 찾아갔더니 아직 오지 않았더라고."

이 형사는 유 형사의 빈 잔에 반사적으로 술을 채워 주고 있었다.

"몸이 안 좋아 보이는 여동생을 봤어. 그리고 그 여동생에게 이제까지의 모든 상황을 듣게 됐다고…."

유 형사는 마주 보고 있는 이 형사의 잔에 건배를 청하고 단숨에 비워 버렸다.

"그런데 컥. 그게 말이야. 나도 이상하지. 그 도망자 자식에게 동정이 생기는 거야. 경찰 생활 20년 가까이 다가오는데 한낱 그런 폭력배에게 동정을 느끼다니 나도 내가 더러워서……."

유 형사의 목소리는 격해지고 있었고 이 형사는 이해가 안 가는지 고개를 흔들었다.

"아니 선배님, 그런 말이 어디 있습니까? 예? 정신 좀 차리세요. 상도 때문에 우리가 얼마나 시달리는데요."

"자넨 몰라. 난 이제부터 이 사건에 손을 떼기로 했어."

유 형사의 진담일지 모르는 갑작스런 대답에 이 형사는 숨을 죽였다.

"대체 뭣 때문에 그러십니까?"

유 형사는 한 손을 크게 펴서 자신의 입을 한번 닦았다.

"물론 이해가 되지 않겠지. 지금 이 냉정한 세상이 얼마나 좆같이 흘러가는데…. 아니 내 부모도 버리고 내 형제에게도 칼을 휘두르는 세상인데 상도 그놈을 그건 모두 치워했던 거야."

유 형사의 눈은 조금 젖어 들고 있었다.

"그놈 범죄를 생각하면 몇 번을 잡아서 족치고 싶은 생각은 변함이 없지만 자식이 따뜻한 가슴이 살아 있었어. 컥….”

"선배님, 많이 취하셨어요. 어여 일어나시죠.”

이 형사는 몸을 일으켜 세우며 유 형사가 일어나기를 기다렸다.

"앉아 봐, 아직 내 얘기 안 끝났다고.”

유 형사는 일어섰던 이 형사의 몸을 다시 자리로 오게 했다.

"그 자식 안 잡혔으면 해. 컥…. 우리 건배 한잔하자고. 한잔은 나와 자네를 위하고. 또 한잔은 꼭꼭 숨어 버린 그 친구를 위해서…….”

"그래도 우린 경찰입니다. 사사로운 감정 따윈 버려야 한다고요. 그걸 가르쳐 준 사람이 바로 선배님이고요.”

이 형사는 어의가 없는 듯 유 형사를 내려다보았다.

"내가 한심해도 할 수 없어. 너도 한번 찾아가 봐 무슨 소릴 하는지. 정말로 멋진 놈이더라고. 컥….”

"형님은 지금 제정신이 아녜요. 뭐가 괜찮은 놈입니까. 대한민국에서 국회 의원 후보를 테러한 놈인데요. 정말 이건 아닙니다.”

이 형사의 목소리가 격해졌고 주위에 있던 손님들도 예사롭지 않다는 것을 감지했는지 시선이 한꺼번에 두 사람에게로 몰렸다.

"바보, 넌 인생을 몰라. 그러니까 아직 내 밑에 있지.”

이 형사는 더 이상 참을 수 없는지 모든 핏줄이 얼굴 근처로 몰려들었고 자리를 차고 일어나 포장마차 밖으로 빠져나가고 있었다.

"그래 꺼지라고. 내가 만약에 상도를 보게 된다면 술부터 한잔하자고 할 거야. 내 경찰 생활 동안 나를 가장 곤혹스럽게 만든 인간이었지만 인간적으로는 내가 반해 버린 첫 번째 사내야…. 컥…. 아줌마, 여기 병 바꿔 주세요……. 크크크.”

91.

 어두웠던 주위가 점점 걷히더니 어느덧 물체를 확인할 수 있을 정도로 빛이 동주의 시야에 들어왔다. 여기저기에서 폐업한 공장의 특유의 냄새가 그의 코를 찌르고 있었다. 다시 한번 주위를 살펴보아도 창고는 다 막혀 있었고 창문도 쇠창살로 막혀 있었다. 그 속에서 하루를 보낸 동주의 몸은 무거운 고통으로 인하여 황폐해져 있었다. 험악한 사내들이 조그만 창문 틈 속으로 자신을 감시하고 있다는 사실을 동주는 분명히 느낄 수 있었다. 어느 때인가 그들의 큰 목소리가 부산하게 들리는가 싶더니 육중한 철문이 삐거덕 소리를 내며 열렸고 거인이라고 해도 믿을 수 있을 만큼 탄탄 체격의 백곰이 그 사이를 비집고 동주 주변으로 내려왔다.

 얼굴과는 다르게 온통 하얀 옷을 입고 있던 백곰을 보자 동주는 역겨워 속에 있는 모든 것을 내뱉고 싶을 정도로 추하게 보였다. 백곰은 꼬챙이 하나를 장난스럽게 잡으며 바닥에 쓰러져 있던 동주를 누르고 있었다.

 "김동주, 일어나 보지."

 백곰은 고통스럽게 동주의 목을 꼬챙이로 탁탁 치며 내리까는 목소리로 그를 잡아 세우고 있었다.

 "미안하게 됐어. 지금부터 내가 묻는 말에 대답 잘해야 여기에서 나갈 수 있을 거야."

 백곰 옆에는 동주의 몸에 손을 대었던 건장한 사내들이 서 있었다.

 "날… 왜… 이러는 거요…. 뭣 때문에?"

동주는 억울해했지만 쉽게 벗어날 수 없다는 걸 잘 알고 있었다.

"난 다 알고 있다고. 상도가 얼마나 네 새끼 가족을 끔찍이 생각하는지를."

백곰은 동주보다 더 세밀하게 상도를 알고 있는 듯 보였다.

"난 아무것도 모른다고."

가까스로 몸을 일으켜 세운 동주가 자신의 머리를 흔들었다.

"그러면 우리 모두 힘들어져. 솔직히 말해. 그 새끼 어디 있어 지금."

백곰은 시꺼먼 멍으로 얼룩진 동주의 얼굴을 가볍게 가격하며 목소리의 톤을 세웠다. 동주는 그 충격으로 자리에서 사라졌으나 곧 이를 악물고 일어났다.

"난… 아무것도 모른다고. 당신이 누군지 모르지만 난 가야 해. 어서 날 보내 줘."

"이 새끼가 죽고 싶어서 정신 줄 놓았네."

백곰 옆에 있던 사내가 갑자기 몸을 세우며 발차기를 하자 동주의 가슴에 정확히 가격했다. 동주는 여러 개의 공구 박스가 있던 작업대 속으로 곤두박질쳤고 따라가던 사내를 백곰이 불러 세웠다.

"놔둬라. 그러면 애 죽는다."

백곰이 옷을 털며 안쪽 주머니에 있던 조그만 봉투를 꺼내고 피에 얼룩져 아직도 정신이 없는 동주에게 가볍게 던졌다.

"동생이 참 예쁘던데. 우리 아이들이 빨리 지시 내려 달라고 성화가 이만저만 아니야."

간신히 봉투 속을 확인한 동주 얼굴에는 피가 역류할 것만 같았.

그 속에는 영숙의 모습과 어머니의 모습이 사진 속에서 웃고 있었다.

"이 나쁜 놈들. 이럴 수가… 이럴 수가…. 으아악!"

동주는 절규했다. 거꾸로 솟구치는 분노가 역류하면서 전신이 오열하고 있었다. 그러나 백곰은 그것을 즐겼다. 날파리를 잡는 것처럼 아주 자신의 욕구를 조금씩 즐기면서 채워 가고 있었다. 동주는 모든 것을 포기했다. 백곰도 자신의 승리가 이어질 거라는 걸 아는지 깨어져 버린 동주를 아주 재미있게 바라보고는 문 쪽으로 걸어가기 시작했다. 사내들이 얼른 먼저 가 출입문을 열어 주자 여유 있게 백곰이 자리에서 벗어나고 있었다.

92.

백곰파의 첫 번째 비상 가족회의가 소집되었다. 모든 것은 백곰의 주도하에 빠르게 진행되었으며 특히 그를 추종하는 부하들이 자리에 메워졌다.

백곰의 얼굴은 금방이라도 폭발할 것 같은 결의에 찬 눈빛을 보이며 침묵의 시간이 자리에 무겁게 깔리고 있었다.

"지금부터 내가 하는 말 하나도 남김없이 듣도록 해라."

백곰의 목소리는 신중하게 들렸으며 사내들을 찬찬히 바라보았다.

"현 시각부터 상도 사냥을 시작한다."

백곰의 저의를 알게 된 조직원들은 무엇을 의미하는지 잘 알고 있었다.

"여기 있는 너희들 중 시내 관할하는 몇 명만을 제외하고 지금 즉시 강원도 낙산으로 출발해라. 그곳에 틀림없이 그놈이 숨어 있다고. 빠른 아이들 엄밀히 선출해서 꼭 그 새끼 목줄을 끊고 내게 그 새끼 머리를 가지고 와."

 백곰은 자리를 채웠던 조직원들에게 그의 생각을 전했다. 동학은 그의 눈치를 살피며 손을 들고 자리에서 일어났다.

 "형님, 지금 뭔가 조금 혼란이 있으신 거 같습니다."

 고개를 조금 숙인 채 자신의 생각을 말하고 있는 동학을 바라보며 백곰은 자신의 감정을 숨기려 노력하고 있었다.

 "그 자식 한 놈 때문에 우리 조직원 반 이상이 움직인다는 것은…."

 백곰은 자신의 감정을 추스르며 동학의 말이 끝날 때까지 지켜보고 있었다.

 "내가 시키면 그냥 따르기만 하면 된다. 아무 이유도 필요 없다."

 백곰은 나오는 성질을 어렵게 참아 내고 있었지만 눈은 살기로 이글거렸다.

 "그 새끼를 잡아야 된다고. 알아들어. 지금부터 질문은 없다. 그 새끼 목을 가져오는 너희들 중 한 명을 가장 신뢰할 것이다. 이 정도면 뭘 의미하는지 잘 알겠지."

 "죄송합니다."

 동학이 스스로 몸을 굽혔다.

 "다시 한번 말하지. 중요한 사업을 하고 있는 식구들만 남기고는 모조리 투입시켜라. 알았나?"

 "예!"

 조직원 모두가 고개를 숙이며 합장을 했다.

 "물론 짭새들은 모르게 3명씩 짝을 지어 행동한다. 그리고 집결지에 모여서 한 방에 놈을 수배하고 보이는 즉시 바로 작업할 수 있도록."

 "그럼 언제쯤 출발할까요. 형님."

상식이 백곰의 의향을 넌지시 물어보았다.

"지금은 때가 안 좋아. 어두워지면 출발해서 새벽에 도착하는 즉시 깨끗하게 제거해라. 주의해야 할 점은 내 말이 새어 나가면 안 된다는 것이다. 여기 모인 너희들만 알아야 되고 너희들 손으로 은퇴시켜야 한다는 것이다."

백곰의 눈빛은 더욱더 서슬 퍼렇게 변해 가고 있었다.

"다시 강조한다. 쥐도 새도 모르게 한 방에 접수시켜라. 상도 그 자식을······."

백곰은 마지막 말에 온 힘을 집중시키며 조용히 자리에서 일어났다. 그의 뒤를 이어서 하나둘 자리에서 일어나고 있었다. 계절이 바뀌면서 일교차가 큰 폭으로 변하기 시작했고 사내들의 옷에서 시간이 많이 흘러갔음을 알 수 있었다.

93.

영숙은 아무 일 없을 거라고 자신에게 몇 번을 확인 시켰다. 그러나 상황은 무섭도록 변하고 있었다. 어머니를 어렵게 집으로 모셔 왔을 때까지만 해도 동주가 잠깐 늦는다고만 생각했었다. 그러나 하루가 지났다. 동주에게 아무 소식 없이 수십 시간이 흘러간 것이었다. 어머니에게는 중요한 시험 때문에 밤을 새야 한다고 했지만 그녀도 무슨 일이 일어났음을 느낄 수 있었다. 요즘 그녀는 그것을 느끼고 있었다. 자신의 주위에서 맴돌고 있던 여러 사람의 그림자들을. 어려서부터 집에서만 시간을 보냈던 그녀였기에 오빠의 행방을 찾을 엄두를 내지 못하고 있었다. 허름하고 썩을 대로 썩어 빠진 판잣집 구석까지 오늘따라 더더욱 바람에 흔들리고 있는 것 같았다.

동주 생각에 영숙은 허둥대며 그의 방 책상 서랍 속에서 연락처라도 찾아내려고 서랍을 뒤지기 시작했다. 나무에 회색을 입힌 책상은 너무나 퇴색되면서 진한 나무색들이 반질거리며 영숙의 눈에 나타났다. 그리고 맨 밑 서랍 속에 거의 밑받침이 빠지며 덜컥거리는 그 속에서 그녀는 문제의 편지를 발견하게 된 것이다. 상도로부터 보내져 온 그 편지를 보게 된 것이었다.

그리고 오빠가 며칠 밤을 고민했어야 했던 상도 오빠가 준 그 봉투를 발견하게 된 것이었다. 영숙은 어떻게 해야 될지 몰라 한동안 멍하니 자리만 지키고 있을 뿐이었다.

94.

형사 기동대 사무실 중 여러 개의 자리에서 유독 눈으로 들어오는 좌석이 있었다. 여러 가지 경위서가 놓여 있었고 정리가 안 된 문서들이 아무렇지도 않게 방치되어 있었으며 지저분하고 잡다한 휴지 조각들이 있는 유 형사의 자리였다.

"그것 보십시오. 어제 그렇게 무리하시더니……."

이 형사가 종이컵에 담긴 커피를 책상에 내려놓고 그에게 다가와 말을 건넸다.

"아휴…. 정말 죽을 것 같네. 이제 다시는 술 안 마신다."

유 형사는 머리를 흔들며 매우 고통스러워했다.

"어제 집은 잘 들어가셨습니까?"

"말도 마라. 깨어나니까 길바닥이더만. 차에 안 깔려 죽은 것만 해도 천만다행이라고 생각해야지."

"그럼 선배님 저와 헤어지고도 계속 술 푸신 겁니까?"

이 형사는 한심하단 듯이 혀를 내밀고 어이가 없는지 쓴웃음을 지었다.

"그래. 어제 생각하면 참 나도 옛날 버릇 아직도 못 버렸나 봐. 근데 아직도 별다른 소식 없는 거야?"

유 형사가 갈증을 느끼는지 식수대 쪽으로 방향을 돌리며 이 형사를 바라보았다.

"정말 갈수록 태산이에요. 무슨 숨바꼭질하는 것도 아니고. 우리나라가 그렇게 숨을 데가 많은 나라라는 걸 이번에 알게 됐다니까요."

"진짜 이 인간을 어떻게 해야 되나. 동정이 가다가도 이것만 생각하면 울화가 튀어 올라서. 그냥 신상을 위해서라도 자수하는 게 모든 사람들에게 다 좋은데 말이야."

유 형사는 컵에 가득 물을 채우고 입으로 매우 급하게 밀어 넣고 있었다.

저녁 8시. 세상은 다시 검은 페인트를 부어 놓은 것처럼 어두워지고 있었고 여러 색의 네온사인이 켜지고 있는 지금 유 형사는 한통의 전화를 받자마자 매우 급하게 경찰서 앞 한다방 속으로 뛰어 들어가고 있었다.

그곳에 며칠 전 본 것보다 더 살이 빠지고 가냘픈 영숙이 앉아 있었다.

손수건으로 계속해서 얼굴을 닦고 있는 모습이 보였고 유 형사도 짧은 기침 소리를 내며 그녀 앞자리에 앉아 있었다. 유 형사는 대답을 들을 수 없어선지 몰라도 난감해하고 있었다.

"절 급히 보자고 한 용건이 뭔가…."

유 형사도 최대한 부드럽게 이끌어 보려고 했지만 그의 직업이 배어 있어서 그런지 쉽지 않음을 느꼈다.

"저, 그게…. 으으흑."

영숙 얼굴엔 완전히 어둠으로 인해 눈망울에 눈물이 가득했다.

"영숙 씨, 진정하시고 무슨 일인지 차근차근 대답해 보시죠."

유 형사는 매우 난감했다. 그가 할 수 있는 일은 아무것도 기억해 내지 못하고 있었기 때문이었다. 숙여져 있는 영숙의 얼굴이 들어 올려지고 잠깐의 지루한 시간을 끝으로 그녀가 유 형사를 바라보았다.

"저기요. 많이 고민하고 생각했어요."

영숙은 한 번 더 손수건으로 자신의 얼굴을 닦아 내고 결심이 섰는지 입술이 움직였다. 순수함이 뜨겁게 끓고 있는 어린 아가씨의 모습이었다.

"오빠가 어제부터 소식이 없어서요. 무슨 일이 있어도 연락은 꼭 하는 사람인데 어머니가 퇴원하는 날에도 병원에 오지 않았고요. 불길한 생각이 나서 이렇게 찾아온 겁니다. 형사님."

유 형사는 솔직히 귀찮은 게 사실이었다. 하지만 억지로 자신을 찾아와 준 영숙을 모른 체하기가 쉽지 않았다.

"그럼 어제 이후로 갑자기 연락이 두절되었다는 거네요."

유 형사의 눈빛이 영숙과 마주쳤다.

"예, 그렇습니다. 그리고 오빠 방에서 무슨 연락처라도 찾아보다가 우연히 이 편지를 발견했어요."

영숙의 치마 주머니 속에서 숨 쉬고 있었던 구겨진 상도의 편지가 지금 막 펼쳐지고 있었다.

"일단 국도부터 완전히 차단시키고 각 경찰서에 연락을 해서 바닷가 주변에 있는 숙박 시설을 중심으로 탐문 수사를 지시 내리시는 게 가장 좋을 것 같습니다."

유 형사는 김 반장에게 자신의 생각을 말했다. 유 형사는 어제 그렇게 수사에서 물러나겠다고 했지만 그는 어쩔 수 없는 형사였다. 빠르게 일제 전화가 수신되어졌으며 비상을 알리는 강원도 전체의 경찰서에 비상 경계령이 하달되기 시작했다. 그리고 특명을 받은 유 형사는 아직도 쓰린 속을 부여잡은 채 이 형사와 함께 강원도로 출발했다.

95.

수많은 칼잡이 사위로 상도가 자리를 잡고 있었다. 시퍼런 칼날이 여기저기에서 불을 뿜듯이 들어오고 있었다. 그와 동시에 한꺼번에 자신을 향해 칼날이 춤을 추고 있었다. 피해 보려고 노력해 봤지만 기회는 이미 상실되었다. 수십 개의 칼날이 머리부터 발끝까지 거침없이 스치고 지나갔다. 자신의 몸뚱이가 수천 개로 분리되면서 바닥에 어지럽게 놓여 있었다. 그리고 지니의 모습을 닮은 눈알이 떨어져 나와 그대로 보이고 있었다. 그것이 최후였다. 그것을 상도는 불안감을 그대로 느낄 수 있었다. 그리고 잠에서 눈을 떴다. 악몽을 꾼 것이다. 저주스러운 악몽의 기운이 몸속 구석구석에 그대로 받치고 있었다. 창호지를 붙여서 막아 버린 창틀 사이로 파도 소리가 계속 이어지고 있었다. 어둠 속에서 상도는 담배를 찾았다. 거의 본능적으로 성냥과 담배가 이끌려 나오고 몸을 일으켜 세워 창호지 틈새를 보자 바다가 보이고 있었다.

그의 눈앞에 한 폭의 그림이 펼쳐지고 있었다. 끝도 없을 것 같은 바다 저편에선 오징어잡이 배들이 춤을 추고 있었다. 그것은 무슨 우주선 마냥 수천 개의 별들 속에서 지금 이 시간 바다에서 숨 쉬고 있는 것이다. 상도도 점점 안정을 찾아갔다. 흉하게 얼룩이 졌던 땀방울도 깨끗하게 말라 가고 거리를 두고 잠을 청하던 혜림도 평온하게 밤을 보내고 있었다.

마지막 한 모금의 담배가 끝이 났다. 상도도 크게 한번 숨을 마시며 자신에게 방금 일어났던 그 자리 속으로 다시 들어가려고 했던 바로 그때였다.

"상도야…."

잘못 들은 것인가? 아무튼 분명하게 그의 이름이 불리고 있었다.

"상도야."

두 번째로 그를 찾은 목소리가 선명하게 들리고 상도는 알 수 있었다.

그 목소리의 주인공이 누구인지를. 상도는 낡은 문을 빠르게 열어 밖을 보았다. 동주였다. 어두워서 선명하게 확인할 수는 없었지만 느낌으로 동주라는 것을 확실히 알 수 있었다. 상도는 신발을 신을 겨를도 없이 뛰쳐나가 동주를 안았다.

"어떻게 된 거니. 네가 어떻게 여길."

상도는 아직도 믿질 못한다는 식으로 그의 가슴에 동주를 묻었다.

"상도야, 지금 아주 급해. 일단 바닷가로 나가자."

동주는 이상했다. 상도를 본 그 상태에서 심할 정도로 그의 손을 이끌고 자리를 옮기려고만 했다.

"너, 왜 그래. 무슨 일이야?"

상도는 분명하게 불길한 무언가가 있음을 바로 인식할 수 있었다. 그리고 몇 마디 물어보았으나 동주는 등을 돌려 이미 벗어나고 있었다.

더 선명하게 바닷가에서 밀어닥치는 파도를 볼 수 있었다. 바다에 달이 걸려 매우 밝게 빛나고 있었다. 끝없는 모래사장 사이로 두 사람이 서 있었다. 상도 그리고 동주가.

그러다 느닷없이 동주가 길을 멈추고 돌아서서 상도의 방향 쪽으로 몸을 돌려 무릎을 굽히고 고개를 숙였다.

"너 대체 왜 그러냐고!"

상도의 성질을 말해 주듯이 오래간만에 흥분한 그의 음성이 흘러져 나왔다.

"나를 죽여 줘라."

동주는 분명하고 간결한 어조로 상도에게 향했다.

"난 너를 팔아넘긴 거야. 상도야. 흐흐흑."

주먹으로 모래를 치며 동주가 울기 시작했다.

"상도야, 잘 들어. 지금부터 내 얘기."

상도의 눈가에는 광채가 흘러내렸고 폭발 직전의 맹렬한 야수가 되어 가고 있었다.

"나 끌려갔었다. 네가 잘 알고 있는 사람들한테. 그런데 널 잡아야 된다고 했어. 마약에… 마약에…… 마약에 네가 있는 곳을 말하지 않으면 우리 식구들을… 우리 식구들을…. 엉엉엉. 그래서 어쩔 수 없이 너를…"

동주는 말을 끝내지 못하고 목 놓아 울고 있었다. 격해 오는 감정을 다스릴 힘이 모두 떠난 뒤였다. 상도는 달려들어 동주의 얼굴을 두 손으로 감쌌다.

"누구니? 어떤 놈들이야?"

상도는 동주의 얼굴을 확실하게 확인했다. 수많은 핏자국이 할퀴고 지나간 모습을 발견했던 것이다.

"상도야, 우리 자수하자. 깨끗하게 심판받고 다시 태어나자. 그래야 네가 보호받을 수 있다고. 응?"

동주는 고개를 들어 상도를 올려다보며 진정으로 그의 생각을 말하고 있었다.

"자수 좋아. 해야지. 하지만 누가 이렇게 했어. 빨리 말 안 해? 안 그러면 나 이 자리에서 죽어 버린다. 진짜로."

상도의 눈빛은 거짓이 아님을 알 수 있었다. 그의 몸속에 있는 피가 분노로 인하여 빠르게 회전하고 있었다.

감정의 폭발. 힘의 전쟁. 마지막 화려한 복수가 지금 막 시작되고 있었다.

상도는 필요한 것만 빠르고 조용하게 챙기기 시작했다. 혜림은 아직도 고요 속에서 평온한 숙면을 취하고 있었다. 상도는 들키지 않기 위해 아주 조심스럽게 그녀의 눈치를 살피고 있었다.

'이젠 돌아가야 할 때가 온 것 같다. 짧은 시간 정말로 즐거웠고 행복했다. 잘 살고 항상 행복한 일만 가득하기를 기원하마 혜림아.'

상도는 속으로 그녀에게 대화를 하고 있었다. 상도는 문을 열고 나가기 위해 잠시 멈춰 섰다. 그리고 뒤를 돌아 몸을 숙이고 잠자고 있던 혜림의 머리를 한번 쓰다듬어 주고 모든 아쉬움을 뒤로한 채 밖으로 나섰다.

짧은 시간 동안 함께했던 여러 가지 영상이 빛과 같이 흘러가고 있었다. 더 깊은 새벽을 향해 치닫고 있는 지금. 그들은 누구보다 더 많은 숙제를 안고 있었다. 가로등이 보이는 불빛 아래 동주가 상도를 보며 서 있었다.

"동주야, 넌 저기 안에 있는 어린 아가씨 집까지 잘 좀 보내 줘라. 그리고 내 걱정은 말고 네 몸 관리나 잘하고. 알겠지? 그리고 네 말대로 곧 깡패들이 들이닥칠 거야 경찰에 신고해서 신변 보호부터 받고."

"상도야, 이러지 마. 넌 큰 수렁 속으로 또 가고 있는 거라고."

동주는 자신이 왜 왔는지 후회가 막심했다.

"더 큰 수렁. 이미 수렁 속으로 갈 때까지 가서 더 이상 물러날 곳도 없어."

상도는 손을 뻗어 동주의 어깨를 잡아 주었다. 동주도 상도의 성격을 아는지라 어찌지 못한다는 것을 알고 있었다.

"아무 걱정 마라. 이 좋은 세상 끝까지 다 보고 갈 테니."

"넌 바보야, 이 자식아. 이 못난 내가 뭔데 너에게 이런 고통을 주는지. 상도야, 아아… 흐흐흑…. 날 만나지만 않았어도."

동주는 상도를 껴안았다. 뜨거운 눈물이 밤이슬과 함께 그 두 사람을 적시고 있었다.

"동주야, 잘 살아야 돼. 꼭 힘 있는 사람이 돼라. 꼭 널 보여 줘야 해. 알았지? 그리고 난 너의 가슴속에 영원히 있을 거니까……. 다시 말하지만 아무 걱정하지 말고, 잘 다녀오고 나서 꼭 가수할 테니 정말로 걱정하지 말고 지금부턴 네 몸이나 잘 챙겨라."

상도는 동주의 눈물을 바라보다 가장 자신이 바라는 것을 동주에게 전달했다. 동주도 옛날처럼 다시 고개를 끄덕였다. 상도는 길게 뻗어 있는 길로 떠났다. 더 이상 돌아보지도 않았다. 시간이 없었다. 빨리 가야 된다고 그의 속으로 수십 번의 결론을 내리고 있었다. 점점 두 사람의 간격이 멀어졌다. 동주는 언제나 그랬던 것처럼 상도를 바라보는 것밖에는 아무것도 할 수가 없었다.

'상도야, 꼭 살아야 해. 네가 잘못되면 나도 간다. 알았지. 꼭이다. 이런 친구를 둬서 매일 늪으로 너를 보내는 나를 용서하길 바란다.'

동주도 자신의 소원을 상도 뒤에서 기도를 하고 있었다.

상도는 동사무소 앞에서 잠자고 있던 자동차를 깨웠다. 특유의 빠른 손놀림으로 차의 엔진이 힘 있게 돌아가고 있었다. 라이트에 반사된 도로 표지판이 그의 행선지를 잘 설명해 주고 있었다. 상도는 최고 시속으로 해안 도로를 타고 질주했다. 주위의 건물들이 빠른 속도로 그의 옆 눈 사이로 지나쳐 갔다. 그러나 도로는 그에게 길을 열어 주지 않았다.

강원도 마지막 국도를 빠져나오고 있을 무렵 형광색이 선명하게 보이는 외곽 검문소를 보고 있었다. 몇 백 미터 떨어진 길 가장자리 초반부터 경찰과 상도는 알 수 없는 신경전을 버리고 있던 것이었다. 그러나 상도는 핸들을 더욱 세차게 움켜쥐었다. 짧은 다짐을 보이며 기어를 가장 정확하게 밀어 넣었다.

"아니 저 차가 왜 저러지."

비상근무를 하고 있던 경찰들은 갑작스러운 사태에 긴장하고 있었다. 그러나 상도는 조금도 물러날 수가 없었다.

-끼이익, 쾅…… 펑…-

둔탁한 금속성 소리가 깨졌다. 상도는 바리케이드를 전속력으로 밀어 버린 것이다.

"빨리 본서로 연락하고 추적해. 어서!"

간신히 위기를 모면한 경찰들이 오토바이와 차량에 올라타 새벽을 깨우는 사이렌 소리를 내며 추적이 시작되고 있었다.

"강원 다 ○○○○ 차량 정지! 정지!"

뒤를 쫓고 있는 경찰들은 계속해서 정지 신호를 확성기로 내보내고 있었다. 그러나 상도는 조금도 그들의 말을 듣지 않고 더 속력을 내고 있었다.

"계속 말을 듣지 않으면 발포하겠다. 마지막 경고다! 정지해라. 정지!"

추격하던 차량에서 무장한 경찰이 두 손으로 총을 움켜잡았다.

"겁대가리를 상실한 놈이군. 대한민국 국도에서 180km을 넘고 있으니 더 이상 공포탄으론 안 되겠어. 실탄 사격을 하는 수밖에는…. 경찰을 농락하고 있다니… 이런 괘씸한…."

경찰관은 자신을 비웃고 있는 것 같은 앞 차를 바라보며 권총을 세웠다.

푸른 제복이 바람으로 인해 뒤로 밀려나고 있었다. 조준을 위해 손을 뻗으니 잡을 수 있을 것 같았다.

-탕…! 탕…!-

2발의 맑은 쇳소리가 새벽 밤하늘을 깨우고 있었다. 정확하게 발사된 총알은 자동차 뒤 창문에 조그만 틈을 주지 않고 날아가 박혔다.

-끼이익…..-

산비탈 모퉁이 도로 위에 상도를 태운 차가 정지하고 있었다. 핸들에 머리가 박혀 움직이질 않고 있었다. 차에서 내린 경관이 가까이 다가가고 있었고 총구를 겨냥한 채 아직도 경계를 풀지 않고 있었다. 하지만 운전자는 정신이 잃은 듯 보였다. 경찰은 차 앞문을 열고 상도의 몸 상태를 확인해 보고 있는 중이었다. 그러나 갑자기 일어난 상도의 주먹이 여지없이 경찰 안면부를 가격했다. 빠른 상도의 린치에 경찰은 길바닥에 이미 누워 있는 상태가 되었다. 상도는 재빠르게 차에서 내렸으나 2발 중 1발이 그의 왼팔을 관통했고 그의 잠바 사이를 뚫고 검은 피가 수돗물처럼 튀어나오고 있었다. 상도는 다른 손으로 그곳을 틀어막고 경찰이 땅에 흘렸던 권총을 주워 담았다. 그리고 가방 속에 있던 헝겊을 입으로 찢어 아주 강하게 상처 부위를 압박해 틀어막았다. 벌써 감각이 모두 상실된 채로 정신도 어둡게 깔리고 있었다. 그러나 눈빛만은 아직도 살아 있었다. 다시 핸들을 잡기 위해 차량에 올라타고 있었다.

'으윽, 팔이…. 조금만 더 참으면 돼. 할 수 있어. 난 할 수 있다고.'

스스로를 위로하며 자신을 바로 잡고 있었다. 상도가 다시 깨어나고 있었다. 그러나 총알이 뚫고 지나간 상도의 팔은 뼛속까지 훤히 들여다보이고 있었다. 그 총알의 위력은 대단했으며 작은 크기의 그 씨알만 한 탄두가 상도를 아주 힘겹게 하고 있었다. 모든 상황이 경찰 상황실에 접수되고 있었다. 모든 경찰력이 다시 한번 한 사람과 싸우고 있는 것이었다. 상도는 자신이 타고 있는 자동차가 곧 발견되리라는 것을 알고 있었다. 서울까지는 약 2시간. 이 2시간을 이겨 내야 했다. 고통은 그의 입에서 시작되어서 온몸으로 퍼지고 있었다. 상도는 차를 세우려 했다. 짐을 챙기고 내린 그는 다시 한번 자신의 상처를 압박하며 도로 한가운데에서 버티고 섰다. 그리고 무작정 거리를 막고 기다리고 있었다. 그리고 커다란 트럭이 새벽을 깨우듯 공룡 소리를 내며 다가오고 있었다.

"저… 저런… 미친놈이…! 으악…!"

심한 브레이크 파열음을 내며 거대한 공룡이 정지했다. 상도는 총을 세우며 그 운전자를 향해 조준했다.

"제… 발 목숨만은 살려 주십시오."

온몸이 털로 뒤덮인 운전자는 경악을 금치 못했고 정신까지 차리지 못하고 있었다.

"지금부터 내 말 잘 들어. 아무것도 멈추지 말고. 가장 빠른 시간에 날 서울로 데려다 줘. 그러면 넌 사는 거야. 약속대로 하면 절대로 널 해치지 않는다고."

"알겠습니다…. 분부대로… 하겠습니다."

총의 위력이었다. 아이처럼 겁에 질린 기사는 상도의 지시를 받으며 서울로 이동하기 시작했다.

상도임이 확인되었다. 경찰의 총을 탈취해서 도주한 사람이 그였다는 것을 전국이 알게 되었다. 아침 뉴스 생방송 머리기사로 상도에 관한 모든 것이 방송되고 있었다. 과연 서울로 상도가 들어왔는지가 최대의 관심사였다.

상도는 과연 배짱 좋은 남자였고 머리 좋은 사내였다. 그리고 누구보다 똑똑했다. 경찰의 끈질긴 수사가 그에게 다가오고 있음을 알고 상도는 생각해 냈다. 경찰의 손이 닿을 수 없는 곳. 그곳은 우리나라 안에 분명히 존재하고 있었다. 대학교 캠퍼스. 그의 마지막 은신처를 그곳으로 정했다.

식은땀이 비 오듯이 흐르고 정신은 까마득한 벼랑의 끝으로 자신을 밀어내고 있었지만 정신력으로 버티고 있었다. 섣불리 행동할 수 있는 단계가 아니었다. 그는 이름도 알 수 없는 캠퍼스의 뒷동산에 그림처럼 몸을 기대앉아 때를 기다렸다. 한 손엔 차가운 권총 한 자루를 들고서 말이다.

96.

해가 떴고 시간은 그렇게 다시 흘러가고 있었다.
'하느님, 저는 당신을 믿은 적이 없었습니다. 만약 이번에 제가 살게 된다면 하느님을 영접하겠습니다. 마지막으로 조금만 더 저에게 관용을 베풀어 주십시오. 제발.'
수많은 풀벌레가 피의 냄새를 맡았는지 상도에게로 몰려드는 것 같았다.
피는 멈췄으나 딱딱하게 굳어져 덩어리진 채로 변해 갔다. 상도는 시간을 확인하며 자리에서 일어났다. 햇빛과 함께 캠퍼스에도 활력을 찾고 있었다.
책을 짊어진 수많은 젊은이들이 들어차고 있었다. 상도는 그 사이로 자동차가 경주하듯이 스쳐 지나갔다. 모두의 얼굴 속에는 생동감이 흘러넘치고 있었지만 상도만은 예외였고 큰 동상의 독수리가 상도를 노려보고 있었다.

구) 태흥 종합상사 건물 앞까지 상도의 필사적인 노력으로 도착했다.

그리고 항상 자연스럽게 들어갔던 그 자리를 조심스럽게 올라가고 있었다. 몸속에 있는 권총을 손으로 만지고 있었다. 열을 받았는지 뜨겁게 달궈진 것 같은 느낌을 받았다.

-쾅… 쾅… 쿵-

출입구 문이 바닥으로 굴러떨어졌다. 소리에 놀란 여러 명의 사내가 쏟아져 나왔다. 그러나 가장 멋진 공포가 그들 앞에 놓여 있었다. 그들의 머리 앞에 총을 겨냥한 채 당당한 상도의 모습이 보였다.

"백곰이 어디 갔어?"

그들은 기가 완전히 질려 있었다. 화려한 분노가 이곳까지 미칠 줄은 몰랐던 것이었다.

"형님, 살려… 주십시오. 우리가 잘못했습니다…. 제발."

동학이었다. 그렇게 상도를 비웃으며 발아래 있다고 생각했던.

"마지막이다. 백곰 자식 어디에 있어?"

살기에 사무친 상도의 표정은 사내들에게 커다란 고통이었다.

"G 호텔에 갔습니다. 오늘 거기서 영화 시사회 때문에…."

동학은 위기를 모면하려고 있는 그대로 알고 있는 모든 것을 전달했다.

"다 무릎 꿇어."

상도의 말에 손을 떨고 있던 사내들이 일제히 자리를 잡고 무릎을 꿇었다.

"다시 돌아올 줄은 몰랐겠지."

사내들은 짓눌리는 공포를 맞이하고 있었다.

"동학이, 너만 일어나."

상도의 총구는 그에게 겨냥하며 금방이라도 불을 뿜을 것 같은 공포를 주고 있었다. 거의 자동적으로 동학은 다리를 털며 빠르게 일어났다.

"개새끼, 백곰이 밑에서 더러운 것만 배웠어. 그리고 내가 가장 성스러워하는 내 친구를 욕보였다지. 자비는 없어."

정확하게 무직한 권총 손잡이 쇠 부분이 동학의 머리 위에 박혔다.

-퍽… 으악!-

순식간에 동학이 머리에 피가 흘러내렸지만 상도는 가격을 멈추지 않았다. 자신의 모든 힘을 다해서 그를 내리쳤다. 사방으로 피가 솟구치며 무릎 꿇은 사내들은 모두 덜덜 떨기만 하고 있었다. 어떤 사내는 머리를 숙이며 공포에 질려 눈을 감고 있었다.

"팬티만 남기고 모조리 옷 벗어."

상도의 명령은 간결했고 애당초 사내들은 반항할 생각을 하지 못하고 있었다.

"형님, 잘못했습니다. 이번 한 번만."

"잔소리 까지 말고 어서 시키는 대로 해."

한번 내뱉은 말은 번복 없는 그였기에 사내들은 재빠르게 옷을 벗었다. 가슴에는 여러 개의 검은 훈장이 있는 사내도 있었고 온몸을 문신으로 도배한 사내도 있었다. 그리고 한 사내를 지명했다.

"길은 하나, 지금 즉시 걸어서 지하 주차장으로 내려간다. 대신 뛰어가거나 방향이 틀리면 바로 머리에 바람구멍 날 줄 알고."

"형님, 그렇게 하겠습니다. 조금만 고정해 주시면…."

사내는 어떠한 저항도 하지 않았다. 그리고 알몸으로 상도를 앞장서서 지하 주차장으로 내려갔다. 계단에서 사내를 확인한 여자들의 비명소리가 흘러나오고 있었다. 알몸으로 운전대를 잡고 있는 사내의 손에는 비 오듯이 땀이 흘렀다. 그의 오른쪽 머리에는 권총이 대져 있었고 상도는 모든 것을 계산하며 담배를 물었다. 상도를 태운 승용차가 출발하고 뒤에는 수십 대의 경찰차가 따르고 있었다.

"무섭니? 지금 네 새끼 속마음으로 생각하고 있겠지. 나 같은 놈은 처음이라고."

상도는 위기에서 즐기듯이 사내를 비웃으며 차량에 앉아 있었다. 차는 어느덧 G 호텔 앞까지 도착하고 있었다.

-콰아앙…… 쨍그랑…… 쾅-

수백 개의 유리창 중 그 하나를 상도가 밀어 버렸던 것이다. 호텔 1층에 마련된 영화 시사회 연회석 주위에 처절한 비명 소리가 메아리쳐 흘러가고 있었다.

운전을 한 사내는 이미 정신이 잃고 쓰러져 있었고 상도는 재빠르게 차량에서 튀어나왔다. 일대는 이미 아수라장이 되어 수십 명의 사람들이 호텔에서 빠져나오려고 정신없었다.

'영화 하얀 섬 시사회 및 연회'라고 써 있는 1층 특설 로비 안으로 상도는 재빠르게 들어갔다. 상도를 발견하고 여러 명의 조직원들이 뛰쳐나왔지만 그대로 상도의 공격에 맥없이 쓰러져 가고 있었고 하얀 양복을 입은 백곰이 그의 눈에 그대로 들어왔다. 상도는 쓴웃음을 지으며 성큼성큼 백곰 곁으로 다가서고 있었다. 백곰은 물러서다 힘이 빠졌는지 자리에 털썩 주저앉았다.

"오래간만이다. 백곰."

"형…… 님."

백곰은 침을 한번 크게 삼켰다.

"살려… 주십시오."

"오래간만에 만난 인사치곤 싱겁군."

상도의 주먹이 백곰 왼쪽 눈에 그대로 적중했다. 커다란 체구의 백곰이 길게 누웠다. 백곰은 땅바닥을 기며 조금이라도 벗어나려 했다.

상도는 고개를 돌려 입을 막고 떨고 있는 정화 곁으로 다가섰다.

"난 그동안 생각했지. 여자를 때리는 사내는 야만인이라고…. 하지만 남자에게 맞을 짓하는 년이 더 더러운 년인 거야."

짝 소리와 함께 정화의 몸이 하늘을 날았다. 그리고 음식이 펼쳐 있던 테이블 위로 정확히 착지했다. 방향을 다시 바꾼 상도는 기어가고 있던 백곰의 다리를 짓밟고 있었다.

"컥…억…. 형님, 제발 목숨만……."

고통 속에서 한마디 한마디가 어렵게 나오고 있는 백곰이었다.

"나도 이제 올 때까지 왔다. 네 새끼를 깨끗하게 보내 주지. 저승에 가서는 좋은 일 좀 하고 살도록 해라."

상도는 백곰의 뒤통수에 총구를 겨냥했다.

"안 됩니다……. 형님… 제발……."

"내가 용서 못하는 게 하나 있지. 넌 내 친구를 건들지 말아야 했다. 내가 신성시하는 친구 몸에 흠집을 냈으면 목숨 내놓을 각오를 해야 해. 미안하다. 용서하지 못해서."

-탕……!-

백곰의 거구가 땅으로 쓰러지며 더 이상 움직임이 없었다. 그리고 바로 확성기의 목소리가 들려왔다.

"상도야, 안 돼. 제발 부탁이다. 제발 내 말 좀 들어 줘! 자수해라."

동주였다. 언제 왔는지 몰라도 목소리가 완전히 흥분되어서 상도를 달래고 있었다.

"한상도, 넌 완전히 포위됐다. 어서 순순히 무기를 버리고 자수해라. 그 길이 너를 위한 길이다. 더 이상 죄를 지으면 넌 더 깊은 수렁으로 몰고 갈 뿐이야."

동주에 이어 유 형사도 상도에게 권유를 했다.

"아저씨, 저 혜림이에요. 그러시면 안 돼요. 아저씨. 제발 그냥 나오세요. 아저씨 전 알아요. 아저씨만큼 착한 분이 없다는 걸요. 흐흐흑."

상도의 눈은 더욱더 살기가 퍼져 있었다. 무슨 결심이 섰는지 혜림의 말을 끝으로 동시에 상도는 권총을 열어 남아 있는 탄알을 바닥으로 버렸다. 그리고 마지막 한 개 남은 담배를 아주 맛나게 피어 물고 있었다. 길었던 담배가 빠르게 자신의 생명력을 끝내고 있었다. 담배를 다 피자 바닥으로 떨어진 꽁초를 밟고는 경찰과 대치하고 있는 쪽으로 걸어가는 그였다. 왼쪽 팔을 어루만지며 상도가 걸어 나오고 있었다. 물론 권총을 손에 들고 있었다. 밖에는 이미 수많은 경찰 특공대 대원이 완전 무장을 하고 상도를 겨냥하고 있었다.

"한상도, 총을 바닥에 버리고 맨 손을 들며 걸어오길 바란다. 어서."

조금씩 다가선 상도가 갑자기 총구를 앞으로 겨누자 놀란 특공대원들의 총구에 불이 뿜기 시작했다. 상도의 몸에는 수십 발의 총알이 박히면서 맥없이 쓰러졌다.

"정지! 사격 정지!"

사격은 멈추었지만 이미 상도는 아무런 미동도 없었다. 온몸은 고슴도치가 되어 몸 전체에서 열기가 피어오르고 있었다. 혜림과 동주가 다가와 죽은 상도를 부여잡고 오열하기 시작했다.

그난 야간 신무에 이런 기사가 게재되었다.

국회 의원 당선자 성일 후보. 극적 소생. 기적적으로 깨어나 의식을 되찾은 상태. 그리고 유력한 용의자 한상도 경찰의 집중 사격에 그 자리에서 사망.

97.

상도가 사망하고 1년이 지났다. 동주와 윤 마담이 상도를 뿌렸던 한강가에 있고 그 두 사람은 검은 정장을 입고 있었다. 그리고 꽃 한 다발을 강가에 던졌다. 윤 마담 뒤에는 옹알옹알하며 신기하게 쳐다보는 신생아가 있었다. 그렇다. 바로 상도가 남기고 간 상도 2세였다.

무능한 자의 인생은 어둠이요.
노력하는 자의 인생은 꿈이요.
용기 있는 자의 인생은 게임이다.

(끝)